고독한 행군

이계홍 지음

고독한 행군

이계홍 지음

B범우

2

차
례

제10장
사랑과 이별

"태화짱이 가면 나 어떻게 살아요?"

언덕 아래 폭격을 맞아 폐허가 된 도시를 내려다보며 소노 아사코가 눈물을 글썽였다. 키 큰 스기나무가 몇 그루 서 있는 양지쪽에 아사코와 홍태화는 어깨를 나란히 붙인 채 앉아서 도시를 내려다보고 있었다. 도쿄의 겨울은 그렇게 춥지 않지만 태평양에서 불어온 바람은 드셌다. 거리를 다니는 사람들이 몸을 움츠리며 오종종하게 걷는 모습이 을씨년스러워 보였다. 패전 뒤끝이어선지 모습들이 꾀죄죄하고 표정들이 어둡고, 그래서인지 더 추워보였다.

"난 슬퍼요."

사실 아사코는 요근래 그에게 모든 것을 걸면서 살았다. 아버지의 전사 소식을 들은 이후 집안은 늘 슬픔에 잠겨 있었고, 그런 가운데 마음이 여린 두 모녀는 가느다랗게 숨만 내쉬었다. 공습경보가 울리면 기계적으로 방공호로 뛰어들고, 해제가 나서 집안으로 들어와도 늘 허기지듯 슬픔 속에 갇혀 있고, 그렇게 사는 것이 일상화되었다. 그렇게 모든 것이 힘겨웠지만 그를 만나자 생기가 돌았다. 종말에 다다른 듯 자포자기 상태에 빠져 있는데, 홍태화를 만나면서 그녀 가슴이 봉긋해지는 기분이었다. 그의 듬직한 어깨와 이목구비가 분명한 얼굴, 절망적 상황과는 아랑곳없이 언제나 넉넉하게 짓는 웃음이 그녀 마음의 허기를 메워주었다. 그는 이제 그녀의 거대한 일부가 되어 있었다.

홍태화는 아사코 머리에 손을 넣고 그녀를 감싸안았다. 안고 있지만 그 역시 슬픔이 가슴으로 번져들고 있었다. 떠나야 하는 당위와, 남아야 하는 감성이 충돌해 한 걸음도 나가지 못하고 있었다.

"나랑 여기서 오래오래 살면 안 돼요?"

"리즈 짱, 슬퍼하지만 말아. 오빠 가야 돼."

아사코는 미국인 아버지가 가장 예쁘고 매력적인 순간만을 기억하라는 뜻으로 지어준 '리즈'를 중간이름으로 넣어 사용하고 있는데, 그래서 소노 리즈 아사코라는 풀네임은 그녀의 가족사를 상징했고, 사랑의 증표가 되었다. 일본인 엄마와 미국인 아버지 사이에서 간절한 사랑으로 태어난 아사코, 그래서 그녀 이름엔 중층적인 나라의 정체성이 담겨져 있다. 아버지가 전사한 후 그들 모녀는 리즈란 애칭을 사용하지 않았으나 홍태화가 그것을 되살려주었다. 그가 때로 리즈라는 이름을 불러주었을 때, 아사코는 아버지를 만난 착각에 빠졌다. 그에게 아빠, 하고 안기고 싶은 충동을 때때로 느꼈다. 그런 그를 떠나보낸다는 것은 견딜 수 없는 아픔이자 고통이다.

"조선은 지금 혼란스럽다고 하죠? 안정될 때까지 아사코랑 살면 안 돼요?"

그녀가 간절한 눈빛으로 애원했다.

"아사코는 전쟁 복구가 되면 여학교 복학을 하고, 학업을 계속해야지. 시도 써야 하고. 그 사이 난 조선에 들어가서 자리를 잡고, 그런 다음 데리러 올게."

하지만 귀국하면 돌아온다는 기약은 없다. 어쩌면 조선 처녀에게 그를 빼앗길지도 모른다. 그런 불길한 예감은 늘 그녀 가슴을 지배했다. 전쟁 통에 아버지를 잃고, 종전이 되어 첫사랑을 잃는다면? 그것은 종전보다 더 비극적이다. 종전이 나에게 무슨 상관이람. 그를 놓치지만 않으면 되는데… 지겨운 전쟁이 끝났으니 희망이 살아나야 하는데, 또 잃을 것이 있다는 것이 그녀로서는 감당하기 어려운 슬픔이었다.

홍태화는 장지성의 편지를 되새겼다. 하루속히 귀국하라는 것이었고, 신생 조국은 젊은 청년을 부른다고 했다. 그것은 마치 사랑에 빠져있는 그에게 정신 차리라는 충고로 들렸다. 오민균 조병건 이성유가 군에 입대해 건군 대오에 끼어들었으며, 벌써 군사영어학교가 개교해 젊은 장교를 부르고 있는데, 넌 거기서 무엇에 갇혀 있느냐고 꾸짖는 것 같았다.

미나미 여사의 몸의 상처를 수습하느라 귀국대열에 합류하지 못하고, 두 모녀 뒷바라지를 하다 보니 늦어진 것이지만, 남의 시선으로 보면 소녀에게 흠뻑 빠져 헤어나지 못하는 것으로 이해할 수 있었다.

"엄마도 부상에서 회복됐으니 이제 귀국해야 돼."

"엄마는 일본과 조선이 전쟁을 일으킬지도 모른다고 했어요."

"그럴 리 없지. 일본이 적국인 미국과 전쟁을 치렀어도 리즈 엄마와 아빠가 사랑하고 있었듯이 그건 나와 아사코 사이에 아무런 문제가 되지 않아."

"엄마는 조선의 남과 북이 나뉘어서 서로 총부리를 겨눌지도 모른다고 했어요. 그런 곳에 태화짱을 어떻게 보내요? 태화짱의 아이를 낳고, 함께 아이를 돌보고, 함께 유모차를 끌고 시장에 가고, 함께 영화보러 가고, 함께 온천을 가고, 함께 태평양제도로 나가 자유를 한껏 맛보고… 그 꿈이 사라지나요?"

그는 말없이 어린 그녀 감성만큼이나 가냘픈 그녀 두 어깨를 깊숙이 끌어안았다.

"돌아올 거야. 반드시 지켜줄 거야. 하지만 지금은 돌아가야 해. 사랑 때문에 사나이가 해야 할 일을 못한다면 그 인생이 무의미하지. 더 큰 사랑을 얻기 위해 남자는 큰일을 도모하는 거야."

"그건 나도 알아요. 하지만 난 언제나 슬픔만을 먹고 살아야 하잖아요."

"슬프지 않게 해줄 거야. 잠시 헤어져 있는 것뿐이야."

"잠시가 두려워요. 그게 영원으로 가버리면 어떡해요?"

아사코가 마침내 어깨를 들썩거리며 울기 시작했다. 홍태화는 그녀의 볼을 타고 흐르는 눈물을 혀로 핥았다. 짭짤한 맛이 스민 눈물은 계속 흘러내리고 있었다.

"반드시 데리러 올게. 약속해."

울먹이면서 그녀가 속삭였다.

"꼭 오겠다고 약속해요."

그녀가 손가락을 내밀었다. 홍태화가 손가락을 걸어 약속을 다짐했다.

"우린 잠시 헤어지는 거야. 잠시 헤어지는 것은 더 큰 사랑을 얻기 위해서지."

"우리 아빠도 금방 갔다가 돌아온다고 했어요. 아버진 군대에 가지 않아도 되는데 엄마를 위해서, 엄마의 나라를 위해서, 사랑을 위해서 간다고 나섰다가 영영 못 돌아왔죠."

"난 그렇게 허약한 사람이 아니야. 사랑하는 나의 예쁜 아사코가 있는데 오지 않을 이유가 없지."

"태화짱이 오고 싶지 않아서가 아니라 나쁜 운명이란 것이 있잖아요."

"나쁜 운명… 그래, 하지만 걱정 마. 나는 운명을 개척하는 불사신이지 쓰러지는 폐목이 아니야. 내가 이 스기나무처럼 의연하게 서서 아사코를 지켜줄 거야."

"그래요. 그럴 거예요. 하지만 이별이 야속해요. 오늘밤은 저랑 함께 자요."

"집에 가서 짐을 꾸려야 해. 이시하라 상을 뵈어야 하고."

"아녜요. 당신과 자고 싶어요."

그녀가 그의 턱밑까지 바짝 얼굴을 들이밀더니 그의 입술을 더듬어 깊숙이 키스를 했다. 꽃잎처럼 부드러운 아사코의 입술은 차가왔으나 금방 온기가 돌았다.

"책임지지 못할 일을 하면 안 돼."

홍태화가 그녀를 안은 채 나직이 말했다.

"그럼 날 책임지지 않겠다는 것인가요?"

"책임을 지니까 그렇지. 죽을 때까지."

"그걸 어떻게 약속해요?"

"절대로 절대로 함께한다고 어머니 앞에서 약속할게."

그는 일어나 아사코를 두 팔로 번쩍 안아올렸다. 그의 목에 팔을 건 아사코는 의외로 가벼웠다. 그녀 눈에 눈물이 맺혀서가 아니라 그녀 몸이 깃털처럼 가벼워서 그는 울음을 쏟고 말았다. 전쟁의 상흔은 열일곱 살의 소녀에게도 에둘러가지 않았다. 전쟁은 그녀가 지닌 아름다운 진액을 모두 뽑아가버린 것 같았다. 영양 상태는 고르지 못하고, 나날이 공포스런 삶을 살았으니 정신적으로나 육체적으로 피폐했을 것이다.

　서편 하늘이 선홍빛으로 붉게 물들어가고 있었다. 황혼은 슬프도록 아름다웠다.

　"난 아사코짱을 찾느라 골목을 돌아다녔어. 그런데 황혼빛이 너무 고와서 한동안 넋을 잃었네. 서편 하늘만 바라보았지. 슬퍼서 눈물이 나오려고 했어. 그래 재미있게 시간 보냈나요?"

　미나미 여사는 한 손으로 허리를 받히고 힘겹게 현관 앞에 서서 두 사람을 맞았다. 나았다고 했지만 그녀 몸이 온전히 성한 편은 아니었다.

　"언덕에 올라갔다 왔습니다."

　"잘했어요. 저녁 노을은 슬프지만 아름답죠. 저녁을 지어놨으니 먹고 가요."

　"네, 고맙습니다, 어머니."

　"엄마, 내일 태화짱이 귀국하시겠대요."

　아사코가 말하자 미나미 여사가 놀란 듯하다가 예상하고 있었다는 듯 담담하게 받았다.

　"돌아갈 줄 알았어요. 해방이 되었으니 당연히 고국으로 돌아가야죠. 그동안 아사코 짱이 너무 태화짱을 붙들었던 거야. 내 몸 챙기느라 그리 된 거구. 태화짱이 이렇게 보살펴 주지 않았다면 난 일어나지 못했을 거예요. 얼마나 고마운지….."

　"아닙니다, 어머니. 회복하시겠다는 간절함이 어머니를 완쾌시킨 거지요."

　"고마워요. 하지만 아사코짱이 또 얼마나 기다려야 할지….."

미나미 여사가 쓸쓸하게 웃었다.

"시간은 얼마 걸리지 않을 겁니다. 꼭 데리러 올 거예요. 자리를 잡으면 데리러 옵니다."

"그럼 난 아사코짱과 헤어져야 하는군요? 하긴 인생은 이별을 준비하는 행로니까…."

"아닙니다. 어머니도 함께 모시겠습니다."

미나미 여사가 서편 하늘 쪽으로 시선을 돌렸다. 그녀는 애써 눈물을 감추고 있었다.

"저 황혼의 서편에 조선이란 나라가 있지요? 태화짱, 가끔 그곳이 그리울 때가 있어요. 태화짱 고국이라서 그러겠지요? 젊은 생도들도 돌아가 있을 것이고… 우리 아사코를 데리러 온다지만 아직 처녀티를 벗지 못한 아이가 적국이나 다름없는 조선에 들어가서 어떻게 살수 있을까, 걱정으로 마음이 아팠어요. 우리가 너무나 큰 죄악을 저질렀는데, 그게 용납이 될까요?"

"어머니, 아사코가 무슨 죄가 있나요. 아사코 역시 피해자잖아요. 국민은 똑같이 피해를 입고 상처를 받은 사람들이죠. 아사코에게 죄가 있다면 홍태화를 사랑한 죄밖에 없습니다. 그러니 그걸 제가 온몸으로 감당할 겁니다. 가장 아름답고 사랑스러운 여성으로 만들 거예요. 그리고 저희 부모님은 아사코를 친딸 이상으로 사랑하실 겁니다. 이렇게 곱고 착한 아사코를 소중하게 받아들일 거예요."

"그래요. 고마워요. 나도 그렇게 생각해요. 예의바른 홍짱을 보면 홍짱 가문의 품격을 알 수 있어요. 전라도 나주가 고향이라고 했지요? 평야가 드넓고, 그런 만큼 평화를 사랑하고, 겸양과 품위를 지킨다는 고장…."

"그리고 불의에는 참지 못하는 고장입니다."

"그럼 고향에서 살 작정인가요?"

"아닙니다. 부모님을 뵙고 서울로 올라가려고 합니다. 동기들이 부르고 있으니까요."

"그럼 오민균 생도도 만나겠군요?"

"네. 오 생도는 지금 군사영어학교에 입교했습니다."

"고마운 청년이에요. 선물을 하나 준비할 테니 전해줄 수 있겠어요?"

"네, 당연히 그렇게 하겠습니다."

미나미 여사는 미군기의 폭격으로 건물이 무너지고 그녀 옆구리의 살점이 뜯겨져나간 악몽을 되새겼다. 상처 부위의 괴사가 심해 고름이 질질 흐르는 환부를 입으로 빨아내 말끔히 씻어내고 옥도정기로 소독한 다음 거즈를 붙여주던 오민균의 모습이 눈앞에 생생하게 그려지고 있었다. 어떤 일본 청년도 그런 엄두를 내지 못할 치료를 오민균은 서슴없이 행동으로 옮겼다. 그에게 몸을 맡기고 있을 때, 그녀는 이불을 끌어당겨 얼굴을 감추고 울었다. 너무 고마워서 눈물이 나왔다. 그토록 간절한 정성에 낫지 않을 상처가 어디 있으랴. 다른 조선인 생도들이 폭격으로 파괴된 집들을 손보던 모습도 떠올랐다. 그런 그들에게 일본은 왜 잡아가두고 묶고 감시하고, 전선으로 보내고, 소녀들을 병사들의 밥으로 던졌을까….

"어머니, 선물을 주시려면 지금 주셔야 합니다. 저는 내일 아침 떠납니다."

"집에서 자고 가요. 마지막 밤이잖아요. 우리 아사코짱이랑 첫날밤을 보내요."

아사코가 어느새 나서서 그의 팔을 잡았다. 놓지 않겠다는 결의가 묻어나는 행동이었다. 미나미 여사가 다시 애원하듯 말했다.

"그건 수치스런 일이 아녜요. 일본에서는 사랑하는 사람에겐 모든 것을 주어요. 아니, 함께 나누죠. 벌써 아사코짱도 원하고 있잖아요. 우리 아사코 짱, 이제 남자를 받을 수 있죠."

홍태화는 긴장한 모습이었으나 차분히 말했다.

"어머니, 조선 사람은 결혼 전까진 사랑하는 사람의 순결을 지켜주는 전통이 있습니다."

"그건 모순이에요. 사랑하는 사람은 서로 모든 것을 나눠 가져야지 버려두다니요. 그건 쓸데없는 극기예요. 잔인하지 않나요?"

"그게 더 큰 사랑의 증거라는 것이지요, 저희 나라 풍습은 그렇습니다."

"아무리 생각해두 그건 자연스런 행동이 아니에요. 난 아사코짱 아빠를 두 번째 만남에서 함께 잤어요. 아사코짱 나이 때였어요. 지극히 사랑하는데 왜 고통받고 서로 몸을 괴롭혀야 하나요? 우리 아사코짱도 전쟁통에 영양상태가 좋지 못해서 발육이 좀 늦지만 이제 두 달 후면 열여덟 살이 돼요. 사랑하는 남자를 받아들일 준비가 되어 있어요. 조선의 그런 풍습은 여자를 속박하기 위해 만든 덫이에요. 여자는 정숙하라, 정숙의 증거는 몸이 순결해야 한다, 사랑하는 사람이 있어도 몸을 지켜라, 그렇지 못하면 주홍글씨라는 화인을 달고 다닌다… 그건 권위적 남성 본위의 군림의 태도예요. 그런 태도가 폐쇄적인 사회를 만들고, 억압적인 사회를 만들죠. 사랑하면 모든 것을 나눠 갖는다는 것, 그것이 전부라는 것, 그런 자세로 살아가는 것이 중요하지 않나요?"

일본의 성 개방성을 모르는 것은 아니지만 막상 부딪치자 홍태화는 얼굴이 붉어졌다. 마음 설레는 한편으로 책임감이 더 느껴졌다.

"하지만 어머니, 저는 조선의 풍습을 지키고 싶습니다. 그것이 미

풍인지 아닌지는 모르겠습니다만, 그렇게 길들여져 왔고, 교육받아 왔습니다. 대신 어머니께 절대로 아사코를 놓지 않겠다고 약속하겠습니다. 그 말씀 전해드리기 위해 찾아온 것입니다."

홍태화가 미나미 여사 앞에 무릎을 꿇더니 깊게 엎드렸다. 홍태화는 한동안 일어나지 못했는데 그의 어깨가 몹시 들썩거렸다. 바닥에 그의 눈물이 떨어지고 있었다. 아사코가 그에게 달려들어 그를 안고 울음을 터뜨렸다.

"사랑해요, 사랑해요. 죽을 때까지."

미나미 여사도 울고 있었다. 서편쪽 노을은 더욱 선홍빛으로 물들었다.

검은 손 흰 손— 암살의 상시화

고하 암살 이후 국내 정정은 극심한 격랑 속으로 빠져들었다. 그의 암살은 좌익의 소행이라느니, 경교장 세력의 소행이라느니, 전문 테러리스트 소행이라느니 말이 많았지만 확실하게 진상이 드러나는 것은 없었다.

암살은 노출되기보다 감춰지는 것이 기본 속성이지만, 우익의 거두가 암살되었다는 것은 암울한 미래를 예고하는 신호탄이나 다름없었다. 특히 임정측이 오해를 받고 있다는 것이 미묘한 파장을 일으켰다. 이념적 동질성을 갖고 있는 고하가 그 세력에 의해 암살을 당했다? 그것은 어떤 무엇으로도 설명이 되지 않았다. 그래서 더욱 비극적이고 상황이 암울하였다. 이념 지형이 같아도 파가 다르면 죽일 수 있다? 그건 너무 비정하고 잔혹하다.

백범 김구가 머문 경교장에서 행한 고하의 발언이 나온 직후 암살당했다는 것이 임정 계열에 의심의 눈초리가 집중된 원인이었다. 경교장 회의는 좌우익을 망라한 제 세력들이 참여했기 때문에 혐의자가 꼭 누구라고 단정지을 수는 없었다.

신탁통치 찬반 대립이 한국현대사를 참혹하게 굴절시킨 중대한 전환점이었다는 점에서 이때의 상황을 좀더 살펴볼 필요가 있다. 당시 경교장 회의에 참석했던 젊은 청년목사 강원룡의 목격담을 인용한다.〈역사의 언덕에서—나의 현대사체험, 강원룡, 한길사, 2003〉

〈내가 신탁통치 소식을 처음 듣게 된 것은 1945년 12월28일 오후 배재중학교 강당에서 연말 자선음악회 준비를 하고 있을 때였다. 이규갑(목사)이라는 어른이 음악회 준비로 바쁜 우리들에게 급히 달려왔다. 그는 "지금 모스크바에서 우리나라를 신탁통치하겠다는 결정이 났다고 한다. 이런 때 음악회가 뭐냐?" 하고 호통을 쳤다. (중략) 음악회를 마친 우리는 대책을 세워야 한다는 생각에 경교장으로 김구 선생을 찾아갔다. 경교장은 신탁통치 소식을 듣고 찾아온 각 정당과 사회단체 인사들로 초만원이었다. 참석 인사들은 소속 당이나 단체를 불문하고 모두 신탁통치 절대 반대의 입장을 표명하고, 모스크바 삼상회의 결정에 어떻게 대응할 것인가 하는 문제들로 홍분의 도가니였다. 이 신탁통치 반대를 위한 비상대책회의는 29일까지 계속되었고, 그 과정에서 '신탁통치반대 국민총동원위원회'가 결성되었는데, 나는 12월 29일의 회의에도 참석했다. 회의에는 한민당 국민당 인민당 공산당 등 좌우를 망라한 정당과 사회단체, 종교계와 언론기관 등의 대표들이 참석해 열기를 뿜었다.

그러나 그 회의에 이승만 박사는 참석하지 않았다. 그 무렵 이 박사는 신탁통치 반대성명에도 소극적이었다고 기억되는데, 이런 사실로 미루어볼 때 나중에 반탁운동에 적극적으로 나서서 그것을 반공과 연계시켜 지지기반을 확고히 한 이 박사가 과연 처음부터 반탁의 입장이었는지는 의문이다.

여하간에 경교장회의의 열기는 대단했다. 참석자들은 좌익이고 우익이고 가릴 것 없이 신탁통치 반대를 외치며 고함을 지르고 일어나서 주먹질을 하는 등 모두 울분으로 감정이 북받쳐 있었다. (중략) 지금 돌이켜보면 당시 참석자들 대부분이 냉철하게 문제의 본질에 접근하지 못한 채 신탁통치 반대가 곧 독립 쟁취라는 단순한 생각에서 지사적인 의분을 터뜨리는 데 그쳤다고 할 수 있다. 따라서 회의를 지배한 것은 감정적인 말의 난무였다. 그런 분위기와 달리 신중한 자세를 보여준 사람이 고하 송진우였다. 송진우는 큼지막한 몸집에 맞게 흥분된 분위기 속에서도 아무 얘기도 안 하고 눈을 지그시 감은 채 앉아 있었다. 송진우가 이야기를 시작한 것은 "신탁통치 반대의사를 강력하게 표명하기 위해 임정이 주권을 행사, 미 군정에서 일하고 있는 모든 공무원이 군정을 거부하고 임정의 명령에 따르도록 하고, 상인들도 모두 철시해 반탁운동을 벌이자"는 의견이 대세로 자리잡아갈 무렵이었다.

"여러분의 생각이 모두 애국심에서 나온 것이란 걸 나도 알고 있지만 나라를 이끄는 지도자들로서 경박해서는 안 되겠지요. 여기 누구라도 모스크바 3상회의에서 결정된 의정서의 원본을 제대로 읽어본 분이 있습니까? 내가 알고 있기로는 그 내용이 미소공동위원회를 설치한 후 한국의 정당 사회단체들과 협의해서 남북을 통일한 임시정부를 세우고 5년 이내의 신탁통치를 하는 것으로 되어 있는데, 내가 알고 있는 게 정확하다면 길어야 5년이면 통일된 우리의 독립정부를 세울 수 있는 것을 그렇게 극단적인 방법으로까지 반대할 이유는 없지 않겠습니까? 어차피 우리가 우리 힘으로 정부를 세운다고 해도 현재 이렇게 분할통치되고 있는 상황이고, 강대국 간에 전후(戰後) 문제가 아직 해결되지 않은 상태에서 우리가 그들과의 합의 없이 마음대로 할 수 있는 게 아니지 않습니까. 신탁통치가 길어야 5년이라고 하니 3년이 될 수도 있는 것인데, 그렇게 거국적으로 반대할 이유가 뭐 있습니까. 물론 나도 신탁통치는 반대합니다. 그러나 반대 방법은 다시 한 번 여유를 가지고 냉정히 생각해 봅시다."

송진우의 말이 끝나자마자 여기저기서 세찬 반발이 일었다. 좌익계 사람들은 물론 임시정부 사람들도 "봐라, 역시 한민당이 신탁통치와 관련이 있다. 이것은 병 주고 약 주고 하는 것 아닌가" 하며 그를 비난했고 "매국노" "망할 놈의 영감" 하는 공격과 야유가 빗발쳤다. 나도 고하의 발언을 듣고 "뭐 저런 사람이 있는가" 하고 흥분했는데, 지금 돌이켜보면 고하 역시 반탁의 입장이었으나 다만 그 방법에서 견해 차이를 드러냈을 뿐이었다. 그는 임정이 미 군정을 배격하고 직접 통치권을 행사하려는 것에 대해서 현실 정세를 고려해 우려를 표시했던 것이다.

고하의 발언으로 그날 임정과 고하 사이에 심한 격론이 벌어졌다. 고하는 경교장 회의에 참석한 다음날인 30일 새벽 암살됐다. 해방정국에 충격을 준 그의 암살사건은 고하가 신탁통치를 지지한다는 내용의 소문을 임정 쪽에서 퍼뜨리던 차에 일어난 것으로, 경교장 회의에서 그가 한 발언과 관계가 있다고 보는 사람들이 있었다. (중략) 그 시절을 회고하면서 깨닫는 것은, 한 나라를 운영하려면 감정보다 앞을 내다볼 줄 아는 합리적인 계산이 앞서야 하는데, 당시 지도자들은 대부분 그런 점에서 능력이 부족했던 것 같다. 지금 보면 비난을 받던 송진우 같은 사람이 오히려 합리적인 판단을 갖고 있었던 것이 아닌가 한다.〉

이후 암살은 이 나라의 정치 변동과 역사의 중요한 분기점을 가져오는 기제로 작동했다. 그러나 암살에는 공통점이 나타나는데, 암살 배후가 스모킹 건처럼 연기가 날 뿐, 배후가 드러나지 않는다는 점이다. 하수인(행동대원)이 체포되나 요인을 암살한 중대 범죄임에도 불구하고 극형에 처해지지 않는다는 공통점도 있다. 그보다 더 중요한 것은 사건이 흐지부지될 때쯤 혐의자가 사회에 나와 활보하고, 제거된 인물은 대부분 민족주의자, 또는 양심세력이라는 점이다.

"이게 자네 선물이야. 오군 선물 가져오느라 내 귀국이 늦어진 거 모르나?"

홍태화가 웃으며 오민균에게 예쁘게 포장한 조그만 상자를 내밀었다. 포장을 뜯던 오민균이 놀라는 표정을 지었다.

"영어 콘사이스네요. 요즘 영어사전이 필요했는데 마침 잘됐군요."

영어사전 안엔 편지가 들어 있었다.

— 언제나 사려깊은 오민균 생도님,

나는 오 생도님의 헌신적인 간병과 치료로 몸이 완쾌되었답니다. 조선청년의 따뜻한 마음이 제 몸 속에 따뜻하게 퍼지고 있어요. 이웃집 사람들도 조선 청년들이 폭격을 맞아 파괴된 집을 수리해주고, 위험한 지붕에 올라가 기왓장을 갈아 끼우고, 헤진 다다미를 바느질해준 고마운 마음을 늘 가슴깊이 새기고 있답니다. 신생 조국에서 모두들 훌륭한 지도자로 나서리라 믿습니다. 오 생도가 군사영어학교에 입교했단 말을 듣고, 남편이 쓰던 영어사전을 보내니 제 마음으로 알고 받아주세요.

홍짱과의 우정이 영원하기를 바랍니다. 안녕히.

— 쇼와 21년(1946년) 3월 아사코짱 엄마로부터

편지를 다 읽고 난 오민균이 가죽 표지로 된 영어 콘사이스를 손으로 가볍게 쓰다듬었다. 미나미 여사의 체온이 느껴지는 것 같다. 홍태화가 이번엔 두툼한 편지봉투를 그에게 내밀었다. 이시하라 상이 보낸 편지였다.

— 오민균 생도에게

그동안 신생 조국 건설에 매진하느라 정신없었지요? 나는 요즘 조선의 분단 상황과 오스트리아 분단상황을 보고 가슴 아파하고 있소. 오스트리아보다 조선의 통일이 일견 쉬워보이오. 그런데 걱정이 돼요. 오스트리아는 전범국가로서 복잡한 인종적 구성원과 복잡한 영토문제에다 전승국 4대 강국의 이해까지 복잡하게 얽혀 있소. 한국은 단일종족에 단일언어, 단일풍습을 지니고 있어서 통일에 훨씬 유리한 조건이오. 오스트리아는 한때 세계 최강대국이었다는 것, 잘 알겠지요? 19세기 오스트리아를 지배하고 있던 합스부르크 제국은 이태리 북부, 동유럽의 대부분을 지배하던 방대한 제국이었소. 1차 세계대전 패배 이후 동맹국인 독일과 함께 전후 배상으로 힘들었는데, 2차 대전이 터지자 히틀러가 자기 모국인 오스트리아를 독일에 병합했지요. 병합 이유로 독일과 오스트리아는 같은 게르만 민족이라는 우생학적 자부심으로 세계를 제패한다는 야망을 불태웠지요. 1차 세계대전 때 독일이 오스트리아의 동맹군으로 나선 것만 보아도 독일과 오스트리아의 관계를 알 수 있지. 하지만 나치가 들어가서 자유를 말살하고, 국민을 옥죄고, 국가 동원체제로 몰아가니 나치에 협력한 지배층을 빼고 국민은 모두 힘들었소. 한반도가 일제식민지가 된 것 이상으로 말이오. 독일에 병합된 오스트리아는 2차 세계대전 종전이 되자 독일과 같은 전범국가가 되어서 미영불소 전승국이 독일을 반으로 가를 때, 오스트리아 역시 네 토막 내버리지. 전승국은 모스크바 삼상회의에서 오스트리아에 10년간의 신탁통치안을 발표했소.

　오스트리아보다 상대적으로 내부 사정이 덜 복잡하다고 본 일본 식민지 한반도는 5년 이내의 신탁통치안을 제시했는데, 오스트리아는 조건없이 10년을 받아들인 반면, 한국은 극렬하게 반대하고 나섰소. 내가 판단하기로 오스트리아의 내부사정은 조선의 사정보다 훨씬 복잡한데도 내부적 에너지를 결집해 10년 안에 예정대로 통일하리라 확신하오. 반면에 한반도는 힘들 것 같소. 왜냐하면 그들 내부의 대립 때문에 그럴 것이오. 조선인은 작은 차이에도 격렬하게 대립하니까. 합리나 이성이 아니라 공리공담으로 상대방을 배제하고 부정한단 말이오. 약간의 얼룩을 트집잡아 거칠게 멱살을 잡는 풍경은 본질을 외면하고, 사태를 극단으로 몰아가고, 협상파는 밀려나고, 강경세력이 애국세력인 양 포장되는데, 그런 그들이 저지른 과오 때문에 분단의 영구화로 갈 가능성이 높소. 여기에 일본이 미국과 협력해 분단 영속화를 유도할 것이오. 그렇다고 모두 외세에 책임을 물을 수 없소. 내부적 역량이 더 큰 책임이오. 조선지도자들은 차이를 극복하는 계산법을 몰라요. 그래서 지켜보는 나도 답답하오.

　정치적 패권을 거머쥐기 위해 설익은 이념을 내세워 싸우는 모습들, 보기에 민망하오. 두 점령국은 서로 자국에 우호적인 국가를 만들려 할 것이고, 이런 결과로 대립하는 세력들이 친미파, 친소파, 민족파, 중도파, 거기에 좌우대결로 복잡하게 얽히면서 분단은 화석처럼 굳어버릴 거요. 각자의 이익과 신념만을 고집하는 독선이 결국 패망의 길로 가는 것이오. 어느 쪽이든 지는 쪽은 처절하게 무너지는 조선조의 사색당쟁이 체화된 세계 때문일까요? 그런데 오스트리아를 봅시다. 제 정파가 언젠가는 자신에게도 기회가 온다고 보고 타협하는 것이오. 미래투자를 하는 것이지. 외부의 방해를 내부의 힘으로 극복하는 거요.

분열분자들은 분단이 고착화되어도 오스트리아와 우리는 사정이 다르다고 말하겠지. 해결할 수 있는 국면을 분탕질해놓고 상대방에게 책임을 전가하고, 또 그것을 명분삼아 이익을 챙기는 태도는 민족의 대도 앞에 부질없는 짓이오. 그래서 내 한마디 하지. 조선인들아, 상황을 직시하라. 당신들이 싸우면 괴물이 날뛴다. 오 생도, 내가 체신머리없이 흥분했소. 그러나 나는 누구보다 조선을 사랑하고 내 아내를 사랑하오. 아내를 만나기 위해 금명간 제주도를 방문할 계획이오. 강태선 사장과 성산포에 정착했다는 고길자양, 임순심양을 만나러 가겠소. 치밀한 계획과 뜨거운 조국애로 열심히 살길 바라오.

— 쇼와 21년 3월 도쿄 이시하라로부터

오민균은 편지 내용을 담담히 수용했다. 다른 일본인이 그랬다면 편지를 찢었겠지만 이시하라 상이니까 이해할 수 있었다. 그 어떤 누구보다도 그는 한국을 사랑하는 일본의 지성이었다.

후의 일이지만, 이시하라 상의 예언대로 오스트리아는 신탁통치 10년 만에 통일 독립정부를 선포했다. 반 나치 투사인 칼 레너 주도하에 통합 임시정부를 수립하고, 이를 모태로 제 정치세력의 견해를 조율해 통일연합회의를 구성하는 데 성공했다. 레너는 한국의 여운형과 같이 온건 좌파이고, 협상파로서 피점 3개월 만에 임시정부를 수립했는데, 결과로 보면 몽양의 건준을 그대로 벤치마킹한 건국 기구였다.

레너는 조국이 미영소불 4 강대국에 의해 국토가 4분할 점령되자 지도자들을 모아 내부의 제 모순과 갈등, 분단고착화의 난제들을 처리해나갔다. 국민적 추앙을 자원으로 하여 4강대국과의 끈질긴 협상 끝에 신탁통치 10년 만인 1955년 5월 마침내 독립적이고 민주적인 영세중립국 통일정부를 구성, 선포했다. 레너는 통일국가 선포를 내리기 전 조국의 통일국가를 보지 못하고 병사했다. 통일 정부의 과실은 제 정파들과 국민들이 따먹은 것이다.

"왜 생각이 많아졌나?"

오민균은 여러모로 마음이 착잡했다. 전승국은 한국도 전범국가로 볼 것이다. 조선 청년들이 일본군의 이름으로 전선에 나가 미군과 싸우고, 나이든 남자들은 강제징용 현장에서 비행장을 닦고 석탄을 캐고, 군항과 비행장의 터를 닦았으니 한국인 역시 전범이 되는 것이다. 이런 억울한 사정을 미태평양사령부에 전달할 메신저가 없다. 이런 진상을 적나라하게 설파할 외교협상가가 없다. 대신 미 군정에 일제 관료와 군 출신들이 대거 기용되었다. 한국의 참담한 식민지 실상들이 제대로 전달될 수 있는 구조가 아니다. 이시하라 상이 이 점을 지적하고 있다는 것을 오민균은 생각하고 있었다.

봄볕이 다사로운 어느 날, 일본 육사 이년 선배인 최주평이 찾아왔다.

"오민균, 군영에 입학했는데 희망이 있겠어?"

장래가 보장되겠느냐는 뜻이었다.

"잘못됐습니까?"

"다른 길도 있다. 일단 나를 따르라. 서울역으로 나가자구. 동지들을 만나기로 했어. 가서 한번 만나보자구."

최주평 역시 여느 청년들과 마찬가지로 진로 선택을 위해 서울 거리를 헤맸지만 마땅히 손에 잡히는 것이 없었다. 그런 중에 친구 중 하나가 "다 틀렸다. 평양의 김일성 장군을 모시고 싹 갈아엎어버리자"고 주먹을 불끈 쥐었다. 언제 터질지 모르는 풍선처럼 거리는 불안정하게 팽창해가고 있었고, 무슨 무슨 위원회, 무슨 무슨 동맹, 무슨 무슨 구락부 따위가 난립하면서 세상을 혼란스럽게 했다. 깃발만 나부낀 단체들은 불량배들의 집합소 같았다. 생각이 있는 젊은이라면 무슨 수를 내야 한다고 믿는 상황이었다.

"최선배, 나는 군영을 잘 다니고, 곧 졸업을 앞두고 있습니다."

"일단 따라와 봐. 구경하는 셈치고."

서울역에 당도하니 광장에 최주평의 동기생 이기면 육인봉과 오민균의 동기생 이성유가 와 있었다. 그들은 무슨 결사대처럼 각목을 들고 서 있었다. 서울은 찬반탁 회오리에 휩싸여 신변을 보장할 수 없어서 이렇게 모두들 호신용 무기를 들고 있었다.

광장은 사람들이 표를 사기 위해 기다랗게 줄을 서서 기다리지만 좀처럼 줄어들지 않았다. 서울역을 무대로 설치는 삐끼, 쓰리꾼, 건달들이 멋대로 줄을 새치기하며 표를 구해 암표로 팔아먹는 것이었다. 한 놈이 어느 키 큰 신사의 호주머니를 터는 모습이 포착되었다. 그의 주변에 바람잡이들이 둘러섰다. 서울역과 영등포역, 인천, 수원역을 오가는 열차를 타고 다니며 손님들의 호주머니를 노리는 일당들이었다. 키 큰 신사가 털리는 것을 알고 자기 호주머니를 쥐고 소리쳤으나 그들은 휘파람을 불며 끄떡없이 그를 옥죄어가고 있었다. 최주평이 한 달음에 달려가 휘파람 불며 지휘하는 두목급의 멱살을 쥐어 잡았다.

"무슨 수작이야?"

그러자 순식간에 패거리들이 최주평을 에워쌌다. 이 틈을 타 신사가 도망을 쳤다.

"우리가 무슨 일 했다고 이러시나? 생사람 잡는 게 아니지. 저 친구는 우리 친구야. 너, 장난하는 거야!"

"헛소리 마! 당장 물러가라!"

"야, 이 새끼야, 우릴 뭘로 보는 거야?"

그와 동시에 두목의 주먹이 날아왔다. 그와 동시에 삽시간에 대여섯 놈이 달려들어 최주평을 공격했다. 오민균이 최주평 앞으로 달려가 서고, 다른 생도들도 최주평을 주위로 원형 대오를 갖추었다. 훈련교범을 통해 육탄전의 위기 대처법을 익혀둔 청년들이었다.

"물러나라! 물러나지 않으면 뼈도 못 추린다!"

이기면이 각목을 휘두르자 한 놈이 쓰러졌다. 오민균 이성유는 한 놈씩 잡아 업어치기로 때려눕혔다. 고보 시절, 검도와 유도 대표선수를 지낸 관록을 유감없이 발휘했다. 한 순간에 제압하자 두목이 소리쳤다.

"군사단체 놈들이다. 튀라우!"

불량배들이 바람처럼 사라졌다. 군사단체에 소속된 자들을 불량배들도 두려워하고 있었다. 군사단체 가입은 살벌한 서울에서 버티고 살아가는 보호처가 되었다. 치안 부재 시대에 그런 활용도 때문에 단체에 가입한 청년들이 많았다. 흐트러졌던 기차표 사는 사람들이 줄을 맞춰 서면서 너나없이 혀를 내둘렀다.

"눈 깜짝할 새에 몇 명을 조자버리네."

최주평이 군중을 향해 외쳤다.

"우리는 평양으로 갑니다. 군대를 양성하러 갑니다. 젊은이들은 따르시오!"

한쪽에서 이 광경을 지켜보던 한 청년이 앞으로 튀어나왔다.

"틀렸소. 내가 지금 평양에서 오는 사람이오. 그곳은 잘못되어가고 있소."

"뭐가 잘못되었다는 거요?"

"유산자란 이유로 재산을 몰수하고, 예수쟁이, 지식인들을 주재소로 끌고 가 문초하고 있소. 그들 중 일부는 행방이 묘연하단 말입니다! 잡혀가면 사라지고 있소. 시베리아로 후송된다는 얘기가 있소."

눈빛이 예사롭지 않은 청년이었다.

"누가 그런 짓을 한답니까?"

"딱 부러지게 나타나는 사람이 없소. 다만 공포스런 일들이 벌어지고 있소. 불안해서 살 수가 없소. 거대한 음모가 꾸며지고 있는 동굴과도 같소."

"그러니 김일성 장군을 만나서 세상을 바꾸어야 합니다."

"당신들 잘못 알고 있소. 내 얘기할 테니 조용한 데로 갑시다."

그들은 인근 다방으로 자리를 옮겼다. 자신을 최명산이라고 소개한 젊은이가 안주머니에서 북한 삐라라면서 구겨진 종이를 그들 앞에 내놓았다. 삐라는 다음과 같은 내용이었다.

— 조선 인민들이여!

붉은 군대와 연합국 군대들은 조선에서 일본 약탈자들을 구축하였다. (중략) 일본 통치하에서 살던 고통의 시일을 추억하라! (중략) 왜놈들이 고대광실에서 호의호식하며 조선의 풍속과 문화를 굴욕

한 것은 당신들이 잘 안다. 이러한 노예적 과거는 다시 돌아오지 않을 것이다. 진절머리나는 악몽과 같은 그 과거는 영구히 없어져버렸다. (중략)

붉은 군대는 조선 인민이 자유롭게 창조적 노력에 착수할 만한 모든 조건을 지어주었다. 조선인민 자체가 반드시 자기의 행복을 창조하는 자로 되어야 할 것이다. 공장 제조소 및 공작소 주인들과 상업가, 또는 기업가들이여! 왜놈들이 파괴한 공장과 제조소를 회복시키라! 새 생산기업체를 개시하라! 붉은 군대사령부는 모든 조선기업소들의 재산보호를 담보하며, 그 기업소들의 정상적 작업을 보장함에 백방으로 원조할 것이다. (중략)

세계에는 두 개의 침략국이 있었나니, 그는 즉 파시스트 독일과 제국주의 일본이다. 이 두 국가는 남의 영토를 점령하며 다른 나라 인민들을 정복할 목적으로 연합국들을 반대하며 전쟁하였다. 붉은 군대는 영국 미국군과 협력하여 히틀러를 영영 격멸하였으며 항복시켰다. 히틀러 독일이 격패를 당하고 항복한 이후에 일본이 전쟁 계속을 주장하는 유일한 국가였다. 전반적 평화의 회복을 촉진시키기 위하여 소련은 일본과의 전쟁에 들어섰다. (중략) 붉은 군대는 조선 내에 있는 모든 반일적 민주주의적 당들과 단체들의 광범한 협동의 기본 위에서 자기 민주주의적 정부를 창조함에 조선 인민들에게 보조를 준다. (중략) 조선의 자유와 독립만세! 조선의 발흥을 담보하는 조선과 소련 친선 만세!

1945년 8월 25일 붉은군대사령부

날짜를 보니 해방 직후의 것이었다. 전단은 북한 주둔 소련군 제25군사령관 치스차코프 대장이 발표한 포고문이었다.

"민중을 생각하는 훌륭한 문건이오."

이기면이 말하자 너나없이 동의했다.

"나도 한번 들읍시다."

다방 건너편 자리에서 그들을 관심있게 지켜보던 청년이 그들 곁으로 자리를 옮겨 앉았다. 요즘의 서울 분위기는 낯선 자들이 어느새 동지처럼 뭉치고, 뜨내기들이 경계없이 벗이 되었다. 청년이면 누구나 쉽게 합숙소에 들어가 함께 묵었다. 대개는 지방에서 꿈을 품고 올라온 청년들이었다.

"포고문을 듣고 보니 인민을 중심에 두고 있는데, 좋지 않소?"

그가 끼어들자 최명산이 응수했다.

"이게 모두 가짜라니까요."

"나는 오동태라는 사람인데 나 역시 북에서 내려왔소. 아니, 시베리아에서 왔지. 오면서 보는데 북에서는 일본놈들 할딱 벗겨서 쫓아내더군. 일본놈들 개 패듯이 패서 옷도 빼앗고 쫓아버리니 얼마나 후련하던지…."

"시베리아 어디서 왔습니까?"

오민균이 물었다.

"일본 관동군이 소련군 포로가 되어서 그라스로얄스크까지 끌려갔을 때, 그곳에서 도망쳐나왔소. 그런 다음 고향인 인천의 방직공장에 취직했는데 동맹파업 주모자로 몰려서 파면되었소. 직장을 잃은 데다 수배까지 받으니 생활난을 겪다가 서울로 나왔소이다. 인천에는 배급도 용이하고 미국영화가 많이 들어와서 사는 놈은 잘 살지만, 우리 같은 노동자 계급은 일제 때와 다름없이 고단한 생활을 하고 있소. 하루하루 어렵소."

최명산이 반발했다.

"그래서 우리더러 밥값을 내라는 거요?"

"에헤, 그게 아니지. 나 그런 사람 아니오."

"그러면 끼어들지 말고 들으세요."

"나도 할 얘기가 많소. 내 얘기도 들어주시오."

오동태를 묵살하고 최명산이 말을 이어갔다.

"김일성은 당신들이 흠모하는 그 장군이 아니오. 우리와 차이없는 새파란 젊은이요."

이성유가 고개를 갸웃하며 품에 지니고 있던 미 태평양사령부의 포고문을 내밀었다.

— 태평양방면 미군 육군부대 총사령부 포고 제1호

조선인민에게 고함! 태평양방면 미군 육군부대 총사령관으로서 나는 다음과 같이 포고함. 일본국 정부의 연합국에 대한 무조건 항복은 우 제국(諸國) 군대 간에 오랫동안 속행되어온 무력 조인한 항복 문서 내용에 의하야 나의 지휘하에 있는 승리에 빗나는 군대가 금일 북위 38도 이남의 영토를 점령한다. 조선 인민의 오랫동안의 노예 상태와 적당한 시기에 조선을 해방 독립시키리라는 연합국의 결심을 명심하고 조선인민은 점령 목적이 항복문서를 이행하고 자기들의 인간적 종교적 권리를 보호함에 있다는 것을 새로이 확신하여야 한다. 태평양방면 미군 육군부대 총사령관인 나에게 부여된 권한에 의하야 나는 이에 북위 38도 이남의 조선과 조선 주민에 대하야 군사적 관리를 하고저 다음과 같은 점령 조건을 발표한다.

제1조 북위 38도 이남의 조선영토와 조선인민에 대한 통치의 전권한은 나의 권한하에서 실시한다.

제2조 정부의 전 공공(公共) 및 명예직원과 사용인 및 공공복지와

공공위생을 포함한 전 공공사업기관의 유급 혹은 무급 직원 및 사용 중인 중요한 사업에 종사하는 기타의 모든 사람은 새로운 명령이 있을 때까지 그의 정당한 기능과 의무를 실행하고 모든 기록과 재산을 보존 보호하여야 한다.

제3조 모든 사람은 급속히 나의 모든 명령과 나의 권한하에 발한 명령에 복종하여야 한다. 점령부대에 대한 모든 반항 행위 혹은 공공 안녕을 문란케 하는 모든 행위에 대하여는 엄중한 처벌이 있을 것이다.

제4조 제군(諸君)의 재산소유 권리는 존중하겠다. 제군은 내가 명령할 때까지 제군의 적당한 직업에 종사하라.

제5조 군사적 관리를 하는 동안에는 모든 목적을 위하여서 영어가 공식언어이다. 영어 원문과 조선어 혹은 일본어 원문 간에 해석 혹은 정의에 관하야 어떤 애매한 점이 있거나 부동(不同)한 점이 있을 때에는 영어 원문이 적용된다.

제6조 새로운 포고, 포고규정 공고 지령 및 법령은 나 혹은 나의 권한 하에서 발출될 것으로 제군에 대하야 요구하는 바를 지정할 것이다.

　　　　　1945년 9월 9일 태평양방면 미군 육군부대 총사령관 더글라스 맥아더

햇수를 넘긴 철지난 포고문이지만, 효력은 유지되고 있었다.

"소련 포고문과 문면이 완전 다르지 않소? 미군은 점령국으로 남한에 진주했단 말이오."

이성유가 동의를 구하는 태도로 주위를 둘러보았다. 뭔가 다른 세상에 와 있다는 불만이 역력했다.

"두 포고문을 비교할 만큼 지식이 있는 것이 아니어서 나는 판단

을 못 하겠어. 그래도 뭔가 찝찝하긴 해."

맥아더의 포고문 중 제2조는 일제 시기 복무했던 관료들의 활동의 통로를 열어준다는 뜻이 담겨 있었다. 뒤이어 발표된 포고문 2호엔 '항복문서의 조항 또는 태평양미국육군최고지휘관의 권한 하에 발한 포고명령 지시를 범한 자, 미국인과 기타 연합국인의 인명 또는 소유물 또는 보안을 해한 자, 공중치안 질서를 교란한 자, 정당한 행정을 방해하는 자, 연합군에 대하여 고의로 적대행위를 하는 자는 점령군 군율 회의에서 유죄로 결정한 후 동 회의가 결정하는 대로 사형 또는 타 형벌에 처한다'고 공포했다.

"자유와 인권을 중시한다는 미국답지 않은 오만한 태도요. 해방군이 아니라 점령군이라고 분명히 하고 있잖은가. 그들은 우리의 마을과 도로, 산과 들을 갈랐는데 주민의 어떤 누구와도 상의하거나 통고된 바가 없소. 안방은 38 이남인데 변소는 38 이북인 집도 있소. 이 무슨 재변(災變)이오?"

오동태가 끼어들었다.

"삭막한 시베리아에서 만주를 거쳐, 평양을 거쳐 인천에 왔는데, 세상이 너무 이상한 방향으로 가고 있소. 내가 왜 내려왔는지 모르갔소."

"북한 인민들 생활상은 어떻소?"

"일본놈을 용서하지 않아요. 내 똑똑히 목격했소. 그런데 남한사회는 식민지 시절 그대로요. 인천의 공장들을 한번 보시오. 인천의 공장들은 미 군정이 일본 관리자 말을 듣고 누구누구를 지정해서 관리권을 주는데 근로대중과는 상관이 없소. 인천은 전쟁의 병참 기지가 되어서 전쟁 물자를 만들어 내느라 중화학공장, 제분공장, 방직공장, 정미공장, 제염공장, 선박 수리 조선업이 발달했소. 정미공장,

제분공장은 군량을 보급하느라 잘 돌아가는데 지금은 멈추어 섰소. 이러니 파업이 안 일어나겠소? 사람이 잡혀가 행방불명이 되고, 시위하느라 사상자가 속출하고, 서로 미행 감시 납치하고 있소. 시베리아에서 목숨 걸고 내려온 내 고향이 이 모양이란 말이오."

오동태는 인천에서 상업학교를 다니던 중 태평양전쟁 말기 군에 강제 징집되었다. 그가 배치된 곳은 만주 관동군 중에서도 최북단 소만(蘇滿) 국경지대였다. 병사계에서 서무 일을 보았다. 월급을 나눠주고 사단의 경비 지출을 담당했다. 하루 이틀 지나다 보니 이상하게 만주가 낯설지 않았다.

"인천 바닷가는 갈대가 무성한 저지대의 습지가 많고, 잡초가 무성한 황무지가 많은데, 만주 땅이 딱 그러하더라고. 큰 강이 지나는데 뻘밭이 있고, 강의 양안에는 갈대가 무성해. 소만국경이라고 하는데, 그곳에서 일본 소녀 린코(鈴子)를 만나 사랑했지. 위안부였던 것 같은데 일본군 주력 부대가 빠져나가자 자유의 몸이 되어서 군인 가족들과 함께 살고 있었소. 추상같던 부대는 군기가 빠져 있었소. 린코와 나는 강가로 산책 나가 갈대밭 속에서 숨이 넘어갈 지경으로 뜨거운 사랑을 나누었지. 내일이 없기 때문에 정말로 마지막 불꽃을 태우는 심정으로 서로를 탐했지."

그는 추억이 서린 듯 눈을 지긋이 감고 한동안 말이 없었다.

"그래서 어땠소?"

청춘의 이야기는 젊은이들 호기심을 자극하기에 충분했다.

"어느 날 밤이었소. 강가의 갈대밭이 벌겋게 물들었소."

소만 국경 전지역에 걸쳐서 소련군이 진격해오고 있었다. 거추장스러우니 갈대밭을 모두 태우고 다가오고 있었다. 일본군의 주력은 인도지나 반도로 차출되어 진공상태였다. 오동태의 부대는 나이든

예비역들이 충원돼 들어와서 복무했기 때문에 전투력이 현저히 떨어져 있었다. 대대병력이 방어 대오도 갖추지 못하고 혼비백산, 패주하기 시작했다. 소련군 탱크가 밀려오고, 야크기가 편대를 이루어 조명탄을 쏘며 기총소사를 퍼붓자 가지고 있던 군기(軍器)를 모두 놓아두고 퇴각했다. 린코(鈴子)가 오동태에게 바짝 따라붙었다.

"당신을 따라가면 안 되나요? 나는 일본으로 갈 수 없어요."

"일단 이곳을 벗어나자구."

폭격으로 철로가 끊겨서 도보로 이동했다. 어느 만큼 갔을 때 같은 부대 다나카 대위가 잔류 부대를 인솔해 뒤쫓아왔다. 이때 가는 길 앞에서도 소련군이 밀려오고 있었다. 앞뒤가 소련군에게 협공을 당한 형세였다. 다 죽게 되는 상황이었다. 다나카가 갑자기 따라온 군인 가족들과 병사들을 향해 명령했다.

"남자들은 무장한 채로 남고, 여자와 아이들은 구렁창으로 가라."

여자와 아이들이 구렁창으로 내려가자 그가 다시 외쳤다.

"소련군은 잔혹하다. 여자를 보는 족족 강간한다. 내가 죽으면 죽었지 그 꼴을 못본다. 강간당하고 추하게 죽느니, 여기서 자결하라."

여자와 아이들이 한결같이 절규했다. 그는 산을 넘고 강을 건너고, 또 바다를 건너 수만리 떨어진 일본으로 돌아가기에는 여자와 아이들이 장애물이라고 보고 처치하겠다는 계산이었다. 남자들은 결사대로 최후까지 저항하는 유격대로 재편할 생각이었다.

"어차피 남자도 죽는다. 그러나 끝까지 싸우다 죽을 것이다. 여자들은 텐노헤이카(천황폐하)의 짐이 될 뿐이다. 연약한 어린이와 여자는 고국에 도착하기 전에 모두 죽는다. 여자 어린이까지 윤간을 당하고 죽을 것이다. 그러니 여기서 마음 편하게 죽어라. 고생없이 여기서 편하게 옥쇄하는 것이다."

자결을 명하자 여자들이 아이들을 껴안고 떨었다. 울음을 터뜨리며 용서를 비는 여자도 있었다. 이때 병사들이 누구랄 것도 없이 '우미 유카바'를 불렀다. 잠시 후 모두 따라부르며 비장한 각오를 다졌다.

우미 유카바(海行かば/바다에 가면)

우미유카바 미쯔쿠 가바네(바다에 가면 물에 잠긴 시체)
야마유카바 쿠사무스 가바네(산에 가면 풀이 돋은 시체)
오키미노 베니고소 시나메(천황의 곁에서 죽어도)
가에리미하세지(돌아보는 일은 없으리)

군가는 느리나 구슬프고 장엄했다. 노래가 이어지는 동안 마침내 여자들이 차례로 서로 찌르고 비명에 갔다. 칼이 깊숙이 들어가지 못하고 쓰러지면 병사들이 달려들어 대검으로 가슴을 찔러 죽음을 도왔다. 철없는 아이가 본능적으로 도망을 가면 쫓아가서 총 개머리판으로 머리통을 날려버렸다. 모두가 제 정신이 아니었다. 완전 광기였다. 극단으로 몰리면 이런 일도 서슴없이 저질러지고 만다는 것을 보고 오동태는 전율했다. 일본놈들의 잔인성은 자해·자결하는 데서도 여실히 드러나고 있었다.

죽음의 제전이 끝날 때까지 병사들이 계속 '우미 유카바'를 부르는데 그중 한 병사는 스스로 자기 배를 갈랐다. 아아, 이렇게도 처절한 죽음이 있구나. 저 노래 속에 무엇이 담겨있길래 죽음을 두려워하지 않고 사라져가는가. 여학생들이 불러주는 저 노래를 듣고 가미 카제(일본제국 결사특공대) 특공대 소년병들이 출격해 미군함에 애기(愛機)

를 처박아 산화하고, 소련군 탱크에 TNT를 둘레메고 덤벼들어 폭사하고, 남양군도에서는 절벽에서 꽃잎처럼 한꺼번에 떨어졌다. 그 가운데는 조선인 위안부들도 수십 명씩 함께 떨어졌다. 물정 모르고 끌려가 남의 전쟁에 스스로를 내던진 것이다.

'우미 유카바'는 죽음(옥쇄)을 미화하는 노래지만 일본의 제2의 국가(國歌)였다. 그렇게 일본 제국주의는 집단 광기로 몰고 갔다. 태평양전쟁 말기 NHK 라디오 방송에서 병사들이 패전 끝에 옥쇄(자결) 작전을 벌였다고 하면 예외없이 '우미 유카바'를 흘려보냈다. '우미 유카바'는 장엄한 집단 최면의 자폭 송가였던 것이다. 패망한 일본은 내놓고 자결을 찬양, 고무하고 있었다. 참으로 무서운 나라였다.

"그래서 어떻게 되었소."

어느새 좌중이 그의 얘기에 몰입되어 있었다.

"린코가 죽었소."

오동태가 한숨을 쉬었다.

"린코가 죽다니?"

"우리는 흥안령산맥 최남단 일본군 사령부까지 갔소. 사령부에 수용된 어느 날 린코가 섧게 울더군. 지쳐서 그러려니 여기고 불러내서 달랬지요. 남녀가 따로 구분되어서 이동숙소에서 잤던 때였소. 린코가 다나카 대위가 무섭다고 하더군. 술에 취하면 미치광이가 된다고 했소. 그러면서 지금 가봐야 한다고 했어요. 그의 숙소를 찾지 않으면 죽을 것이라고요."

미심쩍어서 그가 그녀 뒤를 밟았다. 다나카는 병영으로 사용하던 빨간 벽돌 건물을 독채로 쓰고 있었다. 린코가 들어오자 취한 얼굴로 벼락같이 호통을 쳤다.

"갈보 무리에서도 빼주고, 자결 무리에서도 빼주었는데, 은혜를 모르는 년, 조센징한테 빠져서 조선으로 들어간다고?"

"이제 나는 자유인이에요!"

린코가 대들었다. 그녀의 태도가 너무도 당당해서 오동태는 숨이 막혔다.

"조선에 들어가면 너는 매국노야!"

"내 사랑을 막을 수 없어요! 당신은 나를 탐하지만 내 마음은 오상한테 가 있어요!"

그가 질투심으로 눈을 이글거리더니 권총을 뽑아들어 그녀를 향해 쏘았다. 비명 한마디 지르지 못하고 그녀가 쓰러졌다. 이때 미행했던 오동태가 단검을 뽑아들고 뛰어들어 그의 가슴과 목을 찔렀다. 멀고 가까운 곳에서는 소련군의 야포 소리와 콩볶는 듯한 총소리가 끊임없이 들려왔다.

오동태는 넋나간 사람처럼 한동안 말문을 잃었다.

"그래서 어떻게 되었소?"

"사람의 목숨이 꼭 성냥개비 부러뜨리는 장난같이 느껴졌소."

그는 그 길로 홀홀단신 남하의 길을 택해 달렸다. 사흘을 굶주리며 나무뿌리, 풀뿌리를 뜯으며 끝이 안 보이는 광야에 이르렀을 때, 일본군 사단사령부가 나타났다. 사령부에는 육탄으로 소련군 탱크를 저지하는 결사대가 결성되어 있었다. 오동태도 결사대에 편입되었다. TNT를 주렁주렁 몸에 매달고 소련군 탱크에 달려드는 것이었다. 뇌관을 잘못 건드려 소련군 탱크에 도착하기도 전에 폭발해 일본군 막사가 날아가버린 경우도 있었다. 오합지졸들의 말로가 비참했다.

오동태는 소련군에 생포되어 열차 편으로 이송되었다. 기차는 몇날 며칠 동안 수피가 하얀 자작나무 숲을 달렸다. 그라스로얄스크

일원에는 일본군 수만 명이 포로로 잡혀들어와 있었다. 생사에 미련도 기대도 없이 오동태는 두 달째 혹독한 노동에 시달리는 수용소 생활을 했다. 어느날 밤 망루를 지키던 초병이 잠들어 있을 때(사실 그들은 형식적으로 근무했다), 트럭이 밖으로 나가는 것을 보고 재빨리 차에 뛰어 올라탔다. 북쪽이나 서쪽으로 간다고 생각되면 차에서 내리고, 남쪽으로 가는 차를 보면 무조건 갈아탔다.

"나 카레이스키, 카레이스키!"하고 그동안 익힌 소련 말로 운전병을 향해 말하면 소년티가 완연한 어린 병사들은 이상하게 생각하면서도 청을 들어주었다. 전쟁 포로 숫자가 많고, 도망병도 속출해 속수무책이었고, 왜 전쟁을 하는지도 모르는 자가 많아 그들 역시 될 대로 되라는 식이었다. 남쪽으로 내려갈수록 남하하는 조선인들이 백 명, 이백 명씩 떼를 지어 가는 모습이 보였다. 그도 거기에 합류했다. 이윽고 국경선인 함경도에 도착했다. 북한 보위부대원들이 월남인들을 가로막고 학교 건물에 수용했다.

"너희는 일본 군대였으니 모두 적이다. 친일 세력은 모두 처단한다."

오동태가 하소연했다.

"나는 일본군에 강제로 끌려갔습니다."

"간나 새끼, 끌려가지 않은 청년이 없어. 그런 중에도 끌려가지 않은 청년도 많아. 너희는 쥐새끼같은 기회주의자 아니간?"

한 한인 청년장교가 나오더니 수용자의 출신 지역을 체크했다. 만주에 가족이 있다는 사람이 5백명, 북한이 고향이라는 사람이 1천명, 남한이 고향이라는 사람은 150명 정도 되었다. 만주 출신은 알아서 가도록 방면하고, 북한 출신은 억류했다.

"남반부가 고향인 자는 날 따라오라우."

그를 따라가자 기차 역부였다. 청년장교가 검은 천으로 창문이 가려진 기차에 모두 타도록 명령했다.

"이게 마지막 기차가 될 기야. 나두 본래는 목포가 고향이디. 고것만 알구 가라우."

기차를 타고 평양에 도착했다. 시내가 무거운 것에 억눌린 듯 공포스런 분위기였다. 오동태는 어디서도 느껴보지 못한 이상한 전율을 느꼈다. 북한 당국은 일본인을 가혹하게 다루고 있었다. 처절한 복수극이었다. 일본 여자들은 불려가 강간을 당했다. 그는 대구와 장호원이 고향이라는 괴청년 둘과 보름 만에 수용소를 탈출했다. 육로를 밤낮없이 걸어 평안도를 지나 황해도 해주에 이르러 밀선을 타고 인천항에 들어오자 경찰이 그들을 체포했다.

"너희는 지령을 받고 내려온 북쪽의 공작원이다. 밀정의 말로가 어떤 것인지 보여주겠다."

그리고 매타작이 시작되었다. 따지고 묻는 것 없이 몽둥이질이었다.

"우리는 강제로 끌려가 시베리아에서 죽도록 고생하고 돌아온 사람들이오!"

이렇게 하소연했으나 통용되지 않았다.

"이 새끼들, 거짓말만 늘었군. 이실직고하면 면죄가 되지만, 불지 않으면 골로 간다. 너 어느 부대 소속이냐? 침투로가 어디인지 불라!"

실제로 버티다 둔기로 맞고 하얀 골이 빠져나와 즉사한 청년도 있었다. 북쪽도 잡아가두긴 마찬가지였지만 남쪽은 더 거칠고 험악했다. 고문이 일상사처럼 자행되었다. 수사는 순전히 고문에 의존했다.

소학교 부로자수용소에 수용된 나날은 악몽이었다. 자고 나면 사라지는 사람이 많았다. 어느날 밤 그는 뒷문으로 빠져나와 수렁같은 뻘바닥을 북북 기어서 탈출했다. 집으로 돌아가지 못하고 공원으로 신분 세탁해 방직공장에 취직했다. 하지만 억울해서 견딜 수 없었다.

"험한 꼴이라고는 다 겪은 내가 왜 여기에서 또 당하는지 몰랐소. 내가 내 고향에 왔는데 왜 또 당해야 하지? 이런 조국을 만나려고 죽음의 고비를 넘어왔는가, 숱한 죽음의 뒤편에서 살아온 대가가 이것인가. 억울하게 죽은 자들을 대신해 열심히 살겠다고 다짐했지만 허무해서 견딜 수가 없었소. 그들을 지켜주지 못한 미안함도 있소. 죽음은 넝마 같은 것, 그래서 이제는 생사도, 미련도, 집착도 없습니다. 다만 이 시간 현재 배가 고플 뿐이오."

오민균이 호주머니를 털어서 그에게 지전과 동전을 건넸다.

"고맙소. 이것을 얻기 위해 말한 것은 아니었소. 거렁뱅이가 되었다는 것이 비참하오. 하지만 여러분은 북녘으로 갈 때가 아니오. 여기 남아서 나랑 무언가를 도모합시다."

그러면서 최명산을 손가락질로 가리키더니 결론을 내렸다.

"저 청년의 말이 맞소. 그것은 경험해본 자만이 아는 것이오. 죽어도 내 땅, 내 고향에서 죽어야지, 또다시 낯선 땅에 가서 비명횡사하면 무슨 의미가 있소?"

그는 이정길로부터 연락처를 챙기더니 표표히 사라졌다. 그의 뒷모습이 쓸쓸했다.

그의 말에 홀린 듯이 빠져있던 일행은 한동안 멍하니 침묵을 지키고 있었다. 해방된 세상이 오히려 잔혹한 세상이다. 어떤 절망이 청년들의 가슴을 매운 바람처럼 휩쓸고 지나가고 있었다.

"우리 이러면 안 되지."

이기면이 나섰다.

"마음을 다잡고 본론으로 들어갑시다. 우리가 어떻게 하면 순수 무결하게 새 나라를 건설하느냐를 생각해봅시다. 저 불란서를 한번 보자구요. 그들은 역사 정리를 제대로 하고 있지. 침략자 독일에 협력한 비시 정권 담당자들, 부역 언론들, 독일 병사에게 몸을 판 창녀들까지 싸그리 잡아 단죄하고 있지. 보복이라고 보지만 결코 보복이 아니야. 나라의 재구성이란 거지. 더러운 자들과 함께 간다는 것은 스스로를 모욕한다고 보는 것이지. 그런데 우린 뭐지? 더 기가 막힌 것은 치안과 행정을 자주적으로 이끌던 건준을 미 군정이 강제해산했단 말이오. 경찰 출신을 앞세워서 말이오. 그 결말이 뭐지? 민족세력은 배제되고, 변신한 친일파에게 모든 권한과 이권이 넘어가고, 치안권까지 위임되고… 이렇게 세상을 조롱해도 되는가? 기존의 편견이 더욱 강화되는 역화효과처럼, 방귀뀌고 성내면서 그것들이 더 군림하는 세상이 돼버렸어. 공자 말씀에 과이불개 시위과의(過而不改 是謂過矣)라는 것이 있지. 잘못을 저지르고 고치지 않는 것이 더 큰 잘못인데, 독립운동이 밥먹여 주냐며 그런 사람들을 되려 잡아가두고 패고, 어디론가 보내버리고 있단 말이오. 행불자가 얼마나 많은가. 이런 공포사회가 과연 정의로운가. 그러니 이래 가나 저래 가나 매한가지다. 북으로 가자."

그러자 최명산이 받았다.

"아까 오동태란 자로부터 듣지 않았나. 지금 북한사회는 모두 소경이 등불 켜고 나대는 꼴이라니까. 길이 어디 있는지도 모르고 헤매고 있소. 이념이 무엇인지, 사상이 무엇인지, 미국놈이 어떤 놈이고 소련놈이 어떤 놈인지 모르고 설치고 있소. 아라사놈들은 또 여자라면 환장하는 상놈의 새끼들이오! 그 자들이 우리를 위해서 왔다고?"

"그럼 남쪽은 어떻소?"

"미 점령군은 조선총독부를 신뢰하오. 미일간의 흥정이 있다는 걸 알 수 있지. 총독부는 수천 명의 무장해제된 일본군 출신을 경찰병력으로 대체했는데, 이건 미군과의 합의해서 나온 산물이오. 조선민중을 탄압하기 위해 동원하고 있지. 백성을 적대시하는 점령군의 오만한 모습이오."

조선총독부는 패망 직후부터 전후 처리를 위한다는 명분으로 오키나와에 있던 미24군단과 부단히 무선교신을 했다. 조선총독부는 "일본군의 무장해제와 일본인 철수작업이 평화적으로 진행되도록 최선을 다하고 있다. 그런 과정에서 미군에 양도할 군수품의 상당량이 도둑맞았고 경찰서 습격을 받았으며, 조선인 경찰관들이 도망을 가버려서 무법질서의 상황이며, 그 사이 폭동이 매일 일어나고 있다"고 미태평양사령부에 보고했다.

그들이 이런 보고를 한 것은 치안권을 계속 행사하기 위한 교섭이었고, 무장 해제된 일본군을 경찰로 전환하기 위해서였다. 옛 관료들을 들여앉히고자 하는 선무공작이었다. 거기엔 일본으로 돌아가도 그들의 친위 세력이 조선을 다스리도록 한다는 복안이 깔려 있었다. 다시 말하면 일제의 또 다른 연장인 셈이었다. 북한지역에서는 맨몸으로 비참하게 쫓겨났지만, 남한사회에서만은 터럭 하나 다치지 않고 물러가겠다는 안전판을 구축하는 의도와 함께 후자의 입장도 크게 고려되었다. 이렇게 말한 이기면이 목소리를 높였다.

"이러니 그자들이 오만해질 수밖에! 총독이란 새끼가 장난쳤지. 9월 8일 미군이 인천에 상륙했을 때, 경찰이 환영나온 한국인에게 총을 쏴 몇 사람을 죽이고, 수십 명에게 부상을 입힌 것 알지? 그런데도 묵인되었어. 한국인이 불량하다고 총독부가 미군에게 미리 정보를 제공했기 때문이지. 우리가 협상 주역으로 나서지 못하고 대신 저놈들이 미군의 카운터파트로 나서니 이런 꼴을 당한 것이야. 여전히 우린 식민지 백성일 뿐이야. 이게 누구 때문이지?"〈이완범(한국학대학원교수)'미군과 소련군은 해방군이냐 점령군이냐?' '한국해방 3년사―광복과 분단' 참조〉

"우리 스스로의 역량이 없으면 어떤 천사도 우리를 보살펴주지 않지."

최주평이 받았다. 최명산이 이의를 제기했다.

"내가 북녘의 소련군 치하에서 살아본 경험을 말하겠소. 소련군사령관 치스차코프는 포고문을 통해 해방된 조선인민 만세!를 외쳤지. 그래서 미군은 점령군이요 소련군은 해방군이다, 라는 등식이 생겼지. 그러나 이런 도식은 피상적 관점이오. 소련은 점령군이라는 사실을 위장하기 위해 백성을 현혹하는 선전술을 폈을 뿐이오. 순박한 백성들은 포고문 문맥 하나에 소련은 조선인에게 덕담을 주고, 분할 점령할 의도를 갖고 있지 않다, 대신 미군은 점령군으로 왔다, 이런 식으로 몰아갔소. 그러나 시일이 지나자 그것이 아니란 걸 알게 되었소. 모두가 허구야."

"우린 미국이 왜놈들을 비호하니까 이의를 제기하는 거요. 일본은 패전국의 신분을 잊고 한반도 정책에 깊숙이 관여하고 있소. 그게 미국 때문이 아닌가. 북쪽은 소련군에 의해 일본놈들이 분쇄됐는데 남쪽은 미군의 비호를 받은 왜놈들과 친일파를 도처에 심고 있소. 그렇다면 누가 도덕적 우위에 있소? 왜놈들이 조선민중을 좆으로 아는 거요. 도대체 역사란 우리에게 무슨 소용이 있소? 과연 정의 때문에 역사가 존재하는 거요? 거꾸로 가고 있소. 죽어가는 왜놈들이 몽양 선생에게 치안유지와 안전 귀국을 구걸하더니 미군사령부와 내통한 뒤로는 완전 표변해버렸소. 그후 온갖 이간질로 국내 정정을 분탕질해버렸소. 이걸 모른 우리가 바보지. 그 사이 그들은 재산과 돈을 빼돌리고, 수백 톤의 금괴도 빼돌렸다는 소문이 있소. 우리가 물정 모르고 다투는 사이, 그놈들은 귀국동포 수천 명이 탄 귀국선을 바다에 수장시키기까지 했소. 그러면서도 코웃음치고 있소.”

“전승국 미국이 우리를 대신해 왜놈들에게 식민지 약탈 진상규명과 배상을 요구한 게 있소?”

“왜 그러시나. 한통 속이라니까. 그들 역시 범죄자, 또는 공모잔데 어떻게 돕겠소? 우키시마 호 참상을 봅시다. 일본은 미국이 수중 매설한 기뢰폭발로 인해 배가 반토막이 났다고 보도했소. 결국 서로 책임전가하면서 책임회피를 하는 것이지. 조선민족을 우습게 아는 꼴이지. 수천 명이 죽었는데도 두 나라 모두 눈 하나 깜짝 안 해. 개새끼들!”

“이래저래 우리만 개피 보는구만.”

“그래요. 그저 팔자소관이거니 여기고 살아가라는 거요. 개인의 팔자는 민족의 운명을 벗어날 수 없다는 것을 실증적으로 보여주지. 치욕스럽소. 힘을 모아도 안 되는데 분단이 되었소. 그중 북이 나으니 나는 북으로 가겠소.”

다시 최명산이 나섰다.

“혼란스러워도 남한사회가 낫소. 미국놈 부랄 하나 잘 잡으면 적산가옥 불하받고, 성냥공장 비누공장도 물려받을 수 있소. 기회의

땅이오. 나는 꿈을 품고 월남했소. 나와 함께 행동합시다. 서북청년
단에 가입합시다."

"귀하가 말한 게 사실인지 아닌지 직접 북을 보고 확인하겠소. 나
를 따를 사람은 지금 나서시오. 다방구석에 박혀 회색의 논리나 펴
는 창백한 지성은 더 이상 용납될 수 없소."

곁에서 이 말 저 말 듣고 있던 청년이 자리를 박차고 일어나더니
다방 문을 나섰다. 모두가 뜬구름을 잡고 있는 것이었다. 최명산은
나머지 청년들을 향해 열을 뿜었다.

"정말 북의 사정을 모르겠소? 내가 북녘 땅에서 겪은 두 가지를 말
하겠소."

최명산이 자세를 고쳐 앉았다.

"신의주학생 의거부터 얘기하겠소."

치스차코프 포고문에는 소련이 북한 주민을 위한다고 했으나 내
밀하게 공산주의 체제를 구축해나가고 있었다. 소련군은 행정권을
인민위원회로 넘긴다고 하고는 그들이 실권을 행사했다. 소련군과
함께 귀국한 공산주의 세력을 지원하면서 친소련 정부를 수립하는
데, 그 과정이 비밀스럽고 음험하게 진행되고 있었다.

"나는 평안도자치위원회 자치위원이랬는데 허수아비였소."

"거기도 건국준비위원회가 결성되어 있지 않았습니까?"

"먼저 자치위원회가 구성되었소. 고당 조만식 선생이 몽양 여운
형 선생의 연락을 받고 이 조직을 건준으로 전환했는데 구성원이 혼
재된 상태에서 자체적으로 자치위원회를 만들어 행정공백을 메꾸었
소. 존경받는 유지들이 자치위원이 돼가지구 치안과 민원을 해결해
나갔소. 우리야 고을 치안을 유지하다가 상해 임시정부가 들어오면
거기에 가져다 바치면 된다고 보았지. 어떤 기구, 어떤 단체 소속이

중요한 것이 아니었던 거야. 그런데 어느 날부터 자칭 공산주의자들이 활개를 치더니 상황이 복잡하게 돌아갔지. 혼재된 조직 안에서 그들은 순수 공산주의자가 아니야. 얼치기들이야."

처음엔 민족주의 진영이 명분도 있고 주민의 신망을 얻어서 민심을 수습해 나갔다. 어느날 소련군이 시·군까지 들어오면서 토착 공산주의자 몇이 환영대회에 나갔다 오더니 이렇게 외쳤다.

"너희들은 다 죽었다! 당장 재산 내놓지 않으면 모두 몰아낸다!"

소련군이 이를 부추기며 한 수 더 떴다. 상점을 약탈하고, 주민의 손목시계를 빼앗고, 여자들을 데려가 욕보였다. 고국으로 돌아가는 일본 여자들을 주로 강간했다.

"거부하면 죽이니까 일본 여인들 고분고분 응하는데 인간으로서 동정이 갑다. 예의를 아는 우리가 그것을 용인할 수 없지. 고래서 자치위원들이 전면에 나서서 막았지. 사람의 도리를 하라우! 유지들이 꾸지람을 하자 그 자들이 말을 듣는 척하다가 밤이 되면 똑같아지는 거야. 육식을 하는 놈들이라서 그런지 욕정을 참지 못하구 여자를 탐하고, 나아가서는 공장 기계와 물품을 빼돌리구, 불평불만 분자를 찾아내서 어디론가 보내버리는 거야. 차가운 시베리아로 보낸다는 소문이었소. 시베리아 삼림지대는 일손이 절대적으로 부족하니까, 독일군 포로, 일본군 포로들을 시베리아로 보내버리는 것이지. 그중 조선의 불평불만자들을 이적시해서 똑같이 시베리아로 보내버리는 것이지."

소련군은 계획을 세워 한반도 진격을 추진했던 것이 아니라 부대를 급조해 전선에 투입한지라 불량배, 동부 시베리아를 떠도는 유랑 건달들이 꽤 소속되어 있었다. 지식과 교양 정도가 형편없는 병사들이었다.

이런 내용은 훗날 중앙일보 대기자 김국후가 쓴 기획기사 〈평양의 소련군정 비록(秘錄) 조선민주주의 인민공화국〉에 그대로 보도되었다. 장달수의 '한국학 카페 자료'도 이를 뒷받침하고 있다. 일부 요약하면 다음과 같다.

— 소련의 한반도 점령을 위한 대일 전쟁은 세계전쟁사에서 유례를 찾아볼 수 없을 정도로 최단기간에 끝났다. 소련군은 대일 선전포고를 한 다음날인 1945년 8월 9일 나진 웅기 청진 함흥 등에서 일본군과 약간의 전투를 벌였을 뿐, 거의 무혈 입성했다. 일본군은 제대로 총 한방 쏘지 못하고 무장해제를 당하고, 사령관을 비롯 지휘관 모두 체포되었다.

소련 국방성 비밀문서에 따르면, 1945년 8월 31일 현재 일본군 전사자는 장교와 병사를 포함해 1만 3295명, 포로병 13만 8687명이다. 소련군 사망자는 1446명(장교 143명, 하사관 527명, 병사 776명)으로 일본군 전사자의 10분의 1에 불과했다.

소련군은 일본군 평양수비대 사령관 다케나토 중장 등 북한 주둔 장성 27명을 포로로 잡았고, 이들 장성들과 포로병들은 시베리아로 압송해 군사재판에 회부했다. 이들은 사형을 선고받아 처형됐거나 장기형을 선고받고 투옥되었다. 포로들은 시베리아 집단농장에서 강제노역을 하다가 제한된 일부만 송환되고, 나머지는 그곳에서 비참한 최후를 맞았다.

1945년 8월 26일 평양인민위원회 위원장 조만식은 토착 공산주의자이자 부위원장인 현준혁과 친소파 공산당 대표 김용범, 박정애를 대동하고 소련군 점령군사령관 치스차코프 대장의 숙소를 찾았다.

조만식은 치스차코프에게 "소련 군대가 조선에 온 목적이 무엇인가? 해방군인가, 점령군인가?"라고 물었다. 치스차코프는 "나는 순수 군인이므로 정치 문제는 잘 모른다. 곧 입성하는 정치장교 레베데프 소장을 만나 상의하라"며 이들을 돌려보냈다. 며칠 후 평양에 도착한 제25군 군사정치위원 레베데프 소장을 만난 조만식이 역시 똑같은 질문을 했다. 레베데프가 대답했다.

"소련군은 해방군으로 왔다. 점령군이 아니다."

레베데프는 그러면서 '조선민중에게 고한다!'라는 포고문을 제시했다.

"그렇다면 좋다. 친일파가 준동하고 있는 가운데 공장 가동이 중단돼 노동자들이 굶주리거나 떠돌고 있다. 식량 또한 절대적으로 부족하다. 토지 제도 미비나 문맹자 문제도 산적해 있다. 우리의 기본 정치노선은 민주주의여야 하고, 자본주의에 입각한 경제제도를 채택해야 한다. 교육을 통해 인민을 깨우쳐야 하고, 피압박 민족의 한을 자주독립국가 건설로 풀어야 한다. 이 모든 것을 위해 종교 집회 결사의 자유 등이 보장돼야 한다. 그렇게 할 수 있나."

조만식이 묻자 레베데프 소장이 불쾌한 표정을 지었으나 정치장교답게 흉중의 속마음을 감추고 정중하게 답했다.

"옳은 말이다. 앞으로 서로 협력해서 그런 사업들을 줄기차게 펴나가자."

이에 앞서 레베데프는 스탈린과 소련군 총참모장 안토노프 장군이 공동명의로 발표한 '소련군의 북한 점령에 따른 7개항의 지시' 비밀문서를 극동전선총사령관—제25군 군사회의 경로를 통해 전달받았다. 그가 전달받은 비밀지시 사항은 다음과 같다.

1항 북한 영토안에 소비에트(의회)및 그 밖의 소비에트 정권의 기관을 수립하지 말 것.

2항 북한에 반일적인 민주주의 정당 및 조직의 광범위한 블록(연합)을 기초로 한 부르주아 민주주의 정권을 확립할 것.

3항 붉은 군대의 점령지역에 반일적인 민주주의 조직 및 정당이 결성되는 것을 방해하지 말고 그 활동을 원조할 것.

4항 북한 주민들에게 붉은 군대가 북한에 진입한 것은 일본침략자의 분쇄가 목적이지, 소비에트 질서의 도입이나 한국 영토의 획득이 목적이 아니다 라는 점을 설명하라.

이외 몇 가지 더 포함된 이 문서는 1993년 9월 20일 러시아정부로부터 비밀 해제되어 공개되었다. 이것을 일본의 마이니치 신문이 같은 해 9월 26일자로 특종 보도했다.

이 자료에 따르면, 소련은 북한에 동유럽형 민주연합정권을 수립하려는 계획을 세우고 있었다. 스탈린이 촉구한 '반일적인 민주주의 정당 및 조직의 광범위한 블록(연합)을 기초로 한 부르주아 민주주의 정권을 확립한다'는 것은, 부르주아 민주주의 정권이라는 서유럽 형태의 정권이라기보다 코민테른이 제시한 프롤레타리아 혁명 단계의 권력 형태를 지칭한 변형된 수사였다. 소련도 미국과 마찬가지로 초창기 한반도에 대한 구체적인 통치 정책이 수립되어 있지 않았다. 그래서 지원자로 나서겠다는 것을 천명했다.

두 강대국의 냉전이 강화되기 전까지는 민주주의 인민정부 수립을 지원하는 스탠스를 취하고 있었다. 이를 달리 해석하면, 이때 남북 지도자들이 오스트리아의 예에서처럼 갈등을 조율하고 단합한 가운데 합의의 과정에 도달했다면 분단고착화를 막을 수 있었지 않앴을까 하는 것이다.

레베데프는 조만식을 첫 면담할 때까지 순수하게 한국의 정권수립을 지원하는 입장을 견지했다. 소련의 정책노선은 이중성을 갖고 있긴 하지만, 이때까지 협력, 또는 지원자의 보폭을 유지하고 있었다.

세상은 뜻하지 않은 요인에 의해 선한 길을 가기도 하고 극단의 길을 가기도 한다. 그것을 이끄는 힘은 착한 지도자들의 몫이다.

소련군은 입국 초기 조만식의 평남건국준비위원회와 현준혁의 조선공산당평남지구위원회의 합작을 지원하여 평남인민정치위원회를 출범시키는 등 민족주의자와 공산주의자 그룹의 통합을 지원하고 자치 조직을 허용했다.

레베데프는 인품이 훌륭한 항일투사 조만식이 북한 사회에서 절대적 신망을 얻고 있다는 점을 확인하고, 그를 지도자로 내세울 복안을 가졌다. 고당의 조선민주당 당원은 5천500명인데 비해 현준혁의 조선공산당은 4천명 수준이어서 그는 민주주의 국가원수로 내세울 자격과 조건도 충분히 갖추고 있다고 보았다.

그런데 어느 순간 변화가 생기기 시작했다. 동유럽 위성국가를 세울 때와 같이 소련은 점령지의 지도자를 발탁할 때, 민족주의자나 토착 공산주의자를 선택하지 않는다는 원칙에 따라 조만식을 배제한 것이다. 조만식은 국민의 신망을 받는 지도자여서 소련이 함부로 핸들링할 수 있는 인물이 아니라는 고민이 있었다. 그들 입장에서 보면 다행히도 고당이 찬반탁 공간에서 뚜렷한 반공 노선을 걸었다. 소련 군정은 조만식을 회유했지만 소신을 돌리는 데는 실패했다. 결국 그는 연금 상태가 되었다.

소련측은 현준혁 박헌영 김일성의 성향을 살폈다. 현준혁은 토착 공산주의자인데다 민족주의자 고당과 제휴한 회색분자이고, 경성제대 법문학부 출신의 해박한 이론가여서 이론가보다 투쟁적인 군인을 선호하는 소련당국으로서는 일차적으로 배제 대상이 되었다. 박헌영 역시 토착공산주의자로서 원칙적이고 고집스럽고 강경하다는데 일차적 거부감을 주었다.

뒤늦게 평양에 입성한 김일성의 지위도 유동적이었다. 나이가 젊은데다 경험부족, 대중적 신망 등이 불확실했다. 조만식보다는 충성적이고 소련군 위관 출신이란 점이 인정되었지만, 조선사회에서 나이가 벼슬인 전통적 풍습에 따라 서른세 살의 젊은 나이와 대중적 인지 부족 등이 소련의 이익을 대변해줄 적임자가 될 것 같지 않았다. 그런데 어느 순간 비밀지령이 내려와 레베데프는 일사천리로 작업을 진행했다.

"김일성이라는 이름은 북한 인민에게 항일의 민족영웅으로 널리 알려진 인물이다. 지도자로 내세우기가 좋다. 가짜냐 진짜냐의 여부는 그리 중요하지 않다. 정보가 빈약한 조선 민중은 젊은 김성주를 김일성이라고 이름을 바꿔 불러도 믿을 것이다. 그는 학식과 공산주의 이론을 갖추지 못했지만 정치적 신념이 강한 항일 빨치산 출신이고, 충견처럼 소련에 충성할 것을 다짐했기 때문에 그를 지도자로 내세울 조건은 충분하다. 그를 전설적 영웅 김일성으로 환생시켜 공개석상에 내보내는 것은 민도가 낮고, 정보가 빈약한— 그래서 소문이 무성한— 조선사회에서는 유용한 대중조작의 상징인물이 될 수 있다."

소련의 비밀 경찰의 보고 내용 중 하나다. 이러는 과정에서 신의주 학생의거가 터졌다. 거리에 레닌과 스탈린 초상이 내걸리고, 프롤레타리아 만세 현수막이 나붙으면서 야릇한 공포심이 거리를 지배하던 때 일어난 사건이다. 갑자기 사람들이 어디론가 사라지고, 자치위원회가 공산당 본부로 간판이 바뀌고, 명문 수산기술학교가 폐쇄되고, 금융조합 건물을 정치훈련소로 전용하는 등의 사태가 민심과는 상반되는 것이었다. 공장의 주요 기기가 뜯겨나가고, 여자들이 납치되고 있었으니 불안감은 증폭되었다.

이때 신의주고보 학생들이 '로스케놈들 물러가라'며 항의시위를 벌였다. 이들이 거리로 쏟아져나온 1945년 11월 23일 낮 오포가 터뜨려질 때쯤 콩 볶는 듯한 총소리가 났다.

최명산이 본정통 사무실에서 급히 뛰쳐나가보니 거리에 학생 수십 명이 쓰러졌는데, 그중 세 명은 즉사했다. 임시 설치된 공산당 본부엔 더 많은 희생자가 났다.

"나는 무서운 줄도 모르고 공산당 본부로 달려갔소. 분노가 머리 끝까지 차올랐지. 거기선 기관총을 장전하고 학생시위대를 향해 무차별적으로 갈겨대고 있었소. 운동장에는 소련 군인들이 까맣게 깔려있고, 부상자들을 어디론가 들것에 싣고 가는데 소련군 장교가 나에게 다가오더니 '너는 뭐냐'고 물어요. 나는 대답 대신 '이게 무슨 짓이냐!'고 소리 질렀댔시오. 그러자 그가 통역을 데리고 와서 내가 무슨 말을 하느냐고 묻는 거야요. 통역은 고국으로 돌아갈 일본 여자였는데, 갈보였소. 여자가 나에게 '학생들의 지휘자냐'고 물어요. 나는 분한 생각으로 '내 형제들이 죽었다'라고 외쳤지. 여자가 소련군에게 뭐라고 라   라 하자 그가 단박에 내 가슴에 총을 겨눠요. 아, 죽었구나. 그런데 이때 내가 태연해지더군. 배짱이 생기더군. 극한 상황에선 생사를 뛰어넘는다는 것을 그때 알았소. 나는 가슴을 쩍 벌리고 야, 씨발놈들아, 쏠 테면 쏴라! 이따위 총부리 겁 안내! 그랬더니 일본 여자가 또 뭐라고　라 대는 거야. 그러자 소련군 장교가 나를 체포되어온 사람들 속으로 밀어넣는 거야요. 그리고 매타작이 시작되는데 뒤통수를 맞고 까무라쳤지."

서울역 앞의 다방인지라 주위가 시끌벅적했지만 최명산의 얘기에 주변이 일순 조용해진 가운데 모두들 그의 말에 귀를 기울였다. 어지러운 세상에서 누구나 하나씩의 굴곡진 사연들을 갖고 있는데, 그것은 해방공간이라는 특수상황이 안겨준 하나의 '대서사'였다.

"깨어보니 헛간 같은 곳이더군. 아마도 내가 죽었다고 생각하고 헛간에 버리고 간 모냥이라. 재가 가득 쌓인 헛간에서 깨어났는데, 그때 무섬증이 들더군. 사람들이 어디론가 끌려간 것보다는 행운이라고 여기면서 숨어서 집으로 돌아왔시오."

이때 자치위원회는 간판을 내렸다. 대신 보안서에서 일주일에 한 번씩 나와 보고하라는 명령을 내렸다. 존경받는 유지의 동태를 살펴서 보고하라는 지령이었다. 고을 어른을 밀고하라는 지령을 받아들인다는 것은 양심상 수용할 수 없었다. 그는 고민하다 평양을 거쳐 황해도 해주— 서해 노선을 타고 남하했다.

"이런 목숨 건 남하인데, 정작 와보니 당신들 개판이오. 정신들 차리시오."

젊은 생도들은 할 말이 없었다.

"북한은 전체가 감옥처럼 숨죽이고 있고, 남한은 자유롭지만 마치 소돔 성 같소. 모두가 새 시대에 조응할 준비가 돼있지 못한 거요. 나는 여러분에게 감히 말하는데, 평양으로는 가지 마시오. 서울은 줄만 잘 서면 입신출세할 수 있는 곳이오. 현준혁 위원장 보시오. 암살당했잖소."

최명산이 긴 숨을 몰아쉬며 생도들을 훑었다.

제11장
경리장교 박경원의 결혼

1947년 가을 춘천에서 8연대 경리장교 박경원 대위가 결혼식을 올렸다. 국방경비대사관학교 중대장 박정희는 친구들과 함께 하객으로 이 결혼식에 참석했다. 박경원은 박정희보다 계급이 높았으나 다섯 살이 아래여서 그를 형이라 부르면서 친근하게 지냈다. 그들은 8연대에서 함께 복무하다 박정희가 경비대사관학교 교관으로 전속을 가 떨어져 지내고 있었다.

결혼식의 신랑측 들러리는 김점곤 대위였고, 신부 고금옥의 들러리는 이현란이었다. 이현란은 이화여대 재학중이었다. 그날 밤 하객들이 유쾌하게 노는 가운데, 모두들 김점곤과 이현란이 어울린다고 은근짜로 부추겼다. 김점곤도 그녀에게 좋은 인상을 갖고 있었고, 이현란 역시 같은 생각을 갖고 있었다. 밤이 깊어갈수록 모두들 김점곤과 이현란이 잘 맞을 것이라고 커플이 되기를 바랐다. 신방을 꾸며주겠다는 흰소리까지 나왔다. 김점곤은 후일이 있을 것이라고 여기고 다음날 부대로 돌아갔다.

몇 달 뒤 김점곤은 용산에 있는 장교 관사로 박정희 대위를 찾아갔다가 깜짝 놀랐다. 고금옥의 들러리를 선 이현란이 박정희와 살림을 차리고 있는 것이 아닌가. 김점곤은 불에 덴 듯 후다닥 놀라 그곳을 나왔다.

놀란 것은 박경원도 마찬가지였다. 박경원도 결혼한 뒤 육본으로 배치돼 용산 관사로 이사했다. 어느 날 아내 고금옥이 퇴근해 온 그에게 달려와 다급하게 말하는 것이었다.

"우리 결혼식 때 하객으로 온 박정희 씨와 내 들러리 섰던 이현란이 함께 살고 있는 것 같아요."

고금옥은 원산에서 출생하여 루시여고를 나온 뒤 교사생활을 하다가 월남했다. 이현란과는 여고 동창생이었다.

"그럴 리가. 내가 찾아가보리다."

밖에 나갔던 박경원이 놀란 얼굴로 돌아왔다.

"당신이 본 것이 사실이더군."

"그렇다고 나에게 한 마디도 말하지 않았지?"

고금옥이 못내 섭섭해 했다. 박경원이 아내를 위로했다.

"아마 쑥스러웠을 거요. 식도 올리지 않고 동거생활하는 게 부끄러웠겠지. 우린 만인이 축하해주는 가운데 결혼식 올렸는데, 저 사람들은 결혼식 올릴 상황이 못 되잖나."

고금옥은 그들의 앞길이 어쩐지 위태위태하고 조마조마하다고 생각했다.

박정희가 이현란을 꿰찬 것은 고도의 작전이 주효한 결과였다. 박경원과 함께 근무하는 이효 대위가 있었다. 함남 출신인 이효는 박정희와 경비사 2기 동기였고 박정희와 나이가 비슷했다. 둘 다 동기들보다 나이가 많았으니 둘은 가깝게 지냈다. 이현란은 이효의 조카였다. 어느 날 박정희가 이효에게 술 한잔 하자고 제의했다. 박정희는 이효를 만나자 대뜸 이현란 얘기를 꺼냈다.

"이형, 나 혼자서 쓸쓸하게 지내는데 박경원 대위 신부 들러리 섰던 아가씨가 이 대위 조카라면서요?"

"그걸 어떻게 알았소?"

"피로연에서 이현란 씨 만나서 잠깐 대화를 나눴죠. 가족 얘기를 하는데, 이대위 주선으로 고금옥의 들러리로 왔다고 하더군요. 그런데 진전이 안 돼요."

"하여간에 용감하군. 그 애 눈이 대단히 높은데? 고관대작 자제들로부터도 혼담이 오고 있소."

박정희는 조급해졌다. 그녀를 누구에게도 빼앗기고 싶지 않았다. 이효 역시 박정희의 열정과 혼자 쓸쓸하게 산다는 동정심이 생겨서 이현란을 불러 귀띔했다.

"박정희 대위가 사는 것은 어렵지만, 실력있는 친구야. 이대생이라면 외모보다 내면을 볼 줄도 알아야지."

그런 어느 날 이현란은 이효의 부름을 받고 명동 삼호정으로 갔다. 그곳에는 박정희, 윤태일, 이한림, 이주일이 와 있었다. 이현란은 부끄러워서 말대꾸도 제대로 못 하고 구석에 앉아 있는데 이효가 박정희를 인사말을 하도록 시켰다. 키도 조그마하니 볼품이 없는데 주인공 역할을 하라는 것이다. 박정희는 일본 육사를 나와서 그런지 박력과 기품이 있었다.

모임 이후 박정희는 주말만 되면 이화대학 기숙사로 이현란을 찾아갔다. 그녀 부모들은 북에서 나오지 못하고, 용돈과 등록금을 받지도 못했다. 의지할 곳이 없는데, 박정희가 당차게 그녀를 이끌었다. 빌린 돈으로 박정희는 이현란과 명동을 돌며 반지를 사주고, 머플러를 사주었다. 환심을 사기 위해 과도하게 돈을 썼다. 그러다 보니 월급이 세 달치나 가불했다.

이현란은 박정희의 열정과 집착이 처음엔 귀찮았지만 어느 날 부턴가는 매력으로 다가왔다. 그런 남자라면 일생을 맡겨도 된다고 생각했다. 그녀에게는 서울 하늘을 이고 사는 데 자기를 지켜줄 남자가 필요했고, 안정이 필요했다. 박정희가 만족스럽지 않으나 당차게 나타나자 저도 모르게 빨려 들어갔다. 사는 것이 불안정하기도 해서 그의 대시를 받아들여 동거부터 시작했다. 태릉 국방경비대사관학교(현 육사) 인근의 민가에서 첫 동거에 들어갔으나 몇 개월 후 용산 관사로 이사했다. 이때 장교 사회에 알려지게 되고, 김점곤 박경원 눈에도 들어오게 되었다.

고금옥이 뒤늦게 이현란을 축하했다.

"약혼이라고 하나, 결혼이라고 하나, 동거라고 해야 하나. 하여간에 축하해. 하지만 왜 비밀에 붙였니?"

"신랑이 동료 장교들보다 아홉 살이나 많구, 창피하잖니. 그리구 워낙에 준비없이 시작했잖니."

실로 가재 도구 하나 변변히 갖추지 못하고 살림을 시작했다. 박정희는 그의 가족사가 드러날까봐 숨겼다는 편이 옳았다. 소문난 것은 아니지만 자격지심이 있었다. 어찌됐든 이현란은 그의 첩이니 밖으로 떳떳이 내세울 수가 없었다.

이현란은 고아같은 신세여서 화려한 결혼식을 꿈꿀 수 없었다. 다만 아버지 같은 나이 연만한 사람이 필요했고, 자기를 돌봐줄 적극적인 사람이 나타나자 몸부터 함께했다. 그런 어느날 남자의 가족사를 알게 되면서 그녀는 더욱 어디론가 숨고 싶었다. 그러는 사이 배가 불러왔다. 박정희는 그런 것이 미안했던지 이현란에게 각별했다.

"먹어보그라."

퇴근해오면 박정희는 미군 야전식인 초컬릿, 사탕, 비스켓을 군복 주머니에서 꺼내놓았다. 물자가 절대 부족한 당시, 그것도 사랑을 키우는 좋은 토대였다.

"김학림 부인이랑 최주종·황택림·박근서·황엽 부인이랑 가까이 지내그라. 외로우면 언니 동생 하면서 가깝게 지내라우. 고향 생각도 덜해질 기라."

그녀는 밤마다 원산 앞바다의 넘실거리는 물결을 못 잊고 베갯머리를 눈물로 적셨는데, 그는 그때마다 이렇게 위로해주었다. 그의 말이 달콤한 것은 아니지만 따뜻하게 위로를 해주니 한없이 그가 고마웠다.

"책에서 보았지만 여행자는 늘 자신의 고향을 그리워한다는 기라. 방랑을 통해 고향이 얼마나 소중한지 깨닫는다는 기라. 당신도 고향의 소중함을 깨닫는 기라. 언젠가 가볼 날이 있을 거라면서 그리워하는 기라. 내 반드시 데려다줄꼬마…."

그는 이렇게 감상적인 품성도 지니고 있었다.

"고마워요, 당신."

"현란이가 행복하면 내가 행복하지. 외로우면 멀리 바다도 보고 오라구. 8연대 시절 강릉에서 동해바다 원없이 봤대이. 여행은 일상을 떠났다가 일상으로 돌아오는 그리움이제. 고향을 떠나서 다시 고향으로 돌아오는 포근함이제. 큰 깨달음으로 이전과는 다른 모습으로 돌아오는 낭만이제. 이 박정희가 당신의 영원한 고향이 될 기라…."

이렇게 말할 때는 꿈꾸는 것 같았다. 온 몸이 저릴 정도로 그녀는 그에게 빠졌다. 나이도 대여섯 살이나 차이가 나고, 부모형제와 떨어져 있으니 그는 단순한 연인만이 아니라 자신의 보호자이자, 후견인이자 고향이자 언덕이었다. 그가 없으면 세상도 없었다.

용산 군인 관사로 이사왔을 땐 더욱 그랬다. 강문봉 황엽 김학림 부부와 친교를 맺고 가까이 지냈지만, 그가 보이지 않으면 불안해서 쩔쩔맸다. 이상한 두려움과 초조함이 있었다. 아내들끼리 오순도순 지내고, 때로는 부부 소풍도 함께 가고, 영화관도 갔지만 그가 없으면 모든 것이 시들했다. 그의 얼굴에 우울의 그림자가 어릴 때는 슬픈 운명이 그녀 앞길을 가로막는 것 같아서 눈물지었다.

그런 어느 날 그녀는 알게 되었다. 알고 난 뒤 그녀는 엉엉 소리내어 울었다.

"고향에 딸자식이 있다면 아내가 있다는 뜻 아닌가요?"

그는 아무 말이 없었다. 담배만 뻑뻑 빨았다.

"그럼 나는 당신의 내연녀예요? 첩이야요? 세컨드야요?"

그래도 그는 아무 말없이 묵묵히 앉아 있었다.

"난 이대로는 못살아요. 어떻게 이런 식으로 살갔어요? 나두 원산의 대갓집 딸이야요."

"조금만 참으라. 어떤 수가 나올 기라. 몸 속 아이가 다치지 않게 몸을 잘 다스리고 있그라. 걱정하지 말아. 수가 있다."

"어디 낯 내놓고 살갔시오?"

"대부분의 사람들은 고향에 아내가 있다는 걸 모르는 기라. 당신만 입 다물면 되는 기라. 조금만 참그라."

그는 불러오기 시작한 그녀 배를 어루만지며 위로했다. 그러나 전처와 딸자식 문제는 손바닥 뒤집듯이 쉽게 정리되는 문제가 아니었다. 그가 고민에 빠질수록 그녀는 더욱 안절부절 마음이 흔들렸다. 하지만 그가 떨어져나가면 그녀 자신 영영 낙오자가 될 것 같았다. 인생 미아가 될 것이라는 처연함에 몸을 떨었다. 그럴수록 그를 더욱 받아들였다. 상심 가운데 깊어지는 사랑, 역설적 집착이었다.

"행복하게 해줄 기다."

"그럴 거죠? 나 예쁘죠? 전처와는 끝장낼 거죠?"

따지고 보면 그녀는 이전의 생활로 돌아가고 싶지 않았다. 홀로 빈 기숙사 방에 돌아가기가 얼마나 쓸쓸하고 외로웠던가. 그녀가 쉽게 동거를 허락한 것도 쓸쓸한 기숙사에 들어가기가 두려워서였다. 어떤 결핍 때문에 사랑할 수밖에 없었고, 채워지지 않는 그 무엇 때문에 그를 더욱 처절하게 갈구했다.

그런 어느 날, 그의 집안 얘기를 들었을 때, 이현란은 펑펑 울었다. 원하지 않는 막내아들로 태어나 굶주리며 살았다는 유소년시절, 어렵게 학업을 이어가던 사범학교 시절, 불만을 가슴에 품고 다니던 청소년시절의 세상과의 불화, 어려운 가운데 입교한 만주군관학교와 일본 육사, 그리고 졸지에 해방 공간에서 경찰 총에 맞아 숨진 존경했던 중형 박상희, 여기에 해체되듯 가정이 무너지고, 또 해방이 되었다고 하나 다가오는 제2의 식민지의 절망….

"나는 만주벌판에서 헤맸었대이."

그는 중국에서 무국적자가 되었다고 했다. 해방이 되고 무장해제가 되지 정신적 상실감으로 방향없이 헤맸다. 그리고 귀국하고 보니 조국은 극도의 카오스 속에서 국토가 반토막이 나 허우적거리고 있었다.

미 군정 시기는 나라를 방치하는 것 같았다. 의도적으로 해방 관리를 혼란스럽게 하는 것 같았다. 그런 가운데 육군 장교가 되었다. 불안감은 그의 내면 깊숙이 침윤되었다. 불안은 지워지지 않는 화인처럼 그의 가슴에 박혔다.

젊은 장교의 야망과 좌절과 고독이 깊어질 때마다 두 사람은 사랑으로 승부를 걸 듯 격하게 결합했다. 서로간에 결핍이 있을 때 사랑은 처절하게 파멸하거나, 몇 배 승화되어 화산처럼 폭발하는 성질이 있다….

이런 극단의 상황에서 서로를 사랑하지 않으면 무엇을 할 것인가. 불안정한 시국에 평화로운 가정을 꿈꿀 수 있는가. 이웃이 불행한데 내가 행복할 수 있는가. 하루살이 인생을 요구하는 세상인데 무슨 영화를 바랄 것인가…. 그럴수록 그를 사랑해야 한다. 춥고 아프고 상처뿐인 그를 깊이 안아주어야 한다. 이현란의 생각이었다.

이현란은 이렇게 다짐하며 만삭의 몸을 이끌고 언제나 그의 따뜻한 밥상을 준비했다.

그런 이현란이 고마워 박정희는 어느날 전처와의 이혼 문제를 해결하기 위해 고향을 찾았다. 집안 사람들에게 호적을 정리하겠다고 말했다. 이 말을 전해들은 아내 김호남은 열두 살 먹은 딸 박재옥을 끌어안고 울었다.

"너희 아버지가 내려와서도 나를 찾지 않고 아무래도 이상하다 했더니 결국 일이 터지고 말았데이. 서울에 딴 여자가 있다는구나. 내가 이 집 식구가 될 수는 없을 것 같어…."

엄마가 울자 박재옥도 덩달아 따라 울며 물었다.

"엄마 왜 이 집 식구가 될 수 없다는 거예요?"

"이혼을 한다는 거지."

"이혼이 뭐예요?"

"너희 집에서 못살고 내가 쫓겨나게 되는 거야. 버림받는 거래이."

"싫어. 그러면 안 돼. 나두 엄마 따라갈 거야."

두 모녀는 서로 끌어안고 울었다.

결국 박정희는 호적 문제를 해결하지 못하고 다음날 상경했다. 아내가 이혼을 절대로 받아들이지 않겠다고 저항한 것이다. 먼 후일 그는 육영수 여사와 만나 결혼한 1950년에야 김호남과 이혼 도장을 찍는데 성공했다.

군사정치훈련소 정릉의 백씨 산장

정릉 골짜기에 이르자 얼음장 밑으로 계곡 물이 졸졸 흐르고 있었다. 산이 깊어서인지 겨울인데도 물이 마르지 않았다. 이정길이 앞장서고 그 뒤를 오민균, 최명산이 따랐다. 계곡을 따라 한참 길을 오르니 좁고 희미한 산길이 나왔는데 거기서도 조금 오르자 상수리나무 도토리나무 소나무 숲속에 큰 기와집 한 채와 부속 건물이 있었다. 백씨 산장이었다.

"어떻게 이런 곳에 대궐같은 집을 지었을까?"

오민균이 묻자 이정길이 대답했다.

"윤비의 상궁들이 살다가 해방이 되자 어디론가 사라져버렸대. 본래는 부호 백씨 별장이었고."

육중한 대문 앞에 이르러 이정길이 쾅쾅 문을 두드렸다. 한참 지나자 대문 옆 쪽문이 열리고, 상고머리 청년이 불쑥 얼굴만 밖으로 내밀면서 물었다.

"누구시오?"

"연락을 받고 왔습니다. 두 사람을 대동했습니다. 나는 이정길입니다."

문이 열렸다. 그가 벌써 알고 있다는 듯 말없이 앞장 서서 그들을 안내했다. 염세주의자나 은둔자의 안식처처럼 집은 숲속에 숨은 듯이 호젓하게 들어서 있었다. 집안은 쓸쓸하고 고적해 보였다. 안채로 들어서자 청년들이 묵언수행하는 것처럼 입을 다문 채 발뒤꿈치를 세워 조용조용 대청마루를 지나다니고 있었다. 상고머리를 따라 골방에 이르자 회색 누비옷을 입은 여러 명이 둘러앉아 있었다. 그 맨 앞에 몽양이 앉아 있었다. 오민균 일행이 그에게 다가가 절도있 게 거수경례를 붙였다. 몽양이 환히 웃으며 짧게 말했다.

"단복을 입고 오시게."

그들은 다시 상고머리를 따라 널따란 방으로 갔다. 상고머리가 한쪽 켠 서랍장에서 두터운 누비옷을 꺼내 각자에게 내밀었다. 그들은 옷을 받아 갈아입고 다시 골방으로 갔다. 이미 모인 청년들은 가슴에 이름표를 부착하고 있었는데 가장 눈에 띠는 사람은 준수한 얼굴에 키가 큰 박승환이었고, 그 옆으로 이상렬 최남근 김종석 박임항 김광식 등이 앉아있었다. 반장 박승환이 대오를 향해 정렬하라고 지시하자 이십여 명의 청년들이 절도있게 3열 횡대오를 갖추어 앉았다. 몽양이 청년들을 향해 천천히 입을 열었다.

"조국이 해방되었을 때 많은 사람들은 자주 통일국가가 수립될 것이라고 믿었소. 현실은 남쪽은 미국, 북쪽은 소련이 장악한 분단국가가 되었소. 여기에 찬반탁의 회오리에 휩쓸려서 무정부상태가 되었소이다. 나라가 뒤틀리고 있소. 제 정파는 정파대로, 군사단체는 군사단체대로 친미냐 친소냐로 갈리고, 거기서 또 강경이냐 온건이냐, 좌냐 우냐로 갈리고 나뉘고 있소. 만주나 시베리아에서 온 세력은 주로 북한에 붙고, 남한의 세력은 반공의 애국자로 변신해 미국에 붙고 있소. 내 땅, 내 영토에서 외국 군대의 하수인이 되어서 모리배가 되어가고 있으니 역사의 아이러니가 아닐 수 없소. 내가 이를 막지 못해 통탄을 금치 못하오."

몽양의 이마에 쓸쓸한 바람이 스쳐지나가고 있었다.

"만주에서, 중국에서, 남지나 부대에서, 태평양 제도에서 지금껏 우리 청년들이 귀국하고 있는데, 이전의 소속부대가 중요한 것이 아니오. 어떻게 건국과 건군을 할 것이냐로 중지를 모아야 할 때요. 내가 이런 생각을 하게 된 것은 얼마 전 일본육사 마지막 기인 오민균 생도의 질책에 자아비판을 하면서부터요."

몽양이 뒷줄에 앉은 오민균을 눈으로 좇자 청년단의 시선이 일제히 뒤돌아 그를 보았다. 오민균은 굳은 자세로 앞만 바라보았다.

"오군은 자립군대를 양성해야 한다고 했소. 제 군사단체의 난립상을 보고 통합시키지 못하는 것을 비판했소. 규합해 자강 군대부터 만들어야 한다고 했소. 그 말은 백번 옳은 말이오. 1944년 본인이 건국동맹을 창설할 때 노농군을 조직해 만주의 박승환 동지에게 병사들을 모아 훈련시키도록 했던 것인데, 왜놈들이 일찍 항복한 바람에 우리의 계획에 차질이 빚어졌소. 그랬더라도 오민균 군의 지적대로 건준 결성 때 건군에 착수했어야 했소. 이 늙은 기독교도는 군사문제를 절박하게 인지하지 못하고 기회를 상실했던 거요. 해방이 되었으니 순진하게 권력 이양이 되리라고 믿었소. 아베 노부유키가 퇴각하면서 하는 말을 새겨들었어야 하는데 대세를 오판한 셈이 되었소."

아베 노부유키는 1944년 7월 마지막 조선 총독으로 부임한 인물이었다. 부임 후 전쟁수행을 위한 물적·인적 자원 징발에 총력을 기울였으며, 위안부 모집에 열을 쏟았다. 징병·징용 및 근로보국대의 기피자 징발에 광분했으며, 심지어는 만 12세 이상 40세 미만의 여성에게 정신근무령서를 발부했고, 이중에는 일본군 성 노리개로 보내는 위안부가 대량 포함되었다. 징발에 불응할 시 국가총동원법에 의해 구속해 징역형을 살았다.

일본 패망 한 달 전인 1945년 7월에는 국민의용대 조선총사령부를 조직하여 조선인에 대한 통제를 강화했다. 1945년 9월 8일 미군이 남한에 진주한 뒤에도 조선총독부 임무는 계속되었다.

아베 총독은 돌아가면서 "일본은 졌지만 조선이 승리한 것이 아니다. 장담하건대 조선인들은 분열하며 노예적 삶을 살 것이다. 현재의 조선은 일본 식민교육의 노예로 전락했다. 나 아베 노부유키는 다시 돌아올 것이다"라고 호언장담했다.

몽양의 말이 이어졌다.

"지금 우리 청년들이 전선에서 각기 돌아오고 있는데, 귀향대를 조직해 이 산장에 귀향 병사들의 숙영지로 삼고, 군사교육을 실시하려고 하오. 만주에서 돌아온 박승환 동지가 여러분을 훈련시킬 것이오. 북한에서도 정치훈련소가 마련됐는데 정치훈련소까지 가지 않더라도 우리는 군사정훈교육과 대민 접촉 선무교육을 실시할 것이오. 박승환 동지에게 마이크를 넘기니 세부 지침을 들으시오."

박승환이 자리에서 일어나 마이크를 잡았다. 이십대 후반의 키가 큰 미남자였다.

"얼마 전 국군준비대(국준) 결성이 있었는데 정치적 편향성이 강한 편이 아닌데도 미 군정의 탄압은 받고 있습니다. 반면에 한민당 계열의 건국청년회(건청)가 조선인민보를 습격했는데 미 군정이 뒤에서 비호했소. 건청은 기업주들의 자금 지원을 받아 활동하면서 각 노조사무실도 습격했는데, 이 과정에서 불만을 가진 국준 대원들이 건청 사무실을 습격해 감금되어 있던 인민보사 직원들을 구출하고, 건청 단원 17명을 포승줄로 묶어 국준사령부로 연행했소. 미 군정은 국준이 건청사령부를 습격한 책임을 물어 국준사령관 이혁기를 체포했소. 한 달이 지난 지금까지 그는 돌아오지 않고 있소. 그것만이 아닙니다. 미 군정은 국준이 중립성을 잃고 좌익에 편향되었다고 주요 인물을 미행 감시하고 있소. 이들은 조선총독부의 블랙리스트에 오른 인물들이오. 총독부로부터 블랙리스트를 물려받아 체포 작전을 벌이는 것이오. 공산주의자를 죄악시한 일본의 이간질에 미 군정이 놀아나고 있습니다. 내가 강조하고자 하는 것은, 우리가 각종 대회의 경비를 서는 역할만이 전부가 아니라는 거요. 무엇보다 지방의 인민위원회를 보호해야 합니다. 여러분이 알다시피 전국인민위원회는 좌파만의 단체가 아니오. 인공 중앙위원회는 출범 이후 좌익의 주도권 아래 놓였지만, 그래서 민세(안재홍) 선생은 합류를 거부하고 떠나시고, 몽양 선생은 거리를 두고 계시지만, 지방의 인민위원회는 자생적 자치조직으로서 여전히 존재한 가운데 민족주의 세력의 축을 이루고, 굳이 노선을 따지자면 중도 민족주의 성향의 인물들이오. 이 기구를 우리가 보호해야 합니다. 우익에 의해 파괴되는데, 반드시 지부 조직을 지켜야 합니다."

지방인민위원회는 해방과 더불어 조선총독부가 철폐되는 것으로 생각했으며, 그를 대신하는 정권 인수기구로서 인민위원회가 들어설 것으로 보았다. 몽양이 주도한 이 기구는 이승만이 주석 추대를 거부하고, 상해 임정 계열도 인공을 부정하고, 미 군정 역시 인공과 지방인민위원회 해체를 요구함으로써 사실상 몽양의 정치결사체는 좌초했다.

박승환이 자리에 앉고 몽양이 다시 마이크를 잡았다.

"우리의 길을 찾는 데는 젊은이의 뜻이 중요하오. 기독교청년회에서 익힌 것인데, 브레인 스토밍(Brain storming)이라는 회의를 진행하겠소. 최근 알렉스 아스본이란 이가 개발한 아이디어 창출 기법인데, 구성원의 자유발언을 통한 아이디어를 찾아내는 회의 방식이오. 누구의 아이디어든지 비판을 삼가라, 평가하지 말라, 허황된 생각이라도 격려하라, 중구난방도 기뻐하라, 타인의 아이디어 베끼기를 허하라는 거요. 지게꾼의 아이디어도 좋고 독재자의 아이디어도 좋소. 자유롭게 거리낌없이 의견을 내시오. 주제는 '조선반도의 통일과 미래전망'이오. 이 땅의 주인공은 소련놈도 미국놈도 아니오. 운명적으로 우리가 짊어지고 가야 할 우리 땅이므로 우리가 주인이오. 이 땅을 짊어지고 가는 여러분이 길을 찾아야 하오."

이 말을 남기고 몽양은 박승환에게 후속 회의를 맡기고 자리를 떴다. 박승환은 청년들을 5개조로 나누어 분임토의를 진행했다. 각 조에서 모인 아이디어들은 풍부했다.

— 조선총독부는 패망직후 소련군이 한반도 전역을 점령할 것으로 판단했다. 미·소에 의해 한반도가 38선을 경계로 분할 점령된다는 정보를 입수했다. 이 사실이 알려진 뒤 조선총독부는 한반도 분할 점령이 자신들의 숨통이 트일 기회가 된다고 보고 미 태평양사령부에 모든 협조를 아끼지 않겠다는 무전을 타전했다. 전쟁밖에 모르고 행정수행 능력이 결여된 미군은 총독부의 제안을 별다른 고려없이 받아들였다. 이후 총독부는 돌변해 몽양의 건준에 위임했던 치안권을 회수해 식민지 때와 같은 강압통치정책을 폈다. 총독부의 협조 아래 이루어진 미군 상륙은 조선 민중을 적대시하는 것으로부터 출발했는데, 이것이 해방정국 미 군정의 성격을 규정짓는 기준이다.

— 1945년 9월 8일 인천항을 통해 들어오는 미군을 환영하기 위해 나온 인천의 노동조합원들을 일본경찰이 발포해 노동조합 인천중앙위원장 권평근과 건준 보안대원 이석우가 즉사하고, 14명이 부상을 당했다. 미군과 일본군은 치안유지를 방해한 자에 대한 법적 제재이

고, 정당방위라고 언명하였다.

당시 미군측 보고서에는 "(미군의 인천상륙 때)인천 부두 교차 지점을 검은 제복을 입은 일본경찰이 지키고 있었는데, 몇몇은 말을 탔고 그들 모두 착검된 총을 메고 있었다. 경찰은 조선인의 대규모 시위를 효과적으로 막았으며, 하지 장군의 명령을 정확히 인지해 시행했다"고 썼다. 미군이 조선을 어떻게 보고 있는지의 단면을 보여주는 대목이다.

— 미군이 서울 입성한 1945년 9월 9일 성북경찰서 관내의 치안유지에 나섰던 조선학도대의 연희전문학생 안기창과 이인제, 조선인 경찰관 1명이 일본 경찰이 쏜 총에 맞아 사망했다. 사망한 학생들은 경기도 경찰부장이 발부한 '치안단'이라는 증명서를 갖고 있었다. 9월 10일에는 용산 방면의 치안유지에 나섰던 학도대원 신성문이 삼각지 부근에서 일본 경찰의 총에 맞아 숨졌다. 신성문은 경기도 경찰부장의 증명서를 소지한 치안단 사람이었다. 왜 일제 경찰은 자신들이 발급한 증명서까지 갖고 있던 학도대원들에게 총격을 가했을까? 서울 지역에서의 학도대 희생은 건준 산하 치안단체가 경찰서를 접수하려는 시도와 맞물려 미군으로부터 치안유지권을 보장받은 일제경찰과 맞부딪치면서 일어났다. 일본군이 주둔하지 않은 지방이나 미군 점령이 늦어진 지방에서는 건준·인민위원회가 경찰서 등 기관을 접수해 치안을 유지했으나, 서울에서는 건준·인민위원회가 접수 도중 미군의 후원을 받은 일제 경찰에 의해 저지되었다. 주도권을 빼앗길 것을 우려한 한민당도 방해하였다. 도시게릴라 작전을 펴서라도 일본 경찰의 폭압적 단속을 막고, 미군에게 항의해야

한다. 떠나는 왜놈들이 중무장한 상태로 버티고 있다면 해방이 무슨 의미가 있는가. 제2의 독립투쟁이 불가피하다.

— 소련군은 행정권을 인민위원회에 이관한 데 비해 미 군정은 인공도 임정도 인정하지 않았다. 미 군정이 기존의 관료조직, 경찰조직, 자본가의 인적·물적 지원을 받으니 식민지 청산은 사실상 물건너 갔다. 이런 처사에 항의하는 대중적 도덕적 기반을 갖고 있는 세력이 이적시되고 있다.

— 사는 것에 대한 이유의 부재와 조선민족이 겪는 고통의 좌절이 아프다. 왜 부조리한 환경이 조선민족에게만 부여되었는가. 가해자는 패망해도 떵떵거리는데 피해자는 절망의 구렁창으로만 빠져든다. 과연 신이 존재하는가. 허무적인 역사 결정론이 더 허무적이다.

— 인구의 80% 가량이 농민인 상태에서 일제 강점기를 거치며 많은 토지가 친일파 대지주들의 소유가 되었고, 이로인해 대부분의 농민들은 소작인으로 전락했다. 토지개혁은 피할 수 없는 과제다. 건준이 전국인민대표대회를 개최해 인공 수립을 선언하면서 일본제국주의와 민족반역자들의 토지를 몰수하여 국유화하고, 이를 농민에게 분배하고 비몰수 토지의 소작료는 수확물의 30%만 지주에게 주고, 70%를 소작인이 갖는 3·7제를 하기로 한 방침은 합리적이다. 일본제국주의자와 민족반역자들의 광산, 공장, 철도, 항만, 선박, 통신기관, 금융기관 및 기타 일체의 시설을 몰수하여 국유화한다. 18세 이상 남녀 인민(민족반역자는 제외)의 선거권, 피선거권의 향유, 특권을 허용치 않고 전 인민의 절대평등 보장, 여성의 완전한 해방과

남녀평등권 보장, 8시간 노동제의 실시, 만 14세 이하 소년의 노동금지, 만 18세 이하의 청년노동 6시간제 확정, 최저임금제 확립, 고리대금업 제도 철폐, 고리대금업적 대차 관계 파기 등을 환영한다. 토지문제는 반봉건적 반농노적 관계로부터 농민을 해방하여 그들이 절대적으로 원하는 토지를 보장해주는 것이므로 환영하는 바이다. 〈김종민의 '해방정국 친일파 상대한 미 군정, 치안 맡은 일본군 비극의 씨앗' 일부 인용〉

— 통일은 저절로 오는 축복이 아니라 눈물과 피로 일구어내는 보상이다. 분단으로 이익을 챙기는 기득세력의 방해와 저항을 분쇄하자. 외세에 기생하는 기득권은 민족이란 단어는 촌티나는 삶의 액세서리라고 비웃는다. 외세지향 대 민족세력의 대결로 갈 것이 분명하다. 강경 대결론자들이 협상하자는 민족세력을 빨갱이 공안몰이로 공격하면서 권력과 자본을 독점하며 이익을 챙기고 있다. 분단된 오스트리아는 영세중립국을 모토로 제 정파가 분할 점령한 4대강국을 몰아내는 중이다. 그 힘은 단결이다. 오스트리아의 예에서 배우자.

— 미군이 패전국 일본과 내통하는 뒤를 캐내야 한다. 미 군정 인맥 관리가 우리가 나아갈 방향의 큰 미션이자 솔루션이다. 정보 탐지를 강화하고, 정보를 가공하는 스킬을 익혀야 한다. 미 군정 군사국에서도 좌우합작을 지원하는 인물들이 있다. 이들 인맥을 활용할 필요가 있다.

의견들이 자유분방하게 쏟아져 나왔다. 아이디어를 모아 살핀 뒤 박승환이 오민균을 불렀다.

"의견들을 정리할 수 있겠나? 이걸 가지고 조국의 방향성을 찾아 보도록."

"저는 군사영어학교에 입교했습니다. 시간이 없을 것 같습니다."

"그것 잘 됐군. 그래, 군에서 한 역할 해야지. 여기 모인 상당수의 생도들이 국경(국방경비대)과 군영에 들어갈 것이다. 최남근 김종석 이기선도 들어갈 것이다. 귀국길에 오른 박정희도 들어갈 것이다. 오 생도는 찬반탁이건 좌우익이건 좌고우면하지 말고 이들과 비선을 확보하고, 군생활에 충실하라. 때가 올 것이다."

"알겠습니다."

최명산은 모임의 성격이 취향에 맞지 않다며 그 길로 백씨 산장을 떠났다. 최명산은 곧바로 서북청년회에 입회했다.

제12장
순결한 땅 순결한 여자

　칠흑같이 어두운 밤, 검은 물결을 가르며 소리없이 배가 들어오고 있었다. 배는 풍선·동력선 겸용이었지만 소음 때문에 발동기를 돌리지 않고 돛을 올려 노를 저어오고 있었다. 배가 포구에 이르자 선원 몇이 빠르게 움직였다. 그중 하나가 잔교에 밧줄을 던져놓고 뛰어내리더니 배를 끌어당겨 잔교에 접안시켰다. 배안의 선원들 움직임이 더 빨라졌다. 포구는 만의 꼭지점에 붙어있는 데다 불빛도 없어서 적막감마저 감돌았다. 배는 일부러 이런 외진 곳을 골라 입항하는 것 같았다. 선원들이 선미 쪽으로 가서 노와 돛을 수습할 때, 한 무리의 괴한들이 불쑥 선상으로 뛰어들었다.

　"꼼짝 마라."

　모두 각목을 들고 있었지만 그중 한 괴한은 권총을 휴대하고 있었다. 그들은 각목으로 위협하며 선원들을 배 한쪽 구석으로 몰아붙였다. 한 선원이 난간을 타고 뛰어내려 도망가자 키 큰 청년이 달려가 그의 뒷덜미를 잡아채더니 각목으로 늘씬하게 두둘겨팼다. 그가 패대기쳐진 개구리처럼 뻗자 선상의 선원들이 모두 무릎을 꿇으며 두 손을 모아 싹싹 비비기 시작했다. 그러거나 말거나 괴한이 작달막한 체구의 선원을 군화발로 냅다 걷어찼다. 그가 비명도 지르지 못하고 뻗자 곁의 선원이 떨며 애원하기 시작했다.

"살려 주십시오. 용서해주십시오. 목숨만 살려주십시오."

"어디서 오나?"

권총을 빼든 사내가 짧게 물었다. 그는 경찰 복장을 하고 있었다.

"네네, 우도 앞바다에서 들어왔습니다. 고기를 잡다 늦었습니다."

"이 자식이 헛소리하고 있어. 복강(福崗)이냐, 하관(下關)이냐?"

"아닙니다. 우도 어장에서 왔습니다."

"다 알고 왔다. 후쿠오카나 시모노세키다. 거기서 오지 않았다면 오밤중에 적선처럼 스며들어올 리가 없다. 바른대로 대라!"

"아닙니다. 우리는 뱃사람입니다."

"쌍노무 새끼, 우리 눈을 호주머니에 담고 다니는 줄 아나? 샅샅이 뒤지라우!"

선원들을 향해 겨누던 총을 옆구리 권총집에 찔러넣은 경찰 복장이 명령하자 괴청년들이 우루루 선실로 쏟아져 들어갔다. 쓰러진 선원이 신음소리를 토해내며 부시럭거렸다. 그가 겁에 질린 목소리로 말했다.

"우린 시킨대로 했을 뿐임더. 용서해주이소."

경상도 말씨를 쓰는 그는 곁의 선원이 옆구리를 찔러 주의를 주었지만 아랑곳하지 않고 말했다.

"가져 가이소. 우리완 상관 없으니까네. 우야튼지 간에 우린 죄가 없다고러."

선실에 들어갔던 청년 둘이 돌아나왔다.

"생선박스 밖에 없습니다."

"위장이야. 이 자가 불었어. 시킨 대로 했다잖아. 다시 들어가서 배 밑창 뜯어봐!"

둘이 선실로 다시 몰려 들어가고 한참 후 한아름 물건을 안고 나왔다.

"라지오, 화장품, 핸드박구, 사지 쓰봉을 찾아냈습니다."

"아편, 총기류, 스트라이크(담배) 따위 없어?"

그러자 한 놈이 급하게 달려오더니 보고했다.

"미곡이 50가마니가 넘어 보입니다. 밑창에 깔아놓고 판자로 덮었습니다."

"식량 부족이니 쌀이 돈이 된다 이거지? 포박하라우."

일당이 달려들어 네 선원을 포승줄로 결박했다. 군화발로 가슴을 맞은 자는 허리를 구부린 채 계속 헥헥거렸고, 어깻죽지를 맞은 자는 허수아비처럼 힘없이 팔을 팔랑거렸다.

"우리 이모는 해녀조합 지휘자였었어. 일본놈들이 해녀들이 채취한 해산물을 가져가니까 덤벼들었어."

"해산물을요?"

"그렇지. 제주산 전복 문어 멍게 참돔 방어는 싱싱하고 맛이 좋아서 일본놈들이 환장했지. 홍콩과 마카오 신사들이 요릿집에서 즐겨 찾는 해산물이야. 해물맛을 아는 놈들이지."

"그럼 부자가 됐겠네?"

"그랬으면 얼마나 좋겠니. 쓸어갔으니 억울할 뿐이지. 감태는 공업용 아교와 화장품 원료로 쓰느라 싹 쓸어가고, 우뭇가사리는 왜놈들이 좋아하는 양갱으로 가공해서 비싼 값으로 팔아먹었어."

고길자와 임순심이 장독대 곁에 있는 물옷과 물소중기 테왁을 챙기며 얘기를 나누었다. 성산포 앞바다로 물질을 나가려는 중이었다. 고길자는 표선 집에서 나와 임순심과 함께 오조리 귀퉁이에 방을 얻어 함께 살고 있었다. 스물여덟의 나이라면 혼기를 놓친 나이였고, 그런 노처녀가 일본에서 낯선 처녀를 데려왔으니 마을에 소문이 없을 수 없었다. 소문을 피하기 위해 그녀는 임순심을 데리고 바닷가 마을의 방을 얻어들었다.

임순심은 망사리 족쉐눈 창경 빗창 호맹이 작살 성게 칼을 차례로 챙겼다. 그러자 제법 해녀 꼴이 났다. 제주도에 정착하면서 그녀는 어느덧 마음 넉넉한 해녀로 변신해 있었다. 물질을 나갈 때마다 테왁을 소중하게 챙겼다. 잘 여문 박을 따내어 구멍을 뚫고 박씨를 빼낸 다음 물이 들어가지 않도록 송진으로 구멍을 막아 만든 테왁은 해녀들이 깊은 바다속에 들어갔다가 올라와 휘파람을 불며 숨을 고르는 소중한 생명의 꾸럭이었다. 테왁만 있으면 끝없이 바다에 떠있을 것 같고, 드넓은 대양도 나갈 수 있을 것 같았다. 답답할 때는 그것을 띄워놓고 가슴으로 누르며 무한 자유를 누리고 있었다.

두 사람은 우도 쪽 바다로 나가는 길을 택해 걸었다.

"이모가 종달리, 성산포 해녀회관도 만들었지."

고길자가 아까의 얘기가 부족했던지 덧붙였다. 제주 해안에는 언젠가부터 일본인들이 세운 해산물 가공공장이 들어서서 성황을 이루었다. 생선 통조림공장도 들어섰다. 이것들을 일본 제국 군대에 납품하고 일본 주요 도시의 식품점에도 내다 팔았다. 그러나 해산물 생산자인 해녀들은 돈맛을 보지 못했다.

일본인 주재원이 해녀들이 건져올린 해산물을 일방적으로 회수해 가는 것이다. 매입한다고 했지만 말 뿐, 그냥 거둬들이는 수준이었다. 해녀들이 세화리 장날을 택해 시위를 벌였다. 호미와 빗창을 들고, 어깨띠를 두르고 행렬을 지어서 장터에 이르렀는데, 종달리 오조리 시흘리와 우도 해녀들까지 가세했다.

순경들이 총검으로 위협하고 방망이로 제압했으나 해녀들은 "우리들의 요구를 총칼로써 제압하면 우리는 죽음으로써 대응한다"고 외치며 맞섰다. 일본 상인 배척, 강제 지정판매 반대 등의 구호를 외치고 제주도청으로 몰려갔는데, 끝내 제주 도사(島司)로부터 요구를 해결해 주겠다는 약속을 받아내고 귀로에 들었다. 돌아오는 길목에 무장경찰의 습격을 받아 무차별적인 곤봉 세례로 피투성이가 되고, 주동자가 체포되고, 해녀 수십 명이 주재소에 감금되었다.

"단독으로 일을 저질렀을 리 만무하다. 배후가 누구냐."

야학 청년교사들이 배후로 지목되었다. 청년들은 하도리 세화리 종달리와 우도에서 야학을 통해 해녀들을 학습시킨 지역청년 교사들이었다.

"이모는 감옥에 갇혀서 고문 후유증으로 앓다가 돌아가셨어. 해녀회관은 이모네들의 천역(賤役)으로 세운 건물이야. 너도 그걸 알아둬. 시위는 천시받던 해녀들이 일으킨 운동이란 걸 알아라. 결코 굴하지 않았어. 운동이란 성공의 여부를 떠나 그렇게 깨어있다는 것을 증명하는 것이란다. 지렁이도 건들면 꿈틀하는데 하물며 만물의 영장이 어떠해야 하겠니. 죽은 듯이 엎드려 있다면 그게 송장이지 뭐겠어?"

"이젠 알아요. 당하고만 살 순 없죠."

임순심도 어느덧 결의가 묻어나고 있었다.

"오늘 저녁 회관에서 강연회가 열린다. 일본에서 유명한 분이 오신다고 청년회에서 알려왔어. 일본인이 일본의 폭압을 반대하신 분이야. 일본에도그런 양심가들이 있대. 우리보다 더 저항하고, 감옥

가고 처형당했다는 분들이 있대. 그분도 그중 하나야."

"일본인에게 그런 사람이 있다는 게 신기하군요."

"사람은 층층이니까 그렇지. 이모 아들이 강연회를 주선했는데 꼭 오라고 했어. 억울하게 돌아가신 엄마의 한을 풀어드리기 위해 운동을 하는 동생이야."

그렇게 말하자 임순심은 조금 부끄러웠다. 시키는 대로 일본군에게 몸을 맡기고, 그것을 당연시 여기고, 하나의 의무로 받아들였다. 뭔가 잘못됐다고 생각은 했으나 누구나 그렇게 하니 그러는 줄 알았다. 나라를 위한 일인 줄 알았다. 누구나 그렇게 말했다. 면장도, 군수도 그랬고, 글쓰는 명사도 그랬고, 군대에선 대대장, 연대장, 사단장이 그랬다. 열여섯 살의 그녀가 세상의 물정을 아는 것이라곤 순응밖에 없었다.

"내가 살아온 것이 부끄러워요."

"니가 끌려간 것은 니 자신의 뜻으로 된 것이 아니잖아. 그건 수치가 아니야. 자신감을 가져. 약한 나라에서 태어난 모진 죄값을 니가 대신 받았을 뿐이야. 처녀 총각들을 전쟁터로 몰아낸 사람들이 애국자로 변신해있는 게 온전한 세상이니? 소녀 하나 지켜주지 못한 어른들이 어른들이야? 속임수로 병사들 욕정을 달래줄 도구로 보내고, 그리고도 지금 새 나라의 주인이 되었다고 떵떵거리니, 세상이 요지경이다. 사지에 내보낸 것을 입을 싹 씻고는 호령하고 군림하고 있어. 세상 참 더럽지?"

"언니, 그런 말하면 또 무서워요."

"그래, 말하지 않으려다가도 악이 받치면 분개하게 돼. 마음이 편치 않으면 좋은 것만 생각하기로 하자."

그러나 어떻게 좋았던 것만을 생각할 수 있는가. 나날이 몸이 해체되고, 지금도 악몽 속에 잠을 못이루는데… 고길자는 언젠가 임순심이 매일 하체를 벌렸던 사연을 들었다. 하루 열댓 명, 많게는 서른 명의 사내들을 받아내자 그녀의 샅은 너덜거리고, 헤진 담요가 핏물과 정액으로 흥건했다. 고통에 울면 그들은 더 흥분해 날뛰었다.

고길자는 임순심을 붙들고 함께 울었다. 이렇게 당한 아이가 얼굴 들 수 없다고 고향에 돌아가지 못한다니 더욱 서럽고 기가 찼다.

— 니가 어떤 누구로부터도 위안받지 못해도 내가 널 지켜줄게. 넌 세상에서 가장 순결한 여자야.

고길자는 이렇게 임순심을 위로했다.

임순심은 푸른 바다를 바라보면 하나가와 소위를 생각했다. 떠나갈 때 그녀를 향해 무릎꿇고 엎드려 절을 하고, 눈물을 보이던 그의 모습이 선연하게 떠올랐다. 그녀는 그가 다시 찾아오리라고 굳게 믿었다. 그것이 무망한 기대였다는 것을 알아차렸지만 그와의 하룻밤은 너무도 소중한 추억이 되었다. 언제부터인가 그녀는 그가 금방 문을 열고 들어올 것 같은 기대로 살았다. 그를 되살릴 때마다 가슴이 설레었다. 일본인에게도 그런 사람이 있었기에 길자 언니는 일본인이라고 해서 다 나쁜 것은 아니라고 했을 것이다.

"오민균 생도 생각 나니?"

"네."

신체 건강한 눈부신 모습. 임순심은 순간 얼굴이 화끈거렸다. 그녀로서는 넘볼 수 없는 청년이었다. 임순심은 그와 헤어질 때 주소를 알아둘 걸, 하는 아쉬움이 있었지만 어떤 자격지심에서 물을 수가 없었다.

"그 사람하고 결혼하는 사람은 어떤 여자일까."

고길자가 아련히 펼쳐진 먼 바다를 바라보며 엉뚱한 말을 했다.

"언니, 난 결혼하지 않을 거예요."

"좋은 남자가 나타나도?"

"어떻게 할 수 있어요?"

"그래, 나도 마찬가지야. 난 나이를 너무 먹어버렸거든. 내 그 남자는 영원히 사라져버렸고…."

파도가 일정한 간격을 두고 일렁이는 바다 가운데서 두 사람이 이윽고 자맥질을 시작했다.

성산포와 구좌, 신양, 표선, 물 건너 우도에서 물질을 하던 해녀들이 모여들었다. 야학 청년교사들도 자리를 함께 했다. 사회자인 정성준이 장내를 정리했다. 그는 백록회라는 청년회 간부였고, 청년회와 해녀회원들이 회관에 모이도록 주선한 당사자였다. 그가 단상에 등장했다.

"여러분, 오늘 일본인 사상가를 모셨습니다. 이시하라 겐조 선생님입니다."

박수 소리가 나오고 장내가 술렁거렸다. 그가 소개를 이어갔다.

"이시하라 선생님은 우리 제주도 해녀 출신 양영자 여사님의 부군이십니다. 조선의 독립과 제주도에 남다른 애정을 가지신 분입니다. 반제국주의, 반전 평화운동을 펴오시다 오래도록 투옥된 분이시며, 그러면서도 이름없이 살기를 원하시는 참 스승님이십니다. 마침 제주에 오셨다는 소식을 듣고 저희가 어렵게 모셨습니다. 어렵게 모셨으니 뜨겁게 환영해주시기 바랍니다."

요란한 박수가 터져나왔다. 은발에 작달막한 체구의 이시하라 상이 단상에 올랐다. 사십대 후반이었지만 풍상을 겪은 탓인지 깡마른 얼굴에 주름살이 깊게 패어 실제보다 나이가 들어보였다.

"반갑습니다. 나는 학문의 깊이는 얕지만 사회자께서 소개한 대로 감히 이 자리에 설 자격이 있다고 자부합니다. 왜냐고요?"

이렇게 스스로 묻고 스스로 답했다.

"이 땅이 내가 사랑하는 아내의 고향이니까요. 저도 알게 모르게 제주 섬을 그리워하게 되었는데, 와보니 중독이 될 만하군요. 풍광이 아름다운 것만이 아니라 사람 사는 모습이 바로 제 이상향입니다. 서로 상부상조하고, 배려하며 사는 모습이 정겹습니다. 이런 곳에 식민지배했던 일본인으로서 개인적으로 여러분들에게 정중히 사과합니다. 개인적 사과가 얼마나 위안이 되겠습니까만, 여전히 반성할 줄 모르는 일본 나라를 대신해 제가 정중히 사과합니다."

다시 박수가 터져나왔다. 박수가 멎기를 기다렸다가 그는 다음과 같이 길게 연설했다.

"나치 독일의 히틀러와 이탈리아의 파쇼 무솔리니는 패전 후 자살하거나 처형되었습니다. 히틀러는 연합군이 엘베강에서 소련군과 합류하고, 베를린이 함락되자 1945년 4월 30일 집무실 지하 벙커에서 연인 에바 브라운과 비밀결혼을 올리고, 청산가리를 나누어 마시고 권총 자살했습니다. 그의 시신은 불에 태워져서 소련군에 의해 하수구에 버려졌지요. 그보다 3일 앞선 4월 27일엔 무솔리니가 이탈리아 파르티잔에 의해 체포돼 즉결처분되었습니다. 무솔리니의 처형은 극적이지요. 무솔리니는 1945년 4월 25일 이탈리아 반파쇼 의용군(파르티잔)에게 체포되었습니다. 무솔리니는 독일 하사관으로 변장해 연인 클라라 페타치와 수행원을 이끌고 스위스 코모호 인근의 마을로 숨어들었습니다. 도망가는 과정에서 독일군의 초소는 통과했지만 뒤쫓는 이탈리아 파르티잔의 추적을 피하진 못했습니다. 파쇼독재 전쟁국가로 몰아간 그를 자국의 이탈리아인이 체포한 것입니다. 무솔리니는 독일 군복으로 변장한 것까지는 좋았지만, 어이없게도 이탈리아 최고급 장화 때문에 발각되었소이다. 파르티잔들은 이탈리아 귀족이 아니면 신지 못하는 장화를 보고 단번에 무솔리니라고 단정했고, 그를 붙잡아 메체그라 마을 민가에 구금한 뒤 약식 재판을 열어 총살형을 선고했고, 다음날 형을 집행했습니다. 연인인 페타치는 살려주었지만 무솔리니와 함께 죽겠다고 그녀 스스로 총맞아 죽었습니다. 무솔리니를 수행했던 근위병과 참모진도 총살되었습니다. 4월 29일 무솔리니와 페타치, 그와 함께 처형된 추종자들의 시체는 트럭에 실려서 밀라노 광장으로 운송되었습니다. 그곳은 무솔리니에 의해 반파쇼 운동가 15명이 총살된 곳이었습니다. 광장에 모인 수많은 군중이 주유소 서까래에 거꾸로 매달려 전시된 시체들에 모두 침을 뱉었습니다. 무솔리니의 20세 연하의 연인 페타치는 치마를 입고 있었기 때문에 거꾸로 매달렸을 때 팬티를 노출했습니다. 어떤 사람이 페타치의 치마를 묶어서 팬티가 드러나지 않게 한 것이 예의의 전부였을 뿐, 모두가 침을 뱉었고, 무솔리니에 의해 가족을 잃은 사람들이 차례로 그의 시체에 거듭 총을 쏘고 갔습니다. 이렇게 해서 무솔리니의 시체는 벌집이 되었습니다. 그를 체포한 파르티잔의 대장은 '페드로'라는 가명으로 불리웠지만 백작의 작위를 가진 이탈리아 귀족으로 본명은 피에르 루이지 벨라니 델레 스텔레였습니다(이상 나무위키 인용). 이탈리아 귀족이 파쇼 야만의 심장을 쏘아버린 것입니다. 정의는 귀족, 하층민에 가리지 않습니다. 그런데 보십시오. 수백 만을 죽이고, 수천 만을 노예로 부린 일본의 전쟁범죄자 히로히토는 이상한 문서 한 장 연합국에 보내고는 건재합니다. 야수와 같은 그의 심장에 총알을 박아야 하는데, 누구도 그러지 못하고 여기까지 왔습니다. 도대체 일본의 양심과 지성은 죽었을까요? 이탈리아 지성은 무솔리니를 과감하게 처단했습니다. 그럼에도 불구하고 일본의 전쟁광, 살인광을 살려둔 이유는 무엇일까요. 왜 여전히 숭배의 대상일까요. 민중은 여전히 신민(臣民) 의식으로 금수의 수준에 머물러 있을까요. 인류의 보편적 가치는 어디로 증발했을까요. 도대체 미국의 관용은 무엇입니까. 관용이 아니라 범죄를 은폐한 또 다른 범죄 아닙니까? 여러분은 이것을 똑똑히 기억해야 합니다.”

장내가 숙연해졌다. 그가 주전자의 물을 컵에 따르더니 길게 한잔 마시고 다시 연설을 시작했다.

“그러면 제주도로 시각을 돌려 보겠습니다. 제주도는 주민들이 의식하건 안 하건 간에 공동체적 삶을 지향하는 아나키스트적 풍속이 뿌리를 내린 고장입니다. 아나키즘 하면 불온한 사상으로 인식하는 경향이 있는데, 그것은 일제가 왜곡하고 조작해서 만든 프레임일 뿐, 사실은 인디안의 생활방식, 즉 공동체의 규약이나 약속들을 자발적으로 이행하며 사는 소박한 삶의 방식입니다. 왜 이런 사조가 나왔을까요. 거대한 중앙정부의 폭력성과 야만성 때문이지요. 그들의 횡포가 개인의 삶을 강박했기 때문입니다. 지원과 봉사는 없고, 부당한 간섭과 착취만 가했으니 그런 것을 배제하고 우리끼리 나누며 더불어 살아가자는 자치성과 자주성을 갖게 된 것입니다. 그것이 정부가 필요없는 무정부주의적 생활 방식이고, 아나키즘의 지향점입니다. 그런 본성을 저는 제주도에서 보고 배웠습니다. 제 이상향이죠. 아나키즘은 명확한 사상체계로서 인식하기보다 공동체적 생활철학 체계로 보아야 할 것입니다. 일본 제국주의가 사회주의와 함께 공포스럽게 악마로 만들어서 오도된 부분이 있지만, 사실 아나키즘은 마르크스주의에 대항하는 다른 계열의 생활철학 진보운동이올시다. 결코 공산주의와 연계되는 이념체계가 아닙니다. 오히려 자본주의적 자유주의 성격을 지니고 있다고 보아야 합니다. 물론 바쿠닌과 같은 무장혁명가적 아나키스트도 있지요. 탄압을 하니 그렇게 저항한 것입니다. 그러나 톨스토이와 같은 낭만적·생활탐미적 아나키스트도 있다는 걸 알아주시기 바랍니다. 저는 톨스토이 사상을 지향합니다. 아나키즘의 본질은 민족주의를 지향하는 것이 아닌데 조선 지식인 청년들이 일제에 저항하다 보니 그 수단의 하나로서 민족주의적 항일독립운동 경향으로 나갔습니다. 그것은 그 공동체 안에서 적합한 형태로 재구성되니 이해될 수 있습니다. 무슨 사상이든 원리에만 충실하면 교조화하기 십상이니, 자기 토양에 맞게 이상적인 방향을 색칠해나가는 것은 바람직합니다. 이런 제반 현상을 나는 제주 땅에서 봅니다."

그는 무정부주의 이론이 실천운동으로 접목될 수 있도록 노력하겠다는 것으로 강연을 마쳤다. 뒤이어 질문시간이 주어졌는데 한 야학 청년교사가 일어섰다.

"말씀 잘 들었습니다. 아나키즘의 본성이 제주도의 생활방식에 녹아있다는 진단이신데, 굳이 따지자면 이런 것은 어느 고장에도 있는 현상 아닌가요?"

"질문 잘했습니다. 어느 고장이나 있지요. 하지만 구분되는 것은 주민의 생활이 노동조합운동과 같은 조직으로 연계되고, 공동체적 자구(自救)운동을 의도하는 것과 아닌 것과의 차이가 있을 것입니다. 운동을 지향하는 결사와 연동이 되냐 안 되냐의 기준도 있을 것입니다. 제주 섬은 자주와 자립심이 강하게 표출되는 곳인데, 육지에선 그런 의식이 없습니다. 운동적 연대 없이 그 할아버지, 아버지가 살았던 방식의 관성을 따르는 것이지요. 아나키스트 운동의 정의에서는 벗어납니다. 제주는 다릅니다. 왜 그럴까요. 중앙정부에선 그들이 설정한 행정 프로세스에 주민을 복속시키려 하지요. 그러면서 차별하고 배척하고 탄압하고 외면한단 말입니다. 그러면 공동체가 자구책을 강구하는 것이 당연하지요. 이럴 때 정부는 자신을 따르지 않는다고 옥죕니다. 저항의 원인 제공을 누가 자초했습니까. 공동체의 지원자가 아니라 방해자가 된 중앙권력입니다. 제주도는 역사적으로 육지와 다른 특유의 경제·사회·문화공동체를 형성한 고장입니다. 거센 바다와 열악한 토지환경, 육지와 단절된 공간에서 사는데 중앙의 행정력은 미치지 못하고, 미치더라도 명령과 지시와 횡포만이 있고, 또 착취와 수탈이 강요되었습니다. 이런 부당한 것에 대한 투쟁 속에서 자주적인 해방공동체를 구성하게 된 것입니다. 그런 투쟁 역사의 전통은 일제강점기엔 어느 지역보다 항일정신으로 강하게 표출되었고, 지금 미 군정이 들어서서도 민족 해방과 자주 독립의 발언으로 표출되고 있습니다. 남에게 의존하지 않고 우리끼리 더불어 살아간다는 모습은 정부가 필요없는 무정부주의를 지향하는 아나키즘의 가치와 일치합니다. 조선조나 일제와 같은 폭력적인 행정기구는 필요가 없다는 것이지요. 백성을 지켜주지 못하는 정부가 왜 필요합니까. 미 군정도 마찬가지지요. 불행히도 여러분은 고립당하고 있습니다. 육지인들의 지원이 차단되고 있습니다. 물리적 거리의 한계와 섬에 대한 육지인들의 편견과 차별이 그들 속에 알게 모르게 침윤되어 있기 때문입니다. 섬사람에 대한 하대의식이 여러분운동의 확장성에 불을 지르고 있습니다. 언론이 제주와 육지를 분리시키고, 사실을 왜곡합니다. 일방적 경찰 정보에만 의존한 편파왜곡 보도를 합니다. 그러니 연대가 어려운 구조적 한계를 지니고 있습니다. 제한된 지리적 공간이라는 것 또한 취약점입니다. 만주벌판이나 개마고원, 지리산 같은 드넓은 육지 공간이라면 쫓기면 천지 사방으로 흩어질 수 있는데, 이곳은 쫓기면 바다에 빠질 수밖에 없습니다. 이럴 때 악질 경찰이 곤봉으로 손쉽게 제압해버립니다. 안타깝습니다."

청년교사가 자리에서 벌떡 일어났다.

"그렇다고 좌절하고 절망할 수 없습니다!"

"그렇습니다. 육지와 제주의 지리적 단절은 역설적으로 제주 사회가 자치적인 정치, 경제, 문화공동체로서의 독립성을 성숙시킵니다. 동시에 고립을 막기 위해 어떻게든 타 지역과 연대해야 한다는 것입니다. 타 지역이란 육지만을 말하는 것이 아닙니다. 외부 세계에 부단히 내 의사를 타전해야 합니다. 해외의 양심세력과도 연대해야 합니다. 일본에도 양심세력이 있습니다. 보편적 가치를 지향하는 양심세력들이 세계 도처에 있습니다. 그들과 제주 현실을 공유하고, 폭력 제거와 내상 치유의 길을 모색해야 합니다. 개인은 조국과 시대, 두 가지를 잘 타고나야 하는데 여러분은 불행히도 두 가지 모두 타고 나지 못했습니다. 여러분 스스로 선택할 수 있는 것이 아닌 숙명적인 것이지만, 그래서 모순을 극복해나갈 숙명도 안고 있습니다만, 불행히도 여러분은 지금 기득권에 편입된 내부 적들의 횡포로 위기의 절벽에 몰리고 있습니다. 혁명은 그들의 방해 때문에 성공하지 못할 수 있습니다. 그러므로 외부 양심세력과 끊임없이 연대하세요."

중절모를 쓴 나이 지긋한 인사가 일어났다. 그는 한동안 우두커니 서 있다가 호흡을 고르더니 말하기 시작했다.

"제 경험담입니다. 제주도는 건준 제주지부를 결성했고, 건준이 발전적 해체해 만든 인민위원회 제주지부도 각 면·리 단위까지 설치되었습니다. 투표라는 민주적 과정을 거쳐서 설치한 것입니다. 제주도 인민위원회는 좌우연합적 성격을 띠었을 뿐 아니라 제주도 민중의 자치의식을 반영하는 기구입니다. 중앙과 별도로 독자적으로 움직이고 있습니다. 미 군정에 의해 중앙인민위원회는 부정되었지만, 제주인민위원회는 여전히 존속되고 있는 것입니다. 제주인민위원회는 민족운동세력의 결합체며, 민중의 자치의식을 담아내는 그릇입니다. 부문별 조직을 확대하여 지역자치 체계를 구체화시켰다는 점에서 의미가 있습니다. 이런 여건인데 미 군정은 일본경찰을 승계하여 식민지 경찰체제를 갖추어 우리를 박해하고 있습니다. 일제 때도 평화롭게 사는 동네가 매일 들쑤셔지고 있습니다. 경찰국가체제가 강화되고 있습니다. 미 군정의 통치방식은 제주 인민에게 분노를 안겨줍니다. 우리는 미 군정이 일제와 동일한 제국주의 점령세력이라고 단정합니다. 주민을 억압하는 미 군정을 반대합니다. 민중의 뜻을 수렴하는 인민위원회를 지지합니다. 인민위원회를 중심으로 한 자치정부의 구성을 지지합니다. 경찰의 감시와 단속이 지겹습니다." 〈http://www.bgs.hs.kr/dapsa/jaeju(이성희) 등 자료인용〉

여기저기서 박수가 터져나왔다. 청년들이 "나가자! 싸우자!"하고 외쳤다. 한쪽 팔이 없는 청년도 따라 박수를 쳤는데, 그의 옷소매가 몹시 팔랑거렸다. 이시하라 상이 나섰다.

"권력의 현실적 실체인 미 군정과의 대화 추진이 필요합니다. 대안을 만들어 만나십시오. 미국 양심에게도 호소하세요. 미국은 여론을 중시합니다."

"육지에서 들어온 경찰이 우릴 찢어놓고 있습니다. 주민 간에 고자질하도록 충동합니다. 미 군정은 그런 것들을 묵인하고, 두둔합니다. 외람된 말씀이지만, 선생님의 견해는 사변적이고 피상적이며 현학적입니다. 이 시간 현재 제주도는 참혹합니다."

상당히 모욕적인 발언이었지만 이시하라 상은 미소를 머금은 채 고개를 끄덕였다.

"무슨 뜻인지 알겠소. 내가 여러분에게 이렇게 묻고 싶습니다. 만일 일제 통치가 몇십 년 더 지속되었다면 과연 조선 역사가 있었을까요? 아마도 모두 일본화됐을 것입니다. 지식인이 먼저 이익을 따라 변절하고, 항일투사들도 지친 나머지 체념하거나 잠복해버리고, 무지한 민중은 노예처럼 뒤따를 것이니까요. 다행히도 지금 일제 36년의 체제가 종식되었습니다. 여러분의 의식·무의식 속에 녹아들었던 허무주의, 패배주의가 사라지고, 희망이 펼쳐졌습니다. 그런데 이게 뭡니까. 또 다른 함정이 여러분을 위협하고 있습니다. 한반도가 세계 양대 강국의 힘을 겨루는 리트머스 시험지가 되고 있는 것입니다. 내부적 힘은 약화되고, 외세에 의존하는 세력이 힘을 받고 있으니 자주독립의 기반은 허물어지고 있습니다. 외세는 한반도에 대한 이해가 없기도 하지만, 통일시켜 주어야 할 성자의 위치가 아닙니다. 대신 그들을 뒷받침해주는 자발적 추종 세력이 나타나니 안주하지요. 조선사람들 굶기지 않게 적당히 먹고 사는 문제를 챙겨주고 돌아가면 그만이라는 생각을 했던 그들이 이런 자발적 추종 세력에 의해 오만한 군림의 지배욕구가 생기는 것입니다. 제주 청년들의 순수하고 고결한 정신이 그들에 의해 악용되고 있는 것이 안타깝습니다. 여러분의 일차적인 적은 외세가 아닙니다. 외세를 등에 업은 조선의 기득권 세력입니다. 나는 도쿄에서 조선총독부가 무차별적으로 조선은행권을 찍어내 마구 사용하고, 미 군정에 비용을 대고 있다는 얘길 들었습니다. 이로인해 인플레가 심화돼 경제질서가 무너지고, 혼란이 가중된다고 했습니다. 그런데도 여러분은 이런 사실

을 모르고 있습니다. 일본의 간계를 보고도 조선지도자들 사분오열
되어서 싸우는 것 보면 절망적이지요."

노농복 차림의 청년이 이시하라 상의 말을 막고 일어섰다.

"분이 나서 한 말씀 드리겠습니다. 해상무역을 하는 제 삼촌이 당
했습니다. 귀환 가족과 그들의 짐을 실어오는데 경찰과 청년단이 들
어가 상품을 압수했습니다. 밀선이라며 들어온 것들을 압수하고, 반
입을 허용하는 대가로 돈을 뜯습니다. 이런 개새끼들이 있습니까."

다른 쪽에서도 불만의 소리가 터져 나왔다.

"우리 큰 형님도 그랬어!"

"우리 아버지도 당했다!"

제주항에선 자유무역이 성행하고, 그것이 일정 부분 제주 경제를
지탱하는 힘이 되었다. 이때 경찰이 단속하며 이권에 개입했다. 정
부가 서기 전의 자유무역 형태의 상거래는 불법이 아니었으나 단속
의 손길은 집요하게 뻗쳤다. 해방과 함께 귀환한 일본유학생 출신들
이 이런 부조리를 보고 침묵하지 않았다.

귀국 유학생들은 대체로 일제에 저항한 열혈청년들이었다. 당시
의 사조는 민족주의와 사회주의적 성향이 지식인사회를 지배하고
있었다. 독립을 위한 혁명적 사고는 민족적이고 민중적이었으며, 그
것은 사회주의와 밀접한 연관성을 지니고 있었다. 일본 군국주의의
반대개념이 사회주의였고, 민주주의는 제대로 전파되지 않았던 시
기였다.

식민지 탄압은 근로자 착취와 노동탄압에서 나온 것이고, 그것은
사회주의에 반하는 일들이었다. 그래서 이에 대한 결사와 항의가 분
출했다. 한국의 사회주의는 민족주의와 결합한 독특한 형태의 테제
로 진화했다. 그리고 지금, 해방의 기쁨과 이상은 사라지고, 대신 일

제강점기보다 더한 탄압과 억압구조가 진행되니 쩌누른 만큼 용수철처럼 튕겨져 나오는 관성이 근로대중들로부터 터져 나오고, 그것은 반제국주의·반군국주의 민족운동으로 전개되는 흐름을 탔다. 이들을 선도한 계층이 귀국한 유학생들이었다.

"아시다시피 제주 섬은 일제시대부터 생업이 돼오다시피 한 일본—제주—육지 간의 중간무역이 성행했습니다. 주민들의 생산품을 거둬다 일본에 내다 팔고 일본에서 주요 생필품을 들여와 제주나 육지 항구를 돌며 판매하는 중간 상업 활동을 한 것이 주로 제주의 선박들입니다. 헌데 육지에서 건너온 청년단이 위협하고 돈을 갈취하고 있습니다. 물론 중간무역상 중 부당한 거래를 한 자도 있겠지요. 그렇다면 가려내서 징벌하면 되지, 모든 업자들을 범인시하고 거래세, 통관세 따위 말도 안 되는 명목으로 뺑땅 뜯고, 말 안 듣는다고 선박까지 부수고, 사람을 치고 있습니다. 경찰이 뒤에서 비호하고 있습니다. 이게 말이 됩니까?"

또다시 여기저기서 분통이 터져나왔다.

"미 군정이라 해봤자 민나 도로보데스야!(모두 도둑놈들이다)"

"우리식대로 사는 거야!"

회의에 참석하고 보니 임순심은 제주도의 아름다운 풍광으로부터 깨어났다. 그가 바라본 제주섬은 아름답기만 했는데, 어두운 현실에 직면해 있다는 것을 알았다. 들어보지 못한 생생한 분노들을 듣고 나서 그녀 역시 자신도 모르게 의식화되었다. 엄중한 삶의 무게를 느낄 수 있었다.

"제주도는 육지인과 동족인데도 타민족처럼 멸시받고, 육지의 식민지처럼 차별받아 왔습니다. 우리는 일제의 식민지이면서, 육지의 식민지로 이중 식민지의 고통을 겪었습니다. 이로인해 생긴 배타적인 주민 정서를 미 군정의 개, 경찰이란 놈들이 불온한 시선으로 우리를 노려보고 있습니다. 개버릇 누구 안 준다고, 일제 때의 경찰국가 모습 그대로 눈을 부라리고 있습니다.”

이런 차별의식은 공공연했고 섬사람에 대한 비하는 일상화되었다. 반발하면 사상불온자로 몰아붙였다. 이런 틈을 노려서 잠복해있던 진짜 공산 세력이 손을 뻗쳤다. 공산주의는 모순이 활개치는 거리에서 크게 번식하는 전염성을 가지고 있었다. 좌경화는 사회연대의 고리가 약한 주민 의식 속에 침투해 들어갔다. 경찰은 이들을 공산주의자, 사회주의자, 민족주의자로 갈라서 사상범으로 잡아가두었다.

“가만 있을 수 없습니다. 치안행정을 우리가 맡읍시다. 치안의 참모습이 어떻다, 라는 전범을 보여줍시다.”

“옳소! 나가자!”

일제히 함성이 일었고, 스무 명 남짓의 청년들이 우루루 밖으로 쏟아져 나갔다. 이시하라 상은 이런 광경을 쓸쓸하게 지켜보았다. 그가 경험한 바로는 이런 의분은 가차없이 치는 명분을 제공할 뿐이다. 어수선하게 강연회가 마무리 되자 고길자가 말했다.

“순심아, 너 먼저 집에 가 있어.”

그리고 한 청년을 불러세웠다.

“상준아, 이 애 집에 데려다 주고 와라.”

“누난?”

“응, 난 회원들하고 해야 할 일이 있어.”

임순심은 고상준과 함께 밤길을 걸었다. 잔잔한 파도소리가 가깝게 들려왔다.

"예쁜 모습을 보고 언제 한번 만났으면 했습니다. 반갑습니다."

임순심은 말없이 그의 뒤를 따라 걸었다. 가슴이 아릿하고 뜨거우면서 마음이 복잡해지고 있었다.

냉천동 군사영어학교

"한 달 후면 학교가 태릉으로 옮겨가네. 국방경비대 1연대가 창설되고, 경비대사관학교가 세워질 거야. 지금 모병중인데, 데려올 친구 있나?"

일본 육사 선배인 장창혁 교관이 물었다.

"지금은 모두들 뿔뿔이 흩어졌습니다."

오민균이 대답했다.

삭풍이 몰아칠 때마다 운동장의 흙먼지들이 이리저리 휩쓸려 다니는 게 을씨년스러웠다. 눈발이 흩날릴 듯 하늘은 잔뜩 찌푸려져 있었다. 서울 서대문구 냉천동 감리교신학교. 휴교령이 내려져서 목사 지망 학생들이 학교에 나오지 않은 대신 군사영어학교(군영)가 들어섰다. 군영 생도들이 휴식시간 삼삼오오 운동장 옆 벤치에 앉아 이야기꽃을 피우는데, 장창혁과 오민균도 그중 하나였다.

오민균이 이곳 군영에 입교했을 때는 2차 수료자를 낸 상태였다. 장창혁은 이형근 채병덕 최경록 강문봉 등과 함께 첫 수료생이었으며, 지금은 생도 교육을 맡은 교관이었다. 군영은 수시로 입교생을 받아들여서 길게는 50일, 짧게는 열흘 만에 장교로 배출했다. 때로는 입교하지 않아도 수료증을 발행해 현지 임관시킨 경우도 있었다.

"시국이 좋지 않다. 행동에 주의하라."

오민균도 감지하고 있었다. 정릉의 백씨산장에서 제기된 문제가 바로 그것이었다.

"경거망동했다가는 누구도 모르게 사라질 수 있다. 너도나도 설치고 있는데, 그게 찬·반탁의 회오리다. 그리고 반탁이 어느새 우리 생활의 금과옥조가 되어버렸어."

"난 잘 모르겠습니다."

"신경 쓰지 말고 앞만 보고 가라."

앞만 보고 가라고 했지만 방향을 알 수가 없었다. 거대한 무엇인가가 꿈틀거리고 있는데 무엇 하나 딱 부러지게 손에 잡히는 게 없었다. 구성원 모두 탁류 속에 휩쓸려 허우적거리고 있는 꼴이었다.

"오 생도는 누구 소개로 입교했나?"

사실대로 말할까말까 망설였으나 그는 참았다. 장창혁의 말마따나 시국이 어수선해 잘못 엮이면 골로 가는 수가 있다. 상대방이 못마땅해 하면 잘못 말한 것이 된다. 군영에도 공포가 지배하고 있었다.

"나는 오해를 받고 있다."

미 군정청이 군사영어학교를 개교했지만, 생각이 다른 입교생들 때문에 내부 사정이 복잡했다. 만군계, 광복군계, 팔로군계, 항일연군계, 일본군계로 나뉘는 가운데 사회주의 계열과 광복군계는 군영 입교를 거부했다. 학병동맹과 국군준비대, 광복군계 등은 어제까지만 해도 적이었던 일본군 출신들과 똑같은 취급을 받는 것이 부당하다며 외면했다. 구조가 경찰의 하부조직이라고 부정했다.

"사회에 있을 때, 어느 날 친구들이 나에게 이응준 군정고문관한테 가서 동태를 살피고 오라는 거야. 그는 내가 찾아가자 '왜 여태까지 기별이 없었나. 그러잖아도 사람을 보내려는 참이었는데'하면서 즉석에서 선서문을 낭독하라는 거야. 그 자리에서 나를 군영 생도 겸 직원으로 발령을 내버린 거야. 친구들이 상황을 염탐하고 오라고 보냈는데 혼자 교관을 얻어 왔으니 입장이 어떻게 되겠나. 비난을 받았지. 하지만 대선배님의 명령을 어떻게 거역하겠나. 솔직히 이런 직위가 싫지도 않았고….”

“저는 몽양 선생님이 추천해서 들어왔습니다.”

그제서야 오민균도 속마음을 털어놓았다.

“뭐 몽양?” 그가 놀라더니 말했다. “여기저기 휩쓸리지 말라고 했지? 시절이 하수상할수록 지켜보는 거야. 승산이 있는 곳에 붙는 거야. 나는 몇 개월 후 창설되는 국방경비대사관학교 교관으로 배속될 거다. 오 생도가 군영을 수료하면 부를게. 여기저기 기웃거리지 말고 기다리라구. 알겠나?”

오민균은 자신을 살펴주는 선배가 고마웠지만 몽양에 대한 부정적인 시각이 의아스럽고, 조금은 불쾌했다.

“혼란기엔 자기 의사와 상관없이 패가 나뉜다. 그의 철학과 내면의 세계가 어떻고, 인생관이 어떻다는 것은 세력 싸움에선 의미가 없어. 고려의 대상이 안 되지. 결국은 이익을 따라 움직이게 돼. 깨어있는 사람이라도 자신의 이익에 부합되면 맞지 않아도 합류하게 돼 있다구. 이런 때 줄을 잘못 서면 개짱나지.”

오민균이 묵묵히 듣고 있자 그가 더 힘주어 말했다.

“미 군정은 사상의 자유를 허용한다고 했지. 하지만 말하는 사람들이나 듣는 사람들 모두 순진한 사람들이야. 그렇게 되지 않는다는 것을 알아야 돼. 정책은 편의적으로 바뀌라고 있는 거야. 군에 사상의 문제나 정체성의 문제가 명료하지 않은 게 말이 되냐? 혼란스럽고 복잡할 뿐이지. 군맥이 조성되고, 명령체계가 흔들리고, 기강이 흐트러지고, 그 과정에서 누군가 다친다.”

벌써 군부 내는 사상별, 출신 지역별, 출신군별로 나뉘고, 같은 계열이라도 라이벌의식 때문에 부딪쳤다. 성적이 우수하면 우수할수록 경쟁의식이 심했다.

"채병덕 대위와 이형근 대위의 충돌 사건 알고 있나?"

"그런 일도 있었나요"

"군번 1번을 가지고 두 사람이 으르렁거리고 있는 것 보면 참 어린애 장난 같기도 해서 한심해 보이더군. 인간은 속물의 범주를 벗어나지 못하나봐. 지금이 어느 시국인데 그런 것 가지고 다투나. 그런 것들이 엄연한 현실이니 기가 막히지."

이형근은 군사영어학교 수석 졸업이라는 성적으로 군번 1번을 달았다고 했지만 채병덕은 수석의 개념도 모호하고, 단지 군 편성을 주도한 미 고문관 이응준의 특혜 때문이라고 했다. 이형근은 이응준의 사위였다. 채병덕은 일본 육사 49기에 일본군 소령 출신이었다. 반면 이형근은 일본 육사 56기로 채병덕보다 7기 아래 기수인데다 일본군 대위 출신이었다. 군영 임관 뒤 군번 1번과 5번까지는 대위 계급장을 주었기 때문에 채병덕은 일본군 계급에서 한 계급 강등된 셈이고, 이형근은 일본군 계급장을 그대로 물려받은 셈이었다.

이형근은 "나는 일본 육군 3사단 야포병연대 중대장으로 상계작전 등 여러 실전에 참가했고, 영어도 능통하다. 반면에 채병덕은 병기 창고에 근무하며 소총탄의 세례 한번 받지 못한 사람이야. 영어는 까막눈이고. 선배면 다 선배냐?"라고 무시했다. 채병덕은 "군영에서 졸업시험을 본 것도 아니고 추천만으로 당일 임관한 장교도 있고, 서류상으로 함께 졸업한 경우도 있다. 수석 졸업이란 개념도 모호한데 수석졸업이라니 혼자 웃기는군"하며 구군(舊軍) 경력과 계급을 참고로 군번을 주는 것이 관례라며 "내가 당연히 1번 군번을 받아야 한다"고 목소리를 높였다.

당초 구 계급 경력으로 임관시킨다는 계획은 각 군 출신을 고려할 때, 합당한 계급 부여가 되지 못했다. 광복군, 중국군, 팔로군, 일본군, 만주군 등 각 군 편제상 계급과 군 조직 체계가 달랐기 때문이다. 거기에 초기 입교를 거부하다가 뒤늦게 참여한 광복군 출신은 특례조치로 영관급 계급장을 받아 주로 군 지휘부에 입성했다. 이들은 나이가 연만한데다 신군사교육을 받지 못한 사람이 대부분이어서 정예군이라고 자부하는 일본군계가 따르지 않고 무시하는 경향이 있었다. 같이 중국에서 활동했다 해도 광복군계, 항일연군 계열이 있고, 반대로 이들을 때려잡는 일본군계, 만주군계가 있었다. 같은 만주 관동군 출신이라도 파가 갈렸다. 백선진 정일권 김창동 최남근 박정희가 만주 관동군 출신이지만, 최남근 박정희는 민족진영에서 활동했다. 거기에 신경(新京)군관학교, 봉천(奉天)군관학교 파도 있었다. 신경군관학교는 김동하 박임항 방원철 윤태일 이기건 이주일 박정희 이한림 최주종 강태민 강문봉 김윤근 등이었고, 봉천군관학교는 김응조 김백일 김석범 김일환 송석하 신현준 정일권 양국진 석주암 백선엽 등이 있었다. 이들은 추후 대한민국 국군에서 높은 지위에 오른 인물들이었다. 군맥은 인과 관계로 형성되고, 형성된 다음에는 서로 결합하기보다 대립했다. 군 출신별로 대립했지만 좌우 대결에서 많이 갈라섰다. (사사키의'한국전 비사—건군과 시련' 일부 참조).

창설된 군영은 일본군 장교 훈련교본을 교재로 선택했다. 제복도 일본군이 버리고 간 군복을 입었다. 맞지 않는 일본군복과 군모를 눌러쓰고, 낡은 목총을 메고 뛰면 말 그대로 일본군 패잔병 꼴이었다.

그들 중 상당수는 여러 사설 군사단체와 연결되어 있었고, 정치단체와도 선을 대고 있었다. 정치 단체들은 △미국파= 이승만 조병옥 이기붕 허정 △상해 임정파= 김구 김규식 이범석 이시영 신익희 △국내 민족파= 조만식 송진우 김성수 장덕수 장택상 김준연 △국내 중도(좌)파= 여운형 안재홍 홍명희 조봉암 △연안파= 김두봉 최창익 무정 허정숙 △소련파= 김일성 최용건 남일 김책 김광협 △공산계 장안파= 이영 정백 최익한 이승엽 △공산계 재건파(화요회)= 박헌영 이관술 김삼룡 이주하 △ML(마르크스레닌)파= 이정윤 신용우 박용선 △기타= 박열 김원봉으로 나뉘었다. 젊은이들은 이 파벌에 얽혀 각기 나뉘었다. (출처:조지훈저 한국민족운동사)

"모스크바 삼상회의 결과가 이들 정치단체와 군사단체를 더 혼란스럽게 만들고 있다. 지도자들은 상황을 이끌어갈 로드맵이 없이 이해에만 매몰되어서 뚜렷한 철학과 방향이 없다. 꼭 급류에 휩쓸려 떠내려가는 조각배 같아. 비전없이 충돌해. 다시 당부하지만 이런 때, 주변 관리를 잘해야 한다."

장창혁은 거듭 강조하고 짧게 영어로 말했다.

"You are responsible for your own action, OK?(당신 행동은 당신이 책임져야 한다, 알았나?)"

이응준은 1946년 1월 5일 미 군정청 204호실 군정고문관실로 출근했다. 그는 곧바로 국군의 모체인 조선국방경비대를 창설하는 작업에 착수했다. 군사국 차장인 아고 대령은 군의 주둔 위치와 편성, 병력 장비와 모병, 군사 교육 커리큘럼에 관해 이응준의 자문을 받았는데, 어느 날부터는 행정 실무 전부를 맡겼다. 이응준은 완벽하게 업무를 수행했다. 일본 군대에서 군대 편성을 해본 경험자다운 실력이었다.

"군벌이나 사적인 군사조직을 만드는 것만 경계하면 됩니다."

아고가 군 편성 기본을 제시했다.

"사상의 문제가 조직을 흐트릴 수 있습니다."

"그건 우려할 바가 아닙니다. 미국의 민주주의는 나치즘만 빼면 다 허용합니다. 그것이 민주주의의 본질적 가치지요. 말하자면 어떤 이념도 용광로에 넣어 녹여낸다는 사상적 똘레랑스(관용)인 것입니다."

이응준은 아고의 방침을 마음 속으로 우려했다. 이념이 혼재된 상황에선 군의 질서를 유지하기엔 한계가 있다. 군대에서는 그런 설정이 이상론에 머물 수 있다. 아닌게 아니라 여기저기서 갈등국면이 전개되었다. 미 군정 내부에도 강온파가 있고, 군 출신에 따라 의견이 달라 정책 또한 왔다갔다 했다.

아고는 레오나도 버치 중위에게 군 편제 구성 임무를 맡겼다. 버치는 하버드대학 출신으로 하지 장군의 정치담당 부관이었다. 계급은 중위였지만 그의 직무상의 통제 범위는 넓었다. 버치는 좌우를 아우른 정치 지형을 고려해 좌우가 공존하는 군대를 편성할 생각을 가졌다. 아고의 철학이었으나 상당히 모험주의적 채용방식이었다.

아고는 어느 날 정치 담당 버치 중위를 불렀다. 한국의 군 상황을 탐색해볼 요량이었다. 그가 보기에 한국의 군 계보가 도대체 미스터리였다. 어디서부터 뿌리가 연원하고, 어디서부터 군인이라고 해야 할지 모호했다. 활동의 방향과 목표도 불분명한 가운데 군사단체가 난립하고 있었다. 반면에 경찰은 조직적이고 체계적으로 움직였다.

"조선군의 군 계보 파악되었나?"

"거미줄처럼 얽혀 있습니다."

"조지 윌리엄스를 주시하게."

버치가 멀뚱히 그를 바라보았다. 윌리엄스는 하지 중장의 참모다. 아고가 그를 좋은 방향에서 주시하라는 것인지, 반대 방향에서 주시하라는 것인지 섞갈려서 잠시 망설이자 아고가 말했다.

"윌리엄스는 경찰 계보를 장악하고 있네. 경찰 조직을 통해 조선군 반항아들을 잡아들이려 하고 있어."

그는 그에게 물먹은 것을 불쾌해하고 있었다.

조지 윌리엄스는 충남 공주시에 영명학교를 설립한 프랭크 윌리엄스라는 선교사의 아들이었다. 조지는 그곳에서 태어나 열일곱 살 때까지 살았으므로 한국어에 능통했다. 윌리엄스는 하지 장군의 통역관이며 한국인 기용과 배치의 인사정책을 수행하는 실무자 중 핵심이었다.

태평양전쟁이 막바지에 이를 무렵 미24군단이 한국 상륙을 준비할 때, 24군단은 한국어에 능통한 장교를 찾았다. 발탁된 장교가 조지 윌리엄스였다. 그는 하지를 수행해 서울에 입성한 뒤 한국말의 위력을 유감없이 발휘하면서 정해진 권한 이상의 위력을 발휘했다. 한국에 대해 무지한 미군에게 그에 의한 인재 등용은 거칠 것이 없었다. 주로 치안유지 관련 인사 등용에 역할을 수행했다.

"그는 '해방된 조선에서 중립이란 불가능하며 좌파와 우파 중 양자택일의 길밖에 없다. 소련이 북을 지휘하고 있는 상황에서는 남한 사회에서 좌우파 모두 포용할 수 없다'고 말하고 있지. 그 사람의 정보가 있으면 가져오도록."

윌리엄스는 경찰을 자신의 조선인 인맥으로 구성했다. 공주 영명학교 출신인 조병옥(2회) 정한범(7회) 이묘묵(영명학교 교목)을 기용했다. 조병옥은 미 군정 시기 챔프니―아고에 이어 경무국장―경무부장으로 한국 경찰의 최고위 직책을 맡았다.

조병옥은 국내 경찰권을 쥔 뒤 경험많은 경찰 출신들을 전면 배치했다. 경험많은 경찰은 두말 할 것 없이 일제 경찰 출신들이었다. 그들의 치안 유지 기본 방침은 일제 때부터 행해온 사상범 색출이었다. 해방의 혼란기에 사상범 색출은 물 만난 고기처럼 활동하기 좋은 환경이었다. 치안을 유지하는 빌미로 반대파를 제거하는 수단으로 활용할 수 있었다.

군에는 경찰에 대한 반감이 컸다. 경찰의 하수인에 지나지 않는다는 불만이 컸다. 게다가 민족 중심의 새 나라를 건설해야 하는데, 친일파 중심으로 진용이 짜여지고 있다.

하지의 정치 담당 장교 레오나드 버치는 아고와 같은 이념적 성향을 갖고 있었기 때문에 윌리엄스와는 다른 길을 걸었다. 버치는 아고와 함께 여운형이 이끄는 건국준비위원회 치안대장 장권을 경무국장 후보로 하지에게 추천했다. 그러나 하지는 윌리엄스가 내세운 조병옥 안을 받아들였다.

하지는 몽양에 대해 좋은 인상을 갖고 있지 않았다. 그가 이승만, 김구, 김규식 등 한국의 지도층 10여 명을 미고문단으로 위촉해 초치했을 때, 유일하게 거부했던 사람이었다. 몽양의 거부 이유는 이랬다.

"내가 건준—인공을 세웠으니 귀하가 나의 고문이 되어야 하는데, 내가 어찌 귀하의 고문이 된단 말인가. 앞뒤가 맞지 않으니 불참하겠소."

권력의 현실적 실체는 미 군정이었으니 그의 이런 발언은 오판이었다. 유연한 그가 이런 기회를 놓치면 안 되는데, 하지가 편견을 갖도록 만들어버린 것이었다. 그는 기존의 초청 인물과 다르다는 것을 보여주려고 했던 것이 상황을 불리하게 만들어버렸다.

평소 몽양을 의심해온 윌리엄스와 우파들이 역으로 이용했다. 정책은 합리적 근거에서보다 개인의 감정적 차원에서 결정되는 경우가 많다. 몽양을 못 마땅히 여기는 최고사령관의 멘탈리티를 부하들이 그들 정치적 지향대로 활용하는 것이다.

아고와 버치는 몽양의 그릇을 알고 있었다. 이해가 엇갈린 정치집단 사이에서 폭넓게 이견을 수용하면서 합의의 정치철학을 펼쳐나가는 태도는 조선 민중을 끌어갈 지도자로서 자질이 충분하다고 보았다. 그래서 그를 지도자로 옹립하려는 계획을 추진했다. 그 정지작업의 일환으로 치안책임자로 그의 측근인 장권이라는 인물을 천거했던 것인데 그 안이 수포로 돌아갔다. 아고는 윌리엄스의 장난이라는 것을 알았으나 그 이상의 행동을 하진 않았다.

버치는 한국의 우파를 의심했으며, 사대주의 집단이라고 신뢰하지 않았다. 그러나 현실은 반대 방향으로 가고 있었다. 몽양이 기회주의자, 회색분자로 몰리고, 우파는 애국 세력으로 평가되었다. 자본과 경찰, 관료라는 거대한 조직을 확보한 우파는 정적들을 사상불온자로 낙인을 찍어 공격하기 시작했다. 힘이 생긴 우파는 어떤 누구도 마음만 먹으면 반역으로 몰았다. 일본 제국주의에 저항한 자는 사상을 의심받는 자로 규정되었기 때문에 그 관성으로 사상불온자 사냥에 나섰다. 하지 중장은 이런 실적을 전과로 인정했다.

하지는 참모 조지 윌리엄스를 무한 신뢰했다. 한국에서 태어나고 자란 그의 역할은 단순명쾌한 정책결정에 큰 힘이 되었다. 일본과 행보를 같이하는 정책 판단이어서 신뢰가 갔다. 이는 맥아더의 방침이기도 했으니 상관의 명을 따르는 효과도 있었다.

윌리엄스가 특별히 공산주의자들을 경계할 이유는 없었지만, 굳이 따진다면 선교사 자식으로서 공산당을 배격하는 종교적 신념 때문이었다. 북한에선 기독교 신자를 탄압해 이들의 대대적인 엑소더스가 진행되고 있었는데, 이것도 그에게 자극을 주었다.

아고 대령은 버치 중위를 다시 불러 돌아가는 국내 상황을 물었다.

"사태가 이상하게 돌아가고 있지 않나? 몽양이 분명하게 배제되고 있소."

"그는 불행히도 테러와 암살의 위협에 늘 노출되어 있습니다. 그것 때문에 행동의 제약을 받고 있지요. 정적들이 그의 행동을 묶어두기 위해 그런 짓을 하는 것 같습니다. 좌우파 가릴 것이 없어요. 그의 한계도 있는데, 그는 결정적인 순간에 회군해버리는 낭만주의자입니다. 싸우려 하지 않아요. 그게 아쉽습니다."

"나는 몽양이 남을 비방하는 것을 보지 못했소. 좌파 우파 누구로부터도 비난을 받지만, 그는 어떤 누구도 원망하거나 비난하지 않아요. 자신이 부끄럽다고 여기고, 자기 이름을 떨치기 위해 위세를 부리지 않소. 헌신적으로 나서면서 영광과 명예는 남에게 돌리오."

"그런 사람이 몰리니 안타깝습니다. 그는 유연한 것 같은데 강고한 유교적 멘탈리티에 젖어 있어요. 그게 사태를 그르치고 있습니다."

"무슨 뜻이오?"

"하지 사령관을 만나야 하는데 회담 자체를 보이콧했습니다. 그답지 않은 태도입니다. 전략과 전술의 미스가 보입니다."

"그것은 몽양만의 태도가 아니오. 조선지도자들이 모두 그런 품성을 갖고 있지 않소?"

"그렇더라도 몽양만은 달라야지요."

아고 대령과 버치 중위는 좌우 합작 적임자로 몽양과 김규식을 지목하고 작업을 수행했다. 그러나 강경파에 밀리고 있었다. 강경파는 실권을 쥐고 있는 윌리엄스―조병옥 라인이었다. 이들은 새 정치세력과의 제휴를 모색하고 있었는데, 그중 이승만의 독립촉성국민회(독촉)와 접촉하고 있었다. 이승만은 미국파인데다 독실한 기독교 신자였다. 조병옥 역시 미국 유학파인데다 기독교도였다.

"친구들, 오늘 즐겁게 취해보자."

아고는 한국인 친구들로부터 사심없는 얘기를 듣고 싶었다.

"좋은 일 있습니까?"

"좋지 않은 일이 있을 때도 술을 마시지."

아고가 웨이터를 불러 위스키와 맥주를 주문했다. 그가 맥주잔에 위스키를 따른 뒤 잔에 얼음을 가득 채워넣었다.

"조선인들의 취향은 원샷의 스킬이 있어서 언더 락을 깨작거리면서 마시는 것으로 알더군."

"그렇지요. 만주벌판에서 오십도의 빼갈도 냉수처럼 벌컥벌컥 마셨댔지요."

김천산은 어느새 아고의 친구가 되었다. 김천산이 느끼는 게 있어서 정색을 했다.

"무슨 일이 있지요?"

"오늘이 소중한 시간이 될지 모르겠소."

그러면서 아고가 뚱딴지같이 물었다.

"김천산 동지, 늘 의문스러운 것이 있는데, 조선은 왜 그리 군사단체가 난립하오?"

아고는 군영 창설과 국방경비대 창설을 계기로 군 계보를 파악했는데 난마처럼 얽혀있는 제 군사단체들을 보고 먼저 놀랐다. 그로서는 이해할 수 없는 일이었다.

해방과 함께 국내에 들어온 군사조직은 △일본군계 △만주군계 △중국군계로 나뉘었다. 일본군계는 정규 육사와 학병·지원병, 봉천·신경군관학교 출신으로 구분되었다. 중국계는 청산리대첩의 김좌진, 조선혁명군의 양세봉, 동북 항일연군의 양정우, 조선의용대의 김원봉과 무정, 조선민족혁명당의 김두봉, 항일유격대 및 빨치산 활동을 한 김일성 최용건과 그 휘하 군맥으로 분류되었다.

군사단체들은 이렇게 여러 갈래의 군 출신 성분에 따라 이합집산하는 경향을 보였다. 누군가 주체가 되어 각 파벌을 통합해 통일된 목소리를 내면 최소한 그들이 원하는 독립국가 건설의 한 축을 맡을 수 있었을 것인데, 그게 아니다.

미군사령부가 부인하더라도 힘있게 대오를 갖춰 발언권을 행사하면 뜻을 반영할 토대가 마련된다. 여론을 중시하는 미군은 합리적 주장까지 외면하진 않는다. 현지주의에 입각한 민족적 지향점을 염두에 두지 않은 미 군정의 전후 처리 과정에 문제 제기를 하고, 원하는 대안을 제시하면 되는 것이다. 관철 여부와 상관없이 그렇게 주장하고 나서는 것이 순서다.

몽양도 마찬가지다. 소수자로 전락해버린 뒤 힘이 현저하게 약화되었다. 국내 지도자들이 사분오열되어 그를 끌어내리는 사이, 조선총독부는 어느새 다시 지배국가 권한을 행사했다.

건국 기구인 건준이 존재하는데도 건준을 부정하며 한국사회를 분열시키고, 찬반탁 싸움에 올라타 내부를 찢고, 조선은행권도 마구 찍어내 자고 나면 물가가 배로 뛰는 경제 혼란까지 초래했다. 따지고 보면 조선의 지도자들이 자초한 일이었다. 해야 할 일과 하지 말아야 할 일을 가리지 못하니 정작 가져야 할 소중한 가치들을 잃어버리고 말았다.

아고가 말했다.

"우리는 일본의 항복 시기를 1947년 경으로 잡았소. 그때까지 인명 피해가 100만 명에서 200만 명이 나올 것으로 예상했지. 이런 인명 피해를 최소한으로 줄이기 위해 원자폭탄을 준비하고, 소련군의 참전을 독려했던 것이오. 그 사이 여러분은 독립전쟁을 치렀는데 우리에겐 크게 노출되지 않았소. 우리와의 직선, 계선(界線), 축선(軸線) 확보를 방기한 탓이오."

당시 미 육군성은 일본 관동군의 전력 약화를 보고 소련군의 참전을 견인하지 않아도 무방하다는 보고서를 백악관에 올렸다. 그러나 루즈벨트 대통령은 확실한 승리를 담보하기 위해 소련군의 참전을 독려했다. 일본 관동군의 전력을 여전히 과대평가한 나머지 취한 행동이었지만, 유럽에서와 마찬가지로 소련과의 연합작전에 방점을 둔 태도이기도 했다.

그에 앞서 소련은 일본과 맺은 불가침조약 체결 때, 조선의 39도선 이북의 노획을 논의했다. 설에 의하면, 식민지 대만이 미군에 접수되고, 조선마저 미국에 빼앗길 위기에 놓이자 일본은 소련의 요구에 응하겠다는 비밀 옵션을 제시했다.

소련은 태평양 진출을 위해서는 부동항의 확보가 긴요했고, 그래서 1800년대 말 이런 협상을 진행한 바도 있었다. 그때나 지금이나 양다리를 걸친 소련이 실리를 추구하는 명민함을 보였다. 이를 보고 영국의 한 언론은 '미국은 이기기 위해 싸우고, 소련은 전쟁 후를 생각해 싸운다'고 보도했다.

김천산이 생각한 뒤 말했다.

"소련군은 만주 작전을 위해서 화력을 집중한 반면에 한반도에 진격할 계획은 없었습니다. 그런데 미국의 집요한 참전 종용을 받고 강제수용소에 수감중인 죄수와 잡범들까지 끌어내 군단을 긴급 편성해 남진 명령을 내렸습니다. 미군은 앞뒤 재지 않고 소련군을 불러들였던 셈인데, 그 후과를 고려하지 않았습니까?"

일본군의 막강 관동군은 이미 태평양전선으로 주요 전력을 빼돌렸기 때문에 진공 상태였고, 소련군이 이때 만주 작전에 투입되었다. 소련군은 한반도까지 계속 남하할 정도의 병력 소요를 갖추지 못했으나 일본군이 지리멸렬했기 때문에 의외로 진격이 쉬웠고, 마음만 먹으면 부산까지 내려갈 수 있었다.

그 무렵 오키나와에 진주했던 미군은 한반도로 진격하는 것보다 일본의 규슈가 목표였고, 한반도에 상륙한다고 하더라도 병력 수송과 병참선 구축이 2개월 이상 소요되는 상황이어서 일본군을 패망시키는 데는 소련군의 힘이 무엇보다 크다고 생각했다. 미국은 한반도 38도선에서 미·소 양군이 일본군을 무장해제 시키자고 제안했다. 소련은 이의없이 이를 받아들였다. 이렇게 해서 식민지 치하에서 숨죽이며 신음하던 한반도 국민과 영토는 편의상 인위적으로 두 동강이 났다.

김천산이 말하는 '후과'는 그 점을 지적하고 있었다. 역사적 맥락을 이해하지 못했다고 해도 이것은 세계사에서도 유례를 찾아볼 수 없는 기이한 분할선이다. 민족공동체적 이해와 단일민족이라는 현실을 고려하지 않은 분할은 고스란히 해당 국민에게 희생을 강요하고, 내전 상황을 키우는 불행의 불씨를 안겨준 것이다.

"문제 해결의 단초는 조선 지도자들의 손에 달려 있소. 약소국을 도와줄 선한 강대국은 세상에 없소. 남에게 의존할 상황도 아니고, 의존해서도 안 되오. 우리 연합군이 현지의 역사, 문화, 전통을 다 알아야 할 의무는 없으니까, 그래서 자국 지도자들의 진정성이 담긴 건설적 설득과 협상력이 절실히 요구되는 거요. 분단선은 2차 세계대전 종식을 위해 편의상 미국에 의해 그어졌지만 해결해줄 의무까지는 없소. 그런데 여러분은 영구 분단으로 가는 구조를 즐기는 것 같소. 좋은 것도 나쁜 방향으로 몰고가요. 분단이 꼭 미국의 책임이란 거요?"

이정길이 나섰다.

"미국의 힘으로 우리가 독립했지만, 서로 싸우라고 선을 그어준 셈입니다. 그 사이 일본은 털끝 하나 다치지 않고 물러가고, 일본 제국이 모국인 줄 알았던 숨죽이던 국내 세력들이 재빨리 미국의 바짓가랑이를 잡고 기회를 엿보고 있습니다."

"정말 조선엔 쥐새끼 같은 자들이 많다는 것인가?"

치욕적인 말이었다. 그러나 틀린 말은 아니라고 생각되었다.

"아고 대령이 뭐라고 하든 미국은 미국대로의 책임이 있습니다. 역사 퇴행과 역사 반동이 분단 하에서 구조화될 수밖에 없는 우를 미국이 범하고 있습니다. 친일 부역세력이 건국의 주도세력으로 둔갑하는 역사의 역설을 미국이 제공하고 말았습니다. 그러면서 그들이 더 미국인 행세를 하고 있습니다. 조선의 지도자들 중 상당수는 그런 사대주의에 익숙해 있고, 그것으로 밥먹는 동력으로 삼아왔어요. 재빨리 변신해 미국을 등에 업고 군림하고 있습니다. 자, 보십시오. 우리는 식민지 시대가 길었습니다. 그 과정에서 머리 회전이 빠른 지도자들은 변절했습니다. 그들은 상황논리를 말합니다. 불가피했으며, 어쩔 수 없었다고 말합니다. 배운 사람답게 고상하고 현란한 수사법으로 자신의 상황을 합리화·정당화하죠. 그중 어떤 사람은 조국이 이렇게 빨리 해방될 줄 몰랐다고 말합니다. 이렇게 해방될 줄 알았다면 무너지지 않고 버티는 건데 하고 말합니다. 비겁한 자에게 침을 뱉어주고 싶습니다. 그런 변명과 합리화의 기회를 미국이 제공한 것입니다."

"우리가 여러분의 지저분한 콧물까지 닦아주어야 하나?"

"귀국의 전쟁승리 이유가 뭐요? 약소국을 해방한 전승국이라면 새 동맹국의 역사와 전통과 정신을 공유해야지요. 승자라고 해서 무책임하게 말해도 됩니까. 편의상 그는 분단선이 조선 민중에게 돌이킬 수 없는 고통을 주고, 내전 상황으로 몰고 가고 있다는 걸 알아주시오. 일제식민지 통치가 가혹했기 때문에 우리 스스로 준비할 토양을 마련하지 못한 현실도 이해해 주십시오."

아고가 이정길의 말을 가로막았다.

"민주주의는 비용이 들지만 내전까지 수용하지는 않소. 서로를 증오하는 문서가 도심에 대대적으로 뿌려지고 테러와 납치가 자행되고, 살인까지 벌어지고 있소. 나는 만주벌판에서, 시베리아 광야에서 항일투쟁을 한 당신들의 투쟁역사를 보고 감동했소. 하지만 그 결과물이 고작 이것인가? 그 많은 군대들이 들어와 있는데, 도대체 뭐하자는 거요? 그렇게 싸웠는데도 지금 무엇을 남겼소? 그렇게 좁은 세계관으로 무엇을 하자는 것인가?"

아고와 버치는 몇주 후 타부대로 전속되었다. 그들의 역할이 현저히 줄더니 본국 송환 명령이 떨어진 것이다. 몽양에 대한 지원도 동력을 잃을 수밖에 없었다.

제13장
혼돈의 계절

장창혁은 경비대사관학교 교수부장 겸 부교장을 맡고 있었다. 그는 군영시절, 오민균을 곁에 둘 생각을 했다. 그런데 그는 한사코 고향으로 가겠다고 자원했다. 그 얼마 후 그가 청주연대에서 고생하고 있다는 소식을 듣고 교관 보충계획이 서자 맨먼저 그를 불러들였다. 교수부장실에 들어선 오민균을 앉혀놓고 장장혁이 물었다.

"내가 부른 이유 알겠나?"

"그보다 부탁이 하나 있습니다."

"뭔가."

"훌륭한 생도들을 배출하려면 팀워크가 필요합니다. 호흡이 맞는 교관이 있습니다."

"누군가?"

"조병건 소위를 추천합니다. 제 육사 동기입니다."

"알았다. 그 일은 나에게 맡기고 오 소위는 생도 훈련교범부터 만들라. 일본육사 생도 교본을 필사하라."

그날부터 그는 밤새워 훈련교본을 만들었다. 제식훈련과 사격술,

각개전투, 유격훈련 및 행군, 경계훈련, 시위진압작전 따위를 일본 육사 훈련교본에서 인용해 만들었다. 며칠 후 조병건이 배속되어 왔다. 그들은 미류나무가 줄지어 서있는 연병장 끝으로 가서 앉았다.

"왜 날 끌었니?"

"함께 해야지."

"이러다 우리가 친일 군정의 지배놀음을 뒷받침해주는 것 아냐?"

조병건은 직선적이지만 사려가 깊은 동기생이었다.

"그게 거슬리나? 군대는 다르잖나. 정식 군사교육을 받고 실전경험이 많은 일본군 출신들이 우대받고 있어. 그에 비하면 광복군이나 팔로군 출신들은 수준이 떨어지지. 후방 지역에서만 활동했으니 전투경험이 없잖나. 미 군정은 기능적인 실무자를 평가하고 있다구."

"그렇다면 넌 그게 옳다고 생각하나?"

"옳다는 것은 아니지만, 중요한 것도 사실이야. 우린 생도들을 잘 가르치면 돼."

"군 편성이 이상하다."

"뭐가 이상하다는 거야?"

"생각해봐라. 이게 정상인지…."

미국은 조선국방경비대 창설 계획과 관련해, 한국군 창설은 전승국의 국제 공약과 결부돼 있으므로 군 창설을 허용할 수 없다는 방침을 정했다. 본래 미 군정은 주한 미 점령군 철수계획에 대비해 한국의 토착 군사력을 육성할 준비에 착수했다. 육군 및 공군 총병력을 3개 사단 1개 군단 4만 5천명 선으로 유지하고, 해군 및 해안경비대를 5천 명 유지해 육·해·공군의 조직을 1949년까지 완료한다는 계획이었다.

그런데 미 국방성 3부조정위원회(SWNCC)가 남한에서 단독적으로 군사력을 확보할 경우, 미·소간에 군사적으로 충돌할 위험성이 있다는 우려를 표했다. 곧 열리게 될 미·소공동위원회(1945.12 모스크바)에서 분단 관리에 악영향을 줄 수 있다는 점과, 군을 창설한다면 미·소 간의 교섭에 의해 한반도 통일이 실현되기 어려울 것이라는 점을 내다보고, 이 계획을 승인하지 않았다. 대신 국내 치안을 담당할 2만5천 명 규모의 경찰예비대를 창설하도록 지시했다. 그것이 국방경비대다.

여기에는 주한 미 점령군 사령관 존 하지 중장과 태평양사령관 더글라스 맥아더 원수 간에 견해 차이도 있었다. 하지는 명실공히 군 창설을 주장한 반면에 맥아더는 남한에 군대를 창설하는 문제는 자기 소관 밖이라고 미온적 태도를 보이고, 이를 미국방성에 위임했다. 미 국방성은 종래의 방침대로 경찰예비대 창설을 지시했다.

결국 군 창설계획을 포기한 하지 중장은 아더 챔프니 대령에게 필리핀식 경찰 예비대 창설을 주도하도록 명령했다. 그 결과 작성된 것이 뱀부 계획(Bamboo Plan)이다. 이 계획에 따르면, 경찰의 국내 치안을 지원할 경찰예비대를 남한 8개도에 1개 연대씩 창설하고, 1946년 1월부터 서울을 시작으로 각 도별로 대원모집에 착수하기로 했다. 화기 중대가 없는 미군 보병중대를 기준으로 하여 장교 6명, 사병 225명으로 구성된 1개 중대를 편성하고, 이를 장차 연대—여단으로 확대하며, 장교는 중앙의 장교 훈련학교에서 제공한다고 명시했다.

이 같은 뱀부 계획에 따라 1946년 1월 11일 조선경비대총사령부가 설치되었으며, 1월 15일 산하 국방경비대가 창설되었다. 1946년 1월 15일 태릉 주둔 제1연대를 시작으로 8개 연대가 차례로 창설되었고, 제주도가 전라남도에서 분리되자 1946년 11월 16일 마지막으로 제주 9연대가 창설되었다.

미 군정은 그에 앞서 미군과의 소통을 원활하게 하기 위한 통역관 양성과 장차 군 간부를 양성할 목적으로 1945년 12월 5일 서울 서대문구 냉천동 감리교 신학교에 군사영어학교(Military Language School: 군영)를 설치했다. 그러나 광복군 출신과 좌익 계열은 장차 국군이 광복군의 법통을 이어받아야 한다는 명분론을 내세워 입교를 거부했다. 거부의 또 다른 이유는 일본군과 만주군에 몸담았던 자들과 함께 입교해야 한다는 원칙을 따를 수 없다는 것이었다. 이로인해 민족 진영과 좌익 계열 대신 군영 학생은 일본군과 만주군 출신들로 채워졌다.

군영은 국방경비대가 창설되자 교사(校舍)를 태릉으로 이전했다가 국방경비대 사관학교가 개교하면서 1946년 4월 30일 폐교되었다. 군영 출신자들은 이후 신생 국군의 핵심 지도자가 되었으며, 한국정치사의 중심 세력을 형성했다. 약 6개월 동안 배출된 110명의 장교들은 건군의 초석이 되었는데, 면면을 살펴보면 68명이 장성으로 진급했다. 그중 대장 진급자는 8명, 중장이 20명이었으며, 참모총장을 지낸 사람은 13명이었다. 〈건군사(국방부 군사편찬연구소, 2002), 창군(한용원, 박영사, 1984), 한국전쟁사1—해방과 건군(국방부 전사편찬위원회, 1967), 한국민족문화대백과 참고〉

1946년 현재, 조선국방경비대는 군대 조직이 아니라 경찰의 보조 조직이었다. 출발부터 조직구성이 어설프게 설정되었다. 경찰관들이 무시할 수 있는 조건을 갖춘 셈이었다. 북한에 진주한 소련군도 예외는 아니었다. 북한 진주 소련군은 정치위원회를 구성해 북한 내 정치 요원 교육을 실시하고 있었지만, 내막적으로는 장교 교육이었다. 양국이 눈 가리고 아웅하는 셈이었다.

국방경비대 모병활동은 젊은 장교들이 시내 중심가로 나가 가두 방송을 하거나 벽보를 요소요소에 붙이면서 시작되었다. 직장이 없거나 끼니를 해결하기 어려운 청년들, 농촌에 묻혀 사는 것이 답답하다는 청년들이 주로 모여들었다. 더러는 뒷골목의 패거리와 부랑자도 끼어 있었다. 문맹자도 꽤 있었고, 총을 거꾸로 메는 지원자도 수두룩했다.

그보다 질이 나은 국방경비대사관학교 입교생은 충원이 되지 않아 수시로 모집했다. 정규 모집이란 것이 있을 수 없었고, 모집 정원도 정해진 것이 없었다.

사관학교 2기생 모집 때 생도대장으로서 면접관으로 참여한 오민균은 나이가 많은 한 응시생을 맞았다. 때가 전 노동복을 입은 그는 눈 위쪽에 무엇엔가 찍힌 기다란 흉터가 있었고, 차림이 추레한데다 몇 년 목욕을 안 한 것처럼 몸에서 지독한 악취를 풍기고 있었다.

"관등성명은?"

"만주군에서 헌병으로 복무했던 김창동입네다."

"생년월일은?"

옆의 면접관 조병건이 물었다.

"나이로 서열을 매깁네까?"

지원자는 함경도 사투리인지 평안도 사투리인지 섞갈리는 어투로 당돌하게 되물었다. 이런 경우는 드물었다.

"지원자는 질문을 할 수가 없다. 면접관이 묻는 대로만 답하라. 몇 년생인가?"

"1916년생입네다. 함경도 출생입네다. 헌병 출신입네다."

오민균보다 열 살이 위였다. 장형이거나 삼촌뻘 되는 사람이 사관학교를 지망한 것이 이상했다. 이렇게 나이 들고 거렁뱅이 신세가 지원한 경우는 이례적이었다. 오민균은 약간의 불쾌감을 참으며 물었다.

"헌병 출신이라고? 소속부대는?"

"일본 관동군 만주리헌병대와 면도하분견소입네다. 계급은 오장입네다."

"주임무는?"

"빨갱이놈들 잡았댔시오."

그의 태도가 당당해서 그런지 그에게선 어떤 범접할 수 없는 카리스마 같은 것이 느껴졌다.

"활동 내용을 설명해보시오."

그가 길게 설명하기 시작했다. 고향에서 농잠학교를 마친 후 제사공장에 들어갔다가 야망을 품고 만주로 튀어 남만주철도주식회사 역원으로 근무했으며, 성격에 맞지 않아서 그곳을 그만두고 신징(新京)의 관동군헌병교습소에 입소했다. 그후 관동군 헌병보조원으로 근무하다가 중지나군의 파견헌병대에 배속되어 소만 국경지대에서 공산당과 연해주 한인의 동태를 미행 감시하는 활동을 폈다. 중국공산당 거물을 체포하는데 공을 세웠고, 그를 취조하면서 얻은 정보로 소만국경에서 그들과 연대해 활동하는 조선항일운동자 조직을 적발해 일망타진했다.

"그 공으로 헌병 오장으로 특진했습네다. 헌병대분견소에서 다수의 불온분자 조직을 적발했댔시오."

"그들이 불온분자라고?"

"그렇습네다. 거렁뱅이 새끼들을 일망타진했댔시오. 빨갱이 새끼들이니깐요."

면접은 이상한 방향으로 흘러가고 있었다.

"그들이 나 빨갱이오, 하고 이마빡에 써붙이고 다니나?"

"거야 조지면 다 나오게 돼있디요. 너 이 자식! 빨갱이디? 하고 몇 방 쪼인트 까면 곰방 예에, 하고 실토하디요. 깡부리는 놈한텐 전기 선을 들이대면 곰방이디요."

"전기선?"

"그런 기야 조막손 놀음이우다. 그깟놈들 인간도 아니라우요. 독 립운동한다지만 비적떼들이오. 도둑질하며 연명하고 사는 놈들입네 다. 대일본제국은 사회주의라면 자다가도 벌떡 일어나디 않갔소? 그 런 자들에게 전기선을 들이대거나 공중에 매달아 뺑뺑이를 돌리면 곰방 끝나디요. 남조선도 지금 빨간 물이 들고 있습네다. 미치고 환 장할 일입네다."

그는 미 군정의 노선을 알고 있기 때문에 그렇게 배포있게 말하고 있었다. 북한과 달리 남한사회는 일제 세력이 권력의 중심부에 서 있고, 미 군정을 뒷받침하는 기둥이 되었다. 소만국경에서 사상불온 자를 미행 감시하고, 항일조직을 일망타진한 것이 업적이 되면 되었 지, 죄가 될 수 없는 것이다. 오민균과 조병건은 서로 한동안 멀뚱히 쳐다보았다. 야릇한 허무감이 폐부 깊숙이 파고들었다. 이윽고 오민 균이 말했다.

"알았소. 나가보시오."

"젊은 장교님들, 같은 일본군 출신이라면 동지들 앙이오? 위관 계 급장을 다는 것이 내 소원이우다."

그는 당당하게 말한 것에 비해 퇴장할 때는 비굴할 정도로 허리를 구십도 각도로 꺾어 인사했다. 오민균과 조병건은 우선적으로 그를 면접에서 탈락시켰다.

"수치야."

조병건이 짧게 말하고 침을 칵 세멘트 바닥에 뱉었다. 김창동은 불합격 사실을 확인하고 이를 뿌드득 갈았다. 새파란 놈들한테 허리까지 굽신했는데 탈락이라니, 그들의 사상이 이상하지 않는 한 자신을 불합격시킬 이유가 없다고 생각했다. 일부러 무용담까지 내세웠는데 탈락이라니.

"두고 보자. 내가 어뜨렇게 삼팔선을 넘었는데 어린 것들이 날 낭떠러지로 밀어넣어?"

그는 일본이 패망하고 자신의 헌병대가 무장해제되자 함경도 고향으로 돌아갔다. 진주한 소련군은 일본인과 일제경찰, 일본군 출신을 중점적으로 찾고 있었는데, 헌병과 사찰계 경찰 출신은 도주하면 사살해도 좋다는 지침까지 내려졌다. 그만큼 악질적인 행위를 했다고 보는 것이다. 함경도는 소련군이 바글거려 더 이상 고향에 머물러 있을 수가 없었다.

그는 38선 근방 철원으로 숨어들었다. 철원은 면도하헌병분견소 정보보조원으로 데리고 있던 젊은 청년 김종팔의 고향이었다. 김종팔은 김창동을 맞자 태도를 돌변해 보안서에 밀고해버렸다. 세상은 그렇게 달라져 있었다. 체포된 그가 소련 첩보원을 미행 감시 공격했다는 사실이 드러나면서 약식재판을 통해 사형을 선고받았다. 형을 집행하기 위해 함흥전범수용소로 이송되던 도중 기차에서 뛰어내려 극적으로 탈출했다.

일주일 가까이 산속을 헤매며 탈출과정에서 입은 상처를 다스리다 함경도 산골짜기 이종사촌 동생 집을 찾았다. 이종사촌은 새로 임명된 그 고을의 보안대장이었다. 이종사촌은 새 세상에 대한 열망으로 눈이 뒤집혀져 있었고, 결국 그는 그에 의해 다시 체포돼 약식재판을 받고 재차 사형선고를 받았다. 형 집행을 앞두고 이제는 끝나는구나, 절망에 빠져 있는데, 마침 영창을 지키는 초병이 졸고 있었다. 그는 그의 허리춤에서 군도를 뽑아 단번에 그를 찔러 죽이고 탈출했다. 험난한 운명이었지만 이런 극적인 행운도 따랐다.

북한사회는 그때까지 행정체계나 치안체계가 제대로 갖춰지지 않아서 눈치 빠르고 행동 날렵한 자들이 삵괭이처럼 움직이기엔 좋은 환경이었다.

북한 사회에서 일본군 헌병 출신은 살아갈 수 없다고 판단한 그는 남한 땅이 선택지라고 단정했다. 그는 남하 중 검문에 걸릴 때마다 손목시계 따위와 비상금으로 로스케 병사와 보위대원을 구워삶은 뒤 삼팔선을 넘어 서울에 들어왔다.

남한 땅은 과연 일제의 중심 세력들이 편안하게 활동하고, 각 요직에 들어가 활동하고 있었다. 만군 동료들은 그에게 경비대사관학교에 입교하라고 조언했고, 그에따라 2기 모집에 응시했는데, 두 젊은 면접관이 탈락시켜버렸다. 그자들이 자신을 탈락시킨 것은 그들역시 소련군과 같은 족속이고, 빨갱이 사상을 지녔기 때문이라고 확신했다. 그는 사물을 흑 아니면 백으로 단순화시켜 보는 습성이 있었다. 그렇게 구분해서 사는 것이 편리했다. 인생 복잡하게 생각할 것이 없었다.

불합격의 쓰라림을 안고 그는 거렁뱅이처럼 만군 시절의 전우들을 찾아 전전하다 3기생 모집에 재응시했다. 이때 오민균은 지방 출장중이었다. 그것이 김창동에겐 행운이었다. 합격통지서를 받은 김창동은 납작 엎드려 지냈다. 힘을 기를 때까지는 오만하게 나대는 것은 금물이었다. 호랑이발톱 숨기기의 특기는 빨갱이 잡는 주요한 기술 중 하나였다.

어느날 오민균은 생도들을 연병장에 집합시켜 놓고 일장 훈화를 했다.

"나는 일본 육사 1학년을 다니다 해방을 맞았다. 일본 육사 출신이니 친일 성향이 아니겠나 하고 보는 자도 있을 것이다. 그런 선입견은 버려주기 바란다. 미군이 들어와 있지만 그들은 미군일 뿐이다. 우리 땅은 우리가 지켜야 한다. 미군이 나가도 당당히 설 민족군대를 우리가 만들어야 한다. 두 번 다시 외세에 밟혀선 안 된다."

어라, 이 자식 봐라. 미군을 쫓아내고 민족군대를 세운다고? 뒷 열에서 무심히 듣고 있던 김창동은 자신도 모르게 주먹을 불끈 쥐었다. 밀고해버려? 그는 그 방면에 놀라운 동물적 촉수를 지니고 있었다. 당장 그를 반미행위자로 묶어넣을 수 있다. 민족군대로 설 강군을 만들자는 그의 강조법은 어느새 '미군을 쫓아내고 민족군대를 만들자'는 것으로 둔갑했다. 그것은 북한이 내세우는 군의 이념체계가 아닌가. 조작은 그동안 그가 수행해왔던 직업상의 기본체질이었다. 감히 미군을 쫓아내고 민족군대 운운하다니. 요씨, 이 자식 두고 보자….

오민균 생도대장의 연설은 계속되었다.

"입교생 중엔 나보다 나이많은 생도도 있고, 사상적으로 다른 이념을 가진 생도도 있을 것이다. 나는 그것을 모두 훈련의 용광로에 녹여낼 것이다. 출신 성분이 어떻고 이념적 지향이 어떻다 해도 모두 한 식구다. 가는 곳마다 내분이 격화되고 충돌이 일어나도 우리는 훈련에만 정진한다. 외세가 우리 민족의 의사를 무시하고 자기네 뜻대로 한반도를 운전하지만, 우리가 힘이 강고해지면 얼마든지 극복해낼 수 있다. 한 가지 분명히 해야 할 것은, 민족을 팔아먹은 자에 대해선 관용이 있을 수 없다는 사실이다. 나라를 찾기 위해 체포되어 갇히고 고문당한 끝에 억울하게 죽어간 선혈들을 생각해보라. 그들에게 예의를 갖추기 위해서도 정의와 마주하고, 잊지 말고 기억해야 한다. 가해자에겐 반드시 책임을 물어야 한다. 그것이 역사의 가르침이다. 그런 연후에야 화해가 이루어진다."

김창동은 긴장하면서 그의 다음 말을 기다렸다. 꼭 그 자신을 두고 하는 말인 것 같다.

"미국이 일본을 패망시키고 우리는 그 덕으로 나라를 되찾았다. 미국이 우리의 지도국이 되면서 우리는 평등 자유 정의 민주주의 가치를 수혈받게 되었다. 이런 미국적 가치는 제도로 뒷받침되고 있다. 서열이나 나이로 상하 관계를 정하지 않는다. 나이가 벼슬인 시대도 지났다. 낡은 유제를 청산하고 서구의 민주적 가치에 충실하면 된다. 그러려면 우리 내면의 봉건성과 폭력성을 청산해야 한다. 나는 인격 대 인격으로써 제군 생도들을 대할 것이다."

훈화를 마치고 씨레이션을 풀었다. 생도들이 와, 함성을 지르며 달려들었다. 생도들은 그동안 일본군이 버리고 간 군복을 입었고, 주부식은 풀죽 따위였다. 이런 때 씨레이션이 제공되니 선택된 군인이 된 기분이었다. 김창동은 오민균이 비상식량을 몰래 빼돌려 생도들에게 선심쓰는 것에 의심의 눈초리를 보냈다. 의심하고 보면 모든 것이 의심의 대상이 된다.

어느 날 장창혁 교수부장이 오민균을 불렀다.

"씨레이션은 어디서 나온 건가."

엉뚱한 질문이었다.

"네?"

"생도들에게 나눠준 씨레이션 말이야. 교내가 시끄럽다."

"군사국으로부터 받은 것입니다."

"미 군정청 군사국? 무슨 이유로?"

오민균은 사실대로 말하는 것이 옳은가를 생각했지만 떳떳하게 말했다.

"이고 대령으로부터 고향의 어르신들에게 보내주라고 사적으로 받은 선물입니다."

"그게 온당한가? 다른 교관들은 생도들에게 지급할 것이 없어서 지지를 못 받고, 오 소위는 그것으로 인기를 얻고 있다면 분파 행동 아닌가. 상대적 박탈감을 가질 것이 아닌가? 그런 행동이 정당하다고 보는가?"

여기까지 미치자 누군가 그의 뒤를 캐고 있다는 것을 그는 직감적으로 알았다.

"밀고자가 누굽니까?"

"밀고자가 누구냐가 얘기의 본질이 아니잖나."

"주의하겠습니다."

오민균은 숙소로 돌아왔지만 불쾌감이 지워지지 않았다. 실눈을 뜨며 유난히 그의 일거수일투족을 살피는 생도가 떠올랐다. 어디서 많이 본 듯한데 생각이 떠오르지 않는 자였다. 그런 어느날이었다. 취침에 들 무렵 농부 두 사람이 찾아와 다짜고짜 소리질렀다.

"훈련병들이 우리 무 밭을 아작냈소. 이럴 수가 있소? 변상하시오. 변상하지 않으면 고발하겠소!"

생도대 중 구대원들이 불암산 유격훈련을 갔다가 귀대 중 능골과 마방골의 무밭에서 닥치는 대로 무를 뽑아먹었다는 것이다. 농부들은 철 좋은 때 출하하기 위해 무를 뽑지 않고 계절을 나고 있었는데 생도들이 그것들을 도리해버렸다는 것이다. 그들은 권한없는 구대장보다는 실권이 있는 생도대장에게 직접 찾아와 따지고 들었다.

"무 밭이 몇 평입니까."

오민균이 물었다.

"이천 평이오."

"이천 평의 무를 다 뽑아먹었단 말입니까?"

"마구 짓밟고 난리가 아니었소."

"무를 뽑아먹으러 바둑이처럼 날뛰었을 리는 없고, 사실대로 말해봅시다. 3구대 생도가 20명이니 이들이 평균 두세 개씩 뽑아먹었다고 칩시다. 그럼 최대 60개군요. 그 배 값을 물어드리겠습니다. 대신 이 일은 비밀로 붙여주세요. 앞으로 더 이상 그런 일은 없을 겁니다."

오민균은 관물대 서랍에 넣어두었던 지갑을 꺼냈다. 그동안 쓰지 않고 모아두었던 월급에서 셈을 헤아려 넉넉하게 무값을 지불했다. 농부를 돌려보내고 생도 전체를 연병장에 비상 소집했다.

"모두 옷을 벗는다."

생도들은 군장을 하지 않고 연병장에 소집된 것이 이상했지만 명령대로 옷을 벗었다.

"모두 낮은 포복자세를 취하라!"

일제히 엎드려서 포복자세를 취했다. 땅의 찬 기운이 온몸으로 어김없이 스며들었다.

"토끼뜀 자세로 연병장을 돈다. 늦게 도착한 병사는 다시 한 바퀴 돌린다!"

이건 비상훈련이 아니라 기합이었다. 생도들은 처음엔 서로를 보아가며 천천히 나아갔으나 중간쯤 가서는 서로 뒤처지지 않기 위해 경쟁적으로 전진했다. 편상화가 벗겨지고, 팔굽과 무릎이 까인 생도도 나타났다. 그중 한 생도가 유난히 늦게 골인지점에 도착했다. 그는 숫제 지렁이처럼 기어오고 있었다. 분명히 불만을 표출한 사보타지 행동이었다. 오민균은 언명한 대로 그를 한 바퀴 더 연병장을 돌렸다. 그가 돌아올 때까지 십분도 더 걸렸다. 다른 생도들이 짜증을 부렸다. 돌아온 그를 오민균은 대오 앞에 세웠다.

"기다리는 생도가 미안하지 않은가."

그는 대답하지 않았다.

"그래 가지고 엘리트 장교가 될 자질이 있는가? 관등성명을 대라!"

"김창동입네다."

그제서야 오민균은 그를 알아차렸다. 2기 시험 때 면접에서 탈락시킨 자였다. 무슨 악연같은 질긴 끈이 연결된 것 같아 오민균은 순간 몸이 오싹했다.

"김 생도, 여긴 군대다. 나는 감정으로 김 생도를 대하는 것이 아니다. 그런데 김 생도 태도가 뭔가."

대답이 없었다. 이만 하면 됐다 하고 오민균은 그를 대오로 들여보내고 다시 일장 훈화를 시작했다.

"제군들은 밥이 부족해 입에 닿는 것이라면 닥치는 대로 먹어치우는 청춘들이다. 나라의 형편이 넉넉하지 못해서 제공되는 배식 상태가 취약할 수밖에 없다. 그렇다고 남의 무 밭에서 함부로 무를 뽑아먹는 자유가 허용된 것은 아니다. 그 행위는 정당화될 수 없다. 장교가 되고자 하는 자로서는 수치다. 호랑이는 아무리 배가 고파도 풀을 뜯어먹지 않는다. 한 구대에서 훈련 중 어렵게 농사지은 농부의 밭에 들어가 무를 뽑아먹었다. 그 책임을 묻기 위해 전체가 단체기합을 받은 것이다. 무슨 뜻인지 알겠나?"

그제서야 일제히 예! 하고 함성을 질렀다.

"이것으로 이 문제는 일단락 짓는다. 모두들 돌아가 씻고 취침하라."

오민균의 엄격한 군율과 기합은 생도들의 뇌리에 깊이 박혔다. 기합이 일본 군대와는 확연히 달랐다. 일본군의 기합은 느닷없이 발길질이 들어오고 감정 섞인 주먹뺨이 날아가는 야만적인 것이 많았다. 병사가 조선인이면 더 가혹하게 체벌했다. 차별은 당연한 듯했고, 당사자도 당연하게 받아들였다. 오민균의 기합 역시 일본군으로부터 물려받은 것이긴 했으나, 타당한 이유가 있었고, 보상이 따랐다. 기합의 이유 제시와 그것이 끝나면 휴식이 제공되었다. 어느 순간부터 생도들은 오민균을 따랐다. 며칠 후 생도 몇이 그를 찾아왔다.

"퇴교당한 동급생들을 구해주십시오."

오민균의 앞 선임 생도대장 이치구 대위가 숙소에서 취침 도중 후보생들에게 집단구타를 당한 사건이 있었다. 가담자는 색출되어 모두 퇴교 당했다. 군의 내부 사정은 여전히 복잡하고 혼란스러웠다. 생도들 중 남산에서 열린 좌익의 궐기대회에 다녀온 자도 있었고, 우익청년들과 함께 죽창을 들고 거리를 활보하다 돌아온 자도 있었다. 찬반탁의 대결을 빌미로 세력간 싸움의 도구로 이용되고 있었다. 대화보다 물리력이 앞서고, 논리보다 생떼가 대세를 이루었다. 국방경비대 각 연대는 물론 경비대사관학교도 예외없이 그 소용돌이에 휘말렸다. 사상의 자유가 구가되던 시절인지라 어느 누구도 함부로 설쳤으나 그것이 빌미가 되어 쫓기거나 행불이 되고, 퇴교당한 경우가 속출했다.

경비대사관학교 2기생과 3기생은 사회주의 사상을 신봉하는 생도들이 많았다. 교관들의 영향이라고 보는 시각도 있었지만, 시대상황과 환경이 그렇게 끌어가고 있었다. 교관들이라고 해도 그들은 갓 스무 살 나이를 넘긴 청년들이 대부분이었다.

하사관들이 젊은 장교들을 가지고 노는 경우가 많았다. 일본 군대에서 산전수전 다 겪은 하사관 출신들이 젊은 신입 장교를 가지고 노는 이상한 풍조였다. 고참병과 하사관들을 제압하는 수단은 강훈련과 원칙에 투철한 군율 적용이었다. 오민균의 지론이었다. 그것만이 생도들을 묶는 길이라고 여겼다.

"그건 하극상이다. 받아들일 수 없다."

선임 생도대장을 구타하고 퇴교당한 자를 원대복귀 시킨다? 일본 군대라면 상상도 할 수 없는 일이다. 이치구 대위는 정치적 성향이 없는 실무 장교인데 가해자들을 복교시킨다는 것은 그를 물 먹이고, 구타사건을 무의미하게 만드는 결과를 가져올 것이다. 그것은 군기상 허용될 수 없었다.

"이치구 대위는 박정희 생도 요청을 거부했습니다."

"뭐? 박정희 생도?"

"네. 박 소위가 2기생 졸업을 앞두고 생도대 교관으로 남게 해달라고 부탁한 것을 이 대위가 거부했습니다."

"무슨 얘기야?"

금시초문이었다.

"이치구 생도대장은 박정희 생도의 요구를 거부하고 사적으로 아는 지인을 교관으로 추천했습니다. 그래서 생도들이 봐버렸다고 합니다. 박 생도의 정당한 요구가 거부되자 그들이 행동에 나선 것입니다."

생도들은 만주군관학교에서 일본 육사에 편입해 우수한 성적으로 졸업한 군인정신 투철한 박정희 생도를 따르고 있었다. 당찬 태도와 연만한 나이가 주는 무게감이 생도들에게 신비스런 권위를 느끼게 했다. 말수가 적고 잘 웃지 않는 꽉 다문 입이 군인다운 풍모로 비쳐져 생도들은 그를 지도자로 따르고 있었다.

"교관님, 선임 생도대장의 비행을 알고 있습니다. 그는 군인 자격이 없습니다."

"그렇다면 더욱 안 된다. 당당하지 못하게 뒤를 캐 약점을 물고 늘어지는 것은 사관생도로서의 품격이 아니다. 그들의 복학은 안 돼. 내가 그럴 권한을 갖고 있는 것도 아니지만, 있다 하더라도 제군들의 말을 들은 이상 받아들일 수 없다. 대신 오해를 살 소지가 있으니 나는 제군들의 요구를 듣지 않은 걸로 하겠다. 당장 돌아가라."

일본 패망 이후 베이징, 텐진을 돌아 뒤늦게 귀국한 만주 관동군 중위 출신 박정희가 경비대사관학교 2기로 입교한 것은 1946년 9월이었다. 후배들보다 한참 늦은 귀국에 늦은 사관학교 입교였다. 그는 1937년 문경초등학교 교사 생활을 접고 1940년 신경군관학교 2기, 1944년 일본 육사 57기를 거쳐 1946년 다시 조선 국방경비대사관학교 2기생으로 입교함으로써 세 군데의 사관학교를 다닌 보기 드문 경력의 소유자가 되었다.

박정희는 경비대사관학교 2기 졸업을 앞두고 이치구 생도대장을 찾아가 사관학교 교관직을 요구했다. 그로서는 그럴만한 자격이 있다고 생각했다. 이치구는 당연한 자기 보직인 듯이 박정희가 교관직을 요구하는 것이 불쾌했다.

"주제넘게 나오는군."

박정희는 입교 시험에서 애국가 가사를 1절부터 4절까지 한 구절도 틀리지 않게 적어낸 유일한 응시생이었다. 보통학교 교원 출신으로서 디테일에 강한 세심한 탐구력이 다른 동기생과 구별되었다. 5척 단구에서 풍기는 모습은 독일병정처럼 단아해보였고, 사물을 보는 눈이 날카로워 범상한 사람이 아니라는 것을 일깨워주었다. 거기에 군사 지식이 뛰어나 교관으로 배속되는 것은 당연해보였다. 그런데 이치구 대위가 묵살해버렸다.

한 하사관이 박정희가 만주군관학교 입교 시 연령 초과로 입학 자격이 없는데도 충성맹세를 다짐하는 혈서를 써서 학교에 보내 편법으로 특례 입학했다고 폭로한 적이 있었다. 이처럼 따르는 후배가 있는 반면에 배척하는 군인도 있었다. 이치구는 이런 것까지 싸잡아서 박정희의 요구를 묵살해버렸다. 그 며칠 후 이치구는 일단의 사관후보생들의 습격을 받았다. 통위부(국방부) 감찰부장 이응준 대령이 이치구의 병실을 찾아 누구의 소행인지를 물었지만 이치구는 끝내 입을 열지 않았다. 〈동아일보 '군―어제와 오늘' 73회분 인용 (1994.3.24)〉.

하지만 그런 크고 작은 사건사고는 끊임없이 터져나왔다. 태릉 1연대에서 하사관들이 병사들을 선동해 장교들을 집단 구타한 사건이 비일비재했다. 하사관들은 새파란 장교를 상관으로 여기지도 않았다. 군 유경험자가 계급보다 위에 있는 상황이었다.

군과 경찰이 교전한 사건도 빈발했다. 전남 영암에선 휴가 중인 병사를 조롱하던 경찰에 보복하기 위해 국방경비대 병력이 출동해 총격전을 벌이고, 이때 병사 6명과 경찰 1명이 사망하고 쌍방 수십 명이 부상했다.

오민균은 어느날 생경한 광경을 목도했다. 송호성(육군총사령관 출신)이 2기생으로 입교했는데, 그의 나이는 40 중년이었다. 그렇더라도 생도는 생도였다. 나이가 천차만별이었지만 모두 생도 자격으로 다루지 않으면 기강이 무너졌다.

어느 날 송호성이 무단외출한 뒤 일주일 내내 돌아오지 않았다. 젊은 사관생도들과 어울리지 못하고 퇴교했다고 생각했는데 일주일 후 그가 느닷없이 소령 계급장을 달고 학교에 나타났다. 일주일 전 이치구 대위의 생도에 지나지 않던 그가 이치구보다 한 계급 높은 소령 계급장을 달고 나타나니 모두들 놀랐다. 위계질서가 엉망이었다. 이러니 나이 많은 유경험자 박정희가 교관직을 내놓으라고 요구하는 것도 무리는 아니었다.

오민균은 장창혁 교수부장을 찾았다.

"박정희 생도를 교관으로 불러주십시오. 저는 일선 부대로 나가겠습니다."

"문제가 생겼다. 대구에서 사건이 터졌다. 대구가 심각하다. 대폭동이야!"

1946년 10월 1일 대구에서 대규모 폭동이 일어났다. 시위현장에 경찰이 총격을 가하면서 많은 시민들이 죽고 다쳤다. 미 군정이 계엄령을 선포하고 진압하는 과정에서 더많은 사상자가 났다. 건준—인민위원회 간부인 박상희는 구미에서 시위대를 이끌던 중 경찰의 총에 맞아 숨졌다. 박정희의 친형이었다.

"박 생도가 형의 사망 소식을 듣고 분을 참지 못하더군. 그의 형은 지역의 독립지사였다는 거야. 지역민 누구나가 존경하던 분이래. 내 재량으로 휴가를 보내주었다."

대구사건은 처음 외부에 알려지지 않았다. 지역을 고립시키는 보도 관제가 이루어진 탓이었다. 하지만 시위가 들불처럼 번져서 알려지게 되고, 시위는 전국으로 확산되었다. 각 지역마다 불만이 쌓여 있었으니 누군가 불을 당기면 폭발해버리는 내연성(內燃性)을 안고 있었다.

　대구경북 지역은 사회주의 기풍이 다른 어느 지역보다 높은 곳이었다. 흔히 대구를 '조선의 모스크바'라고 불렀다. 그들의 진보적 세계관은 지식층이 두껍고, 항일투쟁의 역사가 깊은 데 연유했다. 박상희 역시 대구경북을 대표하는 항일 사회주의자이자 민족주의자였다. 그는 일찍이 몽양과 힘께 항일 투쟁의 길을 걸었다. 해방이 되자 건준 구미지부를 창설하고 건준이 인민위원회로 개편되자 선산 구미지부 인민위원회 내정부장을 맡았다. 대구 10월 항쟁 중에는 조선공산당 선산군당위원장, 민주주의민족전선(민전) 선산군 사무국장을 지냈다.

　박헌영이 모스크바 삼상회의 지지로 돌아서자 박상희는 일정 선을 그었다. 박헌영과 다른 결인 몽양의 길을 택한 것이다.

　대구경북 지역은 어느 지역보다 쌀 배급이 이루어지지 않았다. 모리배들의 장난 때문이었다. 이들이 미곡을 사재기하면서 쌀값이 자고 나면 몇 배 뛰어오르고 있었다. 나중에는 30배나 뛰었고, 돈을 주고도 사먹지 못했다. 여기에 콜레라가 창궐해 대구 경북에서만 수백 명의 주민이 사망했다. 미 군정은 전염을 막는다며 통행차량 제한은 물론 주민을 타지역으로 이동하지 못하도록 진출입을 막았다. 대구 시민은 미 군정의 콜레라 정책과 식량정책에 항의하는 시위를 9월부터 벌이기 시작했다. 여기에 대구지역의 노동자들이 가세했다. 조선노동조합전국평의회가 벌인 9월 총파업에 맞추어 대구 노동자들이 일제히 파업에 들어갔다. 부산 노동자들도 동조했다. 그리고 마침내 10월 항쟁이 터졌다.

　"계엄령이 선포되었으니 군대가 출동할 거다. 화력전이 벌어질 것이다."

장창혁이 침통한 어조로 말했다.

"그건 안 됩니다. 군이 자국의 백성을 중화기로 진압하다니요?"

"벌써 쌍방이 교전을 하고 있어. 경찰서를 습격하고, 관공서를 접수했어. 폭도시위대 위세가 만만치 않다."

장창혁이 오민균을 뚫어져라 응시하더니 나직히 말했다.

"대구 다녀오라우. 비밀리에 다녀오라우. 조의금 준비할 테니 형님 빈소에 전해주고 와. 이건 내 개인적 의사표시야."

제14장
1946년 10월 대구

아침부터 노동자와 시민들이 역 광장으로 모여들었다. 역 앞에는 운수노조사무실과 조선노동조합전국평의회(전평), 조선노동조합지역평의회(노평) 대구지부 사무실이 있었는데, 그곳에서 노동자들이 쏟아져 나오고, 오전 10시 무렵에는 시민과 노동자와 학생들이 광장을 가득 메웠다. 군중들은 지휘부가 선창하는 대로 구호를 따라 외치고 우렁차게 노래를 불렀다. 처음에는 비장미가 느껴졌으나 군중이 광장을 가득 메운 이후부터는 너나없이 자신에 찬 모습들이었다. 흡사 무슨 축제장 같은 분위기였다. 그런 가운데 구호들이 거침없이 쏟아져 나왔다.

"악질 경찰 물러나라! 친일 경찰 물러나라."

"식량을 달라!"

"생필품을 풀어라!"

"약품을 달라!"

그리고 와─, 하는 함성과 함께 합창이 울려퍼지는데, 그것으로 그들은 하나로 결합된 듯했다.

1946년 10월 1일 오전 대구역 광장의 모습이다.

    민중의 기 붉은 기는
    전사의 시체를 싼다
    시체가 식어 굳기 전에
    혈조(血潮)는 깃발을 물들인다
    높이 들어라 붉은 깃발을
    그 밑에서 굳게 맹세해
    비겁한 자야 갈테면 가라
    우리들은 붉은 기를 지키리라

'적기가'가 끝나자 다시 함성이 일었다. 군중들 건너편엔 경찰진압대가 바리케이트를 친 가운데, 일부는 경찰봉을 쥐고 돌격 자세를 취하고, 그 뒤편에서는 칼이 장착된 M1소총으로 집총자세를 취한 무장 세력이 있었다.

시위군중은 누군가가 이끌고 있는 것 같았지만 확실한 실체는 없었다. 일주일 전 부산에서 8천여 명의 철도·부두노동자들이 파업에 돌입한 것에 자극을 받은 인상이었으나, 굳이 따지자면 그곳 사정과는 엄연히 구분되었다. 부산의 철도·부두노동자 파업이 정치 투쟁의 하나라면, 대구의 소요는 민생과 콜레라 대책에 대한 항의 시위였다. 전염병의 창궐로 어린아이들이 주로 희생되었다.

마당에서 깡충거리며 뛰어놀던 아이가 하루 아침에 시들시들하더니 죽어나가는 꼴을 지켜보는 부모들의 가슴은 천불을 맞은 것만큼이나 억장이 무너졌다. 영양부족 상태니 면역성이 현저히 떨어져 전염병이 돌자마자 죽는데, 행정관서는 두 손을 놓고 있었다. 시민들은 비정한 정부에 분노의 눈빛을 보내며 광장으로 모여들었다.

자고 나면 쌀값이 배로 뛰었다. 돈을 얼마간 모으면 벌써 쌀값은 몇 배 뛰어올라 있었다. 이렇게 해서 삼십 배, 사십 배나 뛰었다. 굶주림을 매개로 한 저항의 바이러스는 다른 어떤 것보다 폭발성을 지니고 있었다. 폭풍도 삼켜버리는 처절한 야수성과 복수의 비정성을 안고 있는 것이다. 당시 대구에서 펴낸 일간지 영남일보는 '배고파 못 살겠소—기아 시민 간청 쇄도'라는 제목으로 다음과 같이 보도했다.

갑— 쌀은 주지 않고 교통은 전부 막아놓았으니 매일 지방을 돌아다니며 양식을 구해먹는 사람들이 어떻게 살 수가 있나.

을— 나는 사흘 굶어서 일할 기운도 없소. 집에 식구들이 늘어져 누운 것을 보고 왔는데 그동안 죽었는지 살았는지 모르겠소.

병— 배가 고파서 늘어져 누웠으면 호열자(콜레라)에 걸렸다고 와서 잡아가고, 쌀은 주지 않으니 세상에 이런 비정한 일이 어디 있는가.

쌀을 달라고 수천 명의 군중이 아침부터 대구부청과 경북도청으로 몰려와서 오후가 되도록 돌아가지 않고 어떻게든지 목숨을 구하도록 해달라고 부르짖는 그 전경은 참아 눈뜨고 볼 수 없거니와, 관계당국에서는 미 군정 관장에 문의했으나 별다른 대책을 얻지 못하였으며, 다만 대구부가 가지고 있는 쌀과 잡곡 합해 600석을 배급하기로 했다. 이 600석의 쌀은 천 시민의 하루분 식량에 불과하다. 그야말로 붉은 화로에 떨어지는 눈방울로 30만 시민은 문자 그대로 생사의 기로에서 방황하고 있다. ─〈영남일보 1946년 7월 2일자〉

식량만이 아니다. 대구는 콜레라 발병률 1위였다. 경찰은 콜레라가 번질 것을 우려해 대구 시외로 나가는 모든 진출입로를 봉쇄했다. 대안이란 것이 시민이 오도가도 못 하게 하는 통제뿐이었다.

"시청으로 가자!"

"경찰서로 가자!"

"미창(米倉)으로 가자!"

누군가의 선동으로 군중은 긴 타액처럼 이리저리 움직이며 시내로 진출했는데, 그럼에도 불구하고 역 광장에는 시민들이 끊임없이 모여들었다. 광장은 사람들을 모아서 필요한 곳으로 보내주는 배급 기지 역할을 하고 있었다.

시위대가 한 덩어리로 흩어지면서 모이고, 다시 모였다 흩어지니 진압 경찰도 어디서부터 손을 써야 할지 몰라 지켜보고만 있었다. 경찰과 대치한 가운데 시위대 선두에서 한 노동자가 나와 연설을 시작했다.

"나는 연탄공장 노동자 황말룡이올시다. 우리 식구는 일주일째 굶고, 자식들이 쓰러졌소. 관청 놈들은 애꿎은 농민들에게 쌀을 강탈하고, 경찰은 공출에 반항하는 시민을 잡아갔소! 벼룩의 간을 빼먹지, 우리에게서 양곡을 빼앗아 가다니, 이런 놈들을 그냥 놔둬야 합니까? 바로 친일파 놈들이 하는 짓이요. 해방되었다고 하지만 바뀐 것이 하나도 없소이다!"

황말룡이 물러나고 다른 청년이 시위대 앞으로 나가더니 외쳤다.

"나는 철도노동자 김종태라는 사람입니다. 식량을 얻기 위해 외갓집으로, 삼촌집으로, 시집간 누나집으로 가려고 하는데 경찰이 외곽을 봉쇄했습니다. 굶주려 죽거나 전염병에 걸려 죽으라고 하는 것과 같습니다. 이대로 앉아죽을 수 없소이다!"

다음에는 노동복 차림의 청년이었다.

"나는 담배공장 노동자입니다. 궐련에 붙이는 풀을 찍어먹고 연명했습니다. 오늘도 그 풀을 먹고 여기 나왔소. 이것이 나라의 꼴이오. 전매국 사람으로서 월급을 제대로 받는 나까지도 이 모양이오!"

그가 물러나고 대학 교복 차림이 나왔다.

"여러분, 똑똑히 보아둡시다. 친일자본가들이 활동자금을 만들어서 친일경찰, 친일관료를 지원하고 있습니다. 이 어려운 상황에서도 그자들은 천년만년 권세를 누리려고 온갖 협잡질을 다하고 있습니다. 전 시민은 기아와 질병 속에 신음하고 있습니다!"

부자와 빈민, 권력자와 시민, 관과 민, 순사와 백성, 이렇게 이분법적으로 분리하니 군중들의 적개심은 배가되었다. 청년의 선동적인 연설은 적개심과 복수심을 충동질하기에 충분했다.

"악질 경찰 물러가라!"

"미국놈을 몰아내자!"

군중은 경찰 진압대를 압박해 들어가기 시작했다. 그때 호각소리와 함께 진압 경찰이 곤봉을 휘두르며 들이닥쳐 군중을 제압해나갔다. 마상(馬上)에서 일본도를 휘두르며 채찍으로 내리치고 곤봉으로 갈기면서 피투성이가 된 시위대를 끌고 갔다. 총검부대가 집총자세를 취했다.

군중들이 경찰을 향해 돌을 던지기 시작했다. 돌멩이, 병유리, 벽돌 따위를 던지고 화염병을 던지며 다가들었다. 시위대 숫자에 경찰이 주춤주춤 뒤로 밀리고, 여세를 몰아 군중이 밀어붙이자 이윽고 경찰이 도망가기 시작했다. 이 과정에서 미처 피하지 못한 경찰관이 밟히기도 하고 뒤통수가 깨져 피투성이가 되었다. 경찰이 고꾸라지면 다른 동료 경찰이 서둘러 부축해 사라졌다. 군중들은 더욱 자신감을 갖고 투석으로 경찰을 밀어붙였다.

그 무렵, 시위대 대각선 방향에서 빵빵, 두 발의 총성이 울렸다. 그것이 무슨 신호탄이나 되는 듯 뒤이어 연달아 수백 발, 수천 발의 총소리가 광장을 울렸다. 배치된 무장 경찰이 발포한 것이었다. 빵빵빵빵, 다다다다… 시위대 선두에 섰던 황말룡과 김종태가 가슴과 머리에 총을 맞고 쓰러졌다. 시위 군중 수십 명이 한꺼번에 쓰러졌다. 후미 쪽에서도 쓰러졌다. 총소리는 계속 난사되고 있었다.

군중이 일시에 흩어졌다. 그러나 어느 순간 두려움없이 한덩어리가 되더니 드럼통을 방패삼아 경찰을 향해 돌진하기 시작했다. 피를 보자 더욱 흥분하는 모습이었다. 총검 경찰이 뒤로 빠지더니 줄행랑을 놓았다. 군중들이 뒤쫓아가 어디서 구했는지 모를 낫, 몽둥이, 도끼, 쇠스랑을 휘둘렀다. 빼앗은 총 개머리판으로 경찰 두상을 박살냈다. 시위 군중들은 걷잡을 수 없이 폭발해가고 있었다. 지도부가 있더라도 의도와 달리 폭동화하자 수습의 한계를 넘어섰다. 누구도 수습할 수가 없었다. 시위 동기가 기아와 돌림병과 생필품 부족, 아이들의 아사 때문이라는 구체성을 띠니 모두가 가슴에 불덩어리를 달고 있었다.

시민과 경찰이 맞부딪쳤다는 소문이 시내에 퍼지자 집에 있던 사람들까지 뛰쳐나와 순식간에 전 시민이 궐기하는 양상을 띠었다. 밤이 깊을 때까지 소요사태는 진정되지 않고 대구 시내를 뒤흔들었다. 그 흥분은 다음날 절정에 달했다.

진실화해위원회 2010년 상반기 조사보고서 등 자료에 따르면, 10월 2일 오전부터 대구역 앞에서 수만 명의 군중과 무장경찰이 대치한 가운데, 최무학 등 대구의전(경북대의대) 학생들을 중심으로 죽은 시위대 시신을 들것에 메고 나타났다.

"우리의 형제 노동자를 살려내라!"

그들은 시신을 들것에 메고 경찰서로 행진을 이끌었다. 의대 학생들이 입은 흰 가운에 피가 흘러내린 시체를 들고 가자 시민들은 흥분하기 시작했다. 대오를 갖춰 시위 진압을 지휘했던 대구경찰서 수사주임이 도망가고, 순경 두 명이 붙잡혀 도끼로 맞아 두상이 갈라졌다. 오후가 되자 학생과 교수, 노동자, 시민 등 이만 여명의 군중이 대구경찰서를 에워쌌다. 사태를 살펴본 미 군정 경찰부장 프레이저는 이성옥 대구경찰서장에게 무력으로 시위 군중을 해산할 것을 명령했다. 이성옥 서장은 주저하다 명령을 거부했다. 동족끼리 피를 부르는 상잔(相殘)을 원하지 않는다는 이유에서였다. 대신 무기고를 잠그고 경찰 병력을 대구경찰서 인근 본정소학교(지금의 종로초등학교)로 철수시켰다.

"경찰들이 내빼고 있다!"

후문을 통해 빠져나가는 경찰 대오를 보고 시위대들이 일제히 대구경찰서로 난입했다. 미처 빠져나가지 못한 경찰이 맞아죽었다.

"경찰서를 접수했다! 대구 시민 만세!"

시위대는 무기고를 털어 무장했다. 시위대는 유치장 문을 부수고 수감자 백여 명을 석방했다. 풀려난 수감자들까지 가세해 무장하니 위세는 시를 완전 압도하는 듯했다. 상황이 급박하게 돌아가자 전평(노동조합전국평의회) 대구지부 지도부가 시민의 자제를 요청하는 방송을 했다. 그러나 방송은 시위 대오의 함성에 묻혀버렸다.

사태를 지켜보던 미군이 비상 갑호 명령을 내리고 지원 경찰을 요구했다. 타지역 시군 경찰까지 동원해 반격에 나섰다. 시위를 선도하는 제사공장 여공을 사살하고, 여공을 구출하러 나온 노동자도 사살했다. 그 자리에서 민간인 17명이 사망하고, 경찰도 4명이 숨지고 수백 명이 쓰러졌다.

다음 날도 대구경찰서 앞 광장에서 시위가 시작되었다. 무장 경찰과 무장 시위대의 대결 양상으로 치달았다. 한 청년이 시위대 앞에 마련된 단에 올라 연설하기 시작했다.

"친애하는 대구시민 여러분! 저들이 총을 들었지만 우리 역시도 무장했습니다. 무기가 없는 사람은 맨주먹으로 나서기 바랍니다. 우리 대구는 해방의 선물이 독립이 아니라 기근이 되고 말았습니다. 이따위 해방이 무슨 의미가 있습니까. 저들은 쌀이 없으면 채소나 과일을 먹으라고 합니다. 이게 말이 됩니까? 우리가 대구를 접수했습니다. 대구는 우리의 해방구올시다! 경찰서 무기고에서 총 한 자루씩 가져가이소!"

함성과 박수소리가 파도처럼 넘실거렸다. 용기를 얻은 청년이 다시 외쳤다.

"친일 시러베 놈들이 대구를 다 차지했습니다. 이자들을 대구 땅에서 영원히 박멸합시다. 누구나 평등하고, 사람이 대접받는 세상이 오도록 분기합시다."

갑자기 탕! 하는 총소리가 났다. 연설 청년이 앞으로 푹 고꾸라졌다. 건너편 건물 지붕에서 시위현장을 경계하던 무장경찰이 조준 사격을 가해 청년을 쓰러뜨린 것이다. 일시에 시위대가 흥분하기 시작했다. 죽은 청년을 들것에 메고 거리로 나섰다. 번화가를 비껴 선 고급주택단지의 한 저택 앞에 이르자 누군가 외쳤다.

"김가놈은 나오라!"

'김가놈'이라는 사람은 술도가와 정미소를 경영하고, 시내에 커다란 상회를 운영하고 있는 부호였다. 지역의 관급 토목공사도 독점하고 있는 세도가였다.

"김가놈은 군용기를 일제에 헌납한 대가로 관급공사를 따내 치부했으며, 물품을 관공서에 납품하면서 부를 쌓았다. 요즘은 미곡으로 장난치고 있다!"

그것이 사실이건 아니건 간에 부자와 가난한 자 따위로 구분하는 선동적인 발언은 시위대를 자극하기에 충분했다. 시위 군중들이 저택을 향해 돌을 던지자 와장창 유리창 깨지는 소리가 났다. 그와 함께 일부가 담을 타고 넘더니 안으로부터 대문 빗장을 활짝 열어젖혔다. 군중들이 흡입기처럼 집 안으로 빨려들어가 응접실의 금고를 부수고, 귀금속을 꺼내고 장식대에 올려져 있는 호화 도자기들을 바닥에 박살을 냈다. 경비원들이 막아선다고 했지만 겁을 먹고 도망쳤다.

"가자! 미창으로!"

다른 시위대가 향촌동 방향으로 쏟아져나갔다. 향촌동은 일본인이 거주하며 금융과 상권을 형성한 번화가였다. 그곳에 양곡을 보관한 미창(米倉)이 있었다. 그곳에 벌써 사람들이 몰려와 있었다. 그들은 창고에서 쌀가마니를 꺼내 줄을 선 시민들에게 나눠주고 있었다.

"사람마다 쌀 한 말씩 가져가소!"

쌀가마니가 쌓여있는 한 곳에는 노끈에 묶인 상회 직원들이 있었고, 그중 얼굴이 피투성이가 된 자도 있었다. 시위 군중은 차례로 고관들과 부호의 집을 공격했다. 그들 집에서 나온 식량과 재산을 시민에게 분배했다. 길바닥에 쌓아놓고 시민의 팔뚝에 빨간 페인트칠로 표시를 하고 몇 됫박씩 나눠주고 있었다.

이런 한편으로 시위대 주력은 대구역 광장을 시발점으로 하여 중앙로—공평사거리를 거쳐 대구시청으로, 노동자 시위대는 중앙로—

우편국―경북도청을 거쳐 대구경찰서로, 학생시위대는 대구의전과 도립병원―삼덕사거리―달성경찰서―중앙파출소―통신골목―대구경찰서로, 운수노조와 전평 노평 시위대는 태평네거리―약전골목―반월당을 거쳐 고급 관료와 친일 인사들이 밀집해 살고있는 진골목으로 몰려가고, 대구사범학교 등 학생시위대는 달성공원에서 부호들의 주택 습격 후 취득한 노획물을 시민에게 나눠주고 있었다.

저녁 무렵 미 전술군이 대구 중심가에 투입되었다. 미군은 M―7mount 전차부대와 기관총부대를 출동시키고, 대구시 전역에 비상계엄령을 선포했다. 위력적인 화기가 집중돼 경계에 나서자 외견상 대구 시내는 질서가 잡힌 듯했으나 대신 다른 지역에서 폭발했다. 풍선처럼 틀어쥐자 다른 군읍면 지역에서 터져버린 것이다. 대구에서 밀려난 무장시위대가 버스와 트럭을 탈취해 인근 지역으로 진출해 주민들을 선동했고, 지역민들이 동조해 낫과 쇠스랑, 죽창으로 무장하고 지방 경찰서와 면사무소를 공격했다.

2일 밤 칠곡 고령 군위 영천에서 무장시위가 일어났고, 3일에는 성주 김천 선산 의성 예천 영일 경주 등지로 퍼져나갔다. 4일에는 영주 영덕에서 일어났으며, 6일에는 경상북도 전역으로 확대되었다. 꺼진 듯했다가 다시 번져 무장봉기는 다음해 1월까지 1,2,3차에 걸쳐 연이어 일어났다. 이 시위는 도저한 위세로 전라도 충청도로까지 확산되었다.

처음 시위대는 미 군정의 친일파 청산, 식량문제 해결과 노동자 임금인상 등 생계형 시위를 벌였지만, 민중이 대거 참여하면서 인민위원회 설치 요구 등 정치적 구호를 내걸었다. 이런 요구는 주민 자치와 새 세상을 열망하는 주민들의 숙원을 이룬다는 뜻의 반영이어서 특정세력을 제외하고 지지를 받았다. 시위대는 각 경찰서와 지서, 면사무소를 습격했는데, 관공서는 의외로 쉽게 접수됐다. 군·면 소재지 경찰은 대구 시내에 차출되어 귀환하지 않았고, 남아있는 경찰과 관리들은 겁을 먹고 도망을 가버렸던 것이다.

대오를 갖춘 시위대는 지역마다 보안대를 꾸리고 20명, 30명씩 조를 짜서 부호와 경찰가족을 습격했다. '칠곡 경찰서장 윤상탁은 황점암 일행에 의해 죽창과 낫으로 난자 당했다. 화원 지서장 김현태와 경관 정남수, 현무기, 윤삼문이 시위대가 탈취한 총에 맞아 숨졌다. 달성경찰서 경관 6명이 사살됐고, 17명이 부상했으며 107채의 가옥이 파괴되고 소실됐다. 왜관경찰서장 장석환, 과장 4명을 기둥에 묶어놓은 후 경찰서장은 혀를 잘라 죽이고, 4명은 도끼로 찍어 죽였다. 영천경찰서에 1만의 시위 군중 중 일부가 도끼, 낫, 죽창을 들고 들어가 15명의 경관들을 살해했고, 그외 경찰서가 전소되고 경찰관이 부상을 입었다. 공공기관 및 주택 100여 채가 소실됐다. 영천군수 이태수를 잡아 거꾸로 매달아 죽창과 낫으로 난자하고 군청에 불을 질렀다. 공무원 15명이 사망하고 가옥 200여 호가 불탔다. 이처럼 무장대는 일본군의 잔인성을 능가했다'.〈지만원의 '10·1 대구폭동사건—제1부 소련의 대남공작과 남한 공산당의 뿌리'(2014.10.07일자) 일부 인용〉.

통계에서 보듯 경찰의 피해가 유난히 컸다. 이들에 대한 원성이 높았기 때문에 보복심 또한 그만큼 높았을 것이다. 그중 영천이 가장 피해가 컸다. 그곳은 다른 지역보다 사회주의자들이 많이 포진해 있었다.

10·1항쟁은 대구를 비롯한 경상북도 18개 군과 남한 전역 73개 시군에 파급되어 성공한 듯이 보였다. 이에 미 군정과 경찰은 타도의 경찰병력과 서북청년단, 백의사, 족청 등 우익 청년조직을 차출

해 대대적인 반격전에 나섰다. 경찰 피해가 많으니 경찰 지휘부가 더 화력을 집중해 소탕전을 벌였다.

영천경찰서에서는 시위대 수십 명을 생매장시켰고, 주민들을 공회당에 모이라고 해놓고 수류탄을 던져 집단으로 폭사시켰다. 피검자들을 경찰서 지하실로 끌고 가 심한 고문으로 불구를 만들거나 죽였다. 세에 밀리자 반도들은 산으로 숨어들었다. 이들은 야잔대를 꾸렸다.

태백산맥과 소백산맥으로 숨어든 야산대에 대한 대대적인 토벌작전이 시작되었다. 야산대는 깊은 산에 박혀 쉽게 소탕하지 못했다. 야산대는 밤이 되면 시내로 내려와 동지나 친척이 보복당한 것을 확인하는 즉시, 복수극을 벌이고, 경찰서에 불을 질렀다. 이것이 남한 지역에서 활동한 빨치산 활동의 효시가 되었다. 야산대는 빨치산의 다른 이름이었다.

대구는 해방되면서 만주 시베리아 연해주 화북 상하이 충칭 등지로 나갔던 사람들이 고향으로 돌아오는 숫자가 수만 명에 이르렀다. 귀국자들은 주로 망명 세력들이었으며, 독립을 위해 분투한 항일투사들과 그 가족들이었다.

대구는 전통적으로 민족의식이 강한 지역이었다. 깨어있는 지식층이 많은 결과였다. 호남·충청 지역 역시 독립운동가들이 적지 않지만 이들은 대체로 전통 유림 계열에 비조직적인 데 반해, 경북 지역의 독립운동가들은 민족주의와 사회주의 의식이 뚜렷한 지식인들이었다. 대구 사회주의자들은 연대와 단합이 강고한 세력이었으니 일제 관헌은 이들을 붙잡기 위해 대대적인 체포령을 내렸고, 결국은 도피하거나 망명길을 택했다.

일제강점기, 민족주의는 사회주의 운동으로 치환되었다. 일본 제국주의에 반대하면 일제는 이들을 모두 사회주의자로 몰았다. 대구를 중심으로 활약해온 항일운동 사회주의자는 김단야(김천) 박열(문경) 김두봉(동래) 김원봉(밀양) 박문규(경산) 이여성(칠곡) 이쾌대(칠곡) 이관술(울산) 이재복(안동) 박상희(구미) 안영달(경남) 황태성(대구) 김달삼(대구) 등이다. 인근의 이만규 김삼룡, 양양의 최용달도 대구를 근거지로 활동했다.

지역민의 진보적 성향은 뿌리가 있었으니, 그 근원은 조선조 때 기호학파 세도에 밀린 영남학파가 현실타파를 위한 저항적 위정척사 운동으로 자신들의 세계관을 승화시킨 영향이 컸다. 그들은 의병활동, 국채보상운동, 항일독립운동 등 진보개혁운동의 선봉에 섰다. 10·1 대구 민중항쟁도 그 연장선이었다. 먼 훗날 4·19학생혁명, 6·3사태도 대구가 도화선이었던 것도 이런 진보적 성향의 맥락 때문이다.

민족주의나 사회주의라는 이념은 정밀한 이념 체계를 갖추었다기보다 일제에 저항하는 기제로 차용되었을 뿐, 실제적인 정치적 지향에서는 단순한 성격의 신념이었다. 일본 제국주의나 군국주의를 반대하고, 한반도 강점을 반대한다는 애국주의적 행동 양식이고, 차별과 탄압을 받지 아니하고 평등하게 평화롭게 사는 이념으로 인식되었다. 그런데 조선총독부를 이어받은 미 군정이 일제보다 더 거칠게 탄압하고, 거대한 음모의 시선으로 몰아붙였다. 생리적으로 불의를 거부한 귀국자들이 이를 침묵할 수 없었다.

해방이 되어서 돌아온 귀향객들은 힘겨운 민생 문제와 함께 국토가 두 동강난 채 강대국 통치에 지도자들끼리 분열하는 모습을 보았다. 친일 세력은 어느새 옷을 갈아입고, 새 권력에 기생하며 일제강점기 못지 않는 권력과 부를 축적하고 있었다.

피흘려 쟁취한 해방의 초상이 이렇게 초라한 것인가 하는 좌절감이 귀향운동가들의 가슴을 압박했다. 뒤로 물러서야 할 친일파와 경찰이 지배층으로 우뚝 서있고, 미 군정 역시 오만할 뿐, 무엇 하나 해결해주는 것이 없다. 경제적 어려움과 사회적 불평등, 당장의 기근으로 민생은 극도로 위협받고 있다. 그런 가운데서 착취가 자행되었다.

이런 현실을 보고 행동에 나서지 않는 것은 자기 세계관을 부정하는 일이 되었다. 투쟁의 경험을 살려 모순 극복의 선두에 나설 수밖에 없었다. 거기엔 공산주의자와 사회주의자, 민족주의자 구분이 없었다. 조국의 해방과 독립을 위해 차용했던 것과 마찬가지로 그들은 강고한 투쟁을 위해 그 노선을 유지했다.

대구 항쟁은 이러한 저항세력이 풍부한 인적 자원에 의해 터져나온 자연스러운 운동이었다. 그래서 누가 주체세력이고 누가 추종세력이라는 개념도 모호했다. 누구나 동조자고 누구나 주동자였다. 조직력을 가진 전평과 노평, 운수노조 등 노동자 조직과 대구고보 대구사범 대구의전 등 학생들이 전면에 나선 것도 사실이고, 사회주의·공산주의·유림 세력이 나선 것도 부정할 수 없다. 그중 양심세력이 중심이 되었다. 모순 극복이라는 공감과 연대가 전도민적 궐기로 분출된 것이었다.

먼 훗날 승자 편에 선 사람들이 빨갱이 준동으로 왜곡했을 뿐, 당시는 누구나 나선 사회변동의 주체였다. 훗날 극우적 군부 정권의 기반이 된 지역 특성 때문에 이 운동은 크게 왜곡되었다. 피해자들은 살기 위해 숨을 죽였다. 그런 과정에서 가장 치열했던 해방공간의 고뇌가 의도적으로 왜곡되거나 파묻혔다.

미군 정보보고서에 따르면, 1—3차 대구 봉기에서 경찰 및 공무원 사망 201명, 민간인 사망 73명이었다. 그리고 부상 1천명, 행방불명 30명, 파괴된 건물 776동이었다. 공산당원 7천명이 검거되고 1천 500명이 구속되었다(출처: 대한민국 근현대사에 대한 조명— 대구10·1폭동사건, http://pkgroo.tistory.com/282 청년2부 그루터기선교회).

그러나 이런 집계 상황과 통계 수치는 신뢰할만한 것이 되지 못했다. 민간인 사망자보다 경찰 및 공무원의 희생이 훨씬 많았다는 것이 집계의 불신을 샀다. 경찰은 총기를 휴대했고, 중화기를 갖춘 미군의 지원을 받았기 때문에 압도적인 무기의 우위에 있었다. 이런 화력으로 대결했으니 당연히 민간인 피해가 클 수밖에 없었다. 대구형무소에 수감된 사상범을 집단 처형한 것만도 천 명이 넘는다고 했다. 이 때문에 경찰과 공무원의 피해가 더 컸다는 발표에 대해 믿는 사람은 아무도 없었다. 집계되지 않은 민간인 사망자·행불자만도 수 천, 수만 명에 이른다는 것이 분위기였다.

1946년 10월 1일부터 다음해 1월까지 3차 봉기에 걸쳐 쌍방 간에 희생이 컸다는 점은 부인할 수 없다. 해방 직후 가장 큰 사건이자, 가장 많은 인명 피해를 가져온 사변이었던 것을 부정하는 사람도 없다. 그런데 잊혀져갔고 역사책에서도 사라졌다.

적막한 빈소

오민균이 구미에 내려갔을 때는 저녁 어스름이었다. 박정희의 집은 기울어져가는 초가가 말해주듯 몹시 빈궁해보였다. 빈소가 차려진 곳이라고 했지만 사람들의 그림자라곤 찾아볼 수 없었다. 오민균이 싸리문을 열고 마당으로 들어설 때까지 집안은 고요적막했다. 그는 한참 우두커니 서서 비어있는 집안을 둘러보았다.

"어디서 오는 객이시오?"

사립문 밖 골목에서 한 사내가 다가오더니 물었다. 오민균은 놀랐으나 정색을 하고 대답했다.

"네, 박정희 생도를 찾아왔습니다."

"박씨가 여기 있는 걸 어떻게 알았소?"

그는 경계의 눈초리로 오민균의 위아래를 훑었다. 어떤 피해의식 때문인지 그는 낯선 방문자를 곁눈으로 훔쳐보았다.

"비보를 듣고 찾아왔습니다."

"조문 온 것이오? 헌데 웬 젊은이가 문상을….''

군인 대표쯤 되는 사람이 찾아야 예의가 아니냐는 태도였다.

"저는 경비대사관학교 교관입니다. 교수부장님께서 내려가서 애도를 표하고 오라고 하셨습니다. 교수부장님과 저는 박정희 생도님의 일본 육사 후배이고, 그래서 사적 인연을 갖고 있습니다."

그제서야 그가 경계심을 풀고 말했다.

"먼 길 오시느라 욕봤소. 망자를 내가 달려가서 업고 온 사람이오. 피흘리지 않게 이불자락을 뜯어서 가슴을 막고 집으로 업고 왔소. 매부되는 사람이오. 한정봉이오."

"그러셨군요. 다시 한 번 고인의 명복을 빕니다."

"다 쓸데없는 짓이오. 한 인물을 없애다니, 난세가 아니고는 이럴 수는 없재. 나라에서 데려다 써야 할 재목을 이렇게 없애버리니 하늘이 두렵지 않은지 모르겠소. 빌어먹을 세상이재."

"우선 빈소에 조문을 하고 싶습니다."

"빈소고 뭐고 이 난리에 무얼 차리겠소? 장례도 치르는둥 마는둥 했소."

장례식은 지역사회장으로 성대하게 치러야 했지만, 상황이 상황인지라 제대로 치를 수가 없었다.

"박정희 선배님을 만나고 가려고 합니다."

"따라오시오."

그가 싸리문을 나와 말없이 앞장섰다. 서녘 하늘이 붉게 물들어가고 있었다. 멀리 보이는 강물도 함께 물들어 처연해보였다. 한정봉은 갈대가 우거진 강변을 걷다가 굽이에서 위쪽으로 틀어진 지형을 타고 올랐다. 언덕에 오르자 주변 산야와 강이 한 눈에 들어왔다. 한결같이 고요하고 아름다운 풍경이었다. 이런 산야에서 피를 부르는 비극이 계속되고 있다는 것이 현실같지 않았다. 한정봉이 독백하듯 말했다.

"학식과 인격이 높은 사람이지. 모두 지도자로 모셨재. 풍모 또한 잘 갖추어서 큰 일을 할 인물이라고 믿었재. 해방이 됐으니 기다린 보람으로 큰일을 할 사람이라고 보았재. 그런데 이게 뭐꼬? 나도 총을 들고 싶고마."

"박 생도님이 누구보다 형님을 존경한다는 말을 들었습니다."

"고마 그런 사람 근동에 없다 아이가. 망자는 근동에서 찾아볼 수 없는 인물이오. 나라를 구하기 위해 헌신했으면 인자는 대접받고 살 줄 알았는데, 이게 무슨 날벼락이가?"

그는 꺼져가듯 탄식했다. 박상희는 일본 패망을 선산경찰서 유치장에서 맞았다. 몽양 여운형이 이끌던 비밀결사 건국동맹의 일원으로 활동하다가 체포되었다. 경찰의 예비검속망을 벗어나지 못해 갇혔는데, 어느날 갑자기 풀려났다. 빼앗긴 나라가 해방되었던 것이다. 그는 해방을 경찰서에서 맞은 셈이다.

박상희는 유치장에서 고문당하고 맞는 구속자들을 보면서 알게모르게 경찰에 대한 적개심을 품었다. 출소하자마자 건준 선산 구미지부를 꾸리고, 맨먼저 선산에 주둔하고 있던 일본군의 무장을 해제하고 무기를 압수했다.

이때 대구에서 무장 봉기가 일어났다. 대구의 폭발은 인근 지역 인민봉기의 기폭제가 되었다. 그가 시위대를 이끄니 따르는 군민이 천여 명에 달했다. 그는 이들을 지휘해 선산경찰서와 구미지서, 구미면사무소를 접수했다. 여운형이 이끄는 건국동맹—건준이 인민위원회로 개칭되자 면사무소에 인민위원회 간판을 걸었다.

경찰서장을 비롯한 경찰관과 친일분자를 유치장에 잡아 가두었다. 경찰서 입구에 인민위원회보안서라는 간판을 내걸고 인민재판을 실시했는데, 이때 경찰서장 이하 20여 명을 구속했다. 강경파가 구금한 경찰들을 모조리 처단하려 하자 박상희는 죄의 경중을 가려서 처리할 것을 지시해 억울한 인명 살상은 막았다. 구미면사무소를 접수한 뒤에는 양곡 140여 가마를 풀어 주민에게 나눠주었다. 이러다 보나 그는 경찰로부터 처단의 핵심 인물로 지목되었다.

박상희는 일제강점기 사회주의 계열인 선산청년동맹의 상무위원 겸 집행위원으로 활동하며 경북 지역 신간회를 이끌었다. 신간회가 강제 해산되자 1934년 몽양이 사장으로 있는 조선중앙일보 대구지국장을 맡아 언론인으로 변신했다. 이후 동아일보의 구미지국장 겸 주재기자로 자리를 옮겼다. 주민의 어려운 일들을 도맡아 해결하니 신망이 높았다. 그것이 대구 항쟁에서 주민을 결집하는 데 큰 힘이 되었고, 선산·구미지역이 영천 지역과 함께 다른 어느 지역보다 왕성한 좌익 활동의 배경이 되었다.〈이상 위키백과 일부 인용〉

박정희는 먼 훗날 펴낸 수기 〈나의 소년시절〉에서 "어려운 생활 속에서도 어머니는 상희 형님을 학교에 보냈다"라고 회상했다. 어려서부터 총명했기 때문에 가난한 살림살이 가운데서도 형을 학교에 보낸 것인데, 머리 좋은 그가 가난 때문에 더 이상 상급학교 진학이 좌절되면서 시대와의 불화를 견디지 못했다고 했다.

박상희 세력이 선산경찰서를 접수한 지 사흘 만인 10월 6일 충청도에서 증파된 경찰과 서울에서 증파된 족청, 백의사, 서북청년회 등 우파 청년단체들이 선산경찰서를 탈환하기 위해 칼빈 총으로 공격했다. 집중적인 화력 공세에 박상희는 사세의 불리를 판단하고 "동지들은 먼저 피하라"고 내보낸 뒤 맨 나중 경찰지서를 빠져나와 지서 앞 논두렁으로 달려가 엎드려 피신했다. 그를 노리던 경찰이 엄폐물이 빈약한 논두렁에 집중 사격을 퍼붓자 그가 쓰러졌다.

매제 한정봉이 총격이 멎은 틈을 타 다가갔을 때, 그는 가슴과 배에서 피를 콸콸 쏟은 채 숨져 있었다. 그의 나이 만 41세였다. 시신은 한정봉에 의해 수습돼 집으로 옮겨졌다.

그의 명망을 고려하면 문상객이 줄을 이을 법도 했지만 삼엄한 분위기 탓에 장례는 쓸쓸하게 치러졌다. 경찰 총에 맞아 죽었으니 보복을 우려한 경찰도 집 주위에 경찰 병력을 집중 배치시켜 이중삼중으로 경계망을 폈다.

박상희가 인민위원회 부위원장이고 선산군 남로당 내정부장이었으니 공산주의자란 말을 들어도 부정할 사람은 없었다. 지방의 인민위원회는 사회주의자, 또는 공산주의자가 주축인 것은 맞지만, 민족의식이 빈약한 사람은 자격이 주어지지 않았다. 당시 풍조에서 이들은 지식인의 표상이었다. 당시는 사회주의자, 민족주의자 구분이 무의미한 것이었으나 백색 테러가 횡행하면서 그것은 악마화되었다.

밀담

주막의 으슥진 뒷방으로 들어서자 촉수 낮은 불빛 아래 박정희가 자리에서 일어나며 오민균을 맞았다. 방 안에는 중년 남자들과 젊은 이들이 둥그런 술상을 가운데 놓고 둘러앉아 있었다.

"어떻게 이렇게 먼 길을….."

"교수부장님의 지시로 왔습니다. 형님의 타계에 대해 심심한 애도를 표해달라고 하셨습니다."

오민균이 거수경례를 붙이고 깍듯이 보고했다. 교관이 생도에게 거수경례를 붙이는 것은 군기상 맞지 않는 것이었지만, 그는 이렇게 예의를 차렸다. 오민균을 안내한 한정봉은 앉을 자리가 아닌 듯 돌아갔다.

"부모님상도 아니고 백씨상인데… 어쨌든 먼 길을 오시느라 수고했소."

"말씀 낮추십시오."

"오 소위는 교관이고 나는 생도 아닙니까."

좌중의 사람들이 두 사람을 번갈아보며 의아스런 표정을 지었다. 나이로 보나 외관으로 보나 교관과 생도가 뒤바뀌어 보이는데 반대되는 대화를 나누니 이상한 것이다. 오민균이 그들을 향해 해명하듯 말했다.

"박정희 선배님은 일본 육사 57기시고, 저는 61기입니다. 연령도 저보다 아홉 살이 위이십니다. 저는 1학년 생도 때 해방을 맞았고, 박정희 선배님은 관동군 중위로 복무하던 중 해방을 맞으셨습니다. 저는 곧바로 귀국해서 군사영어학교에 입교했고, 선배님은 뒤늦게 귀국하신 바람에 늦게 경비대사관학교에 입교하셨습니다. 그래서 계급은 지금 제 밑에서 생도생활을 하고 계시지만 임관하시면 원위치가 달라질 것입니다. 이런 사례들로 교내에서 어처구니없는 일이 많이 벌어지고 있습니다. 사관학교를 나오시면 곧바로 계급 위치가 될 것입니다. 교관들이나 생도들은 일찍부터 선배님의 실력을 알고 있습니다. 평판이 자자합니다."

"멋적은 소리 그만 하고, 어서 술이나 받으시오."

박정희가 그에게 술잔을 내밀었다. 술상에는 찌그러진 막걸리 주전자와 익힌 돼지창자, 비개가 많은 돼지 고깃살과 총각김치가 쟁반에 가득 담겨져 올라와 있었다.

"내 소개하겠소. 이쪽 어르신은 이재복 선생이십니다. 그 옆엔 황태성 선생이시고, 임종업 선생이십니다. 형님이 돌아가시자 어르신들이 어려운 가운데서도 내 일처럼 장례를 치러주셨소. 사은의 뜻으로 내가 모셨소. 모두들 상회 형님과 호형호제하시는 분들로 내가 어렵게 모시는 분들이오. 뒤의 청년들은 형님을 따르는 젊은이들이오⋯."

오민균은 한 사람씩 소개할 때마다 그들을 향해 일일이 목례했다. 술판은 말없이 무르익어갔다. 누군가 입을 열지 않으면 굳게 입을 닫고 있겠다는 듯 좌중은 한동안 침묵을 지키며 술잔을 기울였다. 비탄의 고독감이 뼛속까지 스며드는 것 같았다. 한참 말없이 잔을 주고 받은 뒤 박정희가 침묵을 깼다.

"젊은이들은 대구사범 출신들이라고 했지요?"

"그렇습니다. 저희들은 현지 학교에 부임한 보통학교 교사들입니다. 박상희 위원장님의 민전 청년부에서 활약하고 있습니다. 그동안 박정희 선배님 말씀 많이 듣고 자부심을 느껴왔습니다."

박정희가 희미하게 웃으며 청년들과 오민균을 번갈아 보았다. 청년교사가 박정희에게 정중히 술잔을 올린 뒤 말했다.

"경찰서를 부수겠습니다. 싹 갈아엎어버리겠습니다. 본떼를 보여야지요. 〈함무라비 법전〉이 아니라도 이에는 이, 눈에는 눈입니다."

"그래야 될까?"

가로막은 사람은 황태성이었다. 청년교사는 물러서지 않았다.

"무참히 당했는데 참고 있으라고요? 견딜 수 없는 모욕입니다. 박상희 위원장님은 경찰 수백과도 바꿀 수 없는 분이시죠."

"복수라면 더 큰 것이 있소."

황태성이 단호하게 말했다. 그는 처가가 있는 김천에서 손위 처남 임종업과 함께 일제에 투쟁해온 사회주의자였다. 황대용이란 가명으로 활동해 그의 실체는 가려졌으나 고향인 상주와 김천에 지지자들을 모아놓고 박상희 이재복과 동선을 같이하면서 지하운동을 폈다. 박상희의 죽음은 팔이 한쪽 잘려나간 것만큼 그에게는 큰 손실이었다. 대구에서 함께 활동해온 현준혁이 평양에서 암살된 이후 또다시 이런 비극을 맞으니 심사가 괴로웠다. 모든 일이 수포로 돌아갈 위기에 있었다. 조금만 투쟁 대오를 강화하면 결실을 볼 수 있다는 희망을 그는 갖고 있었는데 박상희의 죽음으로 좌절되어가는 비애를 느끼고 있었다. 그들은 모두 박정희보다 열 살 이상 되는 연령대였고, 오민균에게는 아버지뻘이었다.

"미국은 국민의 안녕과 질서를 잡아주고 물러가야 하는데 경찰 놈들을 앞세워 죽도 밥도 아니게 나라를 말아먹고 있소이다. 약소국이 겪은 서러움은 안중에도 없고, 약소국의 처지가 돼본 적이 없어요. 왜 그들이 조선반도에 들어왔는지 어이상실이오. 주재국에 무지한 자들이 주재국의 운명을 좌지우지한다는 것은 용납할 수 없소. 이러다 나라의 동량들이 모두 쓰러져갈지 모르겠소. 다시 망국의 길로 가는 것이오. 이러다 전쟁은 필연이오. 이자들이 구도를 그렇게 짜가고 있소."

"그들은 전쟁으로 부강해진 나라니까요." 곁의 청년이 받았다.

"그럴수록 우리도 맞서야 합니다. 일제와도 사십 년을 싸웠는데, 일만 년인들 못 싸우겠습니까. 미국이란 나라는 그들을 괴롭혀야 요구에 응합니다. 우리가 운전자가 되기 위해서는 더 강력하게 투쟁해야 합니다."

"아니오. 미국이란 나라는 우리가 그렇게 나오기를 바래요. 그들이 자랑하는 것은 힘이니까 세계 도처에서 싸울 곳을 물색하고 있습니다. 그들은 마치 잡초가 무성하게 자라기를 기다렸다가 어느 순간에 한꺼번에 불을 확 질러서 싸그리 없애버리는 것, 그런 정책으로 일관해왔소. 왜 거기에 말려들려고 그래요? 때를 기다려야 합니다. 시기라는 것이 있소. 우리가 이 정도 한 것으로 우리의 실체는 증명되었소."

이재복이었다. 그는 항쟁의 배후였지만 사세를 좀더 살피고 행동하자는 신중파였다.

"본떼를 보여줘야 합니다. 조직을 재정비했습니다."

"아서요. 복수보다 더 큰 것이 있소. 지금은 단일전선 단일대오 단일주장이요. 철두철미 민생문제에 매달려야 합니다. 전염병, 기아, 쌀값폭등, 식량난… 이런 것에 주안점을 두면 물고기는 저절로 물로 들어오지요. 백성의 지지가 우리의 힘이오. 자, 보시오. 당연한 결과지만 민심은 우리 편에 섰소. 행정 관리와 금융기관 직원, 회사원과 같은 중간계층도 우리 시위대에 호응하고 있소. 중간층 민심도 미군정의 행태를 비판하고 있소. 대구시의사회와 의대 교수들이 '시민에게 발포한 경찰관 부상자의 치료를 거부한다'는 경고문을 병원앞에 써붙이지 않았는가. 대구 항쟁은 전민 봉기, 전민 항쟁의 성격을 지니고 있는 것이오. 노동자 농민 학생 시민 일부 군정 관리 의사, 순경들까지 지지하고 있다면 우리의 목적하는 바는 달성된 것이오.

이익을 탐하는 친일·친미세력, 일부 자산가 계급을 제외하고는 전 민중이 지지하고 있소. 애국자는 자신의 위험을 감수하고 나라에 이익을 가져다 주기 위해 분투하는 사람이고, 매국노는 자신의 이익을 위해 나라의 이익을 훼손하는 사람이니 시간은 우리 편이오. 소수의 선동에 의한 폭동으로 몰고 가려고 해도 그 기도는 좌절되고 말 것이오. 그러므로 이럴수록 경거망동하면 안 돼요. 다만 공산당이 사주했다는 선동이 걱정이오. 그런 말이 널리 유포되면 탄압의 빌미만 제공하고 말 것이니까."

"실제로 박헌영 선생이 지휘하지 않았습니까."

청년교사가 물었다.

"개입한 건 맞아요. 공산당에 입당한 노동자들이 앞장섰으니까요. 그러나 공산당의 지령은 9월 총파업에만 국한되어 있지, 대구항쟁까지 지시한 것은 아니오."

이재복은 박헌영의 심복이었다. 임종업이 나섰다.

"미 군정의 태도가 문제요. 미소공동위원회가 성과 없이 결렬되고, 찬반탁 시위에서 좌익세력만 집중적으로 탄압받고, 그런 한편으로 그들은 좌우합작을 추진하는 이중성을 보이고 있소. 이러니 박헌영 동지 등 원칙주의자들은 미 군정에 도전하는 신전술로 대응하는 거요. 그들은 몽양과 규사(김규식)를 중심으로 하는 온건 세력에게 좌우 합작노선을 제시하면서도 다른 손으로는 강경노선이오. 너무나 이중적이오. 우리가 과격하다고 불법시하는데 왜 과격해졌는지를 알지 못해요. 또 우익 테러는 왜 방조하는 거요?"

"잡초가 무성할 때까지 기다린 거라니까요. 어차피 우리는 마른 짚덤불 신세입니다."

"군정은 이승만과 김구 세력도 견제하는데, 어느것이 진심인지 모르겠소. 어떤 때는 여론을 부추기면서, 또 어떤 때는 여론을 배반한 단 말이오. 이런 이중성을 내보이면서 유독 대구경북의 사회운동세력들을 죄악시하는 거요. 집중 타깃을 정한 것 같소. 하지만 민생이 비참한 상황인데, 사회운동 세력이 외면할 수가 있는가. 자유 곡가제를 시행하다가 공정가격제를 실시했다가 미곡 수집령을 공포했다가 강제 수거령을 내리고, 거기에 연명하기도 어려운 살인적인 배급 정책, 이렇게 오락가락하는 식량 정책에 하곡 수집까지 또 강제했소. 한해와 수해가 겹쳐서 생산량이 턱없이 부족한데도 경북 지역만 유독 가혹한 공출 정책을 쓰고 있소. 무슨 억하심정인지 모르겠지만, 한 놈만 때려서 전체에 겁을 준다는 집중 타깃 정책이 아닌가 의심스럽소."

"우리 저항 세력이 거세니까 때려잡으려고 그러는 거요. 구실을 잡기 위해 주민을 볼모로 묶는단 말이오."

"친일 세력의 이간질도 보아야 하오. 그들이 살려고 비판세력을 제거하려는 것이오. 친일파 놈들의 농간이오. 경찰에게 뒷돈을 대주고 있소. 놈들부터 처단해야 합니다. 먹을 것이 없으니 풍기 영주 청송 영양 봉화 산간지역에선 아사자가 속출했소. 어린아이들은 호열자에 속수무책으로 죽어나가고 있소. 경찰은 방역이란 이유로 교통을 통제하고, 사회운동세력을 검거하는 기회로 이용하고 있소. 이런 모든 것이 친일 관료와 경찰, 친일 업자들이 합작해서 벌인 장난이오. 미국놈들이 알면 얼마나 알겠소. 그 자들이 미군 뒤에서 장난치는 거요. 그래서 끝난 것이 아니라 이제 시작입니다."

그것이 맞는지 안 맞는지는 중요하지 않다. 좌중은 이렇게 분석한 뒤 결의를 다지듯 술잔들을 단숨에 비웠다.

"박헌영 선생의 노선이 강경한 것 아닙니까? 비타협적 노선이 묘

혈을 파는 것 아닌가요?"

청년교사가 불만을 토로했다. 이재복이 대답했다.

"그런 것은 아니오. 정판사(위조지폐 제조사)사건이 터지면서 공산당 불법화, 당 간부들에 대한 체포령이 내려지니 자구책을 갖는 건 당연하지. 급진성은 그들의 강경책 때문에 나온 대응인 거요. 알다시피 9월 총파업은 노동계급의 파업만 설정했을 뿐, 무력투쟁은 상정되지 않았소. 박헌영 동지는 미 군정의 체포령을 피해서 영구차에 숨어서 비밀리에 월북했소. 그러니 현장지휘란 있을 수 없소. 지도자가 현지지도를 해도 상황 변화를 끌어오기 어려운데, 그가 부재한 가운데서 눈 앞의 지휘자처럼 무장혁명을 이끈다? 그가 영향을 주긴 했지만 절대적인 힘을 발휘한 것은 아니오. 그가 항쟁을 주도적으로 일으켰다고 하는 것은 우리 세력을 때려잡기 위한 모략이오. 설령 공산당에서 지휘했다고 해도 백성들이 따르지 않으면 무슨 소용이 있소? 대구 항쟁은 억울한 민심이 견디다 못해 들고 일어난 민중 혁명이오. 인민위원회나 민전(민주주의민족전선)이 부추길 수는 있지만, 대구항쟁은 대구시민 모두가 함께 일어난 주동세력이오. 추종세력이자 주체세력이란 말이오. 그것을 구분하면 그들을 모욕하는 것이오. 이런 상황에선 미물도 일어나지 않겠소? 솔직히 우린 민심을 수습할 역량이 부족했소. 광범위한 대중의 집약된 불만을 그릇에 담아서 대안을 내놓을 역할을 다하지 못했소. 앞으로가 문제요. 누구나 싸울 수는 있지만, 이긴다는 보장은 없소. 국면을 우리 것으로 끌어오는 데는 지혜가 필요해요."

"경찰이나 미 군정은 앞으로 모든 폭동은 좌익의 소행이라고 공격해올 것입니다. 야산대도 그런 전략으로 소탕에 나설 것입니다."

"짊어지고 가야 할 것은 짊어지고 가는 것이 우리 운동자의 숙명이오. 이런 일은 우리만이 겪는 것이 아니오. 세계사에 무수히 일어난 민중봉기들은 권력쟁취를 위해서라기보다 생존권을 위해, 비인간적인 현실에 저항해 생명을 걸고 일어난 것들 아니겠소. 그것이 도리이고 사는 가치이고, 정의라고 보는 것이오. 그것을 탄압의 빌미로 삼는 세력이 있지만, 그럴수록 흔들리지 않고 가는 거요. 그것이 우리의 숙명이오. 지는 줄 알면서도 가는거요. 하지만 백성과 함께 가는 길은 외롭지 않소."

"그러면 이번 사건을 정리해보겠습니다. 일제강점기의 지배층을 제대로 가려내지 못한 미 군정의 무지와 오류, 식량정책 실패, 가혹한 양곡 공출정책, 경찰과 반공청년단의 좌익사냥, 친일파와 민족반역자들의 권력 복귀로 민심이 분노해서 일어난 봉기라고 정리할 수 있습니다. 이것을 널리 주입시켜야 합니다. 이런 근본 문제를 해결하지 않으면 제2, 제3, 아니 제10의 대구 항쟁이 일어난다고 경고해야 할 것입니다."

"제 정치세력은 대구 항쟁을 피상적으로 보고 있는 것 같소. 코끼리 몸통 만지기 식이오."

"한민당은 대구항쟁을 박헌영 일파의 선동 놀음에 기인한 것이라고 벌써부터 비난하고 있습니다. 변함없이 분열의 인자들을 증폭시키고 있습니다. 이영과 정백 등 반박헌영 공산주의자들도 박헌영의 모험주의가 빚어낸 비극이라고 비난했습니다. 몽양 선생은 미 군정의 정책 오류가 인민 항쟁의 주원인이라고 진단했지만, 폭력으로 혼란을 일으킨 원흉은 조선공산당이라고 비판했습니다. 규사 선생은 조선 독립을 방해하는 결과를 가져올 것이라고 우려했습니다. 이해득실에 따라 관점이 각기 다릅니다."

오민균은 몽양과 아고 대령간의 관계를 생각했다. 아고는 몽양을 조선의 미래를 짊어지고 갈 인물로 보았고, 그를 옹립하려고 했다. 하지만 경무부와 한민당 세력은 그를 비토하고 나섰고, 귀국한 이승만과 김구도 그의 활동에 제동을 걸었다. 오민균은 분열하는 지도자들의 행태가 못마땅했다. 큰 차이를 발견하지 못하겠는데 싸움은 피터지게 한다.

"공출제를 폐지하라, 쌀과 의약품을 제공하라… 이렇게 민생 문제를 들고 나갑시다. 이념 과잉은 저 자들의 농간에 넘어가는 하수요. 저 자들은 우리를 파괴적인 빨갱이 세력이라고 몰아가는데, 따라서 지도부는 지역 세포들에게 자중과 자제로 때를 기다리도록 합시다."

그들은 회합을 마친 뒤 취한 몸으로 조심스럽게 각자 어두운 밤길을 나섰다. 상모리 마을을 향해 가는 박정희를 이재복이 불러세웠다.

"이곳 문제는 우리에게 맡기고 어서 군문으로 돌아가게. 올라가면 내가 찾아가겠네. 할 일이 많을 거야."

박정희는 우두커니 서 있었다. 그 침묵이 무서운 고독감을 안겨주고 있었다. 한참 후 그가 말했다.

"올라오시면 연락 주십시오."

이재복이 어둠 속으로 사라지고 박정희와 오민균 둘만이 남게 되자 박정희가 길가로 가서 오줌을 누기 시작했다. 그가 앞을 털면서 말했다.

"걱정이대이."

"사건의 후유증 때문입니까."

"그게 아니야. 우후죽순처럼 정당을 만들어 나라를 망치는 자들이 문제란 말이야. 군사단체 난립도 그렇고. 독립운동했습네 하는 사람들도 서로 찢고 발기고 있는 것도 그렇고, 나라꼴이 뭔가. 그게 걱정이라는 거지."

이런 상황에서도 박정희는 다른 생각을 하고 있었다. 그 생각은 오민균의 생각이기도 해서 연대의식을 느꼈다.

"오 소위, 추후를 기약합시다. 조심해서 올라가시오."

다음 날 선산경찰서가 다시 공격을 받고, 다른 지역 경찰서도 피해를 입었다. 농민과 청년들이 주축이 된 야산대는 밤낮을 가리지 않고 경찰서와 관공서를 습격했다. 어떤 곳은 쌍방간에 치열한 공방전이 벌어졌다. 산악지대가 많은 경상도 지역은 야산대가 활약하기 좋은 조건이었다. 군과 경찰이 투입돼 토벌작전에 나섰지만 야산대 또한 각 지서에서 노획한 무기로 싸웠다. 쌍방 피해는 가중되었다.

박정희가 경비대사관학교 2기를 수료하고 춘천 8연대로 배속된 것은 그해가 저물어가는 12월이었다. 8연대는 연대 중에서도 장교들이 기피하는 곳이었다. 활동 근거지가 지형적으로 험한 산악지대인데다 날씨가 춥고, 부대 시설도 병력도 제대로 갖춰지지 않아서 불만들이 많았다. 그곳엔 최남근 이상진 이병주 등 만주군관학교 출신들이 배속돼 있었는데, 그들은 군 계보상 주류가 아니었다. 군은 일본군 출신이 주류를 형성했는데, 일본 육사 출신인 박정희만은 제외되었다.

오민균은 박정희를 교관으로 불러들여야 한다고 교무부에 건의했다.

제15장
대구 6연대, 집단 허무주의

한 병사가 연대장실로 다급하게 뛰어들어왔다. 연대장실 입구엔 '제6연대장 김종석'이란 문패가 걸려있었다.

"연대장 각하, 사고가 생겼습니다. 동료 병사 하나가 맞아서 쓰러졌습니다."

각 소대의 복무일지를 점검하던 김종석 중령은 병사의 다급한 말에 눈을 치켜떴다.

"뭐가 어쨌다구?"

"각하, 저희가 도둑으로 몰리고 있습니다. 미고문단 소위가 후지모도 군조를 데리고 와서 내무반 관물대를 샅샅이 뒤지고 반발하는 병사들을 패고 있습니다."

후지모도 군조는 한국 이름이 김춘택이었지만, 만주군 헌병대에서 일본군 중사로 활약했다는 점을 과시하기 위해 노상 사용하는 닉네임이었다. 그는 해방이 한참 지난 지금까지도 자랑삼아 그 계급장과 이름을 내세웠다.

"뭐가 어째?"

"위병소에 둔 라디오, 후레쉬, C레이션, 피복류가 밤사이 사라졌다면서, 우리가 훔쳐갔다는 겁니다. 위병소에 가져다 놓은 것인데, 도둑맞았다는 것이죠."

그런 일은 왕왕 있었다. 미고문단의 하위 계급자와 한국인 하사관이 작당해 군수품을 빼돌려서 돈을 만들고 갈보집에 가서 실컷 주색에 빠지고 돌아오곤 하는 물품들이었다. 그들도 빼돌린 물품을 도둑맞은 셈이었고, 그래서 먼저 취하는 자가 임자가 되는 세상이었다. 후지모도 군조는 필시 손버릇 나쁜 병사들 짓이라 여기고 내무반에 들이닥쳐서 관물대를 뒤지고 병사들 몸을 수색하다가 불평하는 자를 팼던 것이다. 악랄하다는 일본 군대도 기습적으로 내무반에 들어가 병사를 구타하며 팬티까지 내리게 하는 일은 없었다.

"앞서라!"

김종석이 병사를 앞세워 내무반에 들어서자 과연 후지모도가 미고문단 소위가 지켜보는 가운데 쭈그려 앉은 병사들을 걸어차고 있었다. 한 병사는 얼굴에 피투성이가 된 채 쓰러져 있고, 다른 병사들은 무릎을 꿇고 앉아 있었다.

"무슨 짓인가?"

"빨갱이새끼들이 하는 짓입니다, 각하! 비상식량과 피복을 빼돌렸습니다."

빨갱이 짓이라고 하면 모든 것이 용서되고 통용된다. 그렇더라도 이건 지나쳐보였다.

"그만두지 못해?"

후지모도가 행동을 멈추고 의아스런 표정으로 김종석을 바라보았다. 칭찬받을 줄 알았는데 제지하니 뚱딴지 같고, 그래서 불만스런 표정을 지었다.

"그만둬!"

"왜 그러십니까. 저 새끼들의 범죄를 묵인하는 겁니까?"

"니가 봤어?"

"그렇다면 귀신이 했을까요?"

후지모도가 연대장의 위아래를 훑듯이 살폈다. 건방진 태도였다. 아마도 미고문관이 곁에 있으니 그를 믿고 하는 행동일 것이었다. 전선에서 산전수전 다 겪은 하사관 출신들은 일본군 장교 밑에서 병사들을 한없이 쪼았는데, 지금은 미고문관 밑에서 으스대고 있다.

"야비한 자식, 앞으로 나왔!"

후지모도가 앞으로 나오자 김종석이 그의 정강이를 냅다 걷어찼다. 에구구구, 후지모도가 비명을 지르며 앞으로 고꾸라졌다. 김종석은 쓰러진 그를 사정없이 군화발로 밟아버렸다.

미고문단 장교가 그에게 달려들었다.

"카멘더 킴! 이게 무슨 짓입니까."

"나는 이런 일은 일본 군대에서도 용서하지 않았다. 니들이 증거를 찾아 증명해야지, 야만적으로 족치며 불라는 것이 정당한 태도인가? 이것이 미국이라는 나라의 민주 군대 모습인가?"

후지모도가 피를 흘리며 몸을 일으켰다.

"연대장 각하, 억울합니다. 국준(국군준비대) 놈들이거나 학병동맹 놈들 수작입니다. 빨갱이새끼들이 하는 짓입니다."

"국준 놈이라고 해도 이렇게 해야 되나?"

미 군정이 국군준비대와 학병동맹이 맹위를 떨치자 군벌을 해체한다는 명목으로 이들을 해산시키자 이들이 일거에 국방경비대에 들어왔고, 그들은 부대 내에서 충돌을 일삼았다. 말썽을 일으킴으로써 혼란을 부추기려는 의도가 엿보였다. 그렇더라도 이런 폭력은 비

이성적이고 반윤리적 행태였다. 군 내부는 각 군벌들의 각축장이자 좌우 충돌의 시험장이 된 지 오래지만, 새 나라의 군대는 이래서는 안된다고 그는 생각하고 있었다. 뒤늦게 달려온 소대 위관 장교를 보자 김종석이 말했다.

"소대장은 들으라. 귀관은 부대원들과 동고동락하면서 지휘하는 일선 장교다. 위관급을 '카멘더'보다 더 친근한 '리더'라는 말을 쓴다. 자신의 부하를 직접 이끄는 지휘관이므로 리더인 것이다. 이런 못된 짓을 하는 하사관이 있으면 소대장이 과감히 조치하라! 책임은 내가 진다. 하사관에게 쩔쩔 매면 지휘관 자격이 없다. 그리고 김춘택 중사! 미고문관이 뭐라고 하든 상식에 벗어나는 명령은 단호히 거부하라! 민족적 양심을 지키라! 소대장은 부상 장병을 데리고 응급실로 가고, 병사들은 각자 제 자리로 돌아가라."

병사들이 흩어지자 미군장교가 그의 앞에 대들 듯이 나섰지만 그는 가볍게 그를 외면하고 내무반을 물러나왔다.

— 건방진 자식….

미군들은 대체로 한국인 병사들을 경멸했다. 한국인의 풍습을 이해하기보다 뒤떨어진 미개인으로 내리깔고 보았다. 훔치고 거짓말하고 불결하다고 야만인 취급했다.

— 공평하다는 자식들이 하는 꼬락서니하곤….

미고문들은 일이 있을 때마다 공정, 공평해야 한다고 역설했다. 미군병사나 한국군 병사는 모두가 동등한 자격을 갖췄다고 했다. 어느 한쪽으로 치우치거나 기울지 않는다는 것이지만, 이미 군 내부에는 한미 군사간에 차등과 차별이 있었고, 좌우 대결이 일상화된 가운데 좌익 성향을 가진 병사와 민족주의 성향의 병사는 불이익을 당했다. 불편부당과는 거리가 먼 차별적 대우였다. 그렇다면 애초에 모병할 때 성향을 분석해서 선발할 일이지, 사상의 자유를 허용한다고 해놓고 잡아가두고, 심한 경우 소리 소문없이 없애버렸다. 끌려가면 돌아오지 않는 것이 예사였다. 점차 공포분위기가 조성되고 있었다.

군부 내의 충돌은 일상화되었는데, 그것을 단순히 충돌로 보지않고 좌우 대결로 몰아가고 있었다. 엄밀히 말하면 음모가 도사리고 있었다. 취약한 처우와 열악한 배식문제, 원칙없는 계급장 부여, 경찰과 대비되는 차별 대우, 광복군 팔로군 일본군 항일유격대 따위 출신군별 파벌 때문에 터져나온 갈등들이 많았다. 이런 복합적인 요소들이 작용하는데 모든 분란 책임을 좌익의 소행으로 몰아갔다. 군 영내엔 말 그대로 시대적 모순이 압축되어 있는데, 단순히 좌익 소행으로 몰아가니 반발이 내연하고 있었다.

따지고 보면 이런 것들은 좌익이 번식하기 좋은 환경을 만들고, 결과적으로 군정은 좌익의 발호를 부추기는 꼴이었다. 불만 세력을 빨갱이라고 몰아붙여 제거하는 것이 비용이 가장 적게 들고, 국가 조직을 단일 대오로 이끌어가는 것이긴 해도, 그런 정책들은 일제의 유산을 그대로 상속받은 방식이었다. 이로인해 인적 구성원이 각기 파편화함으로써 건국의 토대를 다져야 하는 일체감과 단결력을 저해하고 있었다. 좌익과 비판 세력의 기준이나 경계가 모호하고, 승복할 수 없는 일들이 터져나와서 본의 아니게 불만 세력, 자생적 빨갱이를 양산하는 모양새였다.

김종석은 경성고보를 졸업하고 일본육사에 입교한, 이른바 엘리트 코스를 밟은 전형적인 학구파 지휘관이었다. 명석한 두뇌와 정의감이 투철한 품성은 장차 군 최고지도자로서 손색이 없는 인재로 인정받았다.

그는 오키나와 전투에서 전공을 세웠지만 늘상 남의 심부름을 하고 있는 것 같은 느낌으로 살았다. 가슴 속의 허한 것을 채우지 못해 정신적으로 방황하고, 막상 해방을 맞아 조국에 돌아오니 그동안의 행적이 부끄러웠다. 그런 자성이 뒤늦게나마 민족의식으로 내면화했다. 그가 별다른 생각없이 일본 군국주의를 위해 전선에 투입되었을 때, 지각있는 사람들은 눈보라 휘날리는 광야에서 조국의 독립과 해방을 위해 몸을 불살랐다는 것을 알았다. 이를 알고 그는 더욱더 반성하고, 신조국 건설에 헌신할 것을 마음 속으로 다짐했다.

그런데 점차 주변부로 밀려나고, 따르는 후배들이 좌익으로 몰려 쫓기고 있었다. 그의 양심과 지성으로는 받아들이기 힘든 모습이었다. 김종석은 일본군 장교로서 미제(美帝)와 맞서 싸우다가 어느날 갑자기 미제 휘하의 장교가 되어있는 자신을 발견하고 스스로 당황했다. 혼란스러웠다.

— 이게 바른 길인가. 지금 가는 길이 옳은가….

조국의 군인이 되는 것이 소망이었지만 시간이 갈수록 그 길은 요원해보였다. 안개 속에 갇혀있는 듯 무엇 하나 확실하게 드러나는 것이 없고, 분단의 어수선함과 좌우 대결이 격화되고 있었다. 또다시 용병 신세라는 것이 그로서는 견딜 수 없었다. 미 군정은 혼돈 상황을 방치하는 것 같고, 때로는 그것을 즐기는 것 같았다. 이런 과정에서 대구 항쟁이 터졌다.

대구 6연대는 창설되자마자 두세 달 만에 연대장이 네 사람이나 바뀌었다. 부임한 지휘관들은 부임하자마자 줄을 대 다른 곳으로 보직을 받아 떠나버렸다. 사상적으로 드센 지역이어서 연대장들이 견디지 못하고 떠나갔다. 김종석 역시 좌절감을 느끼고 떠날 생각을 하고 있는데 그를 붙잡는 장교가 있었다. 최남근과 박정희였다. 그 중 최남근은 6연대에서 그를 직접 보좌했다.

"이런 혼란한 곳에서는 정통 야전 군인이라야 기강을 바로잡을 수 있습니다."

최남근은 6연대가 창설되자 중대장을 거쳐 대대장, 그리고 잠깐 연대장 대리를 맡은 연대 창설의 산파역이었다. 김종석이 연대장으로 부임해오자 그 자리를 물려주고 대대장으로 복귀했다. 통솔능력과 호방한 성격을 갖추어서 인간적 매력을 풍기는 지휘관이었다. 그는 봉천군관학교 출신으로 관동군 중위로 복무하다 해방이 되자 북한을 탈출해 대구 6연대 창설멤버로 참여했다. 그가 어느 날 연대장실을 찾았다.

"오늘 저녁 시간 낼 수 있습니까?"

"좋은 일 있습니까?"

"중요한 분을 소개시켜 드리겠습니다."

최남근은 그 사이 토착세력과도 관계가 깊어져 지방 유지들과 스스럼없이 어울리고 있었다. 김종석을 시내로 나가자고 이끄는 것도 그런 유지를 소개시켜 주겠다는 것이었다. 퇴근시간이 되자 두 사람은 서문시장 뒤편 달성공원으로 이어지는 골목길의 허름한 술집으로 갔다. 골방으로 안내되자 사십대 중년의 남자가 그들을 맞았다.

"어서 오시오."

"서로 인사 나누십시오."

최남근이 김종석을 소개하자 중년남자가 지긋이 웃으며 말했다.

"목회 일을 하고 있습니다. 이재복이오."

김종석은 단번에 그를 알아차렸다. 그는 대구항쟁의 주동인물로 알려져 있는 사람이었다.

"아, 이재복 목사님이시군요."

주안상이 들어왔다. 최남근이 설명했다.

"이재복 목사님은 해방 신학을 하신 분입니다. 나도 만주땅 길림에서 교회를 다녔드랬지요. 그게 동티가 되더군요. 해방이 되어서 함경도를 거쳐 평양으로 들어오는데 관동군 출신이라고 해서 잡히고, 또 교회신자라고 해서 잡혔댔시오. 고약한 동네였댔지요. 빠져나오느라 힘들었댔시오. 소련 공산당 놈들은 이래저래 문제가 많았다니까…."

최남근이 말하고 웃자 분위기가 조금 어색해졌다. 북한땅에 들어온 소련군을 보는 관점과 해석이 다른 것이다.

"자, 목사가 먼저 술 한 잔 하겠습니다. 해탈한 목회자의 모습을 보여드리겠습니다."

이재복은 체면과 격식을 따지지 않았다. 그들은 격의없이 술잔을 나누었다.

"박정희 소위를 아시오?"

이재복이 물었다. 최남근이 받았다.

"만주군 시절 그와 한 방에서 한동안 뒹굴었댔지요. 연배도 비슷해서 가깝게 지냈습니다. 봉천군관학교 신경군관학교, 족보가 복잡해서 선후배 관계가 좀 애매하지만 같은 만주군 인맥이란 공통점으로 인간 관계가 돈독했댔지요."

"박 소위는 대구항쟁 때 전사한 내 친구의 막내동생입니다. 그를 친동생으로 여기고 있지요. 조국관이 뚜렷한 명민한 청년이오. 두 분 지휘관들이 그와도 관계를 잘 유지해주십사 하고 오늘 자리에 모셨소이다."

"영광입니다."

"희생된 그의 형 박상희 동지는 나라의 미래였지요. 큰일을 할 인물로 보았소이다. 그런데 경찰 총에 희생되고 말았소. 박 소위도 백씨가 비참하게 죽자 울분을 삭이지 못하고 있을 것이외다. 존경하는 형님이 졸지에 희생됐으니 그 뼈아픈 속이 오죽하겠소? 그를 위로해 주기를 바랍니다."

김종석이 생각난 듯이 말했다.

"대구 소요에 대해선 6연대는 중립입니다. 경찰이 저질러놓은 일을 군이 뒤치다꺼리할 수 없으니까요."

"좋은 말씀이오. 하지만 백성들의 참상을 본다면 참을 수 없을 것이오. 대구항쟁은 한 마을, 한 집안 사이에서 관과 민, 또 같은 형제 간에도 편이 갈려서 싸우는 전쟁으로 변질돼버렸소. 이것이 대구항쟁의 또 다른 아픔이오. 모순을 극복하자는 것이 희망은 사라지고 보복과 증오만 남았소. 이 모든 것이 경찰이 벌인 모략과 이간질 때문이오."

김종석이 받았다.

"대구 사태를 미시적 관점으로 볼 것만은 아닙니다. 대립은 미소(美蘇) 양강이 서로 자기들의 판도를 넓히기 위해서 팽창 정책을 쓰는 원심력이 작동하기 때문이라고 봅니다. 본질을 제대로 보지 못하고, 내 형제를 죽이니 너도 죽어야 한다, 경찰을 죽였으니 빨갱이도 죽여야 한다는 동물적 분노 표출은 바르게 보는 눈이 아니지요."

"냉철한 지적이오."

내친 김에 김종석이 길게 얘기했다.

"2차 세계대전에 조선이 참여한 일이 없기 때문에 국제간에 존재하는 발언권이 보장되리라는 것은 예상할 수 없었습니다. 우리의 빛나는 항일 투쟁 대오가 있었으나 세계적으로 인정받지 못했습니다.

독립군들이 연합군과 합세하여 조선에 상륙해 조선을 해방시켰다면 당당하게 발언권을 행사할 수 있었겠지요. 그런데 불행히도 그런 기회와 세계관을 갖지 못했습니다. 천추의 한입니다. 만주와 연해주, 시베리아, 중경, 상해에 있었던 우리의 독립군이 연대를 강화해 진격했더라면 늦었더라도 우리 일본 육사 생도들도 상황을 알아차리고 뒤늦게 참여할 수 있었는데, 그럴 기회를 갖지 못했습니다. 일본 육사 출신이 천황의 개가 된 조선인 출신도 많습니다. 그러나 이렇게 뒤늦게나마 뼈저리게 반성하고, 통한의 분단구조를 막고자 뛰어들고 있는 친구들도 있습니다. 하지만 군대 조직은 사분오열되었고, 외세로부터 독립에 대한 의지는 있지만 실제에 있어선 분열적입니다"

"괴로운 일이오. 좌절만이 우리의 길인가?"

"대부분 강대국들의 잔칫상에 올라 놀림 당하면서 자기 유리한대로 처분을 바라보고 형국입니다. 그래가지고는 얻는 것 없이 이용만 당할 것입니다. 분단이라는 민족사의 비극을 스스로 해결할 능력이 없는 것이 답답합니다. 분단의 일차적 책임은 바로 우리 자신에게 있습니다. 남이나 북이나 헤게모니 쟁탈전으로 더 큰 것을 보지 못하고 있습니다. 일제 강점기 조선은 연합군에 맞서 싸웠습니다. 그러니까 연합군의 적이었지요. 거기서부터 왜곡되었습니다. 그러면 우리는 어떤 나라 틀을 짤까요. 식민지 상황을 제대로 알리는 일부터 착수했어야지요. 과연 연합국을 설득했나요? 영어 한마디 할 줄 아는 사람들이 진지하게 달려들었나요? 쥐새끼처럼 영합하는 데만 충실했지요. 송병준, 이완용과 무엇이 다릅니까."

"우리는 외부세계를 너무 몰랐소. 우리는 미래를 보는 예지력 하나 없이 끌려오다가 기회를 놓치고 있습니다. 외세가 분단 상황의 주범이라고요? 천만의 말씀이오. 이를 해결할 능력은 자국민에게 있는데, 외세라고 둘러대다니요? 대구가 이렇게 참담하게 부숴진 것은 분단 체제 모순이 극점으로 치닫기 때문이오."

이재복이 받았다.

"학구파다운 통찰력이오. 내 나름으로 해석하자면, 그래서 혁명이 필요하오. 프랑스혁명이나 프롤레타리아 계급혁명을 보시오. 피 흘리지 않는 혁명은 허약한 허깨비춤일 뿐이오이다. 역사적 정의로 볼 때, 한반도가 분단돼야 할 이유는 그 어디에도 없소. 조선 반도가 2차 대전을 일으킨 당사자거나 태평양전쟁을 일으킨 나라가 아니잖소. 일본놈들의 종이 되어서 개처럼 전쟁터에 끌려가서 억울하게 죽었을 뿐이오. 그런데 일본놈들은 멀쩡하고, 평화롭게 살아야 할 한반도가 세계대전의 희생물이 되고 있소. 분통터지는 일 아니오? 인류 양심이나 정의로 보아서도 용납될 수 없소. 이건 미국놈들 때문이오. 그들 패권을 향유하는 입장에선 정당하다고 볼지 모르지만, 우리 민족 구성원의 관점으로 볼 때는 대단히 부당하오. 그들이 말하는 정의와도 배치되는 행동이오."

"미국을 반대하면 해결됩니까? 그렇게 단순합니까?"

최남근이 물었다.

"단순하오. 어려울 것이 없소. 평화로운 나라를 만들자는 평범한 소망들이 미국놈들 때문에 가로막히고 있는 것이오. 박헌영 동지도 그렇게 정리했소. 미국이 일제와 친일파놈들과 협력하는 가운데 한반도 정책을 관리해나가니까 무엇이 잘못된 것인지 명료하게 정리가 된다는 것이오. 민족자결주의라는 것도 그들이 만들어놓고 짓밟고 있소이다."

"민족자결주의…."

좌남근이 음미하듯 뇌자 이재복이 설교조로 다시 말했다.

"윌슨이 제창한 민족자결주의 때문에 우리도 영감을 받아서 3·1 운동을 일으키지 않았는가. 우리가 살아갈 나라는 정확히 획정된 우리 영토를 가지며, 그 영토는 찢기지 말아야 하고, 그 안에서는 다른 나라의 간섭을 배제하는 확고한 주권이 적용되어야 하고, 그래서 민족적 자존감을 높이며 살아가야 한다는 정신이오. 이 정신은 식민지 독립운동과 새로운 독립국가 탄생의 근원이 되었소. 하지만 현재 우리는 힘센 나라가 개입해서 분단이 고착화되어가고 있소. 미 군정은 일제가 강탈했던 우리 재산을 모조리 친일파 세력에게 넘겨주고 있소. 남한 주요 산업 80% 이상을 일제 부역자들에게 분배하고 있소이다. 그들에게 있는 것조차 빼앗아야 할 것을 오히려 더 몰아주고 있소. 방직공장, 제사공장, 피복공장, 제련소, 조선소, 정미소는 물론 적산가옥들을 친일분자들에게 안겨주고 있소. 자본의 식민지화, 일본제국주의화를 다시 획책해가는 것이오. 착취한 재화를 가로채는 반민족적 매판자본 행태들이오. 이것이 진정 해방의 선물인가? 나라를 찾기 위해 분투한 항일 투쟁자들에 대한 예의인가. 그 재화를 국가 재산으로 환원하여 산업을 일으키고 국가재건을 이루어야 하는데도 불구하고 사적으로 넘겨주고 있으니 욕망 세력은 끝간데 없이 정신이 없고, 나라 건설은 요원하게 되었소이다. 우리가 잘살 수 있는 근원이자 해방의 노획물이 어처구니없이 이렇게 넘어가니 그들은 벌써 미국의 개가 되지 않을 수 없지. 강제 분단선도 국경선이 되면 어떻고, 미국놈 하수인이 되면 어떻고, 아라사 놈들 똥구녕 빤들 어떠냐는 것들이오. 전승국 미국은 분쟁지역을 만들어서 2차 세계대전 시 남은 전쟁 재고품을 처분할 기회로 삼고 있소. 그런 실험장이자 불바다에 한반도가 제공되고 있단 말이오. 한반도가 제

물이 되어 전쟁의 불구덩이 속으로 빠져 들어갈 구조가 되어가고 있소이다. 민족자결주의 정신은 헛된 구호가 되었소이다. 국민 수준이 낮으니 아무렇게나 눌러도 된다고 보는 오만이오. 우리가 이것을 용납할 수 있겠소? 민족 정의가 용서할 수 있겠소? 평화를 지킨다는 이름으로 전쟁을 일으킬 모양인데, 분단이 군사주의 모험을 실험할 무대가 되어가고 있소."

대단히 무서운 말이었다. 이재복은 이렇게도 강조했다.

"우리가 이것을 부수지 않으면 나라는 산산조각이 나고, 식민지생활은 지속될 것이오."

"미국은 평화를 사기 위해 안보를 튼튼히 한다는 것 아닌가요?"

최남근이 물었다.

"일부러 그렇게 묻는 것이지요? 그들은 분명 점령군으로 왔소이다. 군사력을 앞세워서 세계를 경영하겠다는 계획을 갖고 있는 것이오. 그들은 이런 사실을 은폐하는 기술을 갖고 있소. 평화를 위해 돈을 쓴다고 말이오. 그 돈은 무기요. 이런 허구를 비판하는 세력을 빨갱이라고 공격하고 잡아가두는 것이오. 빨갱이 사냥은 현지 주민간의 이간질과 분열·대립으로 몰아가오. 소련이라는 적국을 지렛대 삼아서 내부인들끼리 치고 박고 싸우도록 유도하는 것이오. 일본놈들은 강압적으로 조선반도를 다스렸지만, 미 군정은 내부인끼리 다투도록 방치하면서 다스리고 있소이다. 그들은 전면에 나서지 않아도 되고, 피를 흘리지 않아도 되지요. 우리 정치인 놈들은 사태의 본질을 파악하지 못하고 조그만 이익을 위해 서로 물고 뜯고 발작하고 있소. 한 마디로 짐승들의 태도요."

"그렇다면 그들을 비난만 할 것이 아니라 대안이 있어야지요. 우리가 미국을 모르고 있다는 것이 오류를 범하는 첫째 이유가 아닙니까. 저 역시 미국을 좋아하지 않습니다. 오히려 적개심을 갖고 있습니다. 그들을 적으로 알고 싸웠으니까, 그런 소양이 제 몸속에 스며들어 있습니다. 그러나 미국은 우리를 도우러 왔는데 우리가 역량이 부족해서 그들을 활용할 줄 모르고, 스스로 극단으로 몰리는 것이 아닐까, 자성해봅니다. 단순히 양키 고 홈이라고 해결되는 것은 아닙니다."

"그럼 어떻게 해야 되겠소?"

"친일세력의 접근을 차단하고, 민족세력을 투입해야 합니다."

"그게 가능하겠는가. 선택권은 그들에게 있는데… 입안의 혀처럼 놀아주는 세력을 굳이 외면하겠는가."

거대 미국의 실체를 모르는 것은 좌익 세력이었다. 대결적으로만 나가려는 태도가 그것이다. 이재복이 다시 힘주어 말하기 시작했다.

"우리가 번연히 깨질 것을 알면서도 일제에 저항했던 것은 이기겠다는 것보다 행위의 정당성과 정의의 정신을 높이자는 뜻 때문이었소. 당대엔 성공하지 못하더라도 연면히 이어가면 종국에는 승리할 것이라는 역사의 긍정성을 믿기 때문이었소. 예수님이 거렁뱅이 청년으로 거리를 헤매면서 조롱거리가 되었지만 하나님 정신을 구현하겠다는 진리의 정신이 있었기 때문에 오늘의 예수 세상을 만든 것과 같은 이치요. 당대에 과실을 따먹으려고 생각할 필요가 없다는 것이오. 아시다시피 소련은 원자탄을 갖고 있는 미국의 힘을 두려워하고 있소. 세계 국부의 삼분지 이를 미국이 갖고 있으니 겁을 낼 만도 하지. 이 시간, 이 시점에서는 미국이 세계 경영을 주도하고 있는 것이오. 그러나 세상 만물은 고정 아닌 것이 없소. 불변이란 것이 있을 수 없는 것이오. 부단히 부조리를 깨야 한다는 것, 그것이 우리가 걸어가야 할 길이오. 당대에 이루지 못하더라도 가야 할 길이오. 우리는 양강(兩强)의 팽창정책의 구조하에서는 어느 쪽을 선택하든 우리가 무너질 요소들을 지니고 있소. 그들은 우리를 도와주는 세력이 아닙니다."

최남근이 받았다.

"결국 남북의 당사자들이 해결사군요. 남의 탓 할 수가 없습니다."

"맞소. 이건 남이 해결해주는 문제가 아니오. 우리가 분단 문제를 해결하는 주체가 되어야지요. 그렇게 된다면 분명 우린 부강해질 것입니다. 결코 우리는 작은 나라가 아니오. 왜놈 따위를 뛰어넘는 강국이 될 수 있소. 미소 양국의 대리전을 극복하면 우리의 길로 갈 수 있소이다. 가장 어리석은 사람은 가장 쉬운 문제를 가장 어렵게 푸는 방식을 택하는 자요. 정답은 의외로 단순하오. 탐욕주의자들은 쉬운 문제를 어렵게 풀어요. 박헌영 동지가 안타까워하고 있소이다."

"그분 역시 자기 양보가 없으니 어렵습니다. 또다른 분파입니다. 그런 분파는 수백개가 넘지요. 배제하고 쪼개는 데 일익을 담당하고 있으면 그 역시 분열의 당사자일 뿐입니다. 진정한 민족의 지도자는 그런 모습이 아닙니다."

그들은 밤이 깊을 때까지 얘기를 나누었지만, 확실하게 대안을 찾지는 못했다. 술을 마시지만 동시에 허무감도 마시고 있었다. 그러는 가운데 김종석은 대전 2연대장으로 전격 전속되고, 최남근은 춘천 8연대장으로 발령을 받았다.

다시 만난 사람들

모처럼 만에 일본육사 60기와 마지막기인 61기생들이 종로통의 장안빌딩 구 건준 사무실에 모여들었다. 해방 직후 함께 귀국한 뒤 모두가 함께 모인 것은 2년 만이었다.

전남 나주에서 중학교 교편을 잡고 있는 장지성이 상경하면서 조병건 이성유 오민균이 해산된 건준 사무실을 지키고 있는 이정길 사무실을 찾은 것이었다. 해방과 함께 숨막히는 시간을 보내다보니 귀국한 지 벌써 이 년의 세월이 흘렀다. 시퍼런 청춘의 모습은 사라지고 모두가 나이답지 않게 지쳐보였다. 돌아가는 세상을 지켜보며 때로는 분노하고, 때로는 좌절하면서 나날을 보내다 보니 모두가 상처받은 모습들이었다.

"서울 올라오는 길에 대전의 2연대장을 만나고 왔다. 입대를 희망하는 줄 알고 군대 들어올 생각일랑 접으라고 하던데?"

장지성의 말이었다.

"김종석 연대장 말인가?"

"그래. 김 중령은 국방경비대는 미국놈들 앞잡이라고 화를 내더군, 경비대는 미국놈들 하수인인데 뭐하러 들어 오려느냐는 거야. 일본놈들 따까리한 것도 넌덜머리가 나는데, 또 미국놈들 뒤를 핥아줄 일 있냐면서 가서 공부나 하라더군. 설렁탕 한 그릇 사주고는 쫓아버리더라구."

"후배한테 그렇게 사기 떨어지게 말해도 되나? 그럼 그는 왜 국방경비대 장교가 되었지?"

자기모순에 빠져있는 것이다. 미국의 하수인이라고 하면서 그 역시 창설 연대의 지휘관이 되어있다.

"미 군정 하는 꼴이 안타깝다는 뜻이겠지."

장지성은 그의 입장에서 해명을 해주었지만, 그 역시 헷갈리기는 마찬가지였다.

"어떻게 할 거야? 교사로 그대로 눌러있을 거야?"

조병건이 물었다. 조병건은 오민균과 함께 국방경비대사관학교 교관으로 있었다. 함경도가 고향이지만 소련군이 점령하면서 일찌감치 고향을 등지고 살아오고 있었다.

"군문에 들어와요. 그 길밖에 더 있나요?"

장지성의 1년 후배 오민균의 제안이었다. 장시성이 조용히 고개를 끄덕였다.

그는 홍태화의 주선으로 전남 나주 민립중학교에서 교사생활을 시작했으나 그곳도 어수선하긴 마찬가지였다. 예로부터 나주는 유림을 중심으로 한 토착 민족주의 세력이 드센 지역이었다. 일제 초기 신간회 활동이 활발했고, 광주학생사건의 진원지이기도 했다. 민족의식이 드센 곳인지라 일본인도 조심하는 곳이었다. 해방이 된 얼마 후 나주인민위원회는 귀국해서 고향에 머문 장지성을 찾아 보안서장으로 나서줄 것을 요청했다. 그들이 암암리에 지주나 지식인들을 타격한다는 말을 듣고 그는 공부를 핑계로 인근 절에서 학교 출퇴근하며 지내다가 상경했다. 그리고 서울 오는 길에 대전 2연대를 찾아 김종석 연대장을 만났던 것이다.

"사관학교 들어갈 거야?"

"난 항공병과니까 항공사관학교를 가야겠어."

"미군이 비행기도 안주는데 항공사관학교 가서 뭘해."

미군은 비행기를 국방경비대에 주는 것을 꺼려했다. 비행조종사들이 엘리트들이 많고, 사상이 의심되었기 때문에 비행기를 내주는 데 주저했다. 실제로 조종사가 수송기를 몰고 북으로 탈출해버린 일도 있었다.

"여러 생각 말고 경비사에 들어가. 벌써 후배들이 대위 계급장을 달고 일선에 투입됐잖아. 늦기 전에 입교하라구. 삼사 개월이면 임관하니까 빨리 마칠 수 있어. 다행히 오민균 조병건 두 생도가 교관으로 있잖아."

이정길이 오민균과 조병건을 눈으로 가리켰다.

"홍태화는 어떻게 됐나."

"그는 전주여학교에서 교편을 잡고 있는데 거기도 마땅치 않은 모양이야."

"그 성격에 교편은 무슨… 물고기는 물에서 놀아야 움직이는 맛이 있지."

홍태화는 입바른 소리를 곧잘 해서 구설이 잦은 편이었다. 그리고 일본 밀항을 꿈꾸고 있었다. 도쿄엔 그의 애인 아사코가 있었다.

"제주에 이시하라 선생이 오셨다는데 홍태화가 다녀왔나봐. 아사코 소식을 들으려고 갔던 모양이야."

"그래서?"

"미나미 여사가 죽고 아사코가 혼자 집을 지킨다는 소식을 듣고 못견뎌하더군. 밀선을 타고 도항하려고 하는데 뜻대로 되지 않은 모양이야. 제주도 사정도 좋지 못해서 밀선이 함부로 나서지 못하나봐."

"고길자 씨로부터 편지가 왔습니다. 청년조직에 참여해서 활동하고 있더군요. 그의 동생이 서북청년단원에게 죽을만치 맞았나 봐요. 임순심 씨랑 함께 투사가 되어 있더라고요. 제주도도 지금 끓고 있습니다. 대구 항쟁보다 더한 폭동이 날 것이라고 걱정하고들 있습니다. 귀국한 유학생들이 주민들을 일깨우면서 벼르고 있습니다. 일부 좌익들이 개입해있고요."

오민균이 소식을 전했다. 그는 마지막 기 생도였기 때문에 일본 육사 생도들이 모이면 선배들에게 깍듯이 예의를 취했다.

"그들의 풍습대로 살도록 내버려두면 안 되나?"

"경찰과 청년단이 상선들을 단속하면서 착취하고, 거부하면 족친다는 거죠. 제주도에도 곧 연대가 창설된다는데, 경찰들 뒤치다꺼리할 게 뻔하지 않을까요?"

"군사 정책이 묘하게 돌아가고 있어. 애초에 설정이 잘못된 거야. 경찰 하부조직이 뭐야? 신성한 국토방위의 간성이."

그들은 이런저런 정보를 나눈 뒤 헤어졌다.

사라진 청춘들

"이정길 소식 아직 없나?"

이쾌대가 종로 건준 사무실로 들어서며 사동에게 물었다. 그는 며칠 전 이성유를 만나 인천에 가더니 아직껏 돌아오지 않았다.

"아직 전화가 없습니다."

이정길이 이성유의 전화연락을 받고 급히 나간 것은 닷새 전이었다.

"인천의 오동태 말이야, 서울역에서 만났던 사람. 그한테서 구호요청이 왔다. 빨리 서울역으로 와라. 오민균, 조병건은 부대에 있으니 외출이 안 될 거고, 너라도 와라."

이성유의 요청이었다. 이정길이 이성유를 만나 인천의 공장에 도착한 것은 정오 무렵이었다. 공장 마당에 많은 사람들이 모여 있었다. 마당 뒤편에는 해안선인데, 갈대가 무성하고 뻘밭이 끝없이 펼쳐져 있었다. 군중의 선두에서 오동태가 시위를 주도하고 있었다. 함성이 바람에 섞여 광장으로 울려퍼졌다.

"악질 업주 물러나라!"

"근로조건 개선하라!"

"밀린 임금 내놓으라."

그때 중무장한 시위 진압 경찰이 시위대 쪽으로 다가섰다. 시위대를 뻘밭 쪽으로 밀어붙이고 있었다. 뻘밭에 빠지지 않겠다는 시위 군중을 향해 곤봉을 휘둘렀다. 오동태가 이정길과 이성유를 발견하고 대오에서 벗어나 그들 쪽으로 달려왔다.

"동지들, 단순히 근로조건 개선을 요구하는 것이 아니오. 반미 반제 구국 대오에서 세상을 바꾸려 하고 있소. 공장 마당에서 진군식을 갖고 애관극장으로 갈 거요. 거기서 군중대회를 열겠소. 거기서 봅시다."

언제 준비했는지 시위 군중의 선두가 '조선독립만세'라는 현수막을 앞세우고 있었다. 이들이 만세삼창을 외치며 시내를 향해 행진했다. 내동 사거리를 지나 일본인들이 사는 동네로 진입하자 대기하고 있던 경찰이 총검을 휘두르며 시위 군중을 밀어냈다. 오동태가 체포되어 지프에 실렸다. 그가 뒤따르는 이정길, 이성유에게 소리쳤다.

"젊은 생도들! 만주로 가시오! 만주로 가시오. 군대를 만드시오! 반제 만세!"

지프를 뒤따르던 이정길 이성유도 체포되었다. 무차별적인 곤봉 세례를 받고 이정길은 정신을 잃었다. 인천 지역은 대구와 함께 시민적 저항이 심한 곳이었다. 공장지대가 많아서 근로대중의 조직력과 노동자 의식이 깨어있었다. 조봉암과 이승엽 중심의 건국준비위원회 및 치안관리위원회, 인천선무학생대, 인천학생대 등이 반미를 외치며 움직이고 있었다.

미 군정은 이들을 우선 부수겠다는 태도였다. 해방 이후 친일세력이 인천의 행정과 치안을 담당했으나 역으로 더 많은 시민의 저항을 받았다. 경찰서장을 비롯한 친일세력과 우익 인사들이 행정권을 장악하면서 대립이 격화하고 있었다.

인천은 한반도 정쟁의 중심에 서 있었다. 일본인 경영자들이 인천 산업자본의 92.6%를 지배하며 일제 식민 지배의 전초기지가 되었기 때문에 광복에 따른 혼란이 그만큼 더 클 수밖에 없었다. 이것들을 다시 친일 세력이 소유하고, 노동자들이 외면된 채 항의하는 이들을 체포했다.

어느 날부터 경영진들이 공장 문을 닫았다. 공장이 돌아가지 않으니 시민들은 경제적 어려움을 겪고 끼니조차 잇지 못했다. 식량을 구하기 위해 거리로 쏟아져나갔으나 결식 인구가 시 전체의 30~40%를 차지한 마당에 양식을 구하지 못했다.

광복은 잘사는 나라, 경제의 올바른 흐름 등 대중의 의지가 반영되는 사회가 될 줄 알았는데, 정 반대의 길로 가면서 젊은 근로자들이 좌절했다. 어느날부턴가 이들이 알게 모르게 흔적도 없이 사라졌다.

오동태 이정길 이성유도 이때 사라진 뒤, 두 번 다시 지상에 나타나지 않았다. 이쾌대는 쫓긴 나머지 부랴부랴 짐을 싸더니 북으로 넘어갔다. 불확실한 나라, 신분 보장이 안되는 나라에선 누구도 편안하게 숨을 내쉴 수가 없었다. 〈기호일보 8·15 기획, 항일도시 인천 '광복의 파고 온몸으로'— 해방 전후의 인천 일부 인용〉

춘천 8연대, 갈등의 진원지

허허벌판에 세워진 군용 막사들이 바람에 사납게 펄럭일 뿐, 무엇하나 제대로 갖춰진 시설이 없었다. 춘천 8연대는 관할 구역이 넓은지라 연대본부 겸 1대대는 춘천에, 2대대는 원주에, 3대대는 강릉에 설치되어 있었다.

춘천 8연대 장교들은 이북 출신이거나 농어촌 출신, 혹은 군대의 이단아들이 주로 배속되었다. 험한 산지가 많기 때문에 무시할만한 병사들이 배속되었다. 자연 불평불만들이 많았다. 게다가 같은 연대 소속이라도 대대별로 멀리 떨어져 있는데다, 교통과 통신이 원활하지 못하니 각 대대는 서로 다른 부대처럼 독립적으로 운영되었고, 연대감도 현저하게 떨어졌다.

8연대 본부 병사들이 변소 뒤쪽 구렁창에 웅크리고 앉아서 담배 꽁초를 빨며 무료하게 나날을 보내고 있었다. 그들은 하사관들의 놀이갯감이었다. 하사관들은 경험 부족한 새파란 신입 장교들을 제치고 병사들을 지휘했다. 젊은 장교가 하사관에게 경례를 붙이는 것이 이때의 풍조였다. 하극상은 다반사로 일어났다. 이랬으니 병사들은 그들의 밥이었다.

어느 날 강원도 경찰국에서 한통의 전문이 8연대에 답지했다. 전문을 접수한 통신병이 종이쪽지를 들고 급히 연대장실을 찾았다.

"제3대대에서 반란이 일어났다고 합니다. 신속히 출동해달라는 요청입니다."

"3대대라면 강릉 대대 아닌가? 그게 어드메 새끼들이야?"

연대장 원용덕 대령은 앞에 서있는 통신병이 마치 반란 주모자나 된 듯이 그를 노려보며 언성을 높였다. 그는 대구항쟁 이후 태백산맥으로 숨어든 야산대를 울진 지방에서 소탕하고 돌아온 길이었다.

춘천 8연대는 창설 7개월 만에 연대장이 세 사람이나 바뀔 만큼 기강이 잡혀있지 않았다. 배속된 지휘관은 유배지에 온 듯 기회만 있으면 타 지역으로 떠나려고만 했다. 대구 6연대와 비슷한 연대였다. 이렇게 주둔지 변경이 잦고 지휘관 교체가 빈번하니 연대의 누구도 열정을 가지고 복무하는 장교단은 없었다.

미 군사국이 설치된 지도 벌써 2년이 되어가지만 지원이 허술한 것이 각 연대 불만을 고조시켰다. 직할 부대의 반란 사건을 직속 상관인 연대장이 모르고, 경찰이 먼저 정보를 알려주고 있는 것도 따지고 보면 희한한 일이었다. 연대가 창설되었다고 해도 비상전화 하나 설치되지 않았으니 그럴 수 있다고 하지만, 더욱 분통터지는 일은 경찰에는 면 단위 지서까지 전용 통신망이 갖춰져 있었다는 점이다. 일제 때의 조직체계와 비품을 물려받았다고 해도 이건 눈에 보이는 차별이었다.

물론 미 군정의 고민이 없는 것이 아니었다. 모스크바 3상회의와 그 후속조치로 열린 미소공동위원회에서 한반도에 정식 군대를 둘 수 없도록 양자가 합의했다. 미 군정은 경찰예비대라는 변칙적 성격으로 연대를 창설했다. 입대한 병사들은 그것을 알지 못했다. 군에 들어오면 피복이 제공되고, 삼시 세끼가 주어지고, 월급이 나오는 사기충천한 군대로 알았다.

나라의 간성이 될 줄 알고 희망을 걸고 들어왔는데, 경찰의 방계 조직이라는 거다. 일본군이 버리고 간 낡은 군복을 입고, 총신도 없는 가짜 총을 메고 훈련하고, 먹을 것은 고작 옥수수죽 정도이니 배고파 견디기 어려웠다. 멋진 미군용 키빈총에 깨끗한 사지 기지의 제복을 지급받은 경찰에 비해 차별이 분명했으니 경찰은 내놓고 병사들을 멸시했다. 미군도 국방경비대를 신뢰하지 않았다. 데려다 놓고 병신 만드는 꼴이었다.

이런 와중에 강릉 3대대에서 반란사건이 난 것이다. 강릉 3대대장은 송요찬 대위였다. 일본군 하사관 준위 출신인데 용맹스럽지만 거칠고 포악한 성격이었다. 별명도 백두산 호랑이였다. 그는 병사든 하사관이든, 소대장이든 삐딱하면 조인트부터 까는 지휘관이었다.

8연대 창설부대 병사는 향토 출신이 아니라 대부분 영남 지방에서 배속된 병력이었다. 부산 5연대 병력 일부를 편성했기 때문이다.

원용덕이 접한 3대대 반란 사건 배경은 다음과 같다.

부대 소대장 김진위 소위가 결혼식을 올렸다. 장교 임관 전에 그는 부대의 선임하사였다. 하사관에게도 경비대사관학교 입학 기회가 주어져서 하사관 출신 중에서도 상당수가 입교해 장교로 임관했는데, 그도 그중 하나였다. 김 소위는 옛 동료들인 하사관들을 결혼식 들러리로 세워 시내로 나가 결혼식을 올리고 귀대했다가 결혼식 당일 영창에 갇히고 말았다. 대대장 허락없이 외출했다고 해서 대대장이 영창에 집어넣어버린 것이다. 들러리로 간 상사 두 명은 중사로 계급이 강등되고, 그들 역시 구금되었다. 함께 간 동료 장교는 심하게 조인트를 까였다. 다분히 감정이 섞인 기합이었다.

대대장 이하 하사관들이 참석한 가운데 주말 회식이 있었다. 술은 일인당 청주 세 홉씩 배당되었고, 그 중에는 술을 하지 못하는 하사관도 있었으니 대신 마셔주느라 혼자서 한 되 이상 마신 하사관도 있었다. 술이 취하자 불만이 터져 나오면서 술상이 엎어지고, 장교와 하사관 간에 대판 치고 박는 싸움이 벌어졌다.

"소대장 결혼식에 다녀온 것이 벌 받을 짓이냐? 결혼식 축하 행사인데, 그 정도는 눈감아주는 것이 당연하지 않고? 신랑을 영창에 집어넣고, 우리에겐 계급 강등이라니, 도대체 어느 군대 예법이냐?"

이렇게 불만이 터져나오더니 급기야 군대에서 당한 일들이 하나하나 까발려지면서 난투극이 벌어졌다.

"험한 산을 넘을 수가 없어서 부산, 김해, 포항에서 뱃길로 찾아온 가족들인데 면회도 안 시켜주었다. 철망 밖에서 지켜보는 가족들 앞에서 귓방망이까지 때렸다. 이게 사람이 할 짓이냐?"

"씨발 놈, 군대가 깡패 집합소냐? 맨날 구타에 기합이고!"

"강훈련을 시키면 상응하는 식사를 제공하고, 입을 것도 갖춰줘야 하는 것 아니야? 쓰러지는 병사가 한 둘이 아니다!"

"하사관은 군대의 근간이라고 해놓고 대접은 거렁뱅이 취급이다!"

그들은 마침내 송요찬 대대장을 집단 폭행했다. 말리는 과정에서 편이 갈리고, 반발한 하사관들이 사세가 불리해지자 소속 병사들을 이끌고 무기고를 털어 완전무장을 해버렸다.

강릉비행장에 주둔해있던 미군 병력이 탱크를 몰고 출동해 병영을 포위한 뒤 50명의 병사를 체포했다. 체포된 병사들은 춘천 연대본부로 이송돼 서울로 압송되는 과정에서 30명이 집단 탈주했다. 운전병과 호송병도 동조자인지라 이들의 탈주를 막지 않았다. 한마디로 개판이었다. 탈주한 군인들은 태백 준령으로 들어가 일부는 대구의 야산대에 합류하고, 일부는 토착 반군이 되었다.

이중 박인욱 상사는 산을 타고 월북해버렸다. 이들 중엔 남로당 세포도 끼여 있었다. 강릉상업학교 교사 출신인 김태원을 따르는 자들이었다. 병사들은 외출시 시내에서 언변이 좋은 태원이란 사람을 만났는데, 그는 남로당 강원도당부위원장 겸 강릉지구 책임자였다. 부대 내에 쌓인 불평불만분자들이 세뇌의 대상이 되는 것은 당연했고, 습자지에 물 스미듯 그들은 태원의 언변에 흠뻑 빠져들었다.

"해방이 되었다고 하지만 일본놈이 미국놈으로 바뀌었을 뿐, 변한 것이 뭐가 있나. 우리가 뒤엎고, 새로 판을 짜야 한다. 내 나라 내 주권을 주인이 행사하지 못하는 게 나라인가⋯."

감성 풍부한 청년들은 모순의 세상을 뒤엎자는 태원의 선동에 함성을 지르며 동조했다. 직접 겪고 보니 결코 틀린 말이 아니었다. 그들은 꿈꾸는 이상주의자지 냉엄한 현실주의자는 되지 못했다.

이것을 스네이크라는 별명을 가진 정보장교 김창동이 한달음에 달려와 주모자를 색출해냈다. 그는 부대원의 결혼식 허가장과 기간병 외출증을 일직 사령인 배태원 중위가 발부한 것을 발견하고, 사태의 근원은 외출증 발부에 있다고 보고 '빨갱이 배태원'을 긴급 체포했다. 김창동은 경비사 3기 졸업과 함께 소위 임관해 1연대 정보장교로 배속되어 있었는데, 8연대 3대대에서 반란이 일어났다는 소식을 듣고 그 길로 강릉으로 달려와 단박에 배태원을 체포, 구속해버린 것이다.

"빨갱이 새끼들은 근본부터 달라."

그러나 김창동은 중대한 오류를 범했다. 태원이라는 남로당 간부를 배태원으로 잘못 알고 엉뚱하게 그를 영창에 집어넣어버린 것이다. 엉뚱한 사람이 잡혀들어가 곤욕을 치르자 반발은 더욱 커졌다. 그가 남로당 세포가 아니라는 것이 증명이 되었지만, 잘못을 인정하고 풀어주는 것도 권위에 상처를 주는 일이어서 김창동은 그를 다른 죄목으로 그를 구속해버렸다. 일제 검경의 수법 그대로였다.

군사재판장 역시 배태원을 '이러저러한 직책을 완수했다고 보기 어렵다'는 내용을 재판기록에 주기(朱記)해 그를 파면하도록 조치했다. 한번 걸리면 그물망을 빠져나올 수 없는 구조가 8연대 상황이었고, 이는 정도의 차이는 있지만 어느 연대에도 해당되었다.

이처럼 크고 작은 사건이 끊이지 않은 것은 구조적으로 좌우 대결 구조가 바탕에 깔려있고, 이를 토대로 군벌의 이해 관계와 사적 감정이 개입되었기 때문이다. 모든 기준이 공정성을 외면한 데서 온 폐단이었다. 말하자면 파벌과 비리와 시대 모순이 뒤범벅이 되어 군대에 압축되어 있었다.

따지고 보면 강릉 3대대 대대장 구타 사건은 빙산의 일각이었다.

태릉 1연대 1대대 소요사건(46년 5월23일)을 비롯해 광주 4연대 김홍준 중위 배척사건(46년 5월), 이리 3연대장 김백일 대위 배척사건(46년 10월), 태릉 경비대사관학교 생도대장 구타사건(46년 12월), 춘천 8연대 3대대장 구타사건이 연속적으로 터져 나왔고, 이런 사고는 갈수록 규모가 커졌다.

그중 광주 4연대 영암 군경충돌사건(47년 5월2일), 대구 6연대 1차 반란사건(48년 11월2일) 2차 반란사건(48년 12월6일) 3차 반란사건(49년 1월), 춘천 8연대 표무원 강태무 중대병력 집단 월북사건(49년 5월)이 연이어 터졌다. 그들 중 상당수는 태백산맥 산골짜기로 숨어들어 게릴라로 변신했다. 숨 막히는 내전 상황으로 치닫는 과정이었다.

춘천8연대, 대구6연대, 부산5연대가 사고가 잦았던 것은 한반도의 등뼈라고 할 수 있는 태백산맥, 소백산맥이 이탈자의 은신처가 된 지형적 특성도 크게 작용했다. 사고를 치면 탈영해 태백산맥, 소백산맥으로 들어가 버리면 그만이었던 것이다.

박정희는 1947년 1월 소위 임관하자마자 김점곤 중위가 지휘하는 강원도 38경비대 제4경비대장으로 배속되었다. 미소공동위원회의 합의에 따라 소련군에 이어 미군의 일부가 한반도에서 철수하면서 긴급 편성된 38경비대는 강원도 현리 광원리 송청리 자은리 산간 지역의 38도선을 경계하는 임무를 수행했다.

국방경비대는 임무 수행을 위해 현지 답사를 거쳐 초소 위치를 설정했는데 산간지역의 1월은 영하 삼십도를 오르내리는 혹한이었다. 소나무가 쩍쩍 갈라지는 엄동설한에 깊은 산중에서 한 길이 넘게 뒤덮인 눈밭을 헤치며 답사활동을 벌이는데 피복을 제대로 갖춰 입어도 손발이 마비되고, 동상에 걸렸다. 여름옷 가을옷까지 두툼하게 끼어 입었지만 추위를 막기에는 역부족이었다. 이런 환경에서 부하도 없는 4경비대장 직무를 수행하자니 박정희 소위는 맥이 빠졌다. 멋들어지게 사관생도들을 교육시키고 싶었는데 고작 산간의 38도선을 감시하라고 하니, 생각할수록 불만이 끓어올랐다.

간첩 침투로를 차단하기 위해 경계 근무를 선다고 했지만, 그때까지 38도선은 긴장 지역이 아니었다. 월남자와 월북자의 비밀통로로 이용되는 경계선 정도에 지나지 않았다. 월북자나 월남자를 잡아서 정보를 얻기 위해 이리 굴리고 저리 굴리며 심문하는 것이 주임무였으나 얻을만한 정보를 갖고 있는 것도 아니었다. 산악지대인지라 월남자·월북자들이 대부분 필부필부(匹夫匹婦)들이었다. 총사령부에서도 그 점 인지했는지 두 달 정도 지나서 38경비대를 8연대로 통합하고, 중대장 김점곤은 총사령부 정보국으로 전보되고, 박정희는 8연대 작전참모 대리로 배속되었다.

작전참모 대리라는 보직도 그로서는 불쾌했다. 작전참모면 작전참모지, 조그만 부대에서 참모 대리라니… 군 편제상 작전참모는 중위나 대위 계급이 수행했는데 그는 갓 임관한 소위였다. 군에 들어가면 전의 계급장을 부여받게 되어 있었으나 그는 이상하게 일본군 중위 계급을 받지 못하고 소위로 임관했다. 뚜렷한 차별이었다.

유능한 직업군인이었음에도 불구하고 박정희는 각 연대 창설과 그 후의 연대장 인사에서 한번도 고급 지휘관 보직을 받아본 적이 없었다. 후배들이 다 겪은 중대장 대대장도 그때까지 맡은 적이 없었다. 그는 철저하게 주류에서 배제되었다.

그것은 그가 보잘것 없는 빈궁한 농촌 출신이고, 나이가 월등히 많은데다, 개인적으로 타협할 줄 모르는 권위적인 성격도 영향을 주었다. 비사교적이면서 자존심이 강하니 상급자 누구도 그를 관심있게 받아들이지 않았다. 껄끄럽고 부담스럽게 여겼다. 원칙에 투철한 성격이 인정되는 것이 아니라 기피되는 인물이 되었다. 박정희는 거기다 좌익으로 몰려 경찰에 사살된 백형(伯兄) 사건도 영향을 주었다. 영남 지역의 대표적 사회주의자로서 10·1 대구항쟁을 이끈 지도자의 실제(實弟)라는 신분이 알게 모르게 경계의 대상이 되었다. 이런 저런 사정으로 그의 성격은 비뚤어지면서 강해졌고, 세상에 대한 분노도 커졌다.

— 이 자식들, 두고 보자. 내가 당하고 살 놈이 아니다. 나의 형님은 누가 뭐래도 애국자야. 형의 사상적 깊이를 접근하지 못하고 무턱대고 좌익이니, 빨갱이니 허튼 수작 벌이는 건 받아들일 수 없어. 어리석은 놈들이 지휘부를 장악하고 있으니 군대나 정부나 한심하다. 형의 발끝에도 가닿지 못하는 자들이 요직을 차지하고 사자(死者)를 모욕하고 있으니 참을 수 없다!

불만이 큰 만큼 강릉 3대대장 구타사건도 내심으로는 고소했다. 명색이 미군이 창설하는 군대라면 민주 군대가 되어야 하고, 민주 군대는 공평무사해야 한다. 3대대장이 기합 기술부터 배운다는 일본군 하사관 출신이라고 해도, 그렇게 무지막지하게 장병들을 패면 누군들 반발하지 않겠는가.

박정희는 중대장이든 대대장이든 직무가 맡겨지면 멋있게 이끌 자신이 있었다. 그런 자신감 때문에 사관학교 교관을 지망했는데 얍삽한 상관이 무슨 사감이 있다고 하필이면 험한 강원도 산골짜기로 쫓아버린 것이다.

여름이 가까워오던 어느 날 박정희는 연대장실을 찾았다. 원용덕 대령은 대번에 피곤한 기색으로 그를 맞았다. 그가 나타나면 짜증부터 나는 것이다. 같은 관동군 군적의 동질감이 있었지만 그는 까칠

한 게 싫었고, 그래서 그에 관한 한 사사로운 인연에 매달리고 싶지 않았다.

박정희가 경비대사관학교 생도 재학중에는 원용덕은 교장이었다. 그때도 그는 박정희를 거들떠보지 않았다. 박정희는 신경군관학교 수석 졸업에 일본 육사 출신, 그리고 해박한 군사지식을 갖고 있는 군인정신이 투철한 생도여서 같은 생도들로부터도 신망을 받고 있었는데 원용덕은 그를 외면해버렸다. 군인으로서 자신을 뛰어넘는 자가 있다면 인정하기보다 밟는 성격이었다.

원용덕은 좀 복잡한 사람이었다. 군의관 출신으로서 영어에 능통해 미국통이었는데, 미군 장교들처럼 구름의 층위에서만 놀았다. 한국군이지만 그는 거의 미군처럼 행세했다. 정일권 이주일 이한림 최주종 등이 속한 만주군 인맥에서 가장 연장자이며 상급자였으나 그들을 특별히 보호하지도 않았다. 군부 내의 '도코다이'라고 하는 편이 옳았다.

원용덕은 일본제국주의자 못지않은 극우 성향을 갖고 있었다. 만군 시절 그는 봉천의 흥아협회에 가입했는데, 그 단체는 조선인들의 사상 통제를 강화하기 위해 일본군 육군 특무기관이 위장 조직한 민간단체였다. 박정희 군부정권 시절 중앙정보부 각 지부를 '세기상사' '양지회' 따위로 간판을 건 것과 흡사하다. 흥아협회는 항일 조선인을 때려잡는 일을 주로 했다. 먼 후일 그는 각종 정치적 사건에 개입하여 김창동과 함께 대표적인 정치군인의 면모를 보여주는데, 흥아협회 출신이란 인연의 연장이었던 셈이다.

후일 그는 1954년 5월 이승만 암살음모 혐의로 군법회의에 회부된 이승만 반대파 김성주가 무혐의로 풀려나자 그를 자신의 집으로 데려가 살해한 사람이었다. 당시 그는 헌병사령관이었다. 극우 반공의 이승만 맹신주의자임을 그는 이때 유감없이 발휘했다. 같은 해 12월에는 야당의원들 집에 불온문서를 투입하여 사건을 조작하려다가 발각되었으나 이승만의 비호로 유야무야되었다.

1960년 4·19혁명으로 이승만이 하야한 뒤 김성주 살해사건과 불온문서 투입사건의 주모자로 구속되어 징역 15년형을 선고받았으나 박정희가 5·16 쿠데타로 집권한 이후인 1963년 특별사면으로 풀려났다(두산백과 인용). 박정희와 노선상의 차이는 있었으나 만군 시절과 춘천 8연대의 이러저러한 인연이 고려되었을 것이라는 세평이 있었다. 그는 박정희를 돌보지 않았는데 박정희는 그를 은밀하게 보살펴준 셈이다.

"박정희 소위를 작전참모 대리로 배속시킨 것은 어쩔 수 없었어. 그게 서운해서 찾은 건가?"

박정희보다 아홉 살이 많아 벌써 사십대 초입에 서있는 원용덕은 역시 눈치가 빨랐다.

"아닙니더. 섭섭하기야 하지만 각하의 인사명령을 기쁘게 받아들이고 임무에 충실하고자 합니더. 좋은 아이디어가 있어서 찾았습니더."

"뭔가."

원용덕이 짧게 물었다. 그는 귀찮게 이것저것 묻는 성격이 아니었다. 박정희는 깍듯한 서울 말씨로 설명했다.

"보시다시피 연대가 어수선합니다. 이렇게 나가다간 기강이 형편없이 망가집니다. 이럴수록 병사들을 질서있게 독려해야 하는데, 어느 상급자처럼 마구잡이 기합으로 몰아붙이면 안 됩니다. 현지 전술 숙지와 야외 전투 기동훈련을 실시해 군인답게 체계적으로 통솔해야 합니다. 저는 그 계획을 갖고 있습니다."

원용덕이 눈을 크게 뜨고 관심을 보였다가 이내 고개를 저었다.

"전투 기동훈련은 안 돼. 국방경비대는 경찰예비대 아닌가. 미 군정이 용납하지 않아."

그는 미 군정이 거부하는 것을 하는 것을 가장 싫어하는 사람이었다. 국방경비대는 미소공동위원회의 결정에 따라 경찰의 보조기관으로 창설되었기 때문에 전투부대 설치나 전투훈련을 해서는 안 되는 것이었다. 치안 유지를 위한 시위진압 정도의 훈련만 수행하면 되는 것이었다.

"시위 진압 훈련을 한다고 해놓고 전투 기동훈련을 실시하면 되는 것입니다."

훈련에 있어선 과욕을 부리는 직업군인다운 면모였다. 군사 훈련을 제대로 하자면 그런 변칙도 필요하다고 보았다.

"미 군정 법령 요지 몰라? '국방경비대는 조선 주권의 안전에 필요한 민간 경찰기관의 보조를 위해 존재한다'고 돼 있잖아."

"그건 아니지요. 건국하면 군대가 서는 것은 당연하지요. 그에 대비해야 합니다. 오합지졸들을 모아 정예군대로 만드는 것이 소관 임무입니다. 속인은 한가하면 범죄를 만들잖습니까. 일이 없으니 병사들이 잡념에 빠져서 사고를 칩니다. 이것을 방지하려면 체계적인 군사훈련이 필요합니다."

원용덕이 잠시 생각하다가 고개를 끄덕였다.

"좋아. 맞는 말이군. 우후죽순처럼 난립한 사설 군사단체들을 파악해서 군 경험자를 폭넓게 접촉하여 기간 요원을 확보하는 일이 시급하지. 지금 군사단체들이 얼마나 되나?"

"아마도 50개 단체가 넘을 것입니다. 그러나 믿을 수 없는 숫자입니다. 금방 세워진 단체가 며칠 후에는 해산되거나 다른 이름으로 바뀐 경우도 있으니까요. 각 단체에서 주장하는 대원 숫자를 헤아리면 조선 인구의 두 배는 된다고 합니다."

"허허, 다행이군. 해산시켜선 안 돼. 군 인력을 확보하기 위해서는 사설 군사단체가 없는 것보다는 있는 것이 나으니까. 군 인맥을 찾아내는 데 좋고, 이들을 서로 견제하고 대립하도록 유도하는 것도 국가 관리에 도움이 되고, 옥석을 가려서 좋고 말이야."

박정희는 침묵을 지켰다.

"군 기간요원 확보와 모병에서도 군사단체들을 활용할 가치가 있는 거지. 안 그런가?"

박정희는 그가 조금은 생뚱맞다고 생각했다. 사안을 순수의 눈으로 보는 것이 아니라 계략의 수단으로 보는 것같다. 지혜나 꾀로 사물을 보면 사악(邪惡)으로 흘러갈 수 있다. 머리로는 그에게 당할 것 같지 않은데, 원용덕 연대장은 머리를 써도 나쁜 방향으로 쓰고 있다고 생각했다. 연대장이 새삼스럽다는 듯이 재차 용건을 물었다.

"무슨 일로 왔다구?"

"장교와 하사관들에게 정신교육과 기동훈련을 교습해야 한다는 보고를 드리고자 왔습니다. 끊임없이 병사들을 독려하고 훈련시켜야 합니다. 매뉴얼을 짜서 절도있게 실시해야 합니다. 장교와 하사관들의 품성을 도야하는 일이 급선무입니다. 야비한 언어와 저속한 행동은 지휘자의 위신을 깎고, 병사들로부터 불신을 받는 원인이 됩니다. 지금 장교들은 실병 지휘능력과 전술능력이 턱없이 부족합니다. 건군의 정열에 불타고 있지만 출신이 각기 다르고, 준비없이 들어온 자들이 많아서 혼란스럽습니다. 교육과 훈련을 통해서 능력을 배양하고, 자질 향상을 꾀해야 합니다. 부대 전투력을 향상시키기 위해서도 장교 교육이 선결 문제입니다. 장교 능력이 부족하면 병사들이 따르지 않습니다. 병사들이 벌써부터 '엉터리 해방 소위'라고 무시하고 있지 않습니까."

물 만난 고기처럼 박정희는 펄펄 날 듯이 설명했다.

"일관되어서 굿, 그럼 훈련 계획을 말해보게."

"총연습지도관은 내가 맡겠습니다. 연습중대장은 강태무 소위 표무원 소위, 기동 연습지도관은 송요찬 대위로 하여 숲이 우거질 무렵 중대 대항 실병 연습을 실시하고, 전투 기동연습은 보병조전(步兵操典)을 참고하여 조우전, 진지공방, 시가지 전투를 전개하겠습니다. 훈련참가 부대의 흥미와 진지성을 고려해 상금을 걸어놓고 실시하면 좋겠습니다."

"좋아. 다만 표무원 소위는 연습중대장에서 제외하게."

박정희는 왜 그러는지 그 이유를 알지 못했으나 나머지는 모두 흔쾌히 받아들였으므로 "알겠습니다. 곧 실시하겠습니다" 하고 연대장실을 나왔다.

박정희 주도로 실시된 기동훈련은 한국군 최초의 전투훈련이었다.

"왜 이렇게 얼굴이 새까맣게 탔나?"

"본래 얼굴이 그렇습니다."

예고도 없이 이재복이 부대에 나타났다. 박정희는 평소 다니던 춘천 외곽의 막걸리집으로 그를 안내했다. 비밀 아지트처럼 깊은 골방에서 술잔을 기울이며 세상을 분석하는 것이 습관이 되었는데, 마침 이재복이 나타났으니 막힘없이 이야기를 나누고 싶었다.

"복잡하게 되었네."

이재복이 벽에 기대고 앉아 넉두리처럼 말했다.

"복잡하다뇨?"

"대대적인 토벌작전이 벌어지고 있고, 운동 세력들이 하나같이 체포되고 있네. 그 가족들이 곤욕을 치르고 있어. 매를 맞고, 고문당하고, 죽고 있네. 그러면 도망자들이 복수를 하기 위해 나타날 것으로 보는 거야."

"지리멸렬해지고 있습니까?"

박정희는 자작으로 연거푸 막걸리 석잔을 들이켰다. 가슴 속 불덩이들이 되살아나고 있었다. 이재복을 만나면 형님 생각이 먼저 나고, 형님을 생각하면 분노부터 숫구쳤다. 형의 길은 옳았고, 세상을 열어줄 선구자의 길어었다. 지역민들이 한결같이 추앙하는 것도 형의 길이 옳았기 때문이었다. 하지만 모든 것이 좌절되었다.

"형님께서 형님상을 치러주시고, 집안 일도 돌봐주신 점, 다시 한번 감사드립니다."

"좋은 세상이 아니니 어쩌겠나. 그를 잃으니 내 팔이 한쪽 잘려나간 것같으이. 나 역시도 쫓기고 있으니 이제 서울로 올라갈 참이네."

"그럼 잘 됐군요. 가까이서 뵐 수 있으니까요. 좋은 세상 오도록 해야지요."

"연대장은 잘 있나?"

"누구 말씀입니까."

"원 대령 후임으로 최남근 중령이 왔지 않나?"

"네, 잘 있습니다."

박정희는 최남근과의 관계를 드러내고 싶지 않았다. 서로를 보호해주어야 한다고 생각했다. 이재복이 양복 안주머니에서 두툼한 봉투를 꺼내더니 그에게 내밀었다.

"무엇입니까."

"아쉬울 때 요긴하게 쓰게. 연대 사람들은 물론이고 타부대 군인들도 만나야 할 것이야. 내 사람을 하나씩 만들어가야 하네. 자네는 신망이 높으니 잘 따를 거로 알지만 그래도 대접하는 처지는 되어야지. 그것이 운동의 기본이야. 만주 독립군이 실패한 것도 베풀기보다 민폐를 끼쳤기 때문이야. 불가피한 일이었지만 당하는 사람은 피해로 알게 되지. 형님의 정신을 잇겠다는 각오를 다지게. 좋은 세상은 거저 오는 것이 아니야. 노력하는 만큼 오는 것이야."

박정희는 봉투를 받아 군복 안쪽 호주머니에 깊숙이 찔러넣고 단추로 잠근 뒤 술잔을 기울였다. 이재복이 수첩 안에서 쪽지를 꺼내더니 그에게 내밀었다.

"명단을 살펴보고 성분을 분석하기 바라네. 이 명단이 증거물이 될 수도 있으니 불리하면 씹어먹어도 좋네."

"그까짓거야 다 외워버리죠."

박정희는 만주군 시절, 중대병력의 병사 이름을 며칠만에 다 외워버린 경험이 있었다. 다른 장교들은 일년이 가도 소속 구대원 이름을 외지 못하는데, 그는 며칠 만에 구대원 뒷모습을 보고도 그의 이름을 부르고 불러세웠다. 자기를 알아준다는 것, 그것은 상급자에게 복종심과 존경심을 보내는 증표였다. 군복의 그늘 아래 모든 것이 익명으로 처리되고, 군번으로 신분이 확인되는 병영생활에서 먼 발치에서도 상관이 친절하게 이름을 불러주었을 때의 따뜻한 친밀감과 소속감은 비길 데 없이 큰 것이었다. 이름 하나 불러주는 게 무슨 큰 대수일까만, 돌멩이처럼 아무렇게나 내팽개쳐져 있는 병사들에게 그것은 세상에 나온 실존의 가치를 부여하는 훈장과도 같은 것이었다.

"남한 내부는 혁명의 기치가 높아가네."

박정희는 말없이 그의 말을 들었다.

"다시 한 번 말하지만, 백씨의 죽음의 무게를 엄중하게 받아들이게. 대구 연대가 뭔가를 꾸미고 있다는 것도 알아두게. 맹원들이 들어가 있네. 저번 문상 온 오민균 교관과는 연락을 주고 받나?"

"저를 따릅니다. 똑똑한 친구죠."

"천리길도 마다하지 않고 문상온 것은 보통 성의가 아니야."

"가장 나를 닮은 일본 육사 후배입니다. 그는 얼마전 나에게 다녀갔습니다. 연대에서 실적을 쌓으라고 하더군요. 그래서 전투기동훈련을 실시해 잘 마무리했습니다. 본부에서도 평가하는 것 같습니다. 경비대사관학교로 배속될 것 같습니다. 후배에게도 도움을 받는 경우가 있군요."

그러면서 웃었다.

"잘 되었네. 산속이 아니라 세상 속으로 가야지. 대의를 도모하려면 넓은 곳으로 가야 해. 좋은 동무들을 확보하게. 외출 나갈 때는 깔끔하게 다녀야 하니 사복도 한 벌 갖춰 입게. 부하나 동료들 술값은 먼저 내고. 돈이 필요하면 연락하게."

"고맙습니다. 고향 가는 길에 대구 연대 한번 방문하겠습니다. 몸조심 하십시오."

그들은 밖으로 나와 차가운 밤공기를 마시며 술기운으로 달아오른 얼굴을 식히고 헤어졌다.

제16장
대구 6연대 '병사의 끝판왕'

일요일 오후, 곽차순 상사는 이쑤시개를 입에 물고 질겅질경 씹으며 뭔가 걸려들 것이 없나 주위를 살피며 병영을 서성거렸다. 경계 근무중인 초병을 잡아 조질 게 없나, 무기고 초병, 내무반 병사, 취사병의 용의 검사를 하며 트집잡을 게 없나, 오늘따라 주먹이 꼴리는데 얼른 걸려드는 게 없었다. 대구 6연대로 전출된 지 얼마 되지 않은 그가 하는 임무는 대체로 이런 것들이었다.

곽차순은 일본군 사병의 끝판왕이라는 상사 출신이었다. 상사라고 하면 최소한 일본군생활 7, 8년을 한 직업 군인인데, 일선에서 산전수전 겪다 보니 벌써 구렁이가 다 되어 있었다. 하사관은 대체로 일본 군대에서 좋은 것보다 나쁜 습관을 먼저 익힌 군인들이었다. 그것은 곤조였다. 그런 상사 계급이 좋아서 그는 국방경비대에 들어와서도 상사 계급을 원해 달았다. 그는 선배격인 후지모도 군조라는 김춘택 중사보다 더 악질이었으면 악질이었지, 선량한 구석이라곤 찾아볼 수 없었다. 곽차순은 계속 이쑤시개를 질겅질경 씹으며 조선말로 일본 군가를 흥얼거리며 병사동을 서성거렸다.

앵두나무가 내 옷깃 색이구나
요시노 산에 꽃이 가득하구나
야마토에서 태어난 남자라면
전장에서 꽃잎처럼 지겠구나

'야마토에서 태어난 남자라면 전장에서 꽃잎처럼 지겠구나'라는 구절이 마음에 들어 그것만 계속 흥얼거리는데 그것도 시들해졌다. 그는 애절하고도 장중한 군가를 바꿔서 흥얼거렸다.

바다에 가면 바다에 잠긴 시체
산에 가면 풀 속의 시체
천황을 위해 죽어도 돌아보는 일은 없으리

전쟁을 미화하고 죽는 게 소원이라는 일본 군대. 생각할수록 멋지고 장부답다. 비겁하게 사느니 용감하게 산화하라는 것이 아닌가.

그때 마침 병사들이 하나둘 씩 귀대하고 있었다. 곽 상사는 마침 잘됐다 싶어서 들어오는 병사들을 위병소 헌병을 제치고 초소 옆에 세운 뒤 하나씩 차례로 닦아나가기 시작했다.

"김 일병, 어디 다녀왔지?"

외출 내용을 묻는 것은 월권이었다. 그들에게도 사생활이 있는 것이다. 그러나 그런 정도는 가볍게 무시되었다. 그가 하면 하는 것이다.

"일등병 김석구 신고합니다. 영화구경 하고 왔습니다."

"좋아. 그럼 너는?"

곁의 병사에게 물었다.

"네, 저는 시위대 뒤를 따라다니다 왔습니다."

"시위대에 가담했다고? 그럼 너는?"

"넷, 저도 시청 앞에서 시위하는 걸 구경했습니다."

"앞으로 나와 새끼들아! 니까짓것들이 뭘 안다고 나서? 정치집회장이 니들 놀이터야?"

그가 버럭 화를 내고 그들을 한쪽으로 몰아세웠다. 그의 입장에선 아주 잘 걸린 것이다. 눈치를 알고 다음 병사가 대답했다.

"넷, 저는 친척집에 다녀왔습니다."

"내 너를 알지. 피안도 출신이 대구에 친척이 있을 리 없지. 친척 사는 곳이 어느 동네야?"

병사가 얼버무렸다. 그는 병사의 머리꼭지에 올라앉아 있었다. 곽차순은 거짓말을 몹시 못 견뎌 하는 사람이었다. 그래서 가령 위세 등등한 대대장 빽일지라도 거짓말하는 병사는 사실을 실토할 때까지 팼다.

"나는 거짓말하는 놈을 가장 싫어한다. 일본 군대는 그런 놈을 비겁한 놈이라고 친다. 헛소리 말고 너도 저놈들 쪽에 가 서!"

시위대를 따라다녔다는 자는 십여 명이 되었고, 나머지 열댓 명은 별 볼일없이 외출한 일반 병사들로 구분되었다.

"일반 병사들은 돌멩이를 주워서 영점오초 안에 제 자리로 돌아오라."

병사들이 곽 상사가 시키는 대로 연병장과 모래밭, 병영 뒤로 흐르는 개울에서 돌멩이를 주워왔다. 어떤 병사는 그것도 실적이랍시고 굵은 참외만한 돌멩이를 군복 상의에 가득 담아 낑낑거리며 들고 왔다.

"가져온 돌멩이로 저 빨갱이 새끼들에게 던져라!"

갑작스런 명령에 병사들이 주춤하자 곽 상사가 그중 한 병사의 정강이를 군화발로 연이어 깠다. 에구구구, 무릎을 싸안고 넘어진 그를 향해 그가 각목으로 내려쳤다. 누군가 하나는 이렇게 시범적으로 당해야 병사들은 말을 듣게 돼 있다. 일반 병사들이 시위대 참여자로 구분된 자들에게 돌을 던지자 처음에는 그들이 주춤하다가 어느 순간 돌멩이를 주워 일반병사들에게 맞받아 던지기 시작했다. 삽시간에 양 진영은 피 터지는 투석전이 전개되었다. 본의 아니게 그들은 적이 되었었다.

따분하게 영내 생활을 하다 보면 지겹고, 그래서 군기를 잡는다는 명목으로 병사들을 이런 식으로 기합을 주는 것이지만, 그것은 분명 가학성 린치였다. 그러나 묵인되었다. 그는 간섭받지 않는 부대의 고문관이었다.

초급장교들은 경험많은 하사관들을 함부로 대하지 못하고, 영관급도 명령이라기보다는 부탁하는 처지인지라 그들을 제압하지 못했다. 그들은 초급장교들을 보면 "일본군이 연전연승한 것은 교범 때문이 아니라 고참들 때문이다!"라고 닦아세웠다. 그러면 갓 임관한 초급장교들은 기가 죽어 그들 눈치부터 살폈다.

장교의 길을 가도록 연대장이 그들에게 사관학교 입교 추천장을 써주어도 찢어버리는 것이 예사였다. 사관학교를 가면 근무지를 벗어나야 되니 현재의 기득권을 잃을 수 있고, 장교가 된다 한들 전속이 자주 되니 더 좋은 일이 있어 보이지 않아서 응하지 않았다. 어느 면에서 장교들보다 우위에 있고, 실제로 권한을 더 행사하니 지금 하사관 상태를 즐기는 것이다. 군대가 꿀렁거리는 데는 이런 하사관들의 행패와 구타도 한 몫 했다.

쌍방이 피투성이가 되어서야 곽차순 상사가 소리쳤다.

"동작 그만!"

그리고 그는 일장 훈시를 했다.

"나는 일제시대 때부터 좌익이나 빨갱이를 용납하지 않았다. 좀 배웠다는 새끼들이 붉은 사상에 물들어서 나라를 개떡같이 바라보고, 지금 해방이 되어서도 군대 물을 흐리고, 병사들끼리 이간질하며 싸우고 있다. 이 새끼들은 일정 때부터 대일본제국을 갉아먹는 기생충이자 악마들이었어. 그것들이 개판쳐서 개판이 된 거야! 알간? 이런 자들이 조선국방경비대 내에 엄연히 존재한단 말이다. 이것을 때려잡기 위해 나는 북만주를 거쳐 38선을 넘어 천신만고 끝에 고향에 돌아왔다. 나는 미 군정이 이런 놈들을 받아들인 것을 지금도 분개하고 있다. 그래서 내가 용납하지 않는다! 알간?"

빨갱이에게 된통 당한 사람처럼 그는 그들에게 적의를 품고 있었지만, 그렇다고 그들을 족쳤으면 족쳤지 그들에게 당한 적은 없는 사람이었다. 일제에 세뇌된 결과로 볼 수밖에 없었다. 모든 것을 일제의 눈으로 본 영향이었다.

폭동 이후 대구는 계속 불안한 침묵이 흐르고 있었다. 검거 선풍이 일고, 밤에는 야산대가 보복하러 산에서 내려오고, 그래서 쫓고 쫓기는 일이 하루 일과처럼 벌어지면서 시내는 언제 다시 폭발할지 모르는 불안한 나날이 지속되고 있었다. 이는 곽차순이 실적을 올리기 좋은 환경이었다.

"지금 국경이 조선 군대야? 일본 군대야?"

중학을 졸업했다는 병사가 곁의 병사에게 투덜댔다.

"이런 군대에 있을 필요가 있나? 난 도망칠 거야."

"왜 그래. 조금만 견뎌. 좋은 군복도 지급된대잖어."

곁의 병사가 위로하자 곽 상사가 그들 곁으로 다가왔다.

"무슨 밀담인가?"

"네, 네, 시내에 나가서 영화 본 얘기를 했습니다."

당황하던 병사가 동료병사를 돕느라 이렇게 변명했다.

"영화 제목이 뭐야?"

병사가 우물쭈물하자 즉각 주먹뺨이 날라왔다.

"이런 씨발놈! 니가 영화를 봤다고? 나를 쪼다로 아나? 일본 군대에서는 거짓말하는 병사를 가장 경멸한다. 비겁하게 혐오스럽게 본다. 그게 모두 쪼잔한 조선놈들이란 말이다. 두 발 벌리고 이 앙당 물엇!"

병사가 동작을 취하자 예외없이 그의 턱에 주먹이 날아갔다. 그가 고꾸라지자 그는 더욱 날뛰었는데, 그것은 마치 일부러 분노를 끓어올리는 것 같았다. 그는 조선국방경비대 하사관인지 일본군 하산관인지 구분하지 못하고 있었다.

"시위꾼들은 서로 마주 보라."

마주 서자 그가 다시 명령했다.

"멈추라고 지시할 때까지 서로 뺨을 갈긴다! 실시!"

시위 참여 병사들이 처음에는 눈치를 보아가며 살살 때리는데, 그때마다 곽차순이 달려가 그 병사를 여지없이 팼다. 결국 서로 세게 뺨을 갈기는데, 이윽고 적대감이 생기고, 어느새 마주선 병사들 뺨이 벌겋게 달아올랐다. 쎄게 쳤다느니, 아니라느니, 니가 더 쎄게 쳤다느니 옥신각신하며 싸움으로 번졌다. 서로 치고 박는 과정에서 편이 갈렸다. 분대끼리, 군 출신별로 나뉘어서 싸움이 벌어졌다. 사상적으로도 갈렸다.

"동작 그만!"

곽 상사는 시위 참여 병사들을 모두 영창에 집어넣었다. 몇 놈만 더 채워서 상부로 보고하면 과표가 올라간다. 포상을 받을 수 있고, 과거 일본군 헌병대 시절처럼 진급도 가능하다. 불평분자를 빨갱이로 몰아 잡아넣으면 혜택은 눈앞의 과일처럼 톡 떨어지는 것이다. 그는 경찰과 헌병대 정보팀과도 선이 닿아 있었는데, 1연대 정보장교 김창동과는 같은 뿌리였다.

곽치순은 시위 참가자 두세 놈만 더 채우면 된다고 보고 시내로 나갔다. 그 사이 영창에 갇힌 자들 중 셋이 탈주해버렸다. 공훈 밑천이 사라져버린 셈이었다. 갇힌 자와 같은 마을에 사는 초병이 저지른 일이었다. 초병은 갇힌 자들이 어디론가 끌려가 사라진다는 것을 알고 있었다. 모포와 헌 양말, 건빵 따위 비상식을 넣어주는 것으로는 그들의 뒷 일을 담보할 수 없었다. 그래서 한 밤중 같은 마을 출신 병사를 풀어주었는데, 그때 다른 병사 두 놈이 초병을 겁주며 뒤따라 탈출한 것이었다.

"너도 공범이다!"

곽 상사는 초병을 반주검이 되도록 패고 영창에 가두었다. 조서를 꾸미고 강제로 손도장을 찍도록 하자 그는 꼼짝없이 빨갱이가 되었다.

이런 보고를 받고 최남근이 영창으로 달려갔다. 곽차순이 대대장을 보더니 차렷 자세를 취하며 보고했다.

"시위 주동자들입니다. 빨갱이들입니다. 본 하사관이 적발해냈습니다. 그런데 잡아가둔 놈 중 세 놈이 벌써 튀었습니다."

그러자 영창에 간힌 병사가 억울한 표정으로 앞으로 나와 쇠창살을 붙잡고 하소연했다.

"아닙니다. 저희는 외출 나갔다가 돌아왔을 뿐입니다. 억울합니다. 저희는 빨갱이가 아닙니다."

"네놈들이 전평 놈들과 함께 하지 않았나? 투석전으로 피투성이가 된 증거가 니들 얼굴에 있잖아!"

그러나 병사도 각오한 듯이 맞섰다. 밀리면 끝장이라는 생각을 하고 있었다. 그는 그나마 중학 출신이었다.

"곽 상사님이 거짓말하고 있습니다. 우릴 엮어 넣으려고 싸움을 붙였습니다. 그래서 피투성이가 되었습니다. 우린 전평이 누군지도 모릅니다."

"그래서 엽전들은 두들겨 패야 한다니까. 게으르고 거짓말하고 훔쳐먹고, 한마디로 구더기같은 놈들입니다. 일본군에서 싹을 싹 잘라 버렸어야 했는데 이거…."

그의 군의 모든 기준은 일본군이었다. 그러므로 그는 뼛속까지 일본군이었다.

"우리가 한 일이라면 부상자를 병원에 데려다 준 것 뿐입니다. 피흘리는 사람을 방치할 수 없지 않습니까."

"저놈들이 이제 실토하는군."

"병사들에게서 의심 가는 부분이 있나?"

최남근이 곽 상사에게 물었다.

"금방 실토하지 않았습니꺼."

"야비한 놈은 너야!"

최남근은 두말없이 곽차순을 영창에 집어넣었다. 며칠 후 이재복이 찾아왔다.

"한 가지 부탁드리러 왔소이다."

"부탁이라니요?"

"곽차순 상사가 내 조카요. 팔촌 누님의 아들이올시다. 육순 누님이 찾아와서 빼달라고 하소연했습니다. 억울하다는군요. 영창에 간

헸다니 대단히 유감입니다."

그런 자의 인척이라니, 그는 이재복이 완전히 딴판으로 보였다. 인민의 벗이라는 사람이 이런 위선자라니….

"저런 군인은 필요 없습니다. 격리시켜야 합니다. 군대를 모욕하고 있습니다."

그는 가둔 이유를 길게 설명했다. 그의 말을 다 듣고 난 이재복이 그의 손을 꼬옥 잡았다.

"내 과오를 용서하시오. 감상적 혈연주의가 얼마나 인간을 타락시키는 것인가를 귀관이 가르쳐주었소. 항쟁을 통해 민심의 소재가 어디에 있고, 모순이 어디에 있는가를 살피지 못하고 내가 잠시 망각했습니다. 사적 인연이 이렇게 눈을 멀게 하는군요. 그러니 다시 부탁하겠소. 그자는 묶어두되, 억울하게 갇힌 자들을 풀어주시오. 심려를 끼쳐드려서 미안합니다. 혁명은 사사로운 것에 연연하지 말라는 뜻을 이제야 깨달았습니다."

최남근은 침묵을 지켰으나 그의 뜻을 헤아렸다. 쉽게 승복하는 그의 태도가 좋았다.

"내 천박한 양심이 수치스럽소."

이재복은 거급 최남근의 손을 잡고 용서를 빌었다. 최남근은 갇힌 병사들을 풀어주고 대신 곽 상사는 영창에 남겨두었다. 그것이 상부에 보고가 되었다. 성실히 임무를 수행하는 하사관을 영창에 집어넣고, 좌익 혐의자를 풀어주는 차별적 행태를 묵과할 수 없다는 것이 보고 내용이었다. 곧바로 사령부의 문책이 통보되었다. 그는 험지라고 일컬어진 춘천 8연대로 전출되었다.

연대장 보직이었지만 8연대의 예하 중대는 춘천, 강릉, 원주 세 곳으로 분산되어 있었다. 각 중대가 연대장 통제를 받는다기보다 사실상 독립부대로 활동하고 있었다. 실병을 확보하고 있는 중대장들이 실권을 장악했으므로 그의 위상은 위축되었다.

다시 춘천 8연대, 최남근 박정희 이재복 오민균

"고생 많지요? 위로 차 왔습니다."

의례적인 인사였지만 좌천성 인사가 안됐다 싶어서 이재복이 최남근을 찾아 위로의 말을 건넸다. 그는 춘천에 볼 일도 있었던 참이었다. 군에는 정보팀이 설치돼 사찰활동이 강화되고 있었다.

김창동은 대구와 춘천을 차례로 다녀갔다. 그는 미소공동위원회에서 첩보활동을 하던 스파이를 체포한 공로로 벌써 대위로 진급했다. 그런 그가 자신이 심어놓은 정보원이 영창에 갇혔다는 연락을 받고 대구로 내려갔다. 그리고 6연대 내부에 어마어마한 좌익 세포들이 대구 민간인 좌익들과 연계돼 있다는 것을 알았다. 그들은 야산대와 지역 게릴라들과 합세해 제2의 폭동을 준비하고 있었다. 김창동이 전과를 올리기 좋은 분위기로 무르익어가고 있었다.

곽차순 사건은 단순했지만 대구의 내막을 알아내는 좋은 기회였다. 곽의 인척이 관여해 도리어 빨갱이 혐의자는 풀어주고, 이재복이 조카를 구금하도록 조치했다는 것은 공산주의자의 비정성을 그대로 말해주는 것으로 받아들여졌다. 공산당은 피도 눈물도 없는 괴물이다 라는 것을 그는 거듭 확인했다.

"인척의 콧김이 약한 판촌 누부의 자식이라도 그렇게 비정하게 돌아설 수 있어? 지푸라기라도 잡는 심정으로 찾았는데 역으로 엮어버려? 개새끼⋯."

김창동이 이재복을 노리는데, 그는 이래저래 무거운 공기를 느끼고 대구를 떠나 춘천으로 갔다.

"최 소령이 오해를 산 것이 곽차순 사건 때문인데, 집안 조카로 인해 인사 불이익을 당했다는 것이 미안합니다."

"그 얘긴 없는 것으로 하지요. 지휘관이 책임질 일 있으면 지는 것 아닙니까, 괘념치 마십시오."

두 사람이 춘천의 닭갈비집으로 들어서자 강릉 부대에 배속돼있던 박정희가 먼저 와 기다리고 있었다. 산비탈의 외딴 닭갈비집은 은밀한 대화를 나누는 데 최적의 장소였다.

"8연대는 내가 고참이지요?"

박정희가 웃으며 최남근을 맞이했다.

"하지만 대대가 분산되어 있으니 자주 보지를 못하는군. 강릉 대대도 복잡했지요? 잘 처리되어서 다행입니다만…."

송요찬 대대장 구타사건을 두고 한 말이었다. 최남근은 대구 6연대에서 이 소식을 들은 바 있다. 강릉 대대에서 벌어진 하극상 사건은 군내부에서 모르는 사람이 없었다. 대구나 춘천이나 이런 사건이 자주 터져나와서 군부는 어디서부터 손을 써야 할지 골치를 앓고 있었다. 뽕망치처럼 여기를 때리면 저기서 튀어나오고, 저기 타격하면 다른 엉뚱한 데서 사고가 터졌다. 박정희는 그런 것에 신경쓰고 싶지 않았다. 그런 것들을 가까이 하는 자체가 생리적으로 싫었다.

그리고 오늘은 기분좋게 술 한잔 하고 싶었다. 북만주에서 함께 한 시절을 보냈던 최남근을 만나자 옛 추억이 떠올랐다. 생각할수록 그리운 시절들이었다. 영하 삼사십 도를 오르내리는 살을 에는 듯한 강추위와 휘몰아치는 광풍, 흩날리는 눈보라 속에서도 절도있게 근무하던 나날들이었다. 그중 부대 매점에서 사다가 안주도 없이 마신 옥수수로 빚은 오십도가 넘는 빼갈과 달콤한 고구마 막걸리 맛, 혹한 속에서 그것을 마시며 우정을 꽃피웠던 것들이 새삼스러웠다.

"술통을 곁에 두니 부자가 된 기분입니까?"

최남근이 박정희 곁에 커다란 막걸리동이가 놓여있는 것을 보며 웃었다.

"천황폐하가 부럽지 않습니다."

막걸리 한 섬은 지고 가지 못해도 뱃속에 담고는 간다는 것이 박정희고 보니, 그런 만큼 그는 지금 술동이를 끼고 있으니 마음이 풍요로워진 기분이었다. 술만이 복잡한 삶을 위로하는 것 같았고, 실제로 몇 잔 마시면 만잡사가 잊혔다. 숙부로 여기는 이재복을 만나니 더욱 듬직한 기분이 들었다.

"일본군 하사관 출신이 우리를 뭉치게 하는군요."

박정희는 곽차순을 영창 보낸 사건으로 최남근이 춘천 연대로 밀려난 것을 빗대어 말했다. 최남근이 이재복의 눈치를 살피며 받았다.

"그 얘긴 없는 것으로 하지요. 이렇게 서로 만난 것으로 족하지 않소? 관동군 시절 생각 안나오?"

"그렇지요. 군속으로 들어온 자들이 전시 상황을 이용해서 하사관으로 현지 임관된 경우가 많은데, 그자들 출세했다고 완장차고 으스댔지요."

박정희는 여전히 하사관 문제에서 빠져나오지 않았다. 이재복이 묵묵히 앉아있었고, 최남근이 웃으며 받았다.

"그 얘긴 그만 하자니까. 재미있는 일이 많았잖습니까. 내가 복무했던 군대에서는 외래자용 목욕탕과 직원용 목욕탕이 각각 1개소씩 있었는데, 어느 날 상부에서 목욕탕 옆에 방을 몇 개 달아붙이라고 하더군. 알고 보니 위안부들을 수용하는 방이었소. 본래는 부대 밖 별도의 위안소가 설치되어 있었지만 우리 부대는 거리가 멀어서 비공식적으로 이 애들을 부대 안으로 들였던 거지요. 조선인 하사관이 인솔자가 되어서 군병들을 데려와 순번을 정해서 방에 들여보내는데 와이로를 쓰는 놈한텐 좀 예쁘고 어린 위안부를 붙여주고, 그렇지 않은 경우는 더러운 만주족이나 몽골족, 또는 늙은 위안부 방에 넣어주는 거였소. 그러면서 이 방 저 방 판자벽에 구멍을 뚫어서 성교하는 것을 보며 히히덕거리는 거요.”

“그것 염치없는 짓이 아닌가요?”

박정희가 그렇게 말하면서 흥미를 보였다.

“그러게 말이오. 내가 그자를 단속하면서 물었더니 그렇게라도 세월 보내는 것이라고 하더군. 그래서 덮어두었지요. 말로는 그 시간에 영어 단자 하나라도 외워 이놈아 했는데, 그게 머리에 들어가겠소? 그자 말을 들으니 그럴 거라고 공감이 가더라고. 그런 환경에서 공부는 무슨 말라빠진 개뼈다귀겠소. 내일이 없는 삶, 말짱 도루묵이지. 그런데 사고가 터졌어요. 조선인 위안부가 어떤 조선인 병사의 탈영을 도와준 것입니다. 탈영을 적발한 일본인 상사가 쫓아오더니 위안부 담당 하사를 반 죽여놓고, 어린 위안부를 얼굴이 으깨지도록 밟아버리더군. 둘이 짜고 조선인 병사 탈영을 돕고, 삥땅한 군표를 나눠가졌다는 것이었소. 위안부도 엄연히 일본 군속 대우를 받는데, 그렇게 가혹하게 다룬 것을 보고 내가 피가 솟구쳐 오르더군. 인종 차별이 분명했으니까. 매일 이삼십 명씩 받느라 몸이 늘어진 어린 소녀를 그렇게 얼굴을 으깨버린 것은 단 조선인이란 이유 하나 때문이었소.”

“하긴 조선인만 보면 멸시하는 인종차별주의자들이 많았지요. 하사관들은 조선인 장교조차도 눈 아래로 내리깔고 보면서 건방지게 굴었고요. 그래서요?”

"내가 울분이 생겨서 참을 수가 없더군. 그래서 며칠 후 늦은 밤 그자를 흠을 잡아서 기합을 준다는 명분으로 갈대 숲이 있는 강으로 불러냈지. 니 총으로 얼음을 깨라고 명령하고 다 깨자 그놈 대갈박에 총을 한방 멕이고 강물 속에 집어넣어버렸소."

"두렵지 않았습니까?"

"전쟁 말기라 그런 죽음은 흔했으니까요. 호수가 꽁꽁 얼어붙어서 집어넣으면 당분간 시체를 찾지 못하지요. 만주에서 해동이 되려면 대여섯 달은 가야 하니까, 하하하."

"나도 못된 놈을 보았지요. 그자는 니뽄도로 중국군 포로병 두 명목을 쳐서 피흘리는 사진을 찍어서 자랑하고 다니더군. 칼이 얼마나잘 드는지 시험하려고 그 짓을 했다는 것인데, 내가 그걸 중국군 장교에게 귀띔해주어서 그자는 다음 날 시체로 발견되었습니다."

"어느 날 신병 몇 명이 보충돼 왔더랬지요. 그자들은 시시껄렁한 패거리들 행색인데 이상하게 장교들도 꼼짝 못하더군. 알고 보니까 동경제대생들이요. 그들은 본래 학병 장교로 나가는 것인데 반전 사상을 가져서 일반병으로 강제 징집돼온 자들이었습니다. 패망 직전이라 장교단도 패닉상태에 빠졌고, 그들의 당당한 위세와 좋은 집안과 좋은 학벌 때문에 병사, 장교 할 것없이 어느새 그들에게 복종하고, 그들 말에 세뇌되더니 따르더군. 히로히토의 항복 방송이 있던 날은 '동양의 인권과 평화'라는 글씨를 써붙이고 교양강좌를 했으니까요. 일본도 그런 사람들이 있다는 것을 보고 참으로 놀랐습니다. 충격이었지요."

"일본놈들이라고 없겠나. 양심을 지키는 사람은 어디나 있는 거요. 우리보다 더 많을지 모르오. 그 점에 있어선 우리와 수준이 다르지."

이재복의 말이었다.

"전쟁 말기가 되니까 탈영병들이 많았습니다. 대부분 기차를 타고 이송 중 탈영을 하는데 방치 수준이었지요. 아마도 그들도 패망을 감지했던 것 같애. 패배주의에 젖어 있었으니까. 그런데 탈영병들은 십중팔구는 국부군이나 팔로군에 잡히지요. 고향으로 가겠다고 하면 보내주는데, 헌병분견소에서 파견 나온 헌병들한테 걸리면 골로 가지요. 언어상 발음을 들으면 조선사람인지 일본인인지 알 수 있으니 조선인은 쉽게 붙들리게 됩니다. 그런데 조선인 출신 헌병들이 더 곤조가 나빴지. 봐주는 게 없었다는 거요. 그런 중에도 잡힌 자들 중에서 조선독립에 대해 이야기해주는 자가 있었는데, 그때서야 민족의식이 생기더군. 사회주의 사상은 무엇인지 몰랐습니다."

"산동분견대에서 전멸당한 부대에서 살아나온 병사들 얘기 들어보면 팔로군 자신들은 강냉이죽을 먹으면서도 포로들에게는 멧돼지 국물에 따뜻한 조밥을 먹이더라는 거요. 그때 함께 패주한 악질 하사관들이 포로들에게 많이 당했습니다. 효수된 하사관들 두상이 감나무에 열매처럼 맺혀 있었으니까요. 역시 사람은 선한 일을 하고 봐야겠습디다. 극한 상황에선 더욱 그래요. 벌써 그 시절이 두렵고도 추억이 되어 되살아나는군요."

취흥이 돌자 박정희가 젓가락 장단으로 박자를 맞추며 일본 군가를 부르기 시작했다. 소학교 교사 출신답게 음정과 박자가 틀리지 않고 정확했다.

유키노 신군 코오리오 훈데(눈의 진군, 얼음을 밟으며)
도레가 카와야라 미치사에 시레즈(어디가 강이고, 어디가 길인지도 모르겠네)

우마와 타오레루 스테테모오케즈(말은 쓰러지는데 버리지도 못하고)

코코와 이즈쿠조 미나 테키노쿠니(여기는 어딘지 온 천지가 적국이구

나)

마마요 다이탄 입부쿠야레바(어쩔 수 없이 멈춰서 담배 한 개비 피니)

타모니스쿠나야 타바코가 니호웅(애석하게도 남은 담배는 두 개비뿐)

— 유키노 신군(눈보라의 진군)

노래를 마치자 노래의 비정함 때문인지 박정희가 쓸쓸한 표정을

지었다.

"나는 이 군가를 부르면 국경의 차가운 밤이 떠오르면서 고국 산

천이 그리웠지요. 돌아가봤자 별 볼 일 없는 고향인데 왜 그토록 고

국 생각에 목이 메었을까요. 어디가 강이고 어디가 늪이고, 어디가

길인지도 모르고, 내가 여기에 왜 서 있는지를 모른 채 자신을 돌아

보면서 눈물지었지요. 결국은 충성스런 황군이 되는 것만이 성공의

지름길이다 라고 마음 속으로 다졌습니다만… 알고 보면 쓸데없는

짓이었지요. 수치스런 일이었지요. 내 청춘의 초상이 고작 그것이었

나, 되돌아보니 왜 이렇게 빈약한 영혼, 좁은 세계관을 가졌나 하고

자책을 해요…"

"나는 '라바울 고우타'를 부르면 저절로 가슴이 미어집니다. 사연

이 있습니다."

최남근도 추억에 잠긴 듯 말하며 낮은 목소리로 노래를 불렀다.

사라바 라바우루요 마타쿠루마데와(잘 있거라, 라바울아 다시 올 때까

지)

시바시 와카레노 나미다니지무(잠시 이별인데 눈물이 번진다)

코이시나쓰카시 아노시마 미레바(사랑스럽고 그리운 저 섬을 보면)

야시노 하카게니 쥬―지세―(야자잎 그늘에 十字星)

후네와 데테유쿠 미나토노 오키에(배는 떠나간다 항구밖 외항으로)

아이시 아노코노 우치부루 항카치(사랑하는 그 처녀가 흔들던 행커치프)

코에오 시논데 코코로데 나이테(소리 죽이고 마음속으로 우는데)

료―테 아세테 아리가토―(두손 합장하며 고마워)

　　　　― ラバウル小唄(라바울 고우타)

노래가 끝나고 최남근이 쓸쓸한 표정이 되자 박정희가 물었다.

"사연이 있다고 했지요?"

"그렇지요. 내가 라바울 전선에 다녀온 적이 있습니다. 남태평양 전쟁이 치열해지자 관동군 병력 수송 장교로 몇 달 그곳을 다녀온 적이 있지요. 그때 한 소녀를 만났습니다."

라바울은 2차 세계대전 때, 일본군이 점령해 남태평양 전진기지로 사용하던 일본 육군과 해군의 전략기지였다. 파푸아 뉴기니아 옆의 뉴브리튼 섬에 있는 조그만 항구도시였다.

"그곳 위안소에서 하루코(春子)라는 이름의 전남 해남 출신 소녀를 만났지요."

그녀는 가족의 생계를 위해 목포로 배를 타고 나가 근로정신대 모집에 응했다. 군수공장과 간호부, 세탁부 부대를 선택하라는 이야기를 듣고 심부름이나 부엌 일, 빨래를 하는 일 정도로 알고 세탁부를 지망했다. 그러나 몸을 내주는 직업이라는 것을 안 것은 배가 떠난 한참 뒤였다.

라바울로 끌려간 조선 처녀는 육군에 300명, 해군에 200명이 배치되었다. 호주의 역사학자는 추후 조선인과 일본인 위안부가 반반씩 모두 3천명이 있었다고 밝혔다.

최남근이 라바울을 떠나오기 전 함께 밤을 보낸 하루코가 눈물을 흘리더니 말했다.

"이곳을 도망가고 싶어요. 저기 푸른 수평선 너머로 가고 싶어요. 그 섬에선 야자열매, 바나나, 파인애플, 바닷가 조개만 주워 먹고도 살아갈 수 있다고 해요. 그곳으로 가서 한 세상 편하게 살고 싶어요. 몸이 너무너무 고단해요."

그 말을 듣고 최남근은 소녀를 데리고 떠날까, 부질없는 생각까지 했다. 그녀는 너무나 순진하고 예뻤다. 헛된 망상이 아니라 함께 꿈 꿀 수 있고, 용기만 있으면 결행할 수 있는 일이라고 생각했다. 하지만 미군이 진격해오고, 그들이 일본 본토를 접수하면 일본은 패망하고, 곧 조국이 독립한다는 소문이 공공연하게 유포되었다. 그러면 해방이 될 것이고, 그때 조국에 돌아가 멋진 군인이 되리라, 그는 그렇게 마음먹고 있었다. 그래서 그녀에게 말했다.

"하루코도 고국으로 돌아가야지."

그러나 춘자는 고개를 저었다.

"이 몸으로 어떻게 돌아갈 수 있나요?"

그러면서 그녀는 울었다. 그녀를 품에 안고 최남근도 마음 속으로 울었다.

다음날 만주 부대로 귀대하기 위해 라바울 부두로 나오자 하루코도 부두로 따라나왔다. 그녀는 하얀 손수건을 흔들었다.

"배의 이별이 어떤 이별보다 슬프고 아프다는 말이 실감나더군. 그 얼굴, 그 애절한 하루코의 표정이 가물가물할 때까지 머릿속에 남는데, 지금도 가슴에서, 뇌리에서 지워지지 않습니다. 가슴이 아픕니다."

"헤어지는 것이 군대의 숙명이니까요."

"그러나 찾아보았지요. 백방으로 알아보았는데, 해방 후 거기서 살아 돌아온 여자들은 아무도 없었습니다. 그 소녀가 꼭 살아서 수평선 너머 야자수 숲이 우거진 섬에 가서 살기를 바라고 있습니다. 거기서 순박한 현지 청년을 만나 아이를 낳고 행복하게 살기를 기원합니다."

그러나 귀환선의 수뢰 폭발로 300명이 수장되었다고 했다. 폭탄이 비오듯 할 때 그녀들은 방공호에도 숨지 못했다고 했다. 모든 것을 포기한 어느 위안부는 "오늘은 제발 폭탄을 맞게 해주세요" 하고 기도했다고 한다.

위안부들은 전사하면 종군간호부로서 야스쿠니 신사에 합사된다고 세뇌됐는데, 뒤늦게 그게 거짓이고 위선이며 사기당한 것이라는 것을 알고 이파리처럼 절벽에서 몸을 던졌다고 했다. 장교들의 옥쇄(玉碎) 작전에 멋모르고 뛰어든 소녀들도 많았다고 했다.

여태까지 듣고만 있던 이재복이 말했다.

"정말 나쁜 놈들이네. 나는 목사지만 그런 면에서 천국은 없다고 생각하네. 그런 놈들에게 벼락이 떨어지지 않은 것을 보니 신의 존재를 의심하게 돼. 인간의 야수성이 어디까지인지를 헤아리게 된 것은 다행이지만, 그런 죄악을 저지르고도 징벌을 받지 않은 것을 보면 신의 존재를 의심하게 돼. 좌우간 그놈들의 전쟁범죄는 천추에 길이 기록되어야 할 것이야. 추억은 아프지만 그들을 잊지 마시오. 나는 복음주의자요. 그리고 인본주의자요. 본래 사회주의 사상을 가지고 있지 않았고, 있었다면 민족의식이 가득 차 있을 뿐이네. 이런 민족의식이라는 것도 일본놈들이 가르쳐준 것이지. 우리나라를 강점하니 응당 갖는 것이야. 그런데 우리는 불행히도 지금도 식민지 연장이네. 라바울 하늘에서 떠도는 그 소녀의 혼과 우리의 처지가 무엇이 다르겠나. 착실히 앞날을 도모해야 할 거야."

박정희가 알 듯 말 듯하게 고개를 주억거렸다.

"대구 항쟁에서 보듯이 시민은 우리 편이네. 왜 그러는지 아시오? 우익은 대부분 일본의 앞잡이로 군림하면서 딴 층위에서 살고 있기 때문이지. 미국놈들 팔소매 붙들고 아양부리며 영달을 취하고 있네. 그걸 묵과할 수 없지. 지금껏 우리는 우리 스스로 자구책을 강구했지만, 북과도 선을 연결해 그들의 지원도 끌어낼 수 있네. 북은 체제 준비기간이라 외부에 신경 쏟을 여력이 없지만, 여건이 무르익으면 그들도 우리의 동무가 될 수 있지."

"나는 북의 체제를 탐탁치 않게 여기고 있습니다."

최남근이 분명한 어조로 말했다. 그는 북한에 진주한 소련군에게 붙잡혀 곤욕을 치르다 탈출했으므로 북한 동향에 대해서는 너무나 잘 알고 있었다. 그는 만주에서 정보장교로 활동한 백선진과 함께 북한을 탈출했다. 그리고 그와 주욱 함께 행동했다. 그러나 그는 먼 후일 결정적일 때 최남근을 돕지 않은 것으로 알려져 있다.

"대세를 만들어 가야 하고, 대세가 만들어지면 놓치지 말아야 하오."

이재복이 결의에 찬 목소리로 말하자 박정희가 나섰다.

"저는 지금껏 억눌린 사람들 편에 서본 적이 없습니다. 내가 약자니까요. 그리고 그게 대세가 된 적이 없으니 참여하고 싶은 생각도 없었지요. 이해는 했지만 동조하거나 참여하진 않았던 것이 사실입니다."

"그래도 대세의 힘을 믿어야지. 힘을 믿고 나서면 중심에 설 수 있지. 어떻게든 핵심부에 들어가야지. 운동의 확장력은 그런 패배주의를 극복하는 가운데 찾아지는 거야. 사회주의에 대한 국민 지지와 현재의 군의 조직력이라면 뜻을 관철할 수 있네. 장교 30% 이상을 장악했잖나. 동조자까지 포함하면 반이 될 거야. 혁명은 무르익어가고 있네. 대세의 힘을 믿게. 중심 역할을 해야 하네. 최 소령도 마찬가지고."

조직의 심부에 들어가라는 말은 가열차게 행동하라는 뜻이다. 이재복은 이상하게 사람을 끄는 마력같은 것이 있었다.

이재복은 경북 안동 출신으로 평양신학교를 나와 일본 교토의 도시샤대학을 졸업한 엘리트였다. 그는 평양신학교 시절 신사 참배를 거부한 교역자들과 함께 기복 위주의 목회보다 항일 참여의 행동파적 목회자의 길을 걸었다. 그런 그를 두고 일부에선 위험시했고, 다른 일부에선 애국자라고 추켜세웠다.

그가 좌편향이되 따르던 여운형의 노선보다 박헌영 쪽으로 경도된 것은, 대구항쟁을 보고난 뒤 순한 행동으로는 세상을 바꿀 수 없다는 자기확신 때문이었다. 이재복은 박헌영 노선을 따르면서 군사부 총책을 맡았다. 그는 투쟁하다 희생된 친구의 동생인 박정희를 특별히 아껴 국방경비대 군책 임무를 부여했다. 대세의 힘을 믿고 나서면 조직의 심부에 들어갈 수 있다는 이재복의 특별한 배려 때문이었다.

너는 나의 분신

박정희가 경비대사관학교 교관으로 전출된 것은 1947년 9월이었다. 오민균 후임으로 전출되고, 오민균은 소령으로 진급해 광주 4연대로 배속되었다. 박정희는 대위 계급이었지만 경력으로 보나 연치로 보나 소령 진급은 시간문제였다.

두 사람은 대포집으로 갔다. 구석진 방에 자리잡자 박정희가 빈대떡과 뚝배기를 시켰다. 박정희는 새카만 후배에게 고맙다는 말은 하지 않았다. 경비대사관학교 교관으로 추천한 것이 고마웠지만, 그렇다고 그런 인사치레를 하는 데는 성격상 서툴렀다. 자존심도 있었다. 오민균으로서도 그런 그의 남자다운 기백이 마음에 들어서 교관으로 모셔야 한다고 상부에 건의했다. 박정희가 그의 잔에 가득 막걸리를 따랐다.

"마시자구."

그들은 단숨에 잔을 비웠다. 박정희는 조카나 막내동생뻘 쯤 되는 오민균이 듬직했다. 정의롭고 남아다운 기개가 있어서 어쩔 때는 자신의 분신처럼 여겨질 때가 있었다.

"몽양 선생을 따랐다지?"

"그렇습니다."

"결국 그분도 가셨군. 누구 짓 같애?"

"빤한 일 아닙니까."

그는 직답을 피했다.

"몽양 선생을 제거함으로써 이익을 추구하려는 자들 소행이겠지. 서투른 신념을 애국으로 포장하는 직업적인 테러리스트들이 있어. 경찰과 그 하수인들이야. 내 고향 대구에서 일어난 10월 항쟁도 시민들은 경찰과 군을 구분해서 보지. 경찰은 일본과 미국의 앞잡이이고, 군은 민족 집단으로 본다구. 경찰은 일제 때와 마찬가지로 양심세력을 빨갱이로 몰아 체포하고 있지. 나 역시도 일본군 장교로 중국 팔로군을 격퇴하는 데 앞장섰지만, 해방되어서는 조국에서 떳떳한 내 나라를 만드는 데 일조하고 싶었어. 나이가 젊어서는 분별력이 없으니 일본이 내 나라려니 여기고 충성하는 것으로 알았고, 다른 특별한 뜻이 있었던 것이 아니야. 지금 돌이켜보니 부끄럽네. 헌데 미 군정과 경찰놈들이 하는 짓을 보니 틀렸다는 생각을 하네. 이게 뭔가?"

그는 형 박상희의 죽음의 근원도 배지만 바꿔 단 경찰국가 구조 때문이라고 보았다.

"선배님들 중엔 일본군을 탈출해 독립운동에 참여했던 분도 계신 것을 알고, 나 역시도 부끄러웠습니다. 왜 일본군으로서 전공을 세울 꿈만 꾸었는지… 참으로 부끄러웠습니다. 그동안 모범생으로만 살아선지 모든 질서에 순응했던 편이었지요. 해방된 조국에 돌아온 뒤 조국과 함께, 민족과 함께 살겠다고 다짐한 사람들을 따르기로 했습니다. 몽양 선생을 찾았던 것도 그런 제 인생관의 지향점 때문이었습니다. 하지만 세상 돌아가는 게 이게 아니군요."

"반만 년 우리 역사상 가장 불행했던 시기는 선조·인조대와 구한말에서 오늘까지의 50년 체제 아니겠어?. 이 50년 체제는 보아하니 앞으로 50년, 아니 더 지속될 것 같아. 절망적이네. 자그마치 한 세기야. 이대로 굳어버린다면 이백 년도 더 갈지 몰라. 외세의존 세력이 권력을 잡고 있는 한 한민족이란 씨가 말라버릴지 영원히 몰라."

임진왜란 체제와 현재의 50년 체제… 오민균이 그의 말을 받아 입안에서 굴리듯이 되뇌었다.

"임진왜란 무렵의 1590년대 전후에 태어난 사람들이 가장 불행했어. 10대에 천 명 이상의 지식인들이 희생된 기축옥사를 겪고, 20대에 임진왜란, 30대에 인조반정, 40대에 정묘호란, 50대에 병자호란을 겪었어. 한 일생이 불행으로 점철된 인생이야. 유성룡의 〈징비록〉을 보면 '기아가 만연하고 역병이 겹쳐서 살아남은 자가 100

명에 한 명 꼴이었다'고 기록돼 있어. 부모가 자식을 삶아먹는 경우도 있고, 사람들이 앙상한 나뭇가지처럼 메말라 있었으며, 후금 군대가 철수하면서 백성을 어육으로 만들어 싣고 갔다는 기록도 있어. 그 때도 수십 만 명을 노예로 잡아가고, 또 팔기도 했다는 거는 이미 알려진 사실이고… 그 다음 살기가 어려웠던 시기가 바로 지금이야. 나라를 빼앗긴 19세기 말부터 20세기 중엽까지 온통 흑역사야. 이런 수난사에는 공통점이 있지."

"노민균이 받았다. 선진 문물을 누가 먼저 받아들이느냐의 여부가 나라 운명을 갈라놓았다고 봅니다. 일본의 예에서 보듯이 대 항로가 열렸던 16세기 선진 문물을 받아들여서 공격선을 만들고 조총을 만들어 제국주의 시대를 열었습니다. 개혁이 발전을 추동했습니다. 물론 추한 추동력이었습니다. 그때 우리는 나라를 리셋팅하자는 개혁적인 인사도 없었지만 있더라도 반역으로 몰아 처단하고, 국모상을 당해서 갓끈을 오른쪽으로 매느냐, 왼쪽으로 매느냐 따위로 피터지게 싸우며 경쟁자를 제거했습니다. 왼쪽으로 돌리면 어떻고, 오른쪽으로 돌리면 어떻습니까. 싸워도 좀 이치에 맞게 싸워야지, 그런 빈약한 명분, 어리석은 영혼으로 싸우니 나라의 장래가 뭐가 되겠습니까."

"맞는 말이야. 임진왜란 때 왜군이 부산포에 들어왔을 때 조정에서는 왜나라가 조공을 바치러 온 줄 알았다고 했다는 것 아닌가. 선물이 대포인 줄도 모르고 말이야. 후금이 겨울철 압록강을 건너서 우리 강토에 내려오자 수호병들이 다급하게 재난 봉화를 올렸는데, 명색이 장수라는 자는 군사들이 날씨가 추워서 모닥불을 피운 줄 알았대잖아. 그러니 일주일 만에 서울이 함락되고 말지. 하지만 지금 그때 일 가지고 남 탓할 수만 없어. 지금이 더 엉터리니까. 그 많은 정치 단체들, 군사 단체들이 난립해서 뭐하자는 짓인지… 우리가 도모할 일을 찾아봐. 지도자를 못 만나면 우리가 지도자로 나서야 돼.”

박정희의 눈이 날카로워졌다. 기댈 언덕이 없다는 것이 가슴아픈 일이었다. 암살당한 몽양이 그리웠다. 오민균은 적극적으로 밀착 경호를 하지 못한 것을 후회했다.

여운형이 암살(1947.7.19)되기 직전 그는 미 군정으로부터 러브콜을 받았다. 미 군정 정치담당 장교인 버치 중위의 ‘버치 보고서’에 따르면(이하 경향신문 연재 중인 ‘박태균 서울대 국제대학원 교수의 ‘버치보고서’ 시리즈 중 일부 발췌. 2018. 4. 8일자), 버치 중위는 미국의 한국 통치를 위해 1945년 가을 미 군정자문위원회를 구성하면서 보수적이고 자산가이거나 친일 경력이 있는 한민당 소속 인물들을 임명할 때, 여운형도 함께 자문위원으로 위촉했다.

여운형은 미 군정의 협조 요청에 소극적이었다. 건준 위원장으로서 국민으로부터 절대적으로 신임받고 있는 그가 미국과의 협상에서 주도적으로 나서야 할 위치지, 그 하수인으로 들어갈 수 없다는 입장이었다. 내심으로는 친일파가 장악한 자문위원회에 들러리 설 수 없다는 판단도 하고 있었다.

그 1년 후(1946년 가을) 그는 미 군정이 주도하는 좌우합작위원회에 좌파의 리더로 참여했다. 그러나 박헌영 남로당과의 갈등과 테러 위협 때문에 적극적으로 참여하지 않았다. 미 군정에서는 이런 그의 태도를 보고 미 군정 노선에 반대하는 것으로 받아들였다.

정치공작에 관여하고 있었던 미 군정 정보팀의 링컨 대령은 경제정책을 담당하고 있었던 번스 참사관에게 보낸 문서에서 ‘여운형은 미 군정의 정책으로부터 잘 도망다니고 있다’고 평가했다(1947년 4월

4일자, 버치 문서 박스2).

이렇게 잘 도망다니는 여운형을 미 군정의 일각은 그가 암살당하는 순간까지 붙잡으려 했고, 일부 요원은 실제로 그에게 나라를 맡기는 플랜을 진행하고 있었다. 그 이유는 좌우로부터 받는 대중적 인기 때문이었다. 여운형을 추종하는 청년들은 좌우가 중요하지 않았다. 인간적 풍모와 걸출한 외모, 항일의 중심에 서 있었던 온건 사회주의 계열의 대표적 인물로서 당시 사회상을 반영한 상징인물이었기 때문이다. 당시 사회주의는 국가정체성의 대세였다.

1945년 10월, 중도 우파 성향의 잡지 《선구》가 서울 시민 2천명을 대상으로 실시한 여론조사에서 '조선을 이끌어갈 양심적인 지도자는 누구인가'에 대한 인물 평가에서 △여운형 33% △이승만 21% △김구 18% △박헌영 16% △김일성 9% △김규식 5% 순으로 나왔다.

1946년 미 군정청이 '어떤 체제를 지향하느냐?'는 주제로 실시한 여론조사 결과에서도 사회주의에 대한 지지는 강고했다. 《동아일보》는 이런 사실을 1946년 8월 13일자에 보도했다.

미 군정이 여운형을 내세우는 또 다른 이유는 한국 내 좌파를 분열시키는 데 동원될 자원으로 활용할 수 있다는 점이었다. 미 군정뿐만 아니라 일본 총독부와 소통이 가능했던 여운형을 통해 좌파를 분열시키고, 강경한 입장의 공산주의자들을 고립시킬 수 있는 계기도 만들 수 있는 것이다.

미 군정의 공작에 조선공산당과 여운형을 갈라놓는 전략은 이렇게 일거양득의 정치적 효과를 거둘 수 있었다. 여기에 여운형의 힘을 빼는 것도 또 다른 공작의 하나였다. 이에 따라 그의 아우 여운홍과 형 여운형을 분리시키는 공작을 펴기도 했다.

미 군정이 여운형의 약점을 찾는 2단계 작업에 들어간 적도 있었다. 당시 미 군정이 '여운형 친일행위조사 최종보고서'를 작성해 상부에 올린 적이 있었다. 조사 결과 "여운형이 어떤 방식으로든 한국의 절대적 독립을 위한 그의 노력과 일치하지 않는 방식으로 일본과 협력했다는 증거는 발견되지 않았다"고 결론 내렸다. 그 내용의 일부는 다음과 같다.

— 여운형은 일본 항복 이후에 질서를 지키기 위해 일본과 협력했다. 항복 전에 엔도 니시하라(조선총독)는 법과 질서를 유지하고 일본인들의 생명과 재산을 지키기 위하여 여운형과 논의했다. 여운형은 러시아인들이 서울에 오기 전에 정치범들을 석방할 것을 제안했다. 만약 러시아인들이 들어온 이후에 이들이 집단적으로 석방된다면 여운형은 그들을 통제할 수 없다고 했다. 일본인들은 그가 유혈사태를 막아줄 수 있다고 믿었던 것 같다. 여운형은 폭력을 삼가고 평화를 지킬 것에 대한 라디오 연설을 몇 차례 했다. 일본인들은 그의 연설이 상당한 효과가 있었다고 믿었다. 그런데 여운형은 일본 행정부가 요구했던 바를 따르지 않았다. 일본이 원했던 것은 평화유지위원회의 장이었고, 연합군이 올 때까지 질서를 유지하는 것이었다. 그러나 여운형은 실질적으로 정부로 여겨질 수 있는 정치적 조직(건준)을 만들었다. 이렇게 실망했음에도 불구하고 일본은 여운형을 질서를 유지할 수 있는 유일한 사람으로 받아들였다. 경찰국장 니시히로는 여운형에게 100만엔을 주었고, 이는 평화 유지를 위해 여운형의 위원회(건국준비위원회)가 필요하다고 생각했기 때문이었다. 일본인들은 이러한 모든 결정이 도쿄의 지시 없이 서울에서 이루어진 것이라고 말했다. 그들은 여운형이 연안이나 러시아와 접촉하는 시도는 없었다고 주장했다. 그들은 여운형을 공산주의자나 친러시아파로

생각하지 않았다. 그는 한국 민족운동을 대표하면서 반일주의자였다고 믿었다.

미 조사보고서는 또 "우리는 그가 '밑으로부터' 남과 북에서 지지를 받고 있다는 점을 인정해야 한다"면서 "공산주의자들이 여운형의 공백이 있을 때 더 이득을 얻을 것"이라고 진단했다. 그리고 "'미국의 성공을 위해 필요한 사람이라는 점이 인식되어야 한다"고 언급했다. 그래서 그는 '잘 도망다니지만 여전히 미국에게 중요한 존재'라고 평가했다.

이 무렵 한민당 계열이 '여운형이 일본 총독부로부터 돈 받아 먹은 친일파다'라고 미군 정보부에 제보했다. 이 조사보고서로 돈의 용처가 드러났다. 조선총독부로부터 예산지원을 받은 것은 친일파로서가 아니라 질서 유지비였으며, 그렇다고 그가 총독부의 뜻을 받든 것은 아니었다. 미 군정은 예산 지원 사안이 근거 빈약한 첩보이거나 정적들의 음해일 뿐, 신뢰할만한 문건이 못 된다고 평가했다.

미 군정 정보팀이 그의 친일 경력 조사 후 6개월이 지난 시점인 1947년 7월19일 낮에 그는 혜화동 로터리에서 한 괴한에게 암살당했다. 온갖 음해공작과 정치테러를 열여섯 번이나 겪고도 좌우합작운동에 매진했던 여운형의 죽음으로 모스크바 3상회의 결정도, 좌우합작위원회도 모두 좌초했다.

미 군정은 여운형이 어떤 인물인지 정보부 내 조사단을 꾸려서 일본 G—2사령부와 협조로 조선총독부 고위직에 있던 자들, 동조자들, 정적들을 만나 기록한 최종 조사보고서를 냈다.

미 군정이 그를 의문시하면서도 다른 한편으로 끌어들이도록 노력해온 사실이 이때 드러났다. 실제로 여운형이 암살 당한 당일, 미 군정에서 그에게 민정장관직을 제안했고, 여운형은 그 제안을 받아들일 것을 검토했다.

그의 죽음은 국내 정치세력 중 어떤 누가 자행했다 해도 전혀 이상하지 않았다. 해방정국에서 여운형만큼 좌우익 모두에게 테러와 암살 위협을 받은 사람은 없었기 때문이다. 백의사와 백의사를 후원한 것으로 소문이 난 김구와 신익희, 그리고 이승만 추종세력이 죽였다 해도 이상할 것이 없었다.

수도경찰청장 장택상은 김두한 패거리가 죽인 것으로 알고 있었다. 장택상이 김두한에게 권총을 주면서 여운형을 혼내 주라고 했으며, 여운형이 암살당하자 "그렇다고 죽이라는 말은 아니었다"고 했다. 그러자 김두한이 발끈하며 "나도 아니고, 나도 모른다"고 했다고 전해진다. 불분명한 레토릭은 여러 의문스러운 배후를 암시하는 것이다.

백의사와 김구 신익희가 배후라는 설은 암살범인 한지근이 백의사 핵심 요원인 한현우의 집에 기거했다는 데 근거한다. 1970년대 전직 백의사 요원이 자신들이 한지근과 같이 여운형 암살에 가담했으며, 일제 때 고등계 형사 출신 노덕술과 경찰 간부들과 입을 맞춰 한지근한테 독박을 씌운 것이라고 증언했다. 하지만 암살 배후를 흩뜨려놓는 전략의 하나가 아닌가 하는 이유로 증언의 신빙성을 얻지는 못했다.

여운형의 아우 여운홍은 장택상과 조병옥이 사주한 것이라 말하기도 했고, 훗날 반공주의자들이 자의적으로 한지근은 김일성이 남파해서 박헌영의 지원을 받아 실행한 것이라고 했다. 이처럼 무수한 근거들이 나왔으나 모두가 자기 정치적 이해로 구도를 만들어간 것일 뿐, 확실한 배후를 캐내지 못하고 오늘에 이르렀다.

극단의 좌우의 선택을 강요받던 혼란한 시대에 온건 중도, 혹은 온건 사회주의의 길을 걸으려고 했던 지도자는 정치적 이익에 주린 세력의 밥이 되었으며, 그것은 순전히 전후 맥락을 모르는 정치지도자들의 암투에서 빚어진 비극이었다.

이런 가운데 제주 4·3이 터지고, 삼팔선에서는 남북 간에 무력충돌이 빈발해 내전 상태에 빠져들었다. 시대 모순을 극복할 내부 역량과 철학이 빈약한 해방 공간은 이처럼 깊은 내상에 빠져들었다.

군부 내에서 젊은 장교들을 중심으로 새로운 민족적 자각이 싹트고 있었으나 여운형의 죽음으로 의식있는 청년장교일수록 쓰라린 비애와 절망을 맛보았다. 일본 육사 후반기 출신 중심으로 나라의 진정한 간성이 되겠다는 꿈을 가진 젊은이들도 무너져가고 있었다. 오민균은 울분을 토했으나 그는 고작 스물한두 살의 나이였다. 세상을 알기에는 아직 어렸다.

오민균은 이시하라 상으로부터 들은 우려를 되새겼다.

— 외세 앞에서 친일 적폐가 분단 적폐로 이어지고, 끝내는 남북 대립으로 동족끼리 전쟁을 일으킬 것이다. 친일기득권이 권력과 자본을 독점하고, 이념논쟁, 색깔공세로 몰아가 국민을 분열시키고 가두면서 이익을 편취할 것이다….

이시하라가 보는 한반도의 운명이었다. 일본인이지만 어떤 누구보다도 조선인이었던 그의 우려는 현실이 되어가고 있었다.

경비대사관학교 교정에서 체육대회가 열렸다. 미 24군단장이자 미군사령관 하지 중장이 사관학교에 나타났다. 그는 전방을 방문하는 길에 연병장에서 축구 경기가 열린 것을 보고 예고없이 사관학교를 찾은 것이다.

그는 전용차를 보내고, 젊은 생도들이 제식훈련 경연을 벌이고, 축구시합을 하는 곳으로 갔다. 안내를 받아 축구 경기를 구경하던 중 누군가로부터 무전 연락을 받더니 학교측에 급히 차를 내라고 요구했다. 운전기사는 오민균이 차출되었다. 책임있는 장교가 운전하도록 했는데 오민균이 선택된 것이다. 그는 운전과 영어회화가 수준급이었다. 하지만 난감했다. 체육대회에 어린 동생을 데려왔던 것이다. 고향에 갈 때마다 유독 따르는 동생이 있었다. 오민균이 하지 장군에게 말했다.

"운동장에 어린 동생이 있습니다. 축제를 구경시켜주겠다고 약속하고 고향에서 데려온 것입니다. 아이를 함께 데려가도 될까요?"

하지 장군이 껄껄 웃으며 받았다.

"젊은 친구, 뭐가 어렵나. 함께 태우고 가면 되지. 나는 어린이를 좋아한다네."

오민균이 동생 오능균을 태우고 경비대사관학교 교정을 출발했다. 이때 능균의 나이 여섯 살이었다. 오능균 어린이는 뒷자리에 앉은 하지 장군의 무릎에 앉아서 재잘거렸다. 하지는 두려워하지 않고 재잘거리는 어린이의 말에 귀를 기울이며 유쾌하게 웃었다.

"영 맨, 아주 잘 생겼군. 낯가림도 없이 천진난만해."

그러면서 오민균에게 물었다.

"귀관은 미국의 대 한반도 정책을 어떻게 평가하는가."

"한국의 윗사람들 습관 중의 하나가 속엣말을 하라고 했다가 진실로 속엣말을 꺼내면 나중에 괘씸하다고 목을 잘라버린 경우가 있습니다. 그래서 진실을 말하지 못하죠. 그런 것 때문에 내면을 감추는 이중적 태도를 보입니다. 그것이 사는 방식이 되었습니다."

"흥미있는 말이군. 나 들으라고 한 말인 것 같은데, 나는 옹졸한 지휘관이 아니네."

무슨 뜻인 줄 알고 하지는 여유있게 대꾸했다.

"각하께서는 용맹하고 투철한 군인정신을 갖고 계십니다만, 복잡하게 얽힌 한반도 정치 상황을 풀어가는 데는 한계가 있는 것 같습니다. 한반도의 역사와 인식을 무시하셨으니까요."

하지 장군이 불쾌해 하는 것 같더니 오민균이 좀 전에 한 말을 되새기는지 담담히 응했다.

"나도 솔직히 말하자면, 내가 한반도를 접수할 임무를 부여받은 것은 전문성이 있어서가 아니라, 내 용맹성 때문이야. 내가 태평양 사령부 중 가장 먼저 오키나와를 점령했고, 한반도에 가장 가까운 위치에 있었으니까 국방성은 나더러 가능한 빨리 한반도를 접수하라고 명령했네. 그래서 내가 여기 온 것이야. 다른 장군이 먼저 오키나와에 상륙했으면 그가 먼저 조선 반도에 상륙했겠지. 내가 잘 모르듯이 그도 조선 반도에 무지했을 거야. 2차 세계대전 발발시 미군 장교와 병사 중에 일본어를 완전하게 말하는 자는 삼만 명이 넘고, 한국어를 습득한 자는 한두 명에 불과했네. 선교사 아들로서 입대한 자가 있는 정도였어. 우리가 조선에 관심이 없으니 필요한 사람을 구할 필요가 없었지. 미국의 욕망을 채우기엔 조선 반도는 매력있는 땅이 못 되었어. 나는 한반도 점령군사령관으로 온 것을 달가워하지 않네. 흥미 없는 곳이야. 가난하고 더러운 나라에 무슨 매력이 있겠나."

하지는 2차 세계대전 중 17차례나 전쟁을 치른 용장이었다. 군인으로서 전공을 쌓는 데 자부심을 갖고 있었으나 정치적 식견은 없었다.

"행정 편의를 위해서라지만 일제 강점기의 경찰 조직과 공무원 조직을 그대로 인수받은 것이 실책입니다."

"기왕 존재했던 행정 체계를 인수받았다면 주민 입장에서는 편리했을 것이 아닌가. 한국 관리들이나 내가 접촉한 대부분의 인사들도 그 점에 동의했지."

"그것이 잘못 되었다는 것입니다. 그들의 시각은 당연히 그럴 수밖에 없습니다. 우리는 일본과는 수백 년의 적입니다. 각하는 한국의 역사와 국민 여론을 중시하지 않은 것입니다."

"나를 돕는 일본인이나 총독부의 조선인 관리들은 모두 나에게 충성스럽고, 성실한 사람들이야."

"충성한다고 해서 다 옳은 것은 아닙니다. 일본은 패망 직후 한국 내에 결성된 건국준비위원회에 치안권을 넘겨주고 무사 귀환을 요구하며 조용히 물러가려고 했죠. 그런데 미군사령부와 교신한 이후 태도를 180도 바꾸었습니다. 비극의 씨앗은 거기서 잉태되었습니다."

"비극의 씨앗? 그래, 패전국 인수 인계 과정에서 파트너가 있어야 하는 것 아닌가? 파트너는 조선총독부가 대표성을 갖고 있는 것이 아닌가? 그게 비극의 씨앗?"

"그것이 잘못되었다는 것입니다. 조선은 조선인이 주인이고, 협상의 주체가 되어야지요."

자료에서 밝혀진 내용을 보면, 한반도 주둔 일본군 제17방면군과 오키나와에 주둔중인 미 제24군단이 나눈 통신에서 일본군은 패전국이 아니라 전승국 미국과 동등한 자격을 가지고 교섭했다. 미군사령부는 '일본은 미군이 그 권한을 인수받을 때까지 북위 38도선 이남에서 조선의 치안을 유지하고 행정기관을 운영하라'고 지시했다. 조선인의 의사는 반영되지 않았다.

"혼란을 방지하는 것은 점령국 정책의 기본 스탠스 아닌가."

"그것이 잘못됐습니다. 패전국 일본이 계속 조선을 책임지다니요. 조선은 조선 사람이 주인이죠. 조선은 전범국가가 아니라 피해국입니다. 해방되자 조선에는 남북 지역 모두에 건국준비위원회 치안대라는 조직이 생겼습니다. 남북 모두 하나된 치안 조직입니다. 조선총독부도 8·15 당일 여운형 선생에게 정권 이양 절차를 밟았습니다. 이렇게 준비하고 있는데 전승국 미국이 들어와서 가로막았습니다. 미국은 점령국의 자격으로 임정도 건준도 인민위원회도 인공도 모두 부정했습니다. 오직 조선총독부만 인정했습니다."

일본군 제17방면군 사령관과 미 제24군 사령관이 교신한 통신문을 보면, 미군사령부는 전후 처리 과정에서 일본에 모든 권한을 위임했다.

△(1945) 9월 1일 일본 제17방면군 사령관으로부터 미 제24군 사령관 앞

"조선인 중에는 공산주의 혹은 독립운동자가 있는데, 이 기회에 치안을 어지럽히려고 계획하는 자가 있다. 경찰력은 군대의 지원으로 비로소 능력을 발휘할 수 있는 상태다."

△1945년 9월 1일 미 제24군 사령관으로부터 일 제17방면군 사령관 앞

"일본군은 미군이 그 책임을 인계받을 때까지 북위 38도 이남에서 조선의 치안을 유지함과 동시에 행정기관을 그대로 유지하기 바란다. 이를 위해 오늘 미군기가 조선인에 대해서 치안을 유지하는 포고(전단)를 투하했다."

△9월 2일 미 제24군 사령관으로부터 일 제17방면군 사령관 앞

"어제 남조선에 투하한 전단(선전삐라)에 대해 조선인의 반향을 보고할 것"

△9월 2일 일 제17방면군 사령관으로부터 미 제24군 사령관 앞

1. 1일에 투하된 전단에 대한 반도민(半島民)의 반향은 상당히 크며, 치안 유지에 좋은 영향을 미치고 있다. 공산계 적색분자의 책동을 분쇄하는 데에도 상당히 유효하다.

2. 장래 이러한 종류의 전단 투하를 계속 희망한다. 미군의 진주까지 치안유지의 책임은 일본군사령관에게 있으며 약탈 폭력 소요 파괴 등을 행하는 자는 군율에 의해 처단된다는 점을 일반 민중에게 통고하기 바란다.〈김종민의 '해방정국 친일파 상대한 미 군정, 치안 맡은 일본군…비극의 씨앗' 인용〉

미군사령부는 조선총독부가 요청한 대로 포고문을 연일 남한 상공에 삐라로 만들어 뿌렸다. 일본군은 그들이 적대시했던 공산주의와, 미래에 있을 소련 공산주의의 확장을 우려하며 미국을 자극, 이용함으로써 자신들이 조선의 치안권과 행정 기관을 해방 이후에도 계속 장악하는 권한을 확보했다. 한반도 점령을 앞두고 있는 미24군단은 치안과 행정 공백 혼란보다는 현재의 질서를 원했으므로 일본군의 의사를 편의적으로 받아들였다. 그 결과 조선총독부는 건국준비위원회에 맡겼던 치안권을 재빨리 회수하고, 치안 유지와 행정 기관 유지 권한을 종래와 다름없이 행사했다.

전후 일본은 소련에게 혹독하게 보복을 당하고 북한에서 쫓겨난 반면, 미국으로부터는 보복을 피하고 일제강점기의 인적 자원을 그대로 남한 사회에 남겨둠으로써 한반도 상황을 그들의 복안대로 관리하고, 운영했다. 그 결과 한반도 미래청사진이 크게 왜곡되었다.

본래 일본은 공산주의를 군국주의의 대적 개념으로 여기고 체제 유지의 수단으로 대대적으로 소탕했고, 패전 후 소련의 보복이 가혹해지자 더욱 증오심을 갖게 되었다. 그것을 가지고 일본은 한반도 정책에 이용했다.

"조선이 일본의 속국이니 우리가 그렇게 관리할 수밖에 없지. 패배한 일본군이 연합국의 카운터 파트가 되어 전후 처리의 당사자로 참여한 건 당연한 일 아닌가."

"그 지점이 우리와 다릅니다. 우린 엄연히 피해자입니다. 전범국가가 아닙니다. 전쟁이 끝났으니 조선은 독립국가입니다. 그런데 같은 전범국가로 몰아가고, 대신 역할은 일본에게 위임합니다. 미국은 전범국가인 일본에겐 관대하고 피해국인 우리에겐 가혹한 이중성을 보였습니다."

"귀국의 지도자들은 통일된 의사를 갖지 못했어. 내부에서 토론을 거쳐서 합의점을 찾아 우리와 협상을 요구했어야지 중구난방이니 누구 말을 믿으란 건가. 내 경험칙상 싸우면 싸우는 데 집중하다 보면 실리를 못 챙기지. 조선의 지도자들은 미래의 세계관이 빈약해. 분열적 행태는 누가 봐도 혼란스럽지. 그게 미국도 불만이야. 그래도 미국 탓인가?"

"한반도의 역사성과 항일 투쟁의 역사를 보아주십시오."

"난 한국 문제엔 지쳤어. 정치 담당 참모에게 전적으로 임무를 부여했네."

그는 정치문제에 관한 한 복잡하게 따지는 것을 싫어하는지 곧 그의 무릎에서 꼼지락거리며 놀고 있는 어린이를 상대했다. 오능균은 하지의 군복 상의에 붙어있는 금빛 견장을 매만지며 신기해했다. 어깨의 계급장을 만지작거리면서 뭐라고 묻는데, 하지 장군이 오민균에게 물었다.

"이 '젊은이'가 뭐라고 말하고 있나?"

"저와 장군 각하 중에서 누가 계급이 높냐고 묻고 있군요."

그러자 하지가 하하하, 큰소리로 웃었다.

"그렇다면 나보다 귀관이 높다고 하지. 호기심이 많은 '철없는 동생'을 즐겁게 해줘야 하지 않겠나?"

오민균은 능균에게 하지 장군이 말한 대로 형이 계급이 높다고 말했다. 어린 능균이 탄성을 지르며 좋아라 하며 하지에게 이것저것 따져물었다.

"이 아이가 또 뭐라고 하는가?"

"그렇다면 각하가 제 부하냐고 묻습니다."

"그렇게 해도 무방하이. 하하하."

차는 후암동 일본인 주택가를 가로질러서 목적지에 도착했다. 스기나무가 우거진 육중한 사저 앞인데, 대문 앞에 아리따운 젊은 여인이 나와 기다리고 있었다.

"이 아이 때문에 나는 귀관을 오래도록 기억하겠네. 행운을 비네."

그가 차에서 훌쩍 내리더니 여인을 따라 대문 안으로 사라졌다. 그는 일과를 버릴 만큼 사생활을 즐기는 여유도 갖고 있었다. 먼 훗날 오능균은 이를 또렷이 기억했다.

미국의 대 한반도 전후 처리에 대해 좀더 살펴볼 필요가 있다.

미국과 일본은 일본 패전에 앞서 1945년 5월 스위스에서 일본의 항복과 전후 처리에 관한 비밀 협상을 가졌다. 회의 당사자는 스위스 주재 일본 무관 후지무라 중령과 미국 국무성의 아렌 달레스였다. 이 비밀회의에서 미국은 일본측으로부터 항복 문서만 받아내면

족하다고 보고 별다른 요구사항이 없었으나, 일본은 미국측에 세 가지 요구 조건을 제시했다.

첫째는 천황 주권을 유지해달라는 것이고, 둘째는 일본이 섬나라이기 때문에 배가 없으면 먹고 살 길이 막막하니 현재의 모든 배를 그대로 인정해달라는 것이었다. 세 번째 조건은 식민지로 갖고 있던 조선과 대만을 일본 영토로 계속 양해해달라는 요구였다.

첫 번째 요구 사항인 천황제를 유지하려면 일본은 히로히토를 전범으로 처리해서는 안 되었다. 히로히토는 대일본제국을 하나로 묶는 야마토 다마시(大和魂)의 상징이다. 일본은 항복하기 전부터 천황제를 유지하려고 온갖 공작을 꾸몄고, 이때 미국은 별다른 고려없이 일왕 히로히토를 전범으로 처리하지 않는 데 동의했다. 미국의 전범은 히로히토가 아니라 강경 군부였다. 이렇게 미국은 일본을 잘 알지 못했다. 2차 세계대전의 전범 히틀러와 무솔리니는 처단된 반면, 히로히토는 건재한 것은 이런 배경 때문이었다.

소련 등 전승 연합국은 히로히토의 전쟁 범죄를 조사하여 제소하고자 했다. 관동군 731부대의 인간 생체실험, 난징대학살, 일본군 세계여성 성폭행범죄(위안부), 조선인 강제징용·강제노동, 황금백합 작전(일본이 패망 직전 중국 등 아시아 전역에서 막대한 양의 황금과 보물을 약탈한 작전), 그리고 각종 제노사이드(인종, 이념 등의 대립을 이유로 특정 집단의 구성원을 대량 학살한 행위) 등을 진상 조사하자고 했다. 태평양전쟁의 단독 전쟁 주역인 미국이 이를 외면함으로써 다른 연합국이 개입할 소지가 차단되었다. 이로 인해 A급 전범자 히로히토를 극동전범재판소에 회부하고자 하는 연합국의 계획은 좌절되었다.

미국의 이런 태도에는 루즈벨트 대통령과 달리 소련을 싫어하는 후임 트루먼 대통령의 품성이 크게 작용했다. 루즈벨트는 소련과 함께 세계 질서를 잡아가고자 하는 친소파였으나 트루먼은 소련을 경계하고, 영국의 윈스턴 처칠의 구상을 따랐다.

1946년 3월 미국을 방문한 처칠은 미주리주 웨스트민스터 대학에서 '평화의 원동력 (Sinews of Peace)'이라는 제목의 연설을 했다.

"오늘날 발트 해의 수데텐란트(폴란드 북부)에서부터 아드리아 해의 트리에스테까지 대륙을 가로지르는 '철의 장막'이 내려져 있다. '철의 장막' 뒤에는 바르샤바, 베를린, 프라하, 빈, 부다페스트, 베오그라드, 부쿠레슈티, 소피아, 이 유명한 도시와 주민들이 이른바 소비에트 연방의 세력권에 있으며, 그들 모두는 어떤 식으로든 소련의 영향뿐만 아니라 커져가는 모스크바의 통제에 묶여 있다."

'철의 장막'이라는 말은 나치 독일의 선전상 요제프 괴벨스가 적국인 소련 사회주의의 팽창을 경계하는 표현으로 한 말이었다. 소련을 경계하는 데 있어선 처칠도 적(독일)과 같은 시각을 갖고 있었다. 이것이 서방세계의 패권을 향유하고자 하는 대결의 서막이었다. 그 기제는 '냉전 대결'이었다.

미국은 영국과 중국, 소련 네 나라가 함께 패망한 일본을 분할 통치하기로 했다. 1945년 7월 26일 공포된 포츠담선언 제7항은 '연합국은 일본 영토의 보장점령, 즉 분할점령'을 결정했다. 홋카이도는 소련, 혼슈 및 오키나와는 미국, 규슈는 영국, 시코쿠는 중국이 토막내 분할 통치하기로 했다. 그런데 처칠이 미국의 트루먼에게 "소련이 극동에 교두보를 설치하려 한다"고 고하자 트루먼은 이 분할 통치 계획을 취소했다. 처칠은 소련을 '철의 장막(Iron Curtain)' 속에 있는 '음험한 곰'이라고 규정하고, 소련의 야욕을 경계했다.

미국은 냉전을 염두에 두고 일본을 자신의 우산 밑에 두기로 했다. 사실 일본과의 관계는 3년의 전쟁을 치른 것 이외 나머지 200년은 우호국으로 지냈다. 영국 역시 일본과 싸운 적이 없을 뿐만 아니라 백년 이상 대사를 교환한 우호국이었다. 특별한 이해가 없는데 일본과 전후에도 원수질 필요가 없었다.

역사 차원에서 트루먼과 처칠의 행동은 반문명적인 태도였다. 일본 제국의 천황제 유지를 인정한 미국의 행위는 누가 봐도 인권적 차원, 정의의 차원에서 수긍하기 어려웠다. 일본이 저지른 전쟁의 책임을 묻지 않은 후유증은 당장 나타났다. 패망이 되었어도 일본군은 여전히 한국 사회에서 야만적 폭력행위를 멈추지 않았다. 일본은 소련군이 사할린— 홋카이도— 일본 본토로 진격해올 것을 우려해 사할린에서 조선인이 소련군 스파이가 될 것을 우려하고 이들을 집단 학살했다. 일본은 진격해 내려오는 소련군에 조선인 징용자 1만여 명이 합세하면 보복심으로 일본 북방 지역을 점령당할 것이라고 우려했다.

이에 일본군은 일본 북부와 사할린에 끌려간 조선인 강제징용자와 강제노동자를 해방 일주일 만에 서둘러 귀국선에 승선하도록 명령하고, 이중 수천 명을 바다에 수장시켜버렸다. 바로 우키시마 호의 폭침이다. 일본군은 혼슈의 최북단 시모키타 반도 일대 군사 시설에 투입되었던 1만여 명의 조선인 징용자를 소개하기 위해 이들과 그 가족을 오미나토 군항으로 들어오도록 유도하고, 우키시마 호에 태워 일본 교토부 마이즈루만에서 폭파 침몰시켰던 것이다. 일본 측은 사고사거나 미군 기뢰에 의한 침몰이라고 발표했으나 생존자의 여러 증언과 객관적 원인 규명상 의도적인 폭침이었음이 드러났다. 그런데도 수송 당사자인 일본과 당시 전후 처리를 책임지고 있는 미국은 75년이 지난 지금까지 진실 규명을 회피하거나 외면했다.

명확한 원인 규명과 피해 상황은 여전히 미제로 남아있다. 〈이상 전 재진 우키시마호 폭침진상규명회 대표의 '우키시마호 폭침사건은 끝나지 않았다' 인용〉

미국이 일본 천황제를 인정해준 다른 소문도 떠돌았다. 미국은 일본 황실이 조선과 대만 식민지 오지에 은닉해두었던 수만 톤의 금괴를 미국이 전쟁배상금으로 받고 천황제를 묵인했다는 설이다. 소설인 듯 소설 아닌 소설 같은 이 이야기는 끊임없이 회자되었다. 그것이 아니고는 맥아더 태평양사령관이 쉽게 동의했을 리 없다고 보는 것이다. 이 금괴는 중국, 조선, 대만, 필리핀, 인도지나 반도 등 일본 식민지에서 약탈한 재화들이니 일제로서는 빼앗겨야 본전인 것이다.

제17장
패배할 것 알면서 왜 싸우나

"박정희가 대구 갔다 왔댔디? 동태 파악됐니?"

김창동은 주먹탄이 활활 타오르는 난로가에 앉아서 두 손을 싹싹 비벼대며 가슴을 내밀며 물었다.

"이재복 최남근을 만나고 오민균을 만났습네다."

"고건 서울과 춘천에서구, 고 자가 또 대구를 다녀왔단 말이다. 세 포들 파악하러 간 기라우. 고 자는 피부터 다르디."

"어드렇게 다르다는 겁네까? 피는 다 똑같지 않습네까?"

"확연히 다르디. 음험하구 복수심에 불타고 있디."

"그라갔디요."

"그라갔디라니? 너 동조하니?"

갑자기 김창동의 태도가 돌변했다. 그의 성격은 예측불허였다. 편하게 얘기했다가도 불쑥 화를 낸다. 그렇더라도 그렇게 화가 나있는 것 같지는 않았다. 그의 말 상대는 둘러앉은 대원들 중 행동대장

격인 이한필이었다. 그는 본명이 이한진이었지만 필요할 때마다 이름을 바꿔 사용했다. 요즘은 이한필로 통용되었다. 이한필이 난로에 두 손을 쬐며 말대꾸를 하지만 그 역시 큰 의미를 두고 대꾸하는 것 같지는 않았다. 다만 얼굴을 찌푸리고 있는데, 그것은 평소에도 그런 표정이어서 오해를 살 수 있을 뿐, 실제로는 의미없는 표정이었다. 무표정하고 냉소적인 모습, 대개의 정보과 소속이 그랬다. 관록이 붙어서 평소에도 늘 화가 나있는 듯이 보이지만 실제로는 기쁜 때도 그런 것이다. 표정이 없는 것이 그들의 공통점이었다.

김창동과 이한필은 둘 다 만주군 헌병대에서 근무한 하사관 출신이었는데, 살아온 경로도 비슷했고, 이북 출신이라는 점도 같았다. 1연대 정보팀 대원들은 대부분 일제 헌병 출신과 특수부대 출신들이었지만, 경찰서 사찰계에서 근무하다 파견된 자도 있었다. 김창동이 말했다.

"내 고 자를 확실하게 캤디. 분명히 이재복이 심복이야. 세포 확장을 위해 각 부대에 손을 뻗친 게 거울 속 들여다보듯이 보인다니까니."

"고럼 잡아들이야디요?"

"아니디. 더 놀게 해야디. 물고기가 헤엄쳐다니는 모냥 지켜보는 게 재미있지 않네? 내 그물코는 엉성하지 않으니까니 함께 헤엄쳐다니는 물고기들을 싸그리 일망타진할 수 있디. 자넨 고런 전략이 부족한 기야. 이재복이 최남근 박정희를 만나고, 박정희는 오민균을 만나고, 이상진 이병주를 만나고, 하여간에 8연대, 6연대 놈들 모두 벌겋게 물들었다 이 말이다. 이 자들이 야산대 놈들과 접선을 해서 뒤집을 모냥인데, 내가 가만 놔둘 것 같네? 길목에 덫을 놓았다가 어느 순간에 탁 잡아채는 기야. 고걸 고 자들은 꿈에도 상상치 못할 기야. 만주 군대에서 같이 활동했대시니 고 자들은 날 동지로 알 기야."

그는 혼자 열을 내고 흐뭇해했다. 어떤 공명심에 한껏 고무되어 있는 모습이었다.

"놔두면 일 낸다, 그거 아닙네까?"

"자넨 척 보면 구만 리누만. 고렇디. 대구가 문제란 말이디. 세포들의 주 보급 루트가 그 곳이니까 길목을 지키구 있다가 단칼에 내려쳐야디. 안 그러면 욕먹는다. 또 폭동이란 말이디. 정말 그쪽 동리는 웬 빨갱이 새끼들이 그렇게 우굴거리나. 하나같이 물들지 않은 자가 없어. 배웠다는 놈들이 죄다 그 모양이야. 문제 아니간?"

"문제디오. 하지만 꼭 그렇게만 보면 안 되디요."

"왜?"

"그들은 악에 받쳐있지 않습네까. 가족이 죽고, 집안이 죽사발밭이 됐대시니 가만 있지 않갔지오. 박정희 역시 고렇디요."

"빨갱이 새끼들은 세월이 가두 빨갱이야. 감성적으로 접근하면 안 되디. 일본군 시절 얼마나 치를 떨었댔나?"

"불이 꺼졌다 싶으면 다시 붙고, 또 꺼졌다 싶으면 다시 붙고 그랬디요?"

"고래, 고런 잔불 하나를 못 끄네? 대구가 고렇게 대단한 모스크바네?"

"밤에 내려왔다가 낮엔 산악지대로 사라져버리니 그렇디요. 솜옷에 이 박히듯 박히니까 소탕하기가 곤란합네. 산간엔 추위가 영하 이십 도를 오르내립네다."

"고따우로 말하지 말라우. 나는 영하 사십 도에서두 고 새끼들 잡느라구 밤을 꼬박 샜다야. 만주 벌판이 보통 추운 곳이니? 거기 비하든 여긴 열대지방이디. 이런 추위에 몇 시간 매복하고 있는 기 뭐 대수니?"

대원들이 키득키득 웃었다. 과장이 좀 지나치다는 뜻이다. 김창동이 정색했다.

"이 새끼들 왜 웃네? 진지하게 들으라우. 이한필이 정인택이 이희여이, 장복서이 노엽이, 이진요이, 이각보이, 박평래, 김안수 잘 들으라우. 영하 40도를 가리키는 한파 속에서 밤을 새는 잠복 근무 끝에 빨갱이 새끼들 잡아낸 비결, 고걸 노하우라고 하디. 고걸 말해주가서."

그는 둘러앉은 대원들을 향해 설명하기 시작했다. 그의 임무는 국경지대에서 암약하는 항일 투사들을 잡는 일이었다. 항일 투사들은 사상적으로 사회주의자·민족주의자로 혼재되어 있었다. 성분이 다르다고 해서 대립하고 분열하는 것이 아니었다. 경계가 모호할 뿐 그들은 결속되어 있었다. 일본 군국주의에 대한 저항만이 공통된 인식이었다.

김창동은 그들을 붙잡으면 두말 할 것 없이 공산주의자로 기록에 올렸다. 그러면 고과가 올라갔다. 김창동 자신은 물론이려니와 체포된 자들도 공산주의 이론에 밝은 것이 아니어서 악다구닐 쓰면 통용되었다. 체포당한 자도 무산자계급 어쩌고, 일본군국주의 타도 어쩌고 하면, 듣고 보니 그런 것 같아서 침묵하거나 소극적으로 임하는데, 그러다 보니 졸지에 공산주의자가 되었다. 이론적 바탕을 갖춘 자는 그닥 없었다. 감성적으로 알면 그나마 다행이었다.

"고 쥐새끼 같은 놈들은 배가 고프니까 비적떼가 되는 기야. 고래서 주민들의 원성도 높았디. 피해입은 주민을 꼬시면 성과를 올리디. 식량 훔쳐가는 지겨운 비적들을 밀고하면 절대 비밀을 보장하구 또 돈을 주갔다. 그래서 밀고가 들어오는데 하루에 너댓 건이 접수된 적도 있었댜야. 고게 힘이 됐디. 밀고를 받고 암약하는 자들의 숙소에서 잠복근무를 하는데 만주벌판은 10월부텀 대지가 꽁꽁 얼어붙고, 불알도 돌덩이처럼 얼어붙는 기라. 하디만 사명감으로 하니까니 견뎌내는 거이디. 그 결과 2년간 50여 건의 항일 조직을 적발했댔디. 그 공로로 오장으로 진급했다 이 말이디. 말이 오장이디 고게 얼마나 값지고 우러를만한 계급장인가? 일본군 오장이라믄 내 입장에선 별보다두 빛난댜야. 보통학교도 다니는 둥 마는 둥 하던 내가 천황폐하를 깍듯이 모시는 하사관이 되니 이런 영광이 어디 있갔나. 고래서 대일본군제국의 적대 연합군, 정확히 말하믄 소련군 간첩 두목을 기를 쓰고 체포했던 거이디. 지금 생각해두 꼭 영화같은 장면이다야. 고 자를 잡기 위해서 나는 고 자가 경영하는 잡화점에 배달부로 들어갔디. 고저 잡곡을 배달하믄서 고 자가 접촉하는 범위들을 파악해 나갔디. 특수공작원은 특수공작부대를 잘 알게 돼 있디. 왜냐하면 활동 범위와 행동거지가 공통점이 많으니까니. 오랜 기다림과 추적 끝에 일망타진했디. 파견된 간첩 십수 명을 체포하구, 고 자들이 암약하면서 사용한 권총, 아이쿠치, 무전기 따위를 노획했디."

조선인이라는 신분적 장애물을 뛰어 넘기 위해 얼마나 많은 노력을 했던가. 그것을 뛰어넘기 위해 밤이슬을 많이 밟았고 철야도 무시로 했다. 그 과정에서 때로 과도한 수사와 조작도 없지 않았다. 피라미를 두목급으로 서류를 작성해 올렸다. 거짓이고 조작이라고 항의하면 몇 대 내지르면 그것으로 끝이었다. 항의해보았자 통용되는 구조가 아니었다.

반대로 보아주기로 작정하면 두목급도 혐의 없음으로 처리해 내보냈다. 권력을 남용하거나 임의로 선하게 쓸 수도 있기 때문에 누구나 강자의 위치에 서려고 한다는 것을 그는 그때 비로소 깨달았다. 이때 비굴한 자들을 얼마나 많이 보았던가. 고문을 피하는 대가로 변소 바닥을 핥으라고 명령하면 일초도 안 돼서 후다닥 행동으로 옮기는 비열성, 그걸 즐기며 조롱하는 일이 얼마나 흐뭇했던가.

버팅기는 경우도 적지 않다. 인간은 자기가 저지른 범죄를 실토하지 않는 습성이 있다. 고집 센 놈들은 허공에 매달아 통돼지구이, 전기고문, 물고문을 가해도 견뎌낸다. 담력있는 놈일수록 석방되는 확률이 높다. 그러니 세상이 불공평하다. 고문을 끝까지 버티는 체력좋은 놈은 풀려나가고, 심약하거나 체력이 떨어진 자는 예외없이 구속되는 것이다. 그게 김창동으로서는 불만이었다.

"내 수법이 하나 있다. 버티는 놈은 토설할 때까지 조지는 긴데, 그놈들이 더 악질이니까니 눈에서 피를 쏟도록 조지는 기야. 그러다 간 놈도 있었댔디. 니네들 야산대 놈들 부수려면 당장 산으로 들어가라우. 산간에 들어가면 이 엄동설한에 먹을 것이 어디 있갔나. 마을로 기어 내려와서 보급투쟁 한답시고 민가의 닭과 돼지, 곡식을 가져간단 말이다. 아무리 친척이라두 자꾸 쌀과 김치를 가져가면 지겹디. 고걸 우리가 이용한단 말이다. 마을 사람들을 달래고, 위협하면 불디. 고래서 타격하는 기야. 마을 인간들이 야산대 세포가 되는 경우도 있는데 눈깔 한번 굴리면 어느새 눈이 풀어져버리디. 백정고수 앞에서 소가 넋을 잃은 것과 같이 말이디. 고래서 잡는 기술이 필요한 기야. 또 마을사람들끼리 이간질 시키면 고대로 잡아낼 수 있디. 따로따로 불러서 조사하면 들통나는 기야. 이런 건 전통적인 수사기법이니까니 더 우수한 기법을 개발하라우. 아매두 수천 가지 될 기야. 산간마을 주민들이 협조하지 않으면 뽄대를 보여주라우. 말깨나 하는 놈 불러세우고 시범적으루 총 개머리판으로 몇 대 내지

르구, 그래두 신통찮으면 빵—, 이렇게 알가서?"

그가 오른 손을 들어 한 대원의 머리를 겨누어 총을 격발하는 시늉을 해보였다. 이한필이 말했다.

"그런데 말이우다, 고 자들은 패배할 걸 빤히 알믄서 왜 싸우려 하디요? 세계 최강의 미국이 뒤에 버티고 있는데두 말입네다."

"그러니까니 어리석은 종자들이다. 이 편에 서면 따뜻한 국물 나오디, 최신의 필터 담배인 말보로, 럭키스트라이크가 나오디, 이제 깨끗한 군복도 지급되지 않나. 개털이 붙은 야전잠바가 얼마나 포근하니. 고 자들은 산속에서만 사니 아직도 세상 판세가 어뜨렇게 돌아가는지를 모르는 기야. 자네가 그 자들 체포하면 꼭 그것을 한번 물어보라우. 왜 죽을 것을 빤히 알믄서 꼭 죽을 짓을 하느냐구 말이다."

"대답 하갔습네까."

"그럴 기다. 고래서 독종이라고 하디."

"고게 그래두 나름으로 철학이 있지 않갔습네까? 인간은 다 죽는다. 좀더 일찍 죽나, 나중에 죽나의 차이일 뿐이다. 그러니 기왕에 살다 간다면 가치있게 살다 가는 거다. 고런 철학을 갖고 있는 게 아니갔소?"

"그기 개죽음인데 가치 있다구? 다 개똥철학이다. 인생 고렇게 사는 기 아니다."

"두려울 텐데도 겁먹지 않는단 말이우다. 그럴 때는 내가 무섭더라니까니. 후려패구 전기를 들이대두 꺼떡 않으면 내가 겁이 덜컥 난단 말이우다."

"쓸데없는 얘기 집어치우라우. 고따우 헤픈 소리 하려거든 나가서 똥이나 싸."

대원들이 키득키득 웃었다.

"하지만 며칠 전 겪은 일 생각하믄 몸이 오싹해집네다."

한 대원이 칠곡과 왜관, 영동, 김천을 다녀왔을 때의 일이다.

경찰 지서에 붙잡혀 온 맹원 중에 염상원이란 자가 있었다. 염은 삼백석지기의 지주이자 지역의 유지였다. 그는 일제강점기, 지역에 보통학교를 설립할 때 건물 신축 자금을 지원한 신망있는 사람이었다. 해방 후에는 인민위원회 초대 인민위원장으로 추대되었다.

군 인민위원회는 그를 중심으로 의욕적으로 마을 재건사업을 펼쳤다. 도랑을 치우고, 해마다 홍수가 나면 좁은 개울이 범람해서 토사가 농토를 휩쓸기 때문에 피해가 많았는데, 개울을 넓히고 제방을 튼튼하게 쌓았다. 인민위원장은 공사를 완공한 날 자기 집 소를 잡아 주민들에게 먹였다.

미 군정에 의해 인민위원회가 강제로 해산되었어도 그는 여전히 인민위원장이었다. 대구에서 10·1사건이 터지고 고을까지 퍼지자 많은 사람들이 겁먹고 산으로 들어갔다. 그는 좌익 활동을 하지 않았기 때문에 평상시대로 집에 머물렀다. 야산대를 뒤쫓던 경찰토벌대가 마을에 들이닥치면서 그를 체포했다. 병력은 지역 인물의 됨됨이를 알지 못했다. 고을의 지서순경이 구금된 그에게 말했다.

"위원장님, 집에 가서 옷을 갈아입고 오시지예."

순경은 그의 덕망을 아는지라 그를 풀어주기 위해 그렇게 말했다. 집으로 돌아간 그는 맥고모자를 제대로 갖춰 쓰고, 깨끗한 중의 적삼을 차려입고 급히 지서로 되돌아왔다. 결국 그는 주민과 함께 산골짜기로 끌려가서 총살되었다.

그가 경찰지서로 돌아올 때쯤엔 폭도들이 골짜기로 끌려간 뒤일 것이라고 생각했는데, 너무도 빨리 온 통에 그도 다른 폭도들과 함께 끌려가 사살되고 만 것이다. 순경은 도망가라고 일러준 것인데 돌아와 변을 당했다. 그게 꼭 그의 잘못인 것만 같아서 지서 순경은 그 길로 도망가버렸다. 그는 죄책감으로 견딜 수가 없었다.

그때 특수대원이 그 순경을 붙잡았다. 순경이 그를 노려보던 시선을 잊지 못한다. 누군가를 향한 저주와 증오의 눈빛. 그래서 자다가도 벌떡 일어나 가슴을 쓸어담았다. 온 몸은 목욕을 한 듯 식은땀으로 젖었다. 순경은 다른 대원에 의해 즉결처분되었다. "별에 별 종자들이 다 있다. 그런 것에 마음 흔들리지 말라우. 감상적으로 나가면 고게 정서노동이 되구 감정 노동이 된단 말이다. 괴로워진단 말이다. 잊으라우. 내 다시 정리하갔다. 대구폭동을 계기로 반란이 다시 획책되고 있다. 이거이 전염되어서 제주 3·1사건이 터지지 않았네. 그 뿌리가 대구 폭동이란 말이다. 서로간에 직접적인 연락이 없었다 해두 이심전심으로 반란의 기운이 전염이 되어서리 제주까지 옮겨간 것이디. 그거이 어느 순간에 다시 폭발할지 모르니. 전국화할지도 몰라. 언제나 그 중심이 대구란 말이다. 왜 대구냐. 본래 싸가지 없는 동리라서 고렇디만, 인적 자원이 풍부해서 그렇디. 인적 구성원만 하더라두 김원봉 김삼룡 이여성 이쾌대 이재복 황태성 임종업 최남근 김종석 하재팔 박정희 조병건 오민균 김달삼 홍순석 김지회 강태무 표무원 문상길 따위가 거기에 연류돼 있구, 세포들이 활동할 최적의 근거지가 되고 있디. 10·1 폭동이 우연히 일어난 중 아네? 다 연고 때문인기레. 그런 연결 맥락이 있다니까니. 그 윗대로 가면 빨갱이들 숫자가 사단병력이다. 알갔나?"

"그중 핵심이 군에 있다는 얘깁네까?"

"말해야 알갔니? 군 내부에 모두 침투해 들어와 있다. 박정희를 유의하라우. 명석하구 두뇌회전이 빠르구, 세상을 증오로 보구 있는 자디."

박정희가 어떤 과정을 거쳐 남로당에 입당했는지는 분명하지 않으나 대체로 만주 군관학교의 전신인 봉천 육군훈련처 출신으로서 간도특설대의 신병교육대 부대장 출신 최남근을 통해서였다는 주장이 있다(조갑제) 주장. 그러나 최남근과 친하다는 것뿐, 그를 통해 공산주의자로 활약했다는 근거는 없다. 최남근 역시 공산주의자로 볼 수 없다. 그를 처형하면서 그를 그렇게 묶었을 뿐, 굳이 따지자면 민족주의자였다는 것이 정설이다.

박정희가 해방이 되어 귀국해 군부에 들어와보니 국방경비대 현실이 국군의 모체로서 턱없이 부족했다. 경찰의 보조기관으로 전락해있는 것이 불만이었다. 이런 때 만군 시절 함께 복무했던 최남근을 만나 의기가 투합했다. 함께 세상을 고뇌하는 입장이 되었다. 죽은 형의 친구인 이재복의 포섭으로 남로당 군책이 된 뒤, 그가 오히려 최남근을 끌어들인 측면이 있다. 그에 의해 후배들도 그의 지휘하에 들어가 있었다는 것이 합리적 추론이다.

박정희는 1947년 9월 대위로 승진한 뒤 조선경비사관학교 중대장으로 부임하여, 10월 입교한 5기생들부터 가르쳤다. 5기생은 채명산 장지성 김재춘 정승화 오보균 신능순 박원석 박종길 등이다. 이때 박정희는 1중대장, 그 아래 2구대장은 황택림 중위, 2중대장은 강창선 대위, 그 아래 2구대장은 김학림 대위였다. 네 장교 모두 남로당에 포섭되었는데, 박정희와 강창선의 주선이 영향을 주었다

훗날 숙군작업 실무 책임을 맡았던 김안일 특무과장은 제주4·3과 10·19 여순사건을 거치면서 남로당 군사책으로 체포된 박정희의 자술서(1948.11 작성)에 대해 설명한 적이 있다.

— 박정희 소령은 김창동에게 붙들리자마자 "이럴 때가 올 줄 알았다"면서 순순히 자술서를 줄줄 써내려 갔다고 합니다. 육사 재학 시절 형 박상희가 대구 10·1사건에 연루돼 구미에서 경찰의 총을 맞고 죽었다는 소식을 듣고 집에 내려가 보니 형 친구인 이재복이 유족들을 잘 보살펴주고 있더랍니다. 이재복은 박정희에게 '공산당 선언' 등 불온 책자를 건네주면서 남로당 가입을 권유했고, 또 형의 원수를 갚아야 한다고 부추기더랍니다. (《실록 박정희》68쪽)

이보다 더 훗날 박정희 유신 독재를 폭로한 전 중앙정보부장 김형욱의 증언 기록이다.

— 육군사관학교 생도대장이던 기간 중 박정희는 남로당 조직책 이중업의 지령을 받은 군부연락책 이재복에 의해 남로당 군사부장으로 임명되어 국방군내에 남로당의 세포조직을 통괄하는 군부 조직책의 임무를 수행하였다. 박정희가 어떠한 경로로 이중업·이재복과 접선됐는가는 알려지지 않았으나 박정희 형(박상희)의 친구 황태성이 접선을 주선하였으리라고 추측되고 있다. (김경제(박사월) 《김형욱회고록 제2부》35쪽)

박정희 전기를 쓴 조갑제의 기록이다.

— 몸도 마음도 통이 큰 최남근은 해방된 뒤 일찍 군사영어학교에 들어간 덕분에 박정희가 육사 중대장일 때는 대구에 주둔한 6연대장이었다. 박정희는 이때 남로당 군사부책(軍事部責) 이재복, 최남근과 자주 접촉하고 있었고, 많은 목격자를 남겼다. 박정희는 강창선

정도가 아니라 처음부터 남로당 대군(對軍) 공작부서의 지휘부와 연결되어 있었다.

박정희와 8연대에서 함께 근무한 국방경비대사관학교 3기생 염정태(육군대령 예편)의 증언이다.

— 사관학교에 다닐 때부터 박정희 전 대통령의 명성을 들었습니다. 수재에다 인품도 훌륭하다고 소문이 나 있었죠. 그래서 나는 첫 부임지가 춘천 8연대란 얘기를 듣고 좋아했습니다. 가보니 당시 8연대는 빨갱이 소굴이었습니다. 연대 내 좌익 총책이자 부연대장인 이상진(만주 신경군관학교 2기, 당시 소령) 등이 주동자였는데, 이들은 대개 만군 출신으로 박정희 전 대통령과 친했습니다. 박 전대통령도 이들과 어울리는 과정에서 포섭됐다고 봅니다. (《실록 박정희》69쪽)

박정희의 '장교 자력표'에는 춘천 시절의 기록이 삭제되어 있다. 또 남로당사건 관련 기사는 5·16 이후 신문 보관철에서 사라졌다. 누군가 절취하여 빈 공간으로 남겨둔 것이다. 1963년 윤보선과의 대통령 선거 때 사상논쟁으로 정치적으로 몰린 이후 박정희 정부가 집요하게 그의 옛 기록과 자료들을 찾아 소멸시킨 것으로 보인다. 그러나 기적적으로 한 신문에 군사재판 기록이 남아있다. 〈김삼웅 저 '개발 독재자 박정희 평전' 5장 '조선경비사관학교 입학 남로당' 일부 인용〉

김창동은 부산 5연대를 찾았다. 연대 본부와 1대대는 부산 감천에 있었고, 2대대는 진해에, 3대대는 통영에 있었다. 그는 부산 감천의 연대장실부터 찾았다.

"2대대장 오민균 대위 의심스럽지 않습네까?"

그는 백선진 연대장을 만나자마자 다짜고짜 이렇게 물었다. 그는 매사 자신감이 있었으므로 말투도 단정적이고 직선적이었다. 그것이 자신의 행동을 정당화하고 자기 확신을 상대방에게 각인시키는 힘이 되었다. 백선진 연대장과는 관동군 시절 정보팀에서 한때 부하로 복무해온 인연이 있었다.

"함부로 말하지 말라우. 유능한 장교인데….""

바로 며칠 전에도 오민균은 그의 숙소를 다녀갔다. 큰 키에 지적 풍모가 풍기는 미남형의 그를 보자 호감을 가졌던 청년이었다. 스무 살 정도의 청년이지만 늠름하고 기개가 넘치는 모습이 장교로서 적격이었다. 기품있게 보이는 게 호감이 갔다.

"그게 아니고 말이우다. 고 자는 건준 치안대 대장이었던 박승환의 애인과 산단 말입네다."

"거 무슨 소리야?"

"박승환의 애인이 이영재라는 처녀입네다. 박승환이 북으로 넘어가자 오민균이 차지했습네다."

"이 사람아, 사람이 물건인가. 이 사람 저 사람 물려받게? 한 사람의 인격체를 그딴 식으로 보지 말게. 인격 모독이야."

연대장은 불쾌했다. 나이가 비슷하고 만주군 시절 한때 함께 활동을 해서 찾아오면 반갑게 맞아주었지만, 매사 사물을 음험한 공작의 눈으로 보니 짜증이 나는 것이었다.

"연대장 각하, 등잔 밑이 어둡습네다. 냄새가 난단 말이우다. 특수 관계가 아니고는 그럴 수가 없습네다."

"이상한 애정사에 특수 관계니 뭐니해서 초점을 흐려놓지 말라우. 감시의 눈으로 바라보는 것은 온당치 않아. 말 다했나?"

그런 말이라면 더 이상 들을 것 없으니 나가라는 뜻이었다.

"각하, 동서고금을 통해 내연녀를 첩자로 활용한 경우를 많이 보아 왔잖습네까. 프로가 왜 그러십네까."

"내가 그들을 너무도 잘 알아. 며칠 전 오민균 대대장이 아내를 데리고 찾아왔어. 예쁘장하고 착한 여자야. 세상을 잘못 만나서 운명적으로 이성과 헤어지고 새로 만날 수도 있는 것 가지고 미행 감시 추적의 대상으로 삼으면 되는가. 첩보 활동에도 예의와 금도가 있고, 윤리적 기준이 있어."

하지만 김창동은 부산까지 내려온 마당에 오민균과 이영재의 뒤를 캐고 올라갈 생각이었다. 이것저것 퍼즐들을 맞춰보니 아귀가 척척 맞아 떨어져가고 있었다.

어느 날 송호성 국방경비대 총사령관이 경비대사관학교를 방문했다. 그는 연병장에서 젊은 두 장교를 만났다. 오민균과 조병건이었다.

"소속은?"

"저는 생도대장이고, 조병건 소위는 교관입니다."

오민균이 대답했다.

"좋아. 꼭 내 손자들 같군."

송호성 총사령관은 나이가 60대였다. 같은 광복군 출신인 유동열 통위부장(국방부장관)의 주선으로 총사령관직에 오른 인물이었다. 김구 계열의 광복군 출신이라는 점에 착안한 미 군정이 군벌 관리 차원에서 광복군 출신을 끌어안으려고 그를 기용했다. 그는 광복군 5지대장으로 복무하고, 중국에서 잔뼈가 굵었지만 60노객이라서 현대전에 대한 감각이 떨어지고, 군대조직을 사조직인 군벌의 개념으로 이해하고 있는 낡은 군인이었다. 나이 탓인지 군대조직을 정분으로 움직이는 모습도 보였다. 이런 그가 젊은 청년장교들을 보자 마치 손자를 대하듯 만면에 웃음을 띠었다.

"내 요즘 군대 돌아가는 모습이 걱정인데 서로 나뉘어서 다툴 일이 아니지. 좌면 어떻고 우면 어떤가. 한 데 버무려서 건강한 민족군대를 만드는 것이 중요하다네. 민족이라는 깃발 아래 뭉치면 강군이 되는 것 아닌가. 사상이 무슨 의미가 있나."

"사령관 각하, 군부 내의 모순이 문제입니다."

오민균은 평소 생각하던 것을 말하고자 서두를 꺼냈다.

"모순? 뭔가. 미군놈들 때문인가? 그렇지?"

그는 스스럼없이 단정했다. 오민균은 힘을 얻었다.

"모든 군 조직이 민족군대 성격이 아닙니다. 변질되고 있습니다. 미 군정청이 그렇게 틀을 짜고 있습니다. 신생조국의 군 성격이 크게 왜곡되었습니다."

"그래. 어떻게 찾은 나리인데, 그것들이 나라의 주인이 된단 말인가."

광복군 출신으로서 그도 현금의 전개되는 사태를 우려하고 있었다. 송 총사령관은 근래 미군 고문관과 자주 부딪치고 있었다. 미군은 군사작전의 디테일을 말하지만, 그는 민족군대라는 거대담론을 말하고 있었다. 서로 바라보는 지점이 달라서 부딪쳤다. 그런 중에 의식있는 청년장교들을 만난 것이다.

미 고문관 사회에서나 군대 조직 내에서 송호성은 배척받고 있었다. 민족의식은 존중받을 수 있지만, 신생조국의 군 조직에서는 그것이 큰 의미가 없었다.

송호성 국방경비대총사령관은 오민균과 조병건을 알게 모르게 지원했다. 송 사령관이 경비대사관학교를 방문하면 꼭 오민균과 조병건을 불렀다. 두 젊은 교관과 즐겁게 담소를 나누는 모습은 누가 보아도 특수한 관계라기보다 할아버지와 손자간의 만남으로 비쳐졌다.

이것을 김창동이 읽어내고 있었다. 군 조직이 민족계니 좌익계니 섞이면 잡탕이 되고, 내부갈등을 부추기는 분파활동이 된다. 군대는 두말 할 것 없이 단일 집합성이 요구되는 집단이다. 그런데 총사령관의 색깔이 모호하다.

대구 항쟁이 수그러지지 않고 연이어 폭발하고, 제주에서 3·1사건이 일어났다. 다른 지역에서도 언제 터질지 모르는 상황이었다. 이런 상황에서 군사 지휘부는 무능할 정도로 안이하게 사태를 보고 있었다. 김창동 대위만이 입에서 단내가 나도록 뛰고 있었다. 이건 확실한 비상 상황이었다. 어느 날이었다. 송호성 총사령관이 법무처장 김완룡 대위를 불렀다.

"김창동을 조사하라."

"네?"

김완룡은 잘못 들었나 싶어서 반문했다.

"친일 군인 출신 중에서도 악질이라며?"

만주군에서 헌병으로 활동했다면 송호성은 본능적으로 적개심을 품었다. 광복군 지대장으로서 가장 먼저 이가 갈렸던 대상이 일본군 헌병이었다. 그리고 사실 두려웠다. 그중에서도 조선인 출신 헌병을 맞닥뜨리면 형용할 수 없는 비애와 절망감을 느꼈다. 어떻게 동족이 저럴 수 있는가. 일본군보다 더 거칠게 동족을 잡아가두고 때리는가. 그런 그가 국방경비대 1연대 정보책임자로 복무하고 있다는 것이 총사령관으로서는 수용할 수 없었다. 그는 김완룡이 소극적이자 이성가 1연대장을 불러 질책했다.

"자네는 이관석 선생의 아들이라서 각별히 내가 챙겼네. 그래서 내가 특별히 자네를 1연대장으로 발령낸 거야. 조선인 항일투쟁가들을 미행 감시하는 악질 헌병 출신을 정보책임자로 앉힌 이유가 뭔가? 여기 항의탄원서 한번 보게."

이성가의 아버지 이관석은 독립운동가였고, 송호성 총사령관의 젊었을 적 동지였다.

총사령관이 연대장에게 철필로 꾹꾹 눌러 쓴 16면지 편지 석 장을 이성가에게 내밀었다. 탄원서에는 김창동이 해방이 될 때까지 일제 앞잡이로서 만주의 조선 동포들에게 박해를 가한 활동상이 빼곡히 적혀 있었다. 그런 자가 어떻게 신생 조국의 국군 창설에 등용될 수 있느냐는 것이 편지 내용이었다.

"당장 파면하게."

그러나 아무리 체계가 잡히지 않은 군사 조직이라고 해도 당장 파면이라니, 이성가는 지나치다고 생각했다.

"무슨 뜻인지 알겠습니다."

그는 적당히 대답하고 총사령관실을 나왔다. 총사령관의 충정도 이해 못 하는 것은 아니지만, 그렇다고 절차까지 무시하고 싶지는 않았다. 연대 내에서 자체적으로 좌익을 색출하는 작업을 벌이면서 직접 김창동을 발탁한 사람이 그 자신이었다.

장교단 중 과거 경력을 하나하나 살피면서 첩보활동 전문성이 있는 김창동을 연대 정보주임 보좌관으로 임명하고, 정보 소대를 편성케 하여 사상 사찰을 전담시킨 것은 옳은 일이라고 보았다. 과연 김창동은 생존과 권력 추구를 위해서는 물불 안 가리고 직무에 충실했다. 북한에서 소련군에게 두 차례나 사형선고를 받은 것이 일생 일대의 치욕으로 받아들인 그로서는 공산당 척결만이 사는 근거라고 보고 연일 복수의 칼을 갈았다. 개인적 감정까지 개입되니 활동상은 날개를 달았다.

김창동은 일제하에서 경찰관이나 헌병을 지낸 경험자들을 특채하여 정보 소대를 구성했다. 좌익 세력을 색출하다 보니 범위를 각 연대로까지 확대했다. 대부분 인지 수사인지라 그 과정에서 과도한 수사가 적지 않았다. 이때 음해세력이 생긴 것이다.

부대로 돌아온 이성가는 이정석 정보주임을 불러 문제의 항의탄원서를 보여주었다. 내용을 읽어보던 이정석 주임이 단박에 반대했다.

"안 됩니다. 군 내부의 빨갱이를 잡아내는 데는 김창동만한 자가 없습니다. 과도기엔 그런 경험자가 필요합니다. 병적인 집착이 없는 게 아닙니다만, 불가피한 측면도 있습니다. 눈치 안 보고 윗사람까지 수사망을 확대하니 가상하다고 봐야죠. 지금도 암약하는 자들이 많잖습니까. 김창동이 지금 그들을 쫓고 있습니다."

"그들을 쫓아?"

"네. 이병위 김종석 최남근 박정희 김지회 홍순석 오민균 조병건 등입니다."

그중에는 이성가와 친분이 있는 장교도 있었다. 그럴 사람이 아니라고 보는데 이정석은 자신있게 거명한다.

"억울한 사람이 없도록 해. 잘못했다간 역으로 당한다."

"송호성 총사령관 각하도 색깔이 불분명합니다."

"뭐?"

"사상이 의심스럽습니다."

"이 새끼, 뭐라는 거야? 조심하라고 했잖나. 근거없이 정황상으로 함부로 옮기지 말라. 감으로 하는 것이 아니야. 몇 마디 말이 근거가 될 수 없어. 난 안 들은 걸로 하겠네. 어쨌든 김창동을 조사하라구."

그러나 팔이 안으로 굽는 것은 당연한 일이었다. 함께 일하고 있는 자의 뒤를 캔다는 것은 일을 그만 두라는 뜻이고, 자신의 임무를 부정하는 일이 된다. 이정석은 역으로 김창동에게 요즘 돌아가는 상황을 알려주었다. 김창동이 펄쩍 뛰었다.

"고 쥐새끼 같은 놈들이 날 음해하고 있습네다. 꼭 원수를 갚아줄 것입네다."

김창동은 이를 갈았다. 누가 항의탄원서를 쓴 것인지 그는 눈치로 때리고 있었다. 그를 벌레 취급하던 젊은 장교단이다. 새로 사관학교 교관으로 부임한 박정희와 그 똘마니 오민균이 떠올랐다.

"간나 새끼들, 두고 보자우."

그는 부산 5연대 2대대 주변을 맴돌며 오민균의 일거수일투족을 훑었다. 박정희의 심복인데다, 평소 고깝게 여기던 자였다.

오민균은 잠깐 광주 4연대를 거쳐 부산 5연대 2대대장으로 배속받아 근무지인 진해에서 복무하고 있었다. 그곳에서 동거녀 이영재와 함께 영외생활을 했다. 이영재는 월북한 박승환의 애인이었던 것으로 알려졌지만 호사가들이 입방아에 올렸을 뿐, 실제 그러한지는 확인되지 않았다. 다만 김창동은 굳게 믿고 어떤 확신을 갖고 있었다. 붉게 보면 모든 것이 붉게 보이는 것이다.

부산 5연대 2대대는 시위 진압 부대로 출동준비 중이었다. 대구로 출동한다는 말도 들렸고, 3·1사건 이후 계속 끓고 있는 제주도로 출동한다는 소문도 돌았다.

제18장
우리는 나라 지키는 서북청년회로다(1)

쾅쾅쾅.

밤이 깊었는데 거칠게 대문 두드리는 소리가 났다. 사위는 고요적
막하고, 마을과 들판은 불빛 하나 없는 깜깜한 밤이다. 다시 다급하
게 쾅쾅쾅 대문 두드리는 소리가 나자 여기저기서 일제히 개들이 짖
어댔다. 그 사이 잠들었던 아이들이 놀라 깨서 본능적으로 엄마 품
으로 파고들었다. 강태실은 어둠 속이었지만 아이들에게 손을 뻗쳐
입에 갖다 대고 소리내지 말라는 시늉을 했다.

쾅쾅쾅.

개들이 더욱 요란하게 짖어댔다. 강태실은 두 아이를 끌어안고 이
불 속으로 들어가 죽은 듯이 엎드렸다. 이렇게 숨죽이고 있으면 잠
잠해질 것이다. 그러면 돌아가리라. 꼭 돌아가야 한다. 그녀는 그렇
게 주문처럼 외었다. 돌아가라 돌아가라 돌아가라… 밖에서도 지지
않겠다는 듯 계속 대문을 두드리더니 이윽고 와지끈 대문 부숴지는

소리가 났다. 뒤이어 마당으로 들어서는 거친 구둣발자국 소리가 났다. 구둣발이 툇마루로 올라오더니 안방 문을 거칠게 열어젖혔다.

검정 홑이불을 펴서 위로부터 아래까지 못을 쳐 문을 가렸지만 우왁스런 손 하나에 그것은 무력하게 문고리마저 뽑힌 채 문이 열렸다. 문이 열리면서 밖으로부터 불에 탄 짚 냄새가 확 방 안으로 끼쳐들어왔다. 마을이 소각된 매캐한 냄새들이었다. 불탄 냄새는 여전히 마을을 빠져나가지 못했다.

괴한 셋이 방 안으로 들어섰다. 조장인 듯한 사내가 방 가운데 머리맡 허공을 더듬더니 전등불을 켰다. 30촉짜리 불빛은 아담하고 깔끔하게 정돈된 방 안을 빠짐없이 비쳤다. 아직도 신혼의 냄새가 나는 듯 송판 장식장이 방 윗목에 단정하게 놓여있고, 그 옆 책상보가 깔린 테이블 위엔 한 무더기 조팝나무꽃이 화병에 꽂혀 있었다. 아랫목 벽에는 여인의 소망이 어린 듯 공작새 두 마리가 마주보고, 그 사이 'SWEET HOME'이란 영문자가 수실로 새겨진 벽걸이 가림막이 배불뚝이처럼 불룩하게 나와 있었다. 사내가 벽걸이 가림막을 와락 잡아제치자 여자의 옷과 남자의 외출복이 드러났다. 그가 그것을 무시하고 방바닥에 깔린 이불자락을 잡아제꼈다. 젊은 엄마와 두 아이가 한 덩어리가 되어 엉겨있는 것이 그대로 드러났다. 숨죽인 채 떨고 있는 어미와 아이들을 향해 조장 사내가 외쳤다.

"간나들. 바로 앉으라우! 니네 집은 무슨 비밀이 많아서 대문 걸어놓고 사네? 방문에다가 이불까지 씌우구… 다른 집은 대문도 없대서."

강태실은 신혼을 나면서 빈 집을 개보수하는 과정에서 기왕이면 뽄새가 나도록 대문을 세웠다.

"바르게 앉으라우!"

두 아이들이 놀라서 서로 엄마 품속으로 파고들었다. 아이들은 다섯 살, 세 살쯤 되어 보이는 사내 아이들이었다. 그녀가 아이들을 두 팔로 안은 채 웅크리고 앉았다.

"에미나이 끌어내!"

조장 사내가 명령하자 키 작은 사내가 그녀의 뒷덜미를 잡아 한쪽으로 와락 제쳤다. 그녀가 방 구석으로 나동그라졌다. 엄마로부터 떨어진 아이들이 일시에 울음을 터뜨리며 엄마 품으로 달려들었다. 사내가 큰 아이를 걷어찼다. 아이는 그 자리에 고꾸라져서 죽 뻗은 채 더 이상 소리를 내지 못했다. 작은 아이는 울음소리도 내지 못하고 엄마 품을 파고들었다. 그곳만이 자기를 보호해줄 유일의 피난처라는 듯이.

"우리 아기, 죽어요! 우리 아기요!"

강태실이 울부짖으면서 죽 뻗은 아이에게 기어서 다가가자 사내가 그녀 적삼을 잡아채 한쪽으로 내동댕이쳤다. 적삼 옷고름이 떨어져나가면서 그녀의 하얀 유방이 드러났다.

"에마나이 년이 아는 챙기누만."

조장 사내가 달려들어 풍성한 그녀 젖을 한 손으로 움켜쥐더니 소리 질렀다.

"빨갱이새끼 어디다 숨갔나?"

그녀는 하얗게 질린 채로 벙어리가 된 듯 입을 열지 못했다.

"종간나 새끼, 에미나이 모냥이 어지간허니까니 멀리는 못 가서!"

사내는 계속 평안도 사투리로 이죽대면서 희미하게 웃었다. 그녀는 벗겨진 상반신 그대로 허공을 바라보다가 이윽고 둘러선 장정들을 뚫어지게 노려보았다. 이제는 부끄러울 것도 없고, 부끄러움도 잊은 것 같았다. 한참을 노려보자 조장 사내가 소리쳤다.

"성깔 하나는 있고만. 고래, 주이(쥐)새끼 어디다 숨갔나?"

"내가 먼저 알고 싶다. 너희놈들이 잡아간 것 아니냐. 너희놈들이 대라, 못된 놈들아!"

순간 사내의 군화발이 그녀 등짝에 떨어졌다. 그녀가 앞으로 풀썩 고꾸라졌다.

"지금 뭐라고 했네? 뒈질라고 환장했네? 뚫린 입이라고 마구 씨부리네? 고래, 우리가 니 종간나새끼 데려다 구워 삶아먹었다. 어떡할래? 니년이 데려다 봐야 삶아먹든가 구워먹든가 할 게 아니가? 고래, 간나새끼 어드메 숨갔네?"

그가 말하는 사이 두 사내는 집안을 뒤지기 시작했다. 광으로, 부엌으로, 옆방으로 갔다가, 헛간까지 돌아보았다. 그녀는 꼭 그래야 하는 것처럼 아이들만을 끌어안고 웅크리고 앉아 있었다. 작은 아이는 사내의 눈을 애써 피하며 엄마 품에 얼굴을 감췄다. 집안을 뒤지던 두 사내가 다시 방으로 들어왔다.

"없수다."

"아새끼들 가져가라우! 귀찮다."

그 말이 떨어지기가 무섭게 두 사내 중 하나가 꼼짝없이 엎어져 있는 큰 아이와 작은 아이를 물건 집듯 억센 손으로 틀어쥐더니 황급히 밖으로 나갔다.

"우리 아이 안 돼요. 안 돼요….."

그녀가 절규했지만 조장 사내는 밖에다 대고 냉정하게 말했다.

"날레 노형리 2호집으로 가라우."

아이들이 울부짖었지만 그것도 개짖는 소리와 함께 묻혀 멀어져 가고 있었다. 그녀는 우리 애들, 우리 애들, 꺼져가는 소리를 토해낼 뿐 더 이상 몸을 움직이지 못했다.

마을은 깊은 적막감 속에 잠겨 있었다. 마을의 집들은 상당수 소실됐다. 그리고 사람들은 벌써 빠져나가 산으로 피신했다. 아아아, 엄마가 이윽고 동물적으로 울부짖으며 발악을 했다. 그러나 어쩔 수가 없었다. 그녀가 몸부림치자 사내의 군홧발이 다시 그녀 등을 밟아서 몸부림칠 수가 없었다. 숨이 잦아들기만 할 뿐 내뱉어지지가 않았다.

"거딧말하거나 둘러대면 니 두 아들놈 죽일 거래이. 순순히 대답하라우. 간나새끼 어디메 숨갔네? 고년 이종사촌인가 고종사촌인가 하는 고길자 년 거처가 어디네?"

"나도 찾고 있다, 이놈들아, 나쁜 놈들아…."

그녀는 딱딱 끊어지는 단음절로 소리쳤다.

"몰라? 어젯밤까지 함께 있었잖아. 우리가 다 염탐하고 온 기야. 고길자년이 폭도들하구 연락한 걸 보구 왔단 말이다. 밀대가 폼으로 있네?"

그녀는 호흡을 정리해 입을 열었다. 애원이 담긴 목소리였다.

"살려주세요. 살려주세요. 어젯밤 시아버님이 다녀가셨어요. 시아버님도 애 아빠 찾으러 왔어요. 나는 몰라요."

"둘러대지 말라우. 다 알고 와서! 고길자 고 악질년이 일본서 왔더구만. 글구 함께 데리고 온 임순심이란 년을 찾아야디. 고년도 문제년이다. 고것들이 발악한단 말이다. 제주도는 모였다 하면 사고를 치니까. 남녀 구분없이 조져야디. 해녀들 모아서리 무슨 짓하잔 거가? 씹텡이들이 근질근질하니?"

그가 쿵쾅거리며 마루와 건넌방을 왔다갔다 하던 사내를 불렀다.

"이 에미나이 시아바이를 찾아라. 일도린지 이도린지 금융조합 뒤

편이다. 거게 사무실이구, 아매 이도리가 안집일 기야. 사무실이 비어있으면 이도리로 가보라우. 그 자 뒤를 밟으라우."

"알가습네다."

부하가 후다닥 대문 밖으로 뛰쳐나갔다. 다시 개들이 짖어댔다. 빈 마을엔 개떼들만 남아있는 것 같았다.

조장 사내가 엎드려 있는 그녀 몸을 일으키더니 이불 위에 바로 눕혔다. 그녀의 하얀 젖무덤이 그대로 드러났다. 한참을 내려다보던 그가 야릇한 웃음을 흘렸다. 그리고 곧바로 그녀를 올라타더니 치마를 벗기고 팬티를 끌어내렸다. 하얀 허벅지 속살이 드러나자 호흡이 거칠어지고, 입에선 단내가 풍겼다.

— 탐스럽다야.

눈부신 듯 그녀의 몸을 위아래로 훑던 그는 한순간 망설였다. 욕망을 채울까 말까. 요사이 이런 일로 시끄러웠다. 한창 나이의 욕망을 쏟았다가 벌통을 건드려놓은 것처럼 온 마을이 시끄러웠다. 한 여자가 뒷산 소나무에 목을 매 자살을 해버린 것이었다. 구좌면에서는 자매가 당했다는 소문이 퍼졌고, 뒤이어 청년단원 하나가 낫으로 난자당해 죽었다.

— 부끄러운 줄도 모르고 소문을 퍼뜨려?

당한 것들은 입을 꾹 다물 줄 알았다. 그런데 여지없이 마을에 퍼졌다. 그것은 피해자들이 소문을 내서가 아니라 당한 그들이 수치심과 모멸감으로 고개를 떨구고 살다 보니 자연스럽게 표가 나는 것이고, 그 숫자가 계속 불어나니 자연 노출되는 것이었다. 주민들의 시선들이 심상치 않았다. 어느 마을에선 노인이 도끼를 들고 대들었고, 피해 여성이 어디론가 종적을 감춘 경우도 있었다. 민심은 극도로 흉흉해져서 본부에서도 주의령이 내려졌다.

하지만 지켜지는 것은 없었다. 그것을 지키기엔 그들은 혈기방장했고, 욕구가 팽만했다. 지금 그의 눈앞에 놓여있는 여자도 외면하기엔 너무나 눈부시다. 피부가 매끄럽고 통통 튀는 것처럼 몸이 탄력이 있다. 하얀 허벅지 속살과 무성하게 돋아난 샅을 덮고 있는 까만 털의 숲, 그 사이로 검붉은 음부가 도드라져 있는 것이 더욱 숨 막히게 하고 있었다.

하지만 참아야 한다. 명색이 청년단 간부라면 참아야 한다. 그는 눈을 질끈 감았다. 그럴수록 훤히 드러났다. 가슴이 뛴다. 역시 충동은 가깝고 이성은 멀다. 억제하기엔 벽도 뚫는다는 갓 스물한 살의 청춘이다. 내일을 생각하며 살아온 처지도 아니다. 고향땅을 벗어날 때 이따위 체면 나부랭이는 대동강물에 빠뜨리고 왔다. 폭풍처럼 살아온 나날, 내일이란 나에겐 없다. 가진 것은 각목 휘두르며 식욕과 성욕을 해결하는 본능의 실존뿐이다.

그는 한쪽 팔로 그녀를 쩌누르고 다른 손으로 자신의 허리띠를 풀고 바지를 내렸다. 여자가 일어났으나 그의 우악스러운 팔이 여지없이 그녀의 몸을 내리눌렀다. 연약한 여자는 꺼지듯이 무너졌다. 그녀는 체념하고 말 것도 없었다. 거부의 몸짓도 저항의 몸짓도 의미가 없었다. 발악할 힘은 더더구나 없었다. 입술을 물며 분노를 삼킬 뿐이었다. 아, 이런 폭력에는 어쩔 수 없구나, 모든 게 무망한 일이구나… 그녀는 울음을 삼키며 수치심과 모멸감을 온 몸으로 받아내며 시체처럼 누워 있었다. 순식간에 욕구를 채운 그가 마음이 느긋해졌는지 낮게 내뱉었다.

"내일 다시 올 거우다. 누구에게 말할 수 있간? 부끄러워서두 말하지 못하디. 고렇디? 말하믄 니만 손해디. 정숙치 못하다구. 글구 니 아새끼덜 영영 못볼 기다. 알간? 내일 와보구 아새끼들 데려다줄까

말까 결정할 기다. 당신 글고 보니 긴짜꾸다. 쫄깃쫄깃 맛이 좋아 내 잊을 수 없다, 흐흐흐…."

그는 바지를 끌어올린 다음 허리띠를 조여매더니 문 밖으로 황급히 사라졌다. 마을의 가옥들이 탄 냄새가 여전히 매캐하게 주위를 맴돌고 있었다.

약한 곳부터 쳐야 한다

관덕정 광장 옆 골목길로 사나이들이 하나둘씩 몰려들었다. 골목 안쪽엔 새끼줄로 지붕을 얼기설기 얽어맨 엎드린 초가들이 들어앉아 있는데, 그 초입에 주변과 어울리지 않게 말쑥한 이층짜리 건물이 서 있었다. 일본식과 서양식의 혼합형 주택이었다. 그 건물로 젊은 사나이들이 모여들고 있었다. 그들은 각기 각목을 들고 있었으나 일본군도, 경찰 곤봉을 착용한 자도 있었다. 일본 군복과 노동복을 입고 있었지만 대체로 행색은 초라하고 꾀죄죄했다. 얼마간의 시간이 흐르자 건물 안에서 요란한 합창소리가 울려퍼졌다.

우리는 서북청년군 조국을 찾는 용사로다
나아가 나아가 38선 넘어 매국노 쳐버리자
진주 같은 우리 서북이 지옥이 되어
모두 도탄에서 헤매이고 있다
동지는 기다린다 어서 가자 서북에
등잔 밑에 우는 형제가 있다
원수한테 밝힌 꽃봉이 있다
동지는 기다린다 어서 가자 서북에!

합창이 끝나자 와, 함성이 일고, 곧바로 사회자가 진행 발언을 했다.

"여사한 일로도 우리 동지가 다치면 열배 백배로 응징하라. 반드시 본떼를 보여라. 그래야 두 번 다시 대들지 못한다. 우리의 단결된 대오는 영원하다. 서청 조직 강철대오! 우리 서청이야말로 이승만 박사, 조병옥 박사, 문봉제 단장님을 떠받드는 일세의 기둥이다. 알 갔나?"

"네엣!"

우렁찬 대답과 함께 다시 함성이 일었다. 뒤이어 각 조별 활동내용이 보고되고, 주의 사항이 하달되고, 단장의 지침이 내려지고, 그런 다음 다시 군가가 울려퍼졌다.

양양한 앞길을 바라볼 적에
혈관에 파동치는 애국의 깃발
넓고 넓은 사나이 마음
생사도 다 버리고 공명도 없다
보아라 우리들의 힘찬 맥박을
가슴에 울리는 독립의 소리!

노래가 끝나자 '뭉치면 살고 흩어지면 죽는다'는 단결 구호를 외치고 만세삼창이 이어진 뒤 해산했다. 강당 한쪽엔 단장실과 부단장실이 나란히 붙어 있었는데, 단장실에는 두 남자가 책상을 맞대고 앉아서 대화를 나누고 있었다.

"고래, 천하에 정용팔이가 현호진이란 놈 하나 못 잡아오는 거가? 고래, 고 자가 고렇게 신출귀몰하오?"

부단장 구대구가 웃지도 않고 따져 물었다. 이름 때문에 뒤로 가도 구대구, 앞으로 가도 구대구란 별명을 갖고 있는 그가 섭외부장 정용팔을 졸로 보는 눈치다. 이름에서 빌려온 듯 구더기란 별명도 갖고 있는 그는 별명대로 쌍통을 늘상 찌푸리고 다녔는데, 그것은 권위와 관록을 보이는 자기 상징이자 부호처럼 여기는 의도된 표정 관리였다.

정용팔은 꼴로 보아서는 그보다 자신이 위로 올라서야 한다고 믿는 사람이다. 정말 언젠가는 그렇게 되리라고 확신하고 있었다. 하지만 아직은 그래선 안 된다는 뜻으로 눈을 가늘게 깜빡거리며, 구대구의 눈치를 살폈다.

"걱정마시라요. 내 뛰었다 하면 구만 리요. 내 요렇게 한 방 날리면 항우 장사도 묵사발이우다!"

그가 커다란 주먹을 내쳐 허공을 갈랐다.

"아, 그 사투리 그만 안 쓰면 안 되오? 서울 말씨 좀 써요. 당신 그래두 중학물 먹었댔잖나. 말하는 결루 봐서는 택도 없는 거 같은데… 그렇잖아두 피안도 말 쓰면 주민들 씩겁하오. 노려보던 그 싸늘한 눈깔들 안 보이오? 그런 것 생각하믄 서던 좆도 죽어버리오. 농담 아니구 섭외부장 주의하시오. 단장님도 늘 그 말씀 하시지 않았넹?"

"알갔습네다. 부단장님도 주의하시구레."

"날 또 걸고 넘어지누나. 어쨌든 현호진 고 자 어떻게든 잡아들이시오. 우리를 기망했소. 고 간나새끼가 교사들은 물론 아이들까지 버려놨대서. 이렇게 되면 우리 사업 어드렇게 되는지 알가서? 이젠 이모네, 고모네 식구들까지 동원해서 대적하고 있으니까니. 일감만 늘어나서. 해녀조합의 고길자 년까지 반드시 엮으라우."

"알갔습네다."

정용팔은 구대구가 자신 앞에서 유독 으스대는 게 기분 나빴지만 어쩔 수 없다며 그냥 대답했다. 구대구 자신도 변함없이 사투리를 쓰면서 자신을 구박하는 것이 좀 우습기도 하고 귀엽기도 하고, 단순하게 보이기도 해서 웃음이 나왔다.

"고 자 집에 가서 아새끼들 데려왔습네다. 2호집에 수용했습네다."

"어드레?"

말귀를 못 알아듣고 구대구가 되물었다.

"노형리 민가입네다. 민가 아지트에 갖다 놓았습네다. 고래야 엮이디요. 헌데 현호진 고 자 아바이가 문제입네다. 현문선이라구, 보통 대가 세디 않디요. 일제 때부터 악명을 떨치던 놈입네다. 경찰이 학을 뗐다고 합네다. 날레 고런 놈을 반 죽여 놨댔어야 하는데…. 해녀들, 노동맹원들도 따른다고 합네다. 머리가 시끄럽습네다."

"고래두 정용팔 부장이야말로 우리 서청의 별 아니오? 강단있고 패기있고 용맹하고, 착착 일사천리로 일 처리 잘하기로 소문나디 않았소. 한 건 하시오. 내 밀소."

"고래두 현문선 고 자 만만티 않습네다. 어르신이라고 자부심 높습네다. 그런 자들이야말로 골치가 아프댄니까니…."

"고까짓 게 민족주의자면 뭐하겠슴? 고개 다 빨갱이디. 구둣발 몇 방이면 끝나는 기요. 금방 살려줍쇼 하구 무릎 꿇디! 옷 벳기구 부랄 쥐고 벽에 서있으라고 기합 주면 그걸로 끝나는 기요, 하하하."

"물론이디요. 자존심을 먹고 사는 놈들은 사루마다만 벗겨놓으면 거기서 끝나디오. 번데기같은 좆대가리 감추느라 정신 없으니까니, 하하하. 하디만 고 자들의 보복도 고려해야 합네다. 주의해서 접근

할 필요가 있습네다. 돈이 있는 놈입네다. 글구 그 아들놈이 악이 받쳐서 보복해올 것도 우려해야디요."

"아, 일본 대학물 먹었다구 계속 우리 농간하는 현호진 새끼!"

"일본대학 2학년 때 해방을 맞구서리 곧바로 귀국한 자입네다. 귀국자 놈들이 문제디오. 우리말과 역사를 가르친다고 하는데 아새끼들 다 버려놓갔다구 발광한답네다. 고래서 조천중학원 아새끼들이 더 악질적이고 발악적이디요. 고 자를 묶어 넣으면 고구마줄기처럼 반동자들 싸그리 뽑아올릴 거라요. 하디만 잘못 건드리면 세포들이 일제히 들고 일어나서 난리칠 거니까니 조심해야 합네다. 처치 곤란하게 단다 말입네다."

"고런데 고 자가 먼저 튀어버렸댔시니."

"우리가 좆됐십네다."

"지난번 마을 사찰 나갈 때 주민들 싸늘한 눈깔들 보지 않았넹? 살벌하디 않소? 주민 모두가 폭도들이오. 유의해서 고 자를 잡아들이시오. 그 아바이놈도 좋디만 고 자를 잡아야 일이 풀리는 기요."

"고래두 그 아바이 다루기가 좋디 않습네까?"

"아니디. 모르는 소리 마오. 아새끼를 잡아족쳐야 아바이가 순순히 따른단 말이오. 자식 험한 꼴 보는 게 자기가 당하는 것보다 더 고통스러운 법이우다. 고래, 알다시피 고 자가 밀무역을 손대는 큰손이란 말이우다. 고 자의 먹통을 쥐어잡아야 자금줄을 확보한단 말이오. 고걸 성공시키기 위해선 고 새끼를 잡아들여야 하오. 냄새가 풀풀 나디 않소. 폭도들하고 접선한 것, 9연대 세포놈들과 접선한 것, 밀대들 첩보가 틀린 것 봤소? 자금줄이 그리로 쏟아져들어가면 낭패디. 암, 낭패구 말구."

"물론이디요. 고래서 벌써 저인망을 쳐놨습네다. 고 자를 잡으려면 현호진이 고 마누라를 묶어두어야 하니까니, 고 마누라를 잡기 위해선 또 아새끼들을 인질로 잡아두어야 하니까니….”

“고래서 아새끼들을 유폐시켜 놓았댔구만?”

“고렇습네다, 하하하.”

“역시 정용팔 섭외부장은 머리가 좋단 말이우다. 내가 따라가지를 못 하갔어. 고렇게 하구선 고 마누라 밑구녕을 뻥 뚫리도록 몇 방 쑤셔넣고 오디 그랬소? 그래야 고 여편네두 뒷말 없을 거니까니. 고게 뒷말 막는 최상의 방법이오. 먹물 먹을수록 수치심, 부끄러움을 아니까니….”

정용팔은 이미 저질렀다고 자랑삼아 대답하려다가 꾹 참았다. 구대구가 그렇게 말을 하긴 했지만 막상 그리 했다고 설레발치면 공연히 질투심을 느끼고 해코지할지 모른다. 경험상 그도 그런 경우를 접했으니까. 다른 대원이 아낙네 겁탈하고 와서 자랑삼아 설을 풀때, 은근히 자기 애인이 당한 듯 부아가 나서 그자를 다른 이유를 걸어 사정없이 팼던 적이 있었다. 구대구 이 자도 알게 되면 괜시리 질투심으로 심통부릴지 모른다. 그리고 빼앗을지도 모른다. 근래 보기 드문 몸매의 학식있는 여잔데, 나 혼자 아껴야 하는 먹잇감인데… 제주도 여자들은 일을 많이 해서인지 피부가 거칠고 투박한데 이 여잔 하얀 피부에 탄력있는 젖가슴과 고등어처럼 단단한 살, 나올 데 나오고 들어갈 데 들어간 풍성한 육체, 생각만 해도 아찔해진다. 그것을 자랑하다 잘못되면 죽 쒀서 개주는 꼴이다….

사진봉 단장이 잔뜩 찌푸린 얼굴로 사무실로 들어섰다. 행사를 마치고 온 듯 그는 하얀 목장갑을 손에서 잡아빼 책상 위에 신경질적으로 내던지고 대장 의자에 깊숙이 박혀 앉았다. 두 사람이 동시에 일어나서 경례를 붙였다.

"단장님, 정용팔 부장 동지가 마침내 일 냈습니다."

부단장 구대구가 서울 말씨로 보고했는데 사진봉 단장은 대꾸없이 여전히 의자에 몸을 깊숙이 묻고 앉아 있었다.

"단장님, 현호진 이 자가 드디어 그물망에 잡혀들었습니다. 정동지가 일을 내고 왔습니다."

그는 계속 깍듯한 서울 말씨로 보고했다. 사진봉은 충성스럽게 말하는 구대구를 멀뚱히 쳐다보다가 싱겁다는 듯이 허공에 시선을 던졌다. 단원들은 앞으로 평안도 사투리를 쓰지 말도록 엄명을 내렸다. 그걸 지키는 것이 고맙지만 오늘은 귀찮다는 듯 손바닥으로 이마를 짚은 채 눈을 지긋이 감았다.

"단장님, 혹시 감기 왔습네까?"

구대구가 평안도 사투리로 돌아와 물었다. 서울 말씨를 쓰도록 엄명을 내렸지만 지키는 자는 없었고, 편의적으로 왔다갔다 할 뿐이다.

"뭐?"

사진봉이 구대구를 쳐다보는데 화난 얼굴이었다.

"뭐가 잘못됐습네까?"

"헛소리들 말고, 사계리 쪽 동태 살펴보라우."

"사계리 쪽 동태라니요? 불타 없어지디 않았습네까."

"영락리도 살펴봐."

"거기도 불타 없어졌디오."

"그러니까 살펴보란 말이야! 새별오름에서 와장창 부딪쳤대믄 알아차려야디, 영락리, 사계리, 금릉리, 가는 곳마다 사고를 치면 어뜨렇게 되나?"

그가 정말 골치 아프다는 듯이 인상을 찌푸렸다.

"단장님, 고건 우리와는 상관없습네다. 사계리, 금룡리는 다른 대원들이 작업한 곳입네다."

"간나새끼들, 일을 어뜨렇게 고따구로 하니? 일을 내도 그렇게 무식하게 나갈 수 있나 말이야. 퇴로는 열어줘야디. 왜 일을 고따구로 확대시켜! 겁만 주어도 되는데 왜 고렇게 통째로 밟나 말이다."

"아니, 단장님, 우리가 자발적으로 한 겁네까? 위에서 시키는 일, 좆으로 밤송일 까라면 까야디, 안 그렇습네까. 어차피 중산간 마을은 없애기루 하디 않았습네까?"

"야, 이 새끼야! 중산간마을이든 해안마을이든 구분하고 이서? 아직은 그럴 때가 아니라고 하지 않아서? 내 명령을 따라야디. 월권하믄 고립되는 거 몰라? 니놈들같이 이렇게 무식해서야 어뜨렇게 함께 일해먹가서! 당장 나가!"

두 사내는 영문도 모른 채 단장실을 나왔다. 씨팔 놈, 구대구가 씨부렸다. 우린 칭찬만 받았댔는데, 저 자는 통제만 하려 하구!

사실은 단장이 회의 마치고 들어오면 상의할 일이 있었다. 밀수 물량을 실은 밀선이 들어온다는 첩보가 들어온 것이다. 그래서 대기하고 있었는데 뚱딴지같이 벼락을 맞고 말았다.

"조직부장 들어오라구 해!"

사진봉 단장이 밖에 대고 소리질렀다. 강당에는 점호를 마치고 아직 빠져나가지 못한 단원들이 조직부장을 둘러싸고 얘기를 나누고 있었다. 조직부장 하대칠이 부르는 소리를 듣고 군말없이 단장실로 들어왔다.

"북촌리 사계리 몇 놈이 갔댔나?"

얼겁결에 질문을 받았던지 하대칠이 한동안 멍청하게 서 있었다.

"몇 놈이 갔던 거야? 그래, 조직부장이란 자가 그런 조그만 현장에까지 나갈 필요가 있었나 말이야?"

"현지 지원차 나갔댔시오. 그리구 우리만 간 건 아니고 대동청년단도 갔습네다."

하대칠은 숫자를 대지 않고 대동청년단을 끌어다 댔다. 단장의 표정으로 보아 무슨 사달이 날 것 같아서 먼저 빠져나올 구멍부터 찾는 것이다.

"우리 청년단에서 몇 놈이 갔나?"

"열댓 명 갔습네다."

"고래서?"

"몇 놈 손 좀 보았댔디요."

"손 본 것이 몇 놈이 죽어?"

"물지 않으면 되레 물립네다. 선제적으로 제압해야디요. 당연히 그래야 하디요. 대들면 눈깔을 뽑아버려야 합네다. 이에는 이, 눈깔은 눈깔. 그래야 두 번 다시 덤벼들디 못합네다."

"거긴 잘못 짚은 거야. 의심갈만한 청년이 없어. 순박한 동네야."

"고런 구분이 어디 있습네까. 순박하고 고약하고가 어디 있습네까. 약한 곳이 오히려 문제입네다. 약할수록 간계를 꾸밉네다. 약한 곳부터 쳐야 합니다. 늑대는 약한 개체부터 공격합네다. 고래서 생태계가 건강하게 유지됩네다. 거기도 폭도 아지트입네다. 이곳은 센 곳, 약한 곳 구분이 없습네다. 상황을 보아 숨죽이고 있을 뿐이디요."

하대칠도 서울말과 평안도말을 섞어서 말했다. 다급하면 아무렇게나 튀어나왔다. 그는 속으로 이 새끼가 요즘 변심했나, 하고 불쾌감을 감추지 못했다.

마을 청년들이 폭도를 쫓는 경찰관 두 명과 부딪쳤다. 그들은 폭도가 아니었지만 거칠게 심문하는 경찰의 태도에 반발했다. 서로 멱살잡이하며 대거리했다. 뒤늦게 출동 명령을 받고 하대칠이 달려가 그자들을 늑신하게 패주었다. 그 중 한 놈은 다리 병신이 되었다.

조천면 신촌리 선거사무소가 습격을 당했다. 저지 지서도 피습을 당했다. 경계망을 치고 응원경찰까지 동원했어도 구멍이 뚫렸다. 그것을 내버려 둘 수 없었다. 조용하던 것들이 점차 대응 수위가 높아지더니 선제공격을 해온 경우도 있었다. 경찰력이 밀리니까 경찰은 청년단에게 의지했는데, 이때 청년단이 존재감을 보여주었다.

"날뛰지 말라우! 사건을 키우는 것만이 능사가 아니니까니."

"억울합네다. 우리만 당하라구요? 섭외부장 말 한번 들어보시구레."

하대칠이 일방적으로 밖을 향해 소리쳤다.

"야, 정용팔 섭외부장, 구대구 부단장 당장 단장실로 들어와보라요!"

정용팔, 구대구 두 사람 역시 단장의 태도가 못마땅해 궁시렁거리고 있던 차였는데 부름을 받자 기다리고나 있었던 듯 단장실로 뛰어들어갔다.

"정용팔 부장, 사계리 사건 전말을 설명해보라우. 단장님이 모르시갔단다."

"아, 고렇습네까. 고거야 내가 말하디오. 고건 내가 더 잘 알고 있으니까니."

구대구 부단장이 대신 나섰다.

"내가 족쳤으니까니, 내가 더 훤합네다. 내 말하디오. 부락에 무장폭도가 출현했댔시오. 간나새끼들이 보급투쟁중이었던 모양이우다. 주민들이 협력하고 있었디요. 고걸 순찰중이던 경찰관 두 명이 적발해서 취조를 하구 닦달을 하는데, 이걸 몰래 숨어서 본 폭도들이 쫓아서 경찰을 공격했댔시오. 경찰이 지서에 증원 병력을 요청해서 우리 서북청년회가 출동했댔는데 폭도들은 사라지고, 마을 사람들은 시침을 따고 있는 거래요, 고래서 분이 나서 입산한 폭도들의 가옥을 불태웠댔시오. 마을은 입산한 무장폭도들이 많았댔시오. 마을을 태우자 무장폭도들이 다시 쫓아와서 부딪쳤댔시오. 다시 경찰이 증원돼서 이자들을 격퇴시키고 마을사람들을 손 보았댔디요."

그는 사안을 가능한 한 복잡하게 설명했다. 그렇게 이것저것 끌어들여 섞갈리게 해야 진상을 흩뜨려놓을 수 있다. 자기행위의 정당성을 인정받으려면 대상 지역이 강성 폭도마을이 되어야 하고, 폭력적인 마을 청년들이 마구잡이로 대드는 것으로 해야 한다. 그러나 사진봉 단장은 폭도마을이 아니라는 보고를 받았고, 그 마을은 그의 동거녀 고향 마을이었다.

"그 말 사실이네?"

사진봉 단장이 확인하듯 대원들을 향해 물었다.

"아니, 단장님은 누구 편입네까. 설사 우리가 잘못했대두 우리 편을 들어줘야 하는 것 아닙네까?"

부단장 구대구가 섭섭하다는 듯이 목소리를 높였다. 그는 본래 쌍통이 그래서 그렇지 화를 내거나 섭섭한 얼굴은 아니었다. 단장이 그의 말을 묵살하고 말했다.

"특별한 게 아니면 개입하지 말라우."

"고게 특별하지 않구 뭐가 특별한 겁네까?"

"무대뽀로 나가면 안 된단 말이다".

"아니 거게 지원 나갈 일이 아니고 뭡네까?"

구대구가 계속 깐죽대고 있었다. 당연한 일이라는 듯이 대들고 있는 것이다. 이렇게 밀리다 보니 사진봉은 막상 할 말이 없어졌다. 그러나 밀리면 영이 안 선다. 이 새끼가 오늘사 말고 독사처럼 왜 대가리를 쳐올리나? 그는 미처 하지 못한 말을 꺼냈다. 그들 사기를 고려해서 참아줄만도 한데 구대구가 바락바락 대들어서 내질렀다.

"못된 새끼들, 겁간이나 하고 말이다. 이제 고마하라 안 했나. 고래서야 쓰네?"

"네?"

"간나 새끼들, 사람을 죽이는 것보다 더 죄질이 나쁜 거이 강간이란 거란 말이다. 고런 거이 민심을 더 흉흉하게 한단 말이다. 눈알 뒤집히게 한단 말이다. 오늘도 접수됐단 말이다."

"원, 단장님도, 폭도들 처자 따먹는 게 고래 죄질이 그렇게 나쁩네까? 단장님도 경험 많지 않습네까. 하하하….."

구대구가 별게 아닌 걸 가지고 윽박지른다는 투로 말하며 소리내어 웃었다. 곁의 간부들도 따라 웃었다. 사진봉은 이 자들과 더 씨부렸다가는 본전도 찾지 못하겠다고 생각하고 한 발 뒤로 물러섰다. 따지고 보면 그도 그런 일이 있었다. 하지만 어느 날부턴가 돌이켜 보니 그것만은 과오라고 판단했다. 할 짓이 아니었다. 오늘 읍내에서 듣고 온 이야기를 떠올리면 참으로 부끄러웠다.

제19장
우리는 나라 지키는 서북청년회로다!(2)

"단장님께 분명히 보고 올립네다. 내통자에게는 칼같이 엄격해야 합네다."

구대구가 본 업무로 돌아가 엄숙한 표정으로 보고했다.

"또 할 말 이서?"

"있습네다. 말씀 드리디오."

구대구는 토벌을 나가서 도망가던 주민 중 노인을 붙잡았다. 실실 눈치를 살피며 옆 골목으로 새는 모습이 수상했다. 노인 곁에는 걸음걸이가 불편한 소년이 있었다. 그는 둘을 잡아 마을 앞 공터에 세웠다. 도망치던 주민 중 하나가 멀리서 그 사람 그럴 분 아니오, 하고 소리질렀다. 그러자 다른 곳에서도 똑같은 소리로 불쌍한 사람이오, 하고 외쳤다. 그것이 구대구의 성질을 돋구었다. 이 새끼들, 짜고 치나? 내가 하면 하는 것이다. 그래서 확실하게 본떼를 보여야 했다.

"간나새끼 어드레 좆빠지게 도망가노? 도망가는 자가 범인이다!"

구대구가 노인을 향해 소리치자 노인이 어이가 없다는 표정을 지었다. 새파란 자식같은 놈이 간나 새끼라니, 아무리 험한 세상이라도 이건 아니다. 구대구가 버럭 소리질렀다.

"겁대가리없이 누구를 째려보네?"

그리고 귀싸대기가 올라갔다. 노인은 그제서야 사태의 심각성을 알아차리고 뭐라고 애원하듯 끝없이 중얼거렸다.

"이 녕감 뭐라 하네? 도통 알아먹을 수 있어야디. 여기 통역 좀 서라우."

곁의 할아버지 손자가 또렷하게 말했다.

"아저씨들 못됐다는 말이에요. 우리는 죄가 없다고요."

곁의 정용팔이 삼각 눈을 하며 구대구를 향해 보고했다.

"부단장 각하, 이런 건 말로 해선 안 됩네다. 체면이 있습네다. 동리 사람들 보고 있댔시니 묵인하면 우리가 좃됩네다. 이렇게 해보시라요."

그가 노인과 소년을 마주보도록 세웠다.

"니 이름이 뭐간?"

"임순동이요."

"할아바이 이름은?"

"임자 경자 차자예요."

"임자 경자 차자 하지 말구, 임경차! 하라우. 그럼 임순동이, 녕감한테 경차야! 하고 불러봐."

소년이 쭈볏거렸다. 옆에 있던 구대구가 워카발로 소년의 정강이를 걸어찼다. 그렇잖아도 불편한 다리인 듯 소년이 무릎을 싸안고 비명을 지르며 고꾸라졌다.

"일어나라우."

"순동아, 그렇게 불러라. 할아방은 괜찮다."

사태가 심상치 않다고 느낀 노인이 말하고 아이를 일으켜세웠다. 일어나 바로 선 소년이 그래도 쭈뼛거리자 이 광경을 멀리서 지켜보던 마을 주민 누군가가 외쳤다.

"괜찮다. 그렇게 말해라. 그렇게 해야 풀려난단다."

그제서야 용기를 얻었던지 소년이 경차야! 하고 소리질렀다.

"고래고래. 잘해서. 하지만 이 개새끼야, 자기 할아방한테 개이름 부르듯 하다니, 이런 개호로자식이 다 있나. 너한테두 동방예의지국이 해방되었누나. 해방, 해방, 참 꼴 좋다. 그래두 못된 새끼야, 시킨다고 구분구분 할아버지 이름을 동리 개이름 부르듯이 부르는 놈이 어디 이서? 할아방, 이런 예의범절 모르는 손자놈 혼내주라우. 제대로 교육을 시키라우. 뺨을 다섯 대 때리라우. 가만가만 때리믄 할아방이 맞는다는 거 알라우. 고건 사랑의 매니까니. 교육의 매니까니."

노인이 주저없이 시키는 대로 아이의 뺨을 때렸다. 아이의 뺨이 벌겋게 달아올랐다.

"임순동, 너 기분 나쁘디? 이건 너무 하잖니? 너도 똑같이 할아방 다섯 대 때리라."

하지만 소년은 손을 내지 않았다. 이래저래 놀림을 당하고 있다는 것을 감지하고 더 이상 놀림감이 되지 않겠다는 태도였다. 정용팔이 나서더니 주먹으로 소년의 복부를 갈겼다. 소년이 자루처럼 절푸덕 쓰러졌다.

"일어나 빨갱이 새끼야. 우리 눈이 당달봉사네? 우리 다 알고 와서. 니 아바이 어따 숨갔나?"

소년이 통증도 잊은 채 용수철처럼 벌떡 일어났다. 뭔가 들통나면 큰일난다는 것을 직감적으로 알아차린 모양이었다.

"그러면 그렇디. 뭔가 이서. 그럼 도망간 아방 불 때까지 할아방 때리라우! 숨기는 자가 범인이니까니."

"아가, 어서 나를 때려라."

노인이 두려움에 떨며 소년에게 맞기 좋게 반쯤 몸을 구부렸다. 소년이 할아버지 면상을 갈겼다.

"좀더 세게. 고렇지 고롬. 고렇고 말고. 고래 고래. 더 세게. 더 세게. 더 세게!"

순간 소년이 후다닥 몸을 돌려 해안선 쪽으로 도망치기 시작했다. 다리가 불편한 소년이 붙들리는 것은 금방이었다. 소년이 울면서 소리질렀다.

"이러지 마세요. 우린 죄가 없어요. 아버진 바닷일 가서 돌아오지 않았어요. 정 이러면 선생님한테 말할 거예요!"

"바닷일 가서 안 돌아오면 빤한 거디. 고걸 우리가 모르네? 그리구 선생님? 뉘기네?"

"현호진 선생님이요!"

소년은 눈물을 손등으로 훔치며 또렷이 말했다. 억울함을 그런 식으로 호소하고 있었다. 불의 앞에 무릎 꿇지 마라. 정의는 힘들지만 마침내는 세상을 끌어가는 힘의 원천이다. 현호진 선생님이 하시던 말씀이었다.

"현호진이다 이거디? 니네 아바이가 현호진과 짜고 입산했다 이거디? 봐라, 이렇게 어린놈에게도 세포로 심어둔단 말이다!"

하대칠이 일부러 화를 돋구어 소년을 노려보았다.

"알가서. 문초하면 다 나오갔디. 수고했다. 임순동이, 할아방에게 귓방망이 때려!"

소년이 멈칫거리자 예외없이 주먹이 날라갔다.

"순동아, 할아방 때려라. 할아방 때려도 할아방은 하나도 안 아프다. 백대 이백대 이천대 때려도 할아방은 안 아프다.”

노인이 애절한 목소리로 말했다. 그는 울고 있었다. 그래도 소년은 완강한 태도로 거부했다. 구대구가 대창으로 소년의 배를 찔렀다. 쓰러진 소년의 배에서 창자가 쏟아져 나왔다. 피가 흥건히 흙바닥을 적셨다.

“이놈들아, 날 죽여라. 날 죽여. 왜 내 손자를 죽이냐! 허허, 하눌님, 이게 무슨 꼴이우까.”

노인이 두 눈이 뒤집힌 채 허공을 향해 주먹을 휘두르자 하대칠이 일본군도를 뽑아들어 힘차게 노인의 목을 쳤다. 노인의 두상이 굴러 떨어져 나뒹굴었는데 두 눈은 부릅뜬 채였다.

“간나 새끼, 우리가 당한 것에 비하면 이건 상대접이다. 고통스럽지 않게 해 주었으니까 우리도 예의 법도를 차린 거레이.”

구대구가 자기가 저지른 것에 더 화가 난다는 듯, 멀리서 이 광경을 지켜보고 있던 마을 주민들을 향해 소리 지르기 시작했다.

“당신들, 두 눈 똑바로 뜨고 보았디? 우리두 이렇게 당했소다. 남로당 제주도당 개망나니 새끼들이 경찰지서를 공격한 것 다 알디? 이자들은 대한민국 건국 선거를 반대하기 위하여 준동한 반동이다. 고 자들은 경찰의 목을 잘라 담장에 걸어놓고, 또 어떤 순경 부부를 죽창으로 찔러죽이고, 우익 놈 자식이라는 이유로 열 살 먹은 소녀를 찔러죽이고, 다른 우익 부부를 쏴죽였다. 여러분, 다 알디? 우리더러 부처님처럼 가부좌하고 조용히 수양하고 있으란 말은 못 하갔디? 그리구 이 자의 자식은 세포 중의 세포 핵심이야. 우리가 다 알고 찾아온 기야. 이렇게 해 놓았으니까니 이 자가 복수하러 내려오갔지. 기다리고 있갔다. 오냐, 오냐, 기다리마.”

마을 사람들은 대원들이 물러나자 죽은 노인과 소년 곁으로 슬금 슬금 다가오더니 두 시체를 수습해 바닷가로 사라졌다. 구대구 일행은 몇 개 마을을 더 돈 뒤 읍내로 돌아왔다.

"우리도 얼매나 당했십네까. 당한 만큼 갚아야디오. 행패를 부린 건 아닙네다. 민심이 흉흉하면 뽄대를 보여야 합네다. 그런 우릴 어느 새끼가 모략합네까?"

화를 내면 더 화가 치미는 게 사람의 성질이다. 구대구가 주먹을 쥐며 몸을 떨었다.

"알아서. 다들 물러가."

과정을 듣고 난 사진봉 단장이 귀찮아서 대꾸했다. 그들은 나가지 않고 그 자리에 계속 버티고 서 있었다.

"용건 있네?"

"밀선 하명 내려야디오."

"오늘 분위기가 좋지 않다."

사진봉은 내키지 않았다. 도청 뒷골목에 자리잡은 보헤미안에 들렀었다. 다방으로 들어서는 그를 오신애가 부리나케 맞더니 따졌다.

"원 세상에나…."

그녀와는 몇 달 전부터 동거한 처지고, 그런 사이 밀대로도 활용해왔다. 그녀는 그럴만한 가치가 있었다. 제주 역사, 풍속, 지리, 제주항을 드나드는 무역선을 위장한 밀선, 주요 인맥들까지 꿰고 있었다. 남자를 따라 서울로 올라갔지만 남자는 폐질환을 앓더니 자식도 없이 수년 만에 죽었다. 그녀는 생계를 위해 친정으로 내려와 있다가 미색을 버리기가 아까워서 제주읍으로 나와 다방을 차렸는데 어느새 호사가들의 입에 오르내렸다. 사진봉은 오신애를 통해 제주도 인사들의 동태를 파악할 수 있었다. 고급정보를 많이 확보할 수 있었다. 그녀는 사진봉의 풍부한 경제적 지원에 몸을 맡겼지만, 의외로 사려깊고 진중한 태도여서 알게 모르게 마음이 기울었다. 서청이라고 했지만 포악스럽지 않고 사색적인 면모도 지니고 있었다. 서청 대원이라고 해서 다 똑같은 것은 아니라는 걸 알았다.

"조천 쪽 치사사건 알아요?"

사진봉이 그의 곁에 바짝 붙어앉으며 오신애가 물었다. 다방에는 손님이 아직 들지 않았다. 사진봉은 손님이 들기 전인 이른 아침 보헤미안에 들르곤 했는데, 그것은 하나의 약속과도 같은 것이었다.

"무슨 사건이간?"

사건이 나면 모두 서청 짓으로 돌리는 것이 불쾌해 듣고 싶지 않았지만, 오늘따라 들어서자마자 그녀가 지껄이는 것이 수상했다.

"올케 언니가 다녀갔는데요."

"그래서? 또 그 소리네? 쓸데없는 소리라면 고마하라우."

사진봉은 단박에 불쾌한 표정을 지었다. 단원들 행동이 근래 심하다는 것을 알고 있었지만 무장대의 저항 또한 만만치 않았다. 청년단 입장에서는 질서를 잡고 치안을 유지하고, 주민을 제압하기 위해선 거칠게 다룰 필요가 있었다. 폭도들이 선제 타격을 가해오면 당한 만큼 응징하는 것은 당연한 수순이었다. 사안의 전후를 따지고, 이건 이렇고 저건 저렇다고 따져서 흑백을 가리기엔 감정이 앞선다. 이런 것일수록 이론이 구구하면 복잡해진다. 부딪친 상황에서 당했으면 응징하고, 더러 부당하게 제압했으면 진압이라고 여기면 된다. 그런 것이 실적이 되고, 때로는 포상 공훈이 된다. 오신애가 커피를 끓여와서 탁자에 놓고 그의 곁에 다시 붙어앉았다.

"당신 요즘 예민해요. 그래 놓고 연애할 수 있어요?"

그는 손님이 들어오기 전 일찍 다방을 찾으면 오신애와 사랑을 나누었다. 커튼을 쳐놓고 의자에서, 혹은 탁자 위에서 나눈 섹스. 말 그대로 자극을 주었다. 방 안에서 정식으로 시작하는 것보다 어설프게 나누는 사랑이 황홀감을 더해 주었다. 이런 소소한 일탈과 파격을 오신애도 즐기는 눈치였다. 사진봉이 커피를 후루룩 마시고 나자 그녀가 말했다.

"임신한 여자를 강간했다네요?"

"누구 이간질시킬라구 입 놀리네? 쓸데없는 유언비어를 다 믿네? 그럼 나두 해볼까?"

그가 버럭 소리 질렀다. 다분히 위협적인 목소리였다. 그녀는 한순간 꾸중듣는 아이 꼴이 돼버렸다.

"아휴, 이렇게 속 좁은 사람 내 남자인 거 맞아?"

"그래니 말도 골라서 하라우."

사진봉이 다소 느긋해졌다. 사실 오신애에게 화를 낼 필요는 없었다. 그녀가 토라져서 돌아서면? 그녀를 탐하는 남자들은 많다. 쪽내고 싶지 않았기 때문에 그는 목소리를 누그러뜨려서 다시 말했다.

"호상간에 이간질이 많아서 그래."

"당신 화나라고 말한 건 아니에요. 정말 어처구니가 없어서 그래요. 글쎄, 사위하고 임신한 장모하고 붙도록 했다는 거죠. 그 상황인데 되겠어요? 그래서 방에 들어가서 세워가지고 넣으랬다나요? 방에 들어가서도 안 되니까 장모더러 사위 것을 빨라고 했대요. 그 말을 듣고 사위가 눈이 뒤집혀서 부엌에서 식칼을 들고 나와 그자들에게 대들었다는 거죠. 결국 그는 찔려죽고 말았고요."

"쌍년, 너 정말 죽을려고 환장했네?"

이건 말도 안 된다. 지어내도 터무니없는 날조다. 그녀도 화가 났는지 지지 않고 대들었다.

"당신들 왜 그래요? 발정난 수캐들도 아니고, 살인광도 아니고…

이건 아니잖아요. 거짓말이었으면 얼마나 좋겠어요. 올케 언니가 말해주고 산으로 들어갔어요. 자기도 언제 당할지 모른다고 이를 악물고 올라갔어요."

"이것들이 죽으려고 작정했네? 산으로 가면 다 죽는다!"

"이래 죽으나 저래 죽으나 죽기는 마찬가지 아녜요? 이렇게 살 바엔 산사람들 밥이나 해주고 죽겠다고 올라가버렸어요. 당한 곳이 내 고향 마을이라구요."

"뭐? 네 고향마을?"

시진봉은 어느 결에 그녀의 고향마을도 지켜주지 못한 남자가 되어버렸다. 하지만 그녀가 말해주지 않은 이상 알 수가 없다. 그래서 화가 났다.

"왜 말해주지 않았니? 말해주어야 알지 않겠어? 그렇더라두 빨갱이들은 모두 이런 식이다. 무서운 것들….."

그는 자리를 박차고 일어났다. 이렇게까지 사태가 악화하리라고는 예상치 못했다. 만행들이 일상화되고, 그 중심에 서청이 있고, 서청은 모든 원성의 근원이 되고, 그래서 모든 것이 엉망이 되어버렸다. 사랑하는 여자의 입에서 이런 막말이 거침없이 튀어나온다는 것은 견딜 수 없었다.

오신애에게만은 그런 세계에 가닿지 않도록 하고, 그래서 험한 일들은 입에 올리지 않았는데 그녀가 먼저 분개한다. 눈앞에 벌어지는 어지러운 세상의 일들로부터 그녀가 자유로울 수는 없을 것이다. 직업상 그녀는 소문의 환경에 더 많이 노출되어 있지만, 그럴수록 그녀 역시 원한을 품고 있었다.

"왜 가려구요?"

그는 대답 대신 호주머니에서 잡히는 대로 지전을 꺼내 탁자에 던져놓고 보헤미안을 나왔다. 네가 그따위 말을 해도 내가 너를 사랑하는 것은 변함이 없다는 뜻을 그는 그런 식으로 표현했다. 오신애가 뒤따라 나와 그에게 무명 보퉁이를 안겨주었다. 깔끔하게 다림질한 팬티와 양말, 손수건 따위가 보퉁이 안에 들어 있었다.

"저녁에 오겠어요?"

"모르갔어. 함부로 입 놀리지 말라우. 말 한 마디 잘못 해개지구 가는 수가 있어. 누구 믿고 살 때가 아니야. 쥐도 새도 모르게 가는 수가 이서. 개기러들면 아무것두 아닌 것 개지구 가버린다. 계집아도 단속 잘 해야 한다."

'계집아'는 손님이 많은 오후부터 데려다 쓰는 종업원 박양을 두고 한 말이었다. 오신애는 사라지는 그의 두 어깨를 바라보며 묘한 감격과 슬픔이 교차하는 것을 느꼈다.

그는 어느 날 손님으로 들어오더니 낯이 익을 무렵 뚱딴지같이 그녀에게 돈을 맡겼다. 자그마치 동력선 한 척 값이었다.

"사무실에 둬봤자 어느 놈이 주인이 될지 모른단 말이다."

그는 그렇게 말했다.

"숙소는 더 말할 것 없고. 그러니 당분간 맡아둬."

그는 어느 누구도 믿지 못하는 모양이었다.

"무슨 돈이죠?"

"알 거이 없어."

그렇게 대답을 거부하는 데야 더 이상 물을 수 없었다. 다만 자기를 신뢰하기 때문에 돈뭉치를 맡기는 것이라고 여기며 그녀 역시 그를 신뢰했다. 그런 어느 날 밤 그가 간단히 말했다.

"밀선을 단속한 거다."

얼마 후에도 큰돈이 들어왔다. 그는 뭉치돈을 그대로 맡겼다. 그녀는 저도 모르게 그에게 빠져들었다. 이런 험한 세상에 자신을 믿어준다는 것이 고마웠다.

― 사랑해. 당신이 원하면 어떤 무엇이든 마다하지 않을 거야.

그녀는 마음속으로 다지며 다방으로 돌아와 주방을 챙겼다.

사진봉은 단장으로서 조직원들의 후사를 책임져야 하는 일로 근래 고민이 많았다. 이런 생활이 영원히 지속될 수는 없는 일이었다. 무슨 일이든지 한동안 어지럽더라도 어느 시점에 도달하면 승패가 갈리고, 승자 독식과 패자 도태의 상태로 정리가 되고, 그런 가운데 질서가 잡히고, 사물은 제 자리로 돌아가게 되어 있다.

승자의 세계로 질서가 재편되면 무지랭이들은 한 방에 혹 날아간다. 이용가치가 없으면 용도폐기되는 것이다. 부당하다고 대들면 경찰 검찰을 동원해 감방에 쳐넣어버린다. 따까리 인생의 말로를 사진봉은 잘 알고 있었다. 그렇다면 기회를 노려야 한다. 변신하지 않으면 낙오되니 변신을 모색해야 한다. 그런 조짐들이 벌써 나타나고 있었다. 겁 없이 물정 모르고 주색에 빠져들고 아편에 절어 살다 폐인이 되는 경우를 보았다. 왜인이 버리고 간 재산에 눈독 들이는 사람들은 세상이 어수선할수록 더 좋은 기회로 활용하고 있었다. 먼저 눈뜬 자가 세상을 떵떵거렸다. 그 중심에 경찰과 관리들이 있었고, 그들에게 뒷돈을 댄 모리배가 있었다.

사진봉은 평양의 조무래기 건달이었다. 평양역을 서성거리는데 남쪽으로 내려가는 사람들이 많았다. 이들은 대지주, 관료, 기업인, 기독교인, 이러저러한 사건 연루자들이었다. 북한 체제에서 견디기 어렵거나 피해를 당할 우려가 있는 사람들이 길을 떠났지만 범죄자들도 꽤 있었다. 이들의 성향은 자연스럽게 반평양이고, 반공산주의였다.

사진봉의 집안은 기독교 집안으로서 이북에서 문명자로 살았다. 무슨 일인가로 부모가 왜경에 쫓겨 만주로 도망을 가고, 그는 외가에 남겨져서 고아처럼 자랐다. 학교도 보통학교 저학년 때 그만두고 평양역으로 나와 사람들의 보퉁이를 노리는 좀도둑이 되었다. 그것이 눈칫밥을 먹는 외삼촌 집보다 훨씬 편하고 자유로웠다.

그런 어느 날 소련군이 들어왔다며 남부여대, 짐을 싸들고 남으로 내려가는 사람들이 있었다. 그들은 불안해했지만 신천지를 찾아가는 기대감으로 들떠 있었다. 사진봉도 무작정 그들의 뒤를 따랐다. 나이보다 덕대가 크고 겁이 없었으므로 남행자들의 안내자가 되었다. 평양역에서 익힌 배짱과 거칠게 굴러먹은 가락이 있었으니 그 스스로 행동대장으로서 역할을 했다. 38선을 넘은 사람들의 길을 안내하고, 조무래기들을 지휘하니 패거리의 우두머리가 되었다. 서울역에 내려 영천교를 근거지로 조무래기들을 데리고 연명했다.

문봉제를 만난 것이 그 무렵이었다. 문봉제는 서울역 앞에서 고향 사투리로 외쳤다. 그는 신체 건강한 청년부터 찾는다며 외쳤다.

"우리의 배후엔 군정경찰이 있고, 정치철학은 우남 박사로부터 나온다. 경찰이 우리의 배후라고 한다면, 돈암장은 우리의 정신적 배후다! 이 박사를 따르는 것이 애국의 길이다! 젊은 청년들이여, 나를 따르라!"

문봉제는 "돈암장과 군정 경찰은 서북청년회를 굴리는 2개의 수레바퀴"라고 강조했다. 수시로 돈암장을 찾아 이승만 박사로부터 격려금을 받는다고 자랑했다. 이 박사는 신비로운 인물이었다. 식민지 시절 수십 년 동안 미국 조야에서 조국의 독립을 위해 분골쇄신하신 분이며, 그런 분이 해방과 함께 조국을 찾았으니 신생 조국의 앞날이 환히 열릴 것이니, 누구나 따라야 한다고 했다. 그런 분 곁에서 일한다는 것은 젊은 청년으로서 값진 일이며, 당연히 가져야 하는 야망이었다. 사진봉은 힘이 솟구쳤다.

사진봉은 먹여주고 재워주고 옷도 지급한다는 서북청년단에 패거리들을 이끌고 합류했다. 조직을 이끌고 들어갔기 때문에 힘이 붙었고, 계속 서울역을 중심으로 젊은 단장으로서 권한을 행사했다. 언젠가부터 그들은 밑도 끝도없이 경찰이 된다고 했다. 실제로 그런 절차가 진행되었다. 경찰담당관이 청년들을 규합해 자격시험을 보는데, 시험이라는 것이 구구법 따위를 묻는 것이었다. 그들 중 상당수는 합격해 약식 경찰학교에 입교했다. 사진봉은 구구단 정도도 외지 못했기 때문에 경찰관이 되지 못했다. 억지로 들어가겠다고 생각하면 안 될 일도 없었으나 경찰관이 아니라도 청년단장으로서 먹고 살아가는 데는 아무런 지장이나 불편이 없었다. 어느 날 그는 똘마니들과 함께 미군용 수송선을 타고 먼 바다로 나갔는데, 도착한 곳이 제주도였다.

서북청년단원의 제주도 입도는 관덕정 3·1사건 다음 달인 1947년 4월 21일 부임한 유해진 지사가 서북청년단 출신 7명의 경호원을 데리고 제주 땅을 밟으면서부터 시작되었다. 그 후 수백 명씩 제주도에 입도했다. 그해 9월에는 경찰이 청년들을 규합해 결성한 대동청년단과 서북청년회가 정식으로 발족됐다. 뒤이어 조선민족청년단 제주도 단부도 창립됐다. 우파 청년단체로 대한독립촉성청년연맹(대청) 제주지부와 광복청년회 제주도지회가 조직되었다.

우파 청년단체들이 조직을 강화하는 데는 유해진 지사와 미국 정보기관 CIC의 역할이 컸다. CIC는 한반도 내 첩보 및 정보수집과 정치인사찰, 대북공작, 반공청년단체를 지원하는 임무를 수행하고 있었다. 청년단 조직을 이끈 것은 한국인 지도자들이었지만 배후엔 CIC가 있었다. 미국의 좌파에 대한 인식은 비교적 객관적이었다. 1948년 1월 제주 CIC의 보고서로 작성된 것으로 보이는 '근래 좌파 인사들의 활동'이란 제목의 미 24군단 정보보고서가 일정 부분 그들의 시각을 대변하고 있었다.

— 제주도는 우익 진영과 좌익 진영으로 분열되어 있지만, 대부분의 지식인층 지도자들과 대중들은 어느 한쪽으로 치우치지 않고 있다. 좌익 인사들은 이렇다 할 문제를 일으키지 않고 있으며, 소위 좌익분자라고 불리우는 인사들의 대부분은 공산주의자들이 아니다. 대부분의 제주도민들은 국내외적 정치상황을 잘 모르기 때문에 우익이나 좌익에서 터져 나오는 모든 종류의 선전 선동에 쉽게 휩쓸린다. 우익인사들은 '빨갱이 공포'를 강조하며 주로 청년 단체와 공직에서 좌익 인사들의 척결을 통하여 섬을 장악하려고 갖은 노력을 다하고 있다. 제주도의 좌익은 반미를 하지 않고 있으며, 최근의 테러는 우익이 선동한 것이다. 전체적으로 볼 때 제주도 주민들은 조상 대대로 물려받은 가난에 일차적인 관심을 갖고 있으며, 정치에는 별 관심이 없다.'(Hq. USAFIK, G—2 Weekly Summary, No. 123, January 23,1948). 〈김관후의 4·3칼럼(63) '정보입수, 정세분석, 정치상황에도 관여했던 미CIC' 일부 인용〉

이런 정보자료를 근거로 보면 미 군정은 비교적 객관적인데, 군정을 배경삼아 활동한 육지부의 우익들이 과도하게 사태를 악화시키고 있었다. 그 행동대가 서북청년회(단)였다. 서북청년회 제주도 단부가 결성된 전후 제주에 파견된 단원은 제주읍과 각 면 40~50명 등

총 700여 명에 달했다. 이들은 경찰이 각 도에 할당한 숫자의 일부였다. 국가 재정이 빈약해서 각 도에서 알아서 먹이도록 분산 배치된 인원들이었다.

이 숫자는 좁은 제주땅에서는 큰 인원이었다. 그것도 3·1 시위 사건 후 1천명을 헤아리더니 4·3이 터지자 2천명 이상으로 불어났다. 서청을 비롯한 우익 청년단이 깔리면 좁은 제주땅이 꽉 찰 정도였다. 처음 청년단이 제주도에 쏟아져 들어왔을 때는 변변히 식사를 해결하지 못했다. 중앙정부에서는 자급자족하라는 것이었는데, 달리 말하면 노골적으로 민폐를 끼치라는 지침이었다. 대원들이 엿장수, 노점상, 방물 행상으로 나가고, 이승만 박사 초상화와 태극기를 만들어 관공서, 상가, 시장통을 돌며 판매에 나섰다. 판매라고 했지만 강매였다. 이 과정에서 민폐가 나오다 보니 좁은 바닥에서 원성이 높았다. 주민들은 두려워하면서도 경계심을 늦추지 않았다. 피해의식이 체화된 상태에서의 주민들은 육지 사람들을 몹시 경계하였다. 청년단 입장에서 그런 그들을 효과적으로 다스리려면 겁을 주고 공포감을 조성하는 일이었다. 주먹과 각목이 날아가는 것이 해결책이었다.

주민들은 대개 일가붙이였다. 없는 가운데서도 그들끼리 형님 동생 사돈 하며 오순도순 살아가고 있었다. 육지 사람들에게서 찾아볼 수 없는 끈끈한 유대감이었다. 바로 일본의 반체제 인사 이시하라상이 바라보는 지점이고, 고상하게 말하면 아나키즘의 본령이었다. 어느 날이었다. 서청대원들이 시장통에서 태극기와 이 박사 초상화를 돌리고 있는데 한 늙은 노점 상인이 궁시렁거렸다.

"꼬닥꼬닥 걸어가는 간세새끼들처럼 놀멍쉬멍 사는 곳이라 그런 거 필요없수다."

순간 서청대원이 달려들어 노인의 멱살을 쥐어 잡았다.

"영감, 지금 뭐라 했네? 날레 간세 새끼라고 했네? 간사한 새끼라니?"

그는 늙은이를 떡실신되도록 두둘겨 팼다. 퍼놓은 좌판을 걷어차자 순식간에 물건들이 흩뿌려졌다. 함께 간 대원들이 위세를 부리느라 이웃 상점에까지 들어가서 행패를 부리고, 건어물, 술 담배, 미제 물품 따위를 들고 나와 리어카에 싣고 본부로 돌아갔다.

"꼬닥꼬닥 걸어가는 간세 새끼들이라니? 우릴 뭘로 보고 욕하니? 개족같은 놈."

사무실에서 말린 오징어와 전복을 씹으며 소줏잔을 기울이던 한 대원이 쌍판을 우그러뜨리며 투덜댔다. 뒤따라 들어온 서청원이 말했다.

"사실은 그게 말이우다. 그게 간사한 새끼란 뜻이 아니에요. '느릿느릿 걸어가는 조랑말 새끼처럼 놀며 쉬며 사는 곳이 제주도'란 말이란 뜻이우다. 간세는 제주말로 조랑말이우다. 몇 개월 살다 보니 그네들 말 이제야 좀 알아먹겠더라구요."

"원 세상에. 그런 말이 어디 있누? 미국말도 아니구 일본말도 아니구. 통역이 있어야 통하가시니 이게 사람 사는 동네가? 그리구 넌, 그러면 그때 그 말이 그 뜻이 아니라구 말려야디 왜 말리지 않았니? 공연히 늙은이 하나 조졌댔잖나."

"그런 말할 틈이라도 줬소? 성질부터 부리는데? 또 그런 시비거리가 아니어두 다른 꼬투리 잡아서 팰 작정 아니었소?"

"그 말은 맞다, 하하하."

닥치는 대로 부수고 때리고 다니다보니 재미가 붙었다. 부녀자도 손대다 보니 피끓는 욕망을 손쉽게 해결할 수 있었다. 이런 위세에 주민은 겁먹고 두려워하는 한편으로 증오심을 키웠다. 그들은 깡그리 힘으로 밟았다. 그런 것이 승리감을 안겨주었다. 당하고도 열패감에 젖어있는 자를 보는 것은 또 다른 쾌감이다. 서청 대원은 대정·모슬포·성산·구좌·남원·서귀포 쪽으로 분산 배치되었다.

사진봉은 제주경찰서를 중심으로 제주읍을 관할하고 있었다. 하지만 이런 짓도 점차 시들해졌다. 오신애가 싫어하니 그도 염증을 느끼고 있었다.

사진봉은 지체있는 집안의 후손이라는 자긍심이 있었다. 조부는 국가의 녹봉을 먹은 벼슬아치라 했고, 부친은 개신교를 믿다 일제에 쫓겨 만주 유랑민이 되었다. 그런 신분이 개망나니처럼 산다는 게 어느 날부터인가 알게 모르게 자신의 마음을 괴롭혔다. 오신애를 만나면서 그것은 더욱 부채의식으로 남았다. 이 생활을 벗어나야 한다고 생각했다. 단원들을 이 상태로 놓아둘 순 없었다. 전환이 필요한 시점이고, 그 기회를 잡아야 하고, 기왕이면 정착할 여건을 마련해야 하는 것이다.

"너희들, 이 전쟁이 얼마나 간다고 보네?"

사진봉이 세 부하를 향해 물었다.

"아매도 이십 년은 갈 기요. 산을 샅샅이 뒤져서 폭도들 씨를 말리려면 이십 년? 그때까지 먹고 살아갈 일은 걱정 없가시오. 진지 동굴이 거미줄처럼 얼기설기 얼마나 얽혀 있소? 몇십 킬로 된다카던데, 그곳을 다 뒤져서 일망타진하려면 몇십 년 걸릴 기요….'

"한심한 자식들. 고렇게 십 년이구 이십 년이구 해처먹고 살아라."

그는 자리를 박차고 일어났다. 잠바를 어깨에 걸치고 황급히 밖으로 나갔다.

"단장, 왜 저러네?"

자리에 남겨진 자들이 고개를 갸웃하며 의아해했지만 그는 벌써 거리의 어둠 속으로 사라진 뒤였다.

"대장 지 혼자만 살려구 수작하는 거 벌써 감 잡았디. 고럼 우리가 직접 상대해야디. 내일 잡아들이자구. 밀선이 북항에 정박한댄다."

그들도 투덜거리며 밤거리로 쏟아져 나갔다.

"우주엔 천억 개의 별이 빛나는 천억 개의 은하계가 있대요"

오민균 소령이 제주 4·3항쟁 진압 차 부산 5연대 휘하 제2대대를 이끌고 제주항에 입항한 것은 1948년 4월 하순이었다. 그는 주둔지인 진해에서 미군 함정을 타고 제주도에 상륙한 뒤 제주 공항 인근 벌판에 대대 본부를 설치했다. 모슬포 인근 대정에 있는 9연대 본부와 별도로 파견부대를 편성해 운영했지만, 매일 연대 본부를 찾거나 연대장이 직접 제주 공항으로 와서 작전회의를 가졌다. 대대 병력은 9연대 지휘를 받았다.

9연대장 김익창은 호방한 성격의 경상도 사나이였다. 행동이 굼뜨고 낙천적이며, 농담을 곧잘 해서 어느 일면 비군인적 풍모를 지니고 있었다. 그래서 그런지 인간적 체취가 묻어나는 사람이었다. 지휘관이라기보다 동네 형님같은 수더분한 사람이었다. 연대장이라고 했지만 나이는 스물아홉이었다.

어느 날 김익창이 오민균의 대대본부를 방문하더니 소리쳤다.

"대대장, 조천 쪽으로 나가보지 않겠나."

오민균은 어두침침한 퀀셋 막사 안에서 벽에 붙어있는 제주도 지도를 살펴보고 있는 중이었다. 우선 지형부터 익혀야 했다. 연대장이 다시 물었다.

"조천이 어디 붙어있는 줄 아는가?"

오민균이 지도에 눈을 주며 대답했다.

"제주읍으로부터 성산포 가는 쪽에 붙어있군요."

"이 사람아, 내 손 안에 있어, 하하하."

그것은 그가 제주도를 장악하고 있다는 뜻이었다. 자신만만한 태도였다.

"그렇습니까. 저는 엉뚱한 곳을 찾았군요,"

"그래. 하지만 상황을 잘 살펴야 돼. 극심한 분쟁지역이야. 병력 이끌고 나가보게."

김익창은 일본군 학병 출신으로 소위로 군복무 중 해방을 맞았는데, 일찍 군에 입대해 지금은 육군중령이었다.

"폭도와 경찰이 빈번하게 충돌하는 곳이니까 민심의 소재를 잘 살펴보도록."

오민균은 분대 병력을 이끌고 조천면사무소와 경찰지서로 향했다. 그는 예상치 못한 것과 맞닥뜨렸다. 경찰이 그의 병력을 의도적으로 출입을 차단했다. 청년단원들이 부산나게 드나드는 지서 초소에 들어서자 초병이 제지했다.

"어디서 왔습니까."

"9연대 소속 파견 부대요."

"돌아가시오. 군대는 들어오지 못합니다."

"왜 못 들어간다는 건가."

"여긴 군부대가 아니니까요."

그는 상부로부터 지시를 받은 듯 태도가 완강했다. 군대를 얕잡아보는 태도가 역력했다. 오민균은 불쾌감이 확 들었다. 병사들 앞에서 모욕을 당한 기분이었다. 그는 두말없이 병사들을 이끌고 장터

쪽으로 나왔다. 대오를 갖춰 행군하자 주민들로부터 뭔가 갈구하는 듯한 시선을 느꼈다. 경찰지서와는 완연히 다른 분위기가 감지되었다. 길 가던 중년 농부는 가볍게 손을 까딱해 보이기까지 했다. 그들이 장터의 잡화상점 앞 노상에 이르자 한 사내가 다가왔다.

"9연대 병사들입니까."

"그렇습니다. 파견 나왔습니다."

그는 오민균의 눈치를 살피더니 나직하게 말했다.

"내 잠깐 말씀 한마디 올려도 되겠습니까."

대답 대신 오민균은 그를 길 한쪽 늙은 은행나무 아래로 이끌었다. 사내가 담배갑에 붉은 원이 그려져있는 럭키스트라이크에서 담배 한 가치를 뽑아 오민균에게 내밀고 자신도 하나 뽑아 입에 물었다. 모던한 디자인 때문에 남자라면 호기있게 가지고 다니고 싶은 담배였다. 웬만한 지역에서는 찾기 힘든 담배였다. 그러나 제주 땅에서는 호사가들이 곧잘 입에 물고 다녔다. 그만큼 외제 물품이 흔하게 유통되었다. 밀수품이 범람한다는 것을 말해주고 있었다. 오민균이 호의를 무시할 수 없어 평소 피우지 않는 담배를 받아 서툴게 빨고 있는데 맛있게 담배를 빨던 사내가 말했다.

"난 무장 자위대원도 아니고, 협력자도 아니오. 평범한 동네 사람입니다. 입산자들은 악질 경찰과 서청을 공격대상으로 삼았소, 국방경비대는 아닙니다. 주민들이 우군이라고 생각하고 있습니다. 경찰과 청년단의 행동이 거치니 붙게 되는 거뿐이지요."

오민균도 입도(入島) 하자마자 피부로 느꼈다. 무장대들의 주 공격목표는 경찰이었다. 그러나 이렇게 낯선 사람 앞에서 대놓고 경찰을 비난하는 것이 불쾌했다. 군과 경찰 사이가 좋지 않다는 것은 알려진 사실이지만, 생판 모르는 사람이 대놓고 경찰을 비방하는 것은 무언가 이간질로 미끼를 던진 것 같은 느낌이 들었다. 오민균이 연대에 배속되자 연대장으로부터 들은 바도 있었다.

"우리 9연대는 철저하게 중립이야. 주민들을 동포애로 맞아들이게. 하지만 백프로 믿지는 말게."

"소령님이 나를 믿지 못하는 모양인데, 나는 이런 사람입니다."

사내가 그에게 명함을 내밀었다. 명함에는 '조천수산 문용철'이라 씌어있고, 주소와 전화번호가 기입되어 있었다.

"초면에 기분 언짢겠지만 할 말 있습니다. 가까운 시일내 연락 한 번 주십쇼. 간곡히 드릴 말씀이 있습니다. 우리는 군을 믿습니다."

오민균이 대꾸하기도 전에 그가 황망히 골목 안으로 사라졌다. 뭔가 사연이 있다는 것을 오민균은 직감적으로 느꼈다.

"대대장님, 고아원이 인근에 있습니다. 고아들이 엄청 늘어났습니다."

부관이 그에게 다가와 보고했다.

"앞서라."

오민균은 연대에 배속되자마자 소대장으로부터도 보고를 받았다. 주민들로부터 민원의 첫째는 서청의 횡포였고, 다음이 떠도는 어린아이들이었다. 거지 없는 제주에 거지 아이들이 떼거리로 몰려다니자 거리는 더욱 을씨년스러웠다. 종래에 없는 일이라고 했다. 오민균의 대대 병력은 시내에 주둔해 있는 만큼 대민 봉사 차원에서 이들을 보살피는 임무를 병행하고 있었다.

해안마을에 아동 수용 시설이 있었다. 허름한 퀸셋과 바람 펄럭이는 가설 막사가 설치되어 있었는데, 퀸셋 이마에 '천사원'이란 간판이 붙어 있었다. 수용자들은 부모들이 어디론가 종적을 감추자 돌멩이처럼 굴러다니는 아이들이었다. 굶주림 때문에 해안의 해초를 뜯어먹고 쓰레기통에서 썩은 음식물을 헤집어 먹다가 식중독으로 죽은 아이도 있었다. 어느 날 육지에서도 아이들이 한꺼번에 쏟아져 들어왔다. 눈에 잘 보이지 않는 제주섬에 쓰레기처럼 밀어 넣어버린 거리의 아이들이었다.

오민균이 천사원에 들어서자 눈빛이 맑고, 슬픈 듯한 표정을 짓고 있던 한 여교사가 그 앞에 나타났다. 마른 체격에 아담한 키의 여자였다. 슬픈 표정 가운데서도 아이들과 함께 간간이 웃을 때는 볼에 우물이 패인 모습이 청순해보였다. 그녀가 그를 맞아 고아원 현황을 브리핑하면서 눈물을 머금을 때, 그는 갑자기 그녀를 안아주고 싶은 충동을 느꼈다. 그런 그녀의 모습이 좀처럼 머리 속에서 지워지지 않았다.

"현호영이에요. 아이들을 도와주세요."

"도울 수 있는 데까지 돕죠."

오민균은 외출 때마다 C레이션, 분말우유, 구슬, 인형 따위 구호물자를 준비해 천사원을 찾았다. 정비되지 않은 비포장도로를 1과 2분의1 트럭을 몰고 가면 아이들이 먼저 반겼다.

두 사람은 바닷가로 나갔다. 잘 다듬어진 자갈밭을 걷자 짜글짜글 돌밟히는 소리가 경쾌했다.

"제주도는 좋아하는 사람이 있음 여자가 먼저 프로포즈하기도 해요."

적극적인 것 같지 않은데 그녀는 이런 식으로 그녀가 먼저 프로포즈를 하였다.

어느 날 시내에서 저녁을 먹고 바닷가 언덕에 나란히 앉았다. 밤하늘은 온통 별 천지였다. 성긴 별들이 금방 바다로 쏟아질 듯이 반

짝였다. 어떤 별들은 또록또록 빛을 발하며 언덕 가깝게 내려와 있는 듯이 보였다. 파도가 철썩 해안을 때릴 때마다 하얀 포말이 일었다. 어둠 가운데서도 포말이 또렷하게 보였다.

"은하계엔 별들이 천억 개가 존재한대요."

오민균은 담담하게 그녀 말에 귀를 기울였다. 봄이라지만 밤의 기온은 조금 한기가 돌았다.

"그런데 저런 천억 개의 별들이 사는 은하계가 또 천억 개의 은하계가 넘는다고 해요."

"그렇지요." 오민균이 그녀의 말을 보탰다.

"한 은하계에 천억 개의 별이 있고, 그런 은하계가 또 천억 개나 있다는 거, 천억 곱하기 천억, 어마어마하지요? 그래서 우주는 무한 광대라고 하고, 불교에서는 무량무한이란 개념으로 말하는데, 현실적으로는 실감이 나지 않지요. 있으면서 없고 없으면서 있다는 비상비비상(非相非非相)이니까요."

"우주공간에 티끌의 티끌, 그 티끌의 티끌, 또 그 티끌의 티끌, 끝도 없이 그 티끌의 티끌도 안 되는 존재인 우리가 왜 이렇게 끝없이 다투며 살까요."

그녀가 날씨 때문만은 아닌 듯 몸을 가볍게 떨었다. 그녀는 눈물이 쏟아지려는 걸 애써 참고 있었다. 그녀가 감당하기엔 세상은 너무 무겁고 무섭다.

"오늘 아이 하나가 죽어나갔어요."

그녀가 말하고 이윽고 눈물을 보였다.

"왜 그 아이가 그렇게 비참하게 죽어나갈까, 세상의 좋은 것 하나 구경 한번 못해보고 숨 한번 제대로 못 쉬고 가냘픈 육신은 만신창이가 되어서 죽어나가, 너무 슬펐어요. 어른들이 너무 많은 죄를 짓는 것 같아요."

현호영은 천사원에서 무급직으로 보모교사로 근무하고 있었다. 월급이 나오는 것도 아니고, 누가 부른 것도 아니지만, 그녀는 그렇게 해야 하는 것이 마땅한 일인 것처럼 매일 바람에 펄럭이는 막사를 찾았다.

"오빠가 산으로 갔어요. 어린 학생이 죽었잖아요. 학생은 전단을 뿌리다가 체포됐대요. 그 아인 경찰서에서 고문을 받다가 죽었어요."

남의 말하듯 했으나 목소리는 떨리고 있었다.

"오빠가 잠적한 뒤 계속 서청대원들이 오빠 집을 감시하고 있어요. 올케와 두 아이 뿐인데… 아버지는 아버지대로 몰리고 있죠. 상품들을 압수해갔어요. 밀수품이라고요. 처음엔 아버지가 협력을 해주었죠. 하지만 어느 날부터인가는 그들을 피했어요. 그랬더니 협력 안 한다고 협박하는 거예요."

경찰과 서청은 주민을 내놓고 위협했다. 기본 전제부터가 주민들은 질서를 파괴하는 불순분자고, 사상이 의심된다는 시각이었다.

국방경비대는 독립적인 군사조직이라기보다 언필칭 경찰의 보조 기구였다. 초기보다 제도가 상당히 바뀌었는데도 그 질서는 그대로 유지되었다. 오민균은 내내 그들의 들러리를 서는 것 같아서 기분이 내키지 않았다.

9연대가 주민에 대해 미온적이라고 해서 오해를 받았다. 제주 주둔군 조직 내에는 현지 청년들이 자원 입대한 숫자가 많았고, 육지에서 배치된 병사들도 있었다. 제주 출신 병사는 고향 사람들에 대한 동정이 깊었고, 육지에서 배치된 병사들 역시 주민들에게 동정심을 갖고 있었다. 지휘관들 중엔 주민을 괴롭히는 경찰과 청년단을 향해 노골적으로 욕을 퍼부었다. 게다가 나라의 간성인 군이 마을 치안을 담당하는 경찰 밑에 깔리다니, 그런 설정 자체가 어울리지 않는다고 불만이 많았다. 그래선지 제주 연대 병력은 의도적으로 중립을 지키고 있었고, 그것은 경찰 입장에서 오해받을 소지가 충분했다.

오민균이 처음 제도주로 배속되어 왔을 때 주민들의 한결같이 어두운 표정들을 보았다. 그들은 겁에 질린 두려운 얼굴로 주로 뒷골목으로 나다니고 있었다. 자욱한 안개가 거리를 점령한 듯이 공포감이 무겁게 쩌누르는 분위기 속에서 숨어지나가는 모습들이 유령도시 보였다.

"오빠 소화기 계통이 안 좋은데, 식사가 불규칙하면 하루하루 견디기가 힘들 거예요."

오민균이 떨고 있는 현호영의 어깨에 자신의 야전 잠바를 벗어 얹어주었다. 진작에 얹어주지 않은 것이 마음에 걸렸다. 그녀가 잠바 속에 묻히더니 말을 이었다.

"아버지 배가 활발히 움직인 건 한꺼번에 몰려온 귀환동포들 때문이었어요. 생필품이 절대적으로 부족하고, 그래서 불편하지 않게 보급해주어야 한다는 것이었죠. 고아원에 기부금을 낸 분도 아버지예요. 육지에서 들어온 청년단 사람들에게 정착금도 지원해 주셨어요. 제주도 사람들은 없는 가운데서도 나눠먹고 나눠 쓰는 미풍이 있잖아요. 그렇게 상부상조하다 보니 큰 부자는 없지만 가난한 사람도 없어요. 도둑 없고 대문 없고 거지가 없어요. 서로 나누고 배려하는 것은 육지 사람들이 제주에 와서 배워야 해요. 그런데 어느 날부턴가 이게 무너져버렸어요. 무참히 짓밟히면서 제주 사람들의 순수한 마음들이 파괴되어버렸어요."

오민균은 일본 육사생도 시절 만났던 재야사상가 이시하라 겐조의 이야기가 떠올랐다. 그는 제주도가 공동체적 삶을 지향하는 아나키스트의 풍속이 뿌리내리고 있다고 했다.

"이시하라란 사상가가 있었어요. 톨스토이식 아나키즘을 신봉하는 분이었죠. 제주도는 인디언의 생활방식이랄까, 공동체의 삶들이 아나키스트 삶의 본성에 충실하다고 했어요. 중앙정부로부터의 간섭을 배제하고 살아가는 자치성과 자주성, 그리고 독자성. 그게 바로 제주도라는 겁니다."

"아니키즘, 아나키스트, 난 그런 건 몰라요. 하지만 외부의 간섭없이 더불어 평화롭게 사는 세상을 꿈꾸는 동네인 것만은 분명해요."

"아나키즘은 명확한 사상 체계로서 인식하기보다 공동체의 생활철학 체계로 인식합니다. 일본 제국주의가 공산주의로 몰아서 오도된 측면이 있지만, 사실은 마르크스주의에 대항하는 좌익 운동의 일파로 취급됩니다. 공산주의와 연계될 수 없는 사조라는 것이죠. 그런데 일본 군국주의자들은 아나키스트를 반동이라고 잡아들였죠. 자본주의적 시장경제를 지향하되 공동체적 집산운동 성격을 갖고 있는데도요. 무조건 일본 군국주의를 반대하면 모두 적으로 몰았으니까요. 어렵나요?"

"네. 잘 모르겠어요. 우리 식대로 사는데 어떤 정의가 필요하고, 어떤 개념이 정리돼 있어야 하나요?"

"그건 아니지만 어쨌든 경쟁을 지양하고 평화롭게 생산운동을 한다는 것이죠. 그걸 꼭 경제적 성격으로 규정할 필요는 없습니다. 동양의 도교적 철학의 모델이라고 볼 수도 있죠. 본질은 민족주의를 지향하는 것이 아닌, 인류보편성을 지닌 것인데 우리가 일제에 핍박을 받으니 민족주의적 항일 독립운동 체계로 차용했다는 것이고요.

물론 과격한 행동파적 운동자도 있습니다. 범위와 층위가 넓다고 봅니다. 이 사조는 일본 유학생과 노동자를 중심으로 발아해서 국내로 들어왔습니다. 중앙으로부터 혜택을 받지 못하는 제주도가 공동체적 자구(自救) 집산운동을 하는 모형이라고 이시하라 상은 진단합니다."

"우린 그런 것 전혀 의식하지 않고 살아왔는데, 우리 삶이 그런 사상과 접목이 됐다고 하니 흥미롭네요. 현지 사람들에겐 피부에 와닿는 얘긴 아니죠. 무엇보다 지금 제주도는 너무너무 힘들어요."

이념과 사상이 강고해도 직접적으로 삶과 연관되지 않으면 운동은 관념화하기 마련이다. 그런데 제주엔 그런 것들이 알게 모르게 삶과 연결돼 있다. 모르고 있을 뿐 그렇게 체화되었다.

일제시대부터 생업이 돼오다시피 한 일본— 제주— 육지 간의 중간무역이 성행했다. 해방이 되자 공권력의 침해가 심했다. 전복, 생선말림, 해조류, 한라산의 고사리 등 제주생산품을 거둬다 일본에 팔고, 대신 일본에서 주요 생필품을 들여와 제주나 육지 항구를 돌며 파는 중간무역상은 제주의 크고 작은 선박들이었고, 제주 경제를 살리는 중심 중 하나였다. 재일 귀환동포들의 수송과 재산 운송을 이 선박들이 맡았다. 이때 경찰이 개입해 협박과 갈취의 대상으로 삼았다. 민심이 동요할 수밖에 없었다. 분단과 시대 모순을 고민하고 있던 귀국 유학파 지식인들이 이런 주민 불만을 등에 엎고 전면에 등장해 항의를 표출했다. 그들의 부모가 피해를 받았으니 그들 또한 피해자였다.

3·1사건 이후 증파된 경찰과 서북청년단은 질서를 잡는다고 했지만 횡포가 심했다. 일정한 직업이 없이 떠도는 청년대원들은 당장

해결할 의식주가 큰 문제였다. 이들이 일본을 들락거리는 무역선을 감시하며 단속하기 시작했다. 제주도의 항만은 자유항 비슷하게 각종 선박들이 자유롭게 입출항했으며, 세관은 명목뿐이었다. 그런데 경찰과 청년단이 밀수품을 단속한다며 선원들을 잡아가두고 물품을 압수했다. 그동안 소소한 물건으로 주민을 괴롭히던 것과는 완연히 다른 기업형 갈취였다. 경찰은 운영비로 쓴다는 명목하에 상인들을 괴롭혔고, 그 과정에서 폭력은 묵인되었다. 수탈을 위해 옥살이시키던 조선조의 탐관오리나 중세 종교암흑시대의 면죄부 발급보다 더 악랄하고 저질적이었다.

이런 탄압을 견디다 못한 선주들이 부산·여수·목포 항으로 입출입이 변경되고, 제주도에서는 무역이 지하로 잠복했다. 경찰은 청년단을 앞세워 시내는 물론 산간마을까지 수색에 나섰는데, 치안 유지는 저만치 사라지고, 뒤지고 압수하는 일이 일상 업무가 되다시피 했다. 쫓고 쫓기는 상황이 도처에서 벌어져 도내의 치안상태는 오히려 엉망이 되었다. 각 경찰지서마다 체포된 밀무역 혐의자와 그 가족들이 문초를 받고, 고문이 비일비재했다.

청년대원들은 마을을 돌며 젊은 혈기를 못 이긴 나머지 여성들을 건드리기도 했다. 그리고 섬놈에 대한 비하는 물론 사투리까지도 조롱거리로 삼았다. 이래저래 반항하면 패고 잡아가두었다. 그리고 빨갱이 사냥은 가장 비용이 적게 드는 상대방 제압의 수단이었다. 그 한마디면 모든 것이 종결되었다. 일제 때부터 경찰이 행사해온 상투적 수법이지만, 그렇다고 일망타진되는 것이 아니라 이 틈을 노려서 역설적으로 진짜 좌익 세력이 손을 뻗쳤다. 좌익은 모순의 거리에서 활개를 치는 좋은 토양을 만난 것이었다. 억울하게 당하니 자생적 공산주의자도 양산되었다.

해방 초기의 좌익 활동은 불법이 아니었다. 자유민주주의를 신봉하는 미국은 이를 폭넓게 수용했다.

챔프니 미 군정 군사국장은 민주주의 국가는 어떤 이념도 수용한다고 선언했다. 그러던 것이 남로당의 박헌영이 월북한 시점부터 합법도 아니고 불법도 아닌 방향으로 어정쩡한 스탠스를 밟더니 어느 날부터 초토화의 대상으로 활용했다. 좌익계의 저항이 있었지만 우익의 물리력이 막강했으므로 일방적이었다. 제압의 행동대는 혈기 방장한 반공청년들이었다. 그들은 몽둥이를 들고 거리를 휩쓸었다. 좌익세력은 숨거나 도주했다. 어설픈 시민들이 당했다.

미 군정의 이중적 태도는 결과적으로 사회주의 계열 등 저항세력이 준동하도록 방치한 셈이었다. 어느 순간 한꺼번에 쓸어버리는 좌익 척결 전술로 활용함으로써 희생이 커졌다. 애초부터 단속에 나섰으면 그런 희생도 줄였을 것이다. 대구에 이어 제주가 좌익 척결의 리트머스 시험지가 되었다.

"대대장님, 이러다 제주도 사람들 다 죽는 건 아닌가요?"

현호영이 다시 몸을 떨었다.

"그럴 수 있나요. 우리 국방경비대가 있는 한 그럴 리는 없을 것입니다."

"국방경비대, 과연 힘이 돼줄 수 있을까요?"

그녀가 못 믿겠다는 투로 되물었다. 오민균은 확신이 있었다. 김익창 연대장도 그 점 분명히 했다. 내 동포를 보호하기 위해 군대가 존재하는 것이다. 국방경비대는 정부가 서면 국군이 될 것이다. 국군은 영토와 국민을 위해 존재하는 모체다.

"걱정하지 말아요. 이렇게 아름다운 경치, 아름다운 인심, 아름다운 풍속을 지니고 있는 고장인데, 우리가 마땅히 지켜야죠. 그게 군인의 본분이니까요. 다만 제주가 이해가 안 가는 것도 있습니다. 모르는 게 더 많지요. 그중 남자가 보이지 않는 게 이상하군요. 여성들만 보여요."

"본래 그래요. 남자들은 바다에 나가 많이 죽잖아요. 농사지을 땅이 부족했기 때문에 일본으로 떠났고요."

"왜 육지로 안 가고 일본으로 가지요?"

"서울은 마음의 거리로나 지리적 거리로나 먼 곳이에요. 일본보다도요. 배척당했으니까요. 육지 사람들이 제주 행정을 장악했지만 혜택이라곤 없었어요. 그런 학습효과가 있는 것이죠. 육지 사람들에 대한 기대가 없어요. 대신 해류를 타면 금방 닿는 곳이 일본이에요. 일본 도항은 배를 타고 목포로 나가서 기차를 타고 다시 서울로 올라가는 길보다 훨씬 빠르고 쉬웠어요. 비용도 적게 들구요."

"일본은 이민족이고, 차별이 심하잖아요."

"냉대와 차별을 받죠. 그러나 그곳에선 육지 사람이나 제주 사람이나 똑같이 차별을 받기 때문에 상대적 박탈감은 덜하죠."

"일리 있는 말이군요."

"제주 사람들, 일본 사람들에게 대항한 역사 아세요?"

"그런 게 있나요?"

"우리 오빠도 자랑스럽게 생각해요. 제주 사람들이 시모노세키, 후쿠오카, 고베, 오사카에서 항만 노조를 결성하고 시장번영회도 조직했어요. 유학생들이 그런 토대를 제공했어요. 부당한 탄압에 저항하는 세력은 제주 결사체가 중심이었대요. 그분들이 지금 돌아와서 목소리를 내고 있죠."

일본 군국주의에 반대하는 세력이 사회주의 경향의 지식인들이고, 그 유학생들이 해방이 되자 제주로 돌아왔는데, 분단 과정에서 모순이 극복되지 않고, 주민이 착취당하고 있으니 들고 일어날 수밖에 없었다는 것이다. 빨갱이가 준동한다는 것은 경찰의 조서에 나타나는 것일 뿐, 실제로는 자립자치 정신과 일제에 저항한 민족주의 운동의 토양이 배경에 깔려있다는 것이다.

"운동의 당위성은 인정되지만 그 결과가 너무 참혹하게 가지 않을까 걱정이에요. 희생이 커요. 조개로 바위치기죠."

"그러면 묵묵히 굴복하고 살아가야 하나요? 외세 물러가라, 폭압 경찰 물러가라, 자주자립권을 달라, 남한만의 선거는 무효다, 남북 협상하라, 우린 빨갱이가 아니다… 이런 절규가 무의미하단 말인가요?"

"현실적으로 봅시다. 그들은 힘을 가지고 있죠. 어떤 왜곡과 조작도 가능해요. 고립될 뿐이에요. 공권력의 발표문만 보도하는 언론은 언론이 아니고요. 강자의 선전대로 전락했잖아요. 나치 독일의 선전상 괴벨스 어록 있죠? '선동은 한 문장으로도 가능하다. 그것에 반박하려면 수십 장의 증거가 필요하다. 그리고 그것을 반박하려고 할 때에는 벌써 사람들은 세뇌되고 선동되어 있다'… 육지 사람들은 벌써 그렇게 되어 있습니다."

"이런 상황에서 더 이상 무엇을 하지 못하는 것이 슬프군요. 이 사태를 절망하고 사는 것이 괴로워요. 저는 사실 이화대학에 가려고 했어요. 그때 진학했더라면 이런 꼴 보지 않았을 수도 있었을 텐데… 가슴이 아파요. 숨을 못 쉴 것 같아요."

그녀가 떨면서 가볍게 울었다. 그가 그녀를 깊숙이 안았다.

"가련한 호영 씨, 좋은 세상을 기도합시다. 성격은 다르지만, 나도 일본육사를 다닐 때 요요기 연병장에서 관병식을 보고 한없이 가슴 아픈 적이 있습니다. 숨이 칵 막히더군요. 히로히토 일왕의 생일인 천장절이 4월 29일인데 그날 일왕이 참석한 가운데 일본 군대의 관병식이 열렸어요. 그 규모가 어마어마했습니다. 차출된 병력이 몇 개 사단 병력쯤 되었을 거예요. 이들이 일사불란하게 분열식을 하고, 파라슈트 낙하 시범 묘기를 선보이고, 각종 화기와 대포, 총기와 탱크 행진을 하고, 제로센 전투기가 하늘을 까맣게 덮는데 그것을 보고 그들은 환호했지만 나는 절망했죠. 일본군이 패망하리라고는 꿈에도 상상치 못했어요. 우리의 해방과 독립은 영원히 끝이라는 생각을 했죠."

"대대장님은 일본을 위해 육사를 지망했잖아요."

그녀가 의아하다는 듯이 물었다. 그는 고개를 저었다.

"일견 맞습니다. 하지만 내 안의 이중성이 있습니다. 머리와 가슴이 따로 가는 겁니다. 그때 그런 교육제도가 있었기 때문에 거기 간 것일 뿐, 꼭 일본의 멋진 군인이 되겠다는 생각은 없었어요. 언젠가 내 조국이 찾아지는 날, 멋진 군인이 되어서 더 이상 나라를 빼앗기는 비극은 막아야 하겠다는 마음이 있었죠. 조선인 생도들 중 상당수가 그랬을 겁니다. 그런데 그날 우리 영친왕의 모습을 보고 난 정말 좌절하고 말았죠."

"영친왕이요?"

현호영이 또 의아스럽게 물었다.

"고종황제의 아드님이시고, 조선왕조를 이을 우리의 마지막 왕이시죠. 어려서 인질로 일본으로 끌려간 분이에요. 단상에는 히로히토 일본 왕이 히라유키라고 하는 키가 크고 늠름한 백마를 타고 앉아 있는데, 단하에는 우리의 왕 영친왕이 검은 반점이 박힌 작고 초라한 반 백마 히모후리 위에 무표정하게 앉아 있었습니다. 나는 중대 생도기수로 맨 앞줄에 서 있었기 때문에 바로 눈앞에서 우리의 왕을 바라볼 수가 있었죠. 작은 말을 탄 우리의 왕을 보고 저는 가슴이 먹먹했습니다. 도대체 이게 뭔가. 왜 조선왕이 여기에 와 서성거리고 있는가. 지도자란 과연 뭔가. 그가 지금 하는 일이 무엇인가. 우리의 상징이 조국을 위해 무엇을 하는가. 그런데 어느 날 갑자기 해방되었습니다. 그는 돌아오지 않았습니다. 독립된 나라는 분단되었습니다. 그리고 분단을 발판삼아 백성의 고통을 밟고 외세에 빌붙어서 호의호식하는 세력들이 세상을 지배하고 있습니다. 좌익몰이로 국민을 겁박하고 쪄누르고 잡아가두는 공포의 경찰국가로 가고 있습니다. 그러면서 이익을 독점하고 있습니다. 분단국의 백성들은 분단이라는 그 자체보다 분단을 정치경제적 이익을 위해 이용하는 자들에 의해 더욱 고통받고 말았습니다."

"아, 내 조국….."

그녀가 더 이상 말을 잇지 못하고 마침내 흐느껴 울기 시작했다.

— 3권에 계속

고독한 행군 ❷

초판 1쇄 발행 2022년 8월 10일

지은이   이계홍
펴낸이   윤형두 · 윤재민
펴낸곳   종합출판 범우(주)

등록번호 제 406 - 2004 - 000012호(2004년 1월 6일)
         (10881) 경기도 파주시 광인사길 9 - 13 (문발동)
대표전화 031)955 - 6900, 팩스 031)955 - 6905

홈페이지 www.bumwoosa.co.kr
이메일   bumwoosa1966@naver.com

ISBN 978 - 89 - 6365 - 440 - 9 04810
ISBN 978 - 89 - 6365 - 438 - 6 04810 SET